Inselgrab

Bent Ohle, 1973 in Wolfenbüttel geboren, wuchs in Braunschweig auf und studierte zunächst in Osnabrück, bis er an die Filmhochschule in Potsdam-Babelsberg wechselte, wo er als Film- und Fernsehdramaturg seinen Abschluss machte. Heute lebt er mit seiner Familie wieder in Braunschweig.

BENT OHLE

Inselgrab

INSEL KRIMI

emons:

Bibliografische Information der Deutschen Nationalbibliothek
Die Deutsche Nationalbibliothek verzeichnet diese Publikation
in der Deutschen Nationalbibliografie; detaillierte bibliografische
Daten sind im Internet über http://dnb.d-nb.de abrufbar.

© Emons Verlag GmbH
Alle Rechte vorbehalten
Umschlagmotiv: photocase.com/joexx
Umschlaggestaltung: Tobias Doetsch
Gestaltung Innenteil: César Satz & Grafik GmbH, Köln
Druck und Bindung: Prime Rate Kft., Budapest
Printed in Hungary 2023
ISBN 978-3-95451-290-4
Insel Krimi
Aktualisierte Neuauflage August 2016

Unser Newsletter informiert Sie
regelmäßig über Neues von emons:
Kostenlos bestellen unter
www.emons-verlag.de

Für Imke und Freerk

Wir sind aus solchem Stoff wie Träume sind,
und unser kleines Leben ist von einem Schlaf umringt.

William Shakespeare, »Der Sturm«

Vorwort

Sylt, Amrum und Föhr, die Schwesterinseln, wie sie genannt werden, waren einmal ein Teil einer mehr oder weniger zusammenhängenden Landmasse aus Marsch- und Moorland, die von schmalen Gezeitenrinnen durchflutet wurde und dem eigentlichen Festland vorgelagert war. Die dünenbewachsene Küste bildete damals eine Linie von der Südspitze Sylts bis hin zu dem Ort St. Peter. Dieses Gebiet nannte man die »Uthlande«.

In einer einzigen Nacht, am 16. Januar 1362, überrollte eine verheerende Sturmflut das Land. Sie war von so großem Ausmaß, dass sie nicht nur Tausende von Menschenopfern forderte, sondern auch das Gesicht des Landes vollkommen veränderte. Der »Blanke Hans« drang tosend und stürmend immer tiefer ins Landesinnere vor und ließ Landmassen untergehen wie auch Siedlungen und Städte. Die bekannteste Stadt, die dieser »Großen Mandränke«, wie man die Sturmflut taufte, zum Opfer fiel, war die sagenumwobene Stadt Rungholt.

Sylt, Amrum und Föhr wurden in dieser Nacht auseinandergerissen. Sie verloren einen großen Teil ihrer Landmasse an das Meer und wurden zu Inseln.

Heute kann man nur noch mit dem Schiff von einer Insel zur anderen gelangen oder bei Ebbe übers Watt von Amrum nach Föhr und umgekehrt wandern. Jede der drei Inseln hat ein ganz eigenes, charakteristisches Gesicht, doch man erkennt bis heute, wie diese Inseln einmal zusammenhingen.

Eine einzige Nacht.

Teil 1
Föhr

Prolog

Sie bügelte in einem Raum tief unter der Erde. Es war das Hemd, das er immer trug, wenn er zu ihr kam und ihr Dinge antat, die alles Lebendige in ihr abgetötet hatten. Sie war nur noch eine menschliche Hülle, ohne Herz und ohne Seele. Er hatte beides gefressen wie ein ausgehungertes Raubtier, das rohes Fleisch verschlang.

Das Hemd war so etwas wie eine Ankündigung. Eine Einladung zu einer Feier. Zu einem Fest des Grauens. Wenn sie den glänzenden Stoff sah, der das Neonröhrenlicht reflektierte, und die blitzenden Knöpfe, in einer Reihe unter seinem hässlichen und so vertrauten Grinsen, dann kam die Angst wie ein pawlowscher Reflex. Panik in einem ausbruchssicheren Käfig. Sie konnte nicht entkommen. Sie musste einfach alles ertragen, was er und seine Freunde mit ihr taten.

Das Bügeleisen zischte. Eine heiße Wolke stob heraus. Sie drückte das Eisen auf den Stoff und stellte sich vor, es sei seine Haut. Seine fürchterlich aderscheinige, blassweiße kalte Haut, die sie so sehr verachtete.

An Flucht hatte sie von ihrem ersten Moment in diesem Gefängnis an gedacht. Ein fensterloser quadratischer Raum, kaum zwanzig Quadratmeter groß, mit betonummantelten Wänden, die das sie umgebende Erdreich davon abhielten, ihren seelenlosen Körper in vier Metern Tiefe unter sich zu begraben. Flucht war zu einem irrationalen Gebilde geworden in all den Jahren. Ihre mannigfaltigen Pläne, die vom Graben eines Tunnels bis hin zur Ermordung ihres Peinigers reichten, waren Fiktion geworden wie die Geschichten, die sie tagtäglich in ihrem Fernseher sah. Der Fernseher war ihr einziges Fenster nach draußen in die normale Welt. Durch ihn konnte sie sehen, wie sie beschaffen war. Durch die Figuren in den Filmen und die Menschen in den Reportagen und Magazinen ging sie durch die Welt. Der Fernseher war ihr Lehrer, ihr Spion, ihr Ersatz für Leben.

Als sie heute früh aufgestanden war und das Morgenmagazin

eingeschaltet hatte, hatte sie das eingeblendete Datum in den Nachrichten gesehen. Vier Ziffern, die sie erkennen ließen, dass heute ihr Geburtstag war. Ihren Geburtstag konnte sie nicht vergessen. Es waren nur Zahlen in einer bestimmten Anordnung, aber sie blieben fest verankert in ihrem Kopf, auch wenn sie die meisten ihrer Erinnerungen an das Leben vor ihrer Gefangenschaft verloren hatte. »Herzlichen Glückwunsch«, hatte sie sich gesagt und daran gedacht, wie *er* diesen Tag mit ihr feiern würde. Da hatte sie gewusst, dass sie das nicht noch einmal ertragen könnte. Sie wusste nicht, wie oft er sich an ihr vergangen hatte, wie viele Male er diese unaussprechlichen Dinge mit ihr getan hatte. Sie wusste nur: Heute war Schluss damit. Wenn sie das nur noch ein einziges Mal durchleben musste, würde sie sterben. Und auch wenn der Tod so manches Mal nichts Bedrohliches mehr an sich gehabt hatte und vielleicht sogar eine Erlösung gewesen wäre – sie wollte nicht sterben. Nicht so. Es war ihr dreißigster Geburtstag. Heute würde sie fliehen.

Er war in die Stadt gefahren. Sicher wollte er ein Geschenk für sie besorgen. Was er so Geschenk nannte. Vielleicht würde er auch ein paar Partygäste mitbringen. Fremde oder alte Freunde, die an ihrem Geburtstag feiern wollten. Sich selbst, sich und ihre perversen, abartigen Gedanken und Neigungen. Sie würden sie benutzen wie ein lebloses Spielzeug. Eine Puppe in den Händen von teuflischen, verrohten Kindern, die alles ausprobierten und testeten, was ihre dreckigen Phantasien überkam.

Eine Welle der Platzangst traf sie so heftig, dass sie aufsprang, ihren Mund aufriss und die abgestandene Kellerluft inhalierte, als schnürte ihr jemand die Kehle zu. Sie streckte ihre Hände aus, um für sich Platz zu schaffen, um die Wände weiter wegzuschieben, Wände wie das Innere eines Sarges. Gott, sie musste sich bewegen, sie musste laufen.

Hastig lief sie hinaus in den kalten Kellerflur und schlug dabei mit der Schulter gegen die Tür. Sie hastete die Treppe hinauf in das überirdische Haus, wo es Fenster gab und Türen. Es war ihr strengstens untersagt, hier oben zu sein. Die Strafe, die darauf stand, war ihr wohlbekannt. Doch heute war es so weit. Heute würde sie sich ihm widersetzen.

In seinem Schlafzimmer fand sie einen Rucksack im Kleider-schrank, den sie unten in der Küche mit einigen Nahrungsmitteln füllte. Wurst aus dem Kühlschrank. Ein halbes Brot, zwei Äpfel, eine Flasche Wasser. Das Fleischmesser aus der Schublade hatte sie schon am eigenen Leib ertragen müssen. So manche Narbe an ihrem Körper hatte er ihr damit beigebracht. Sie nahm es an sich und steckte es in den Rucksack. Im Wohnzimmer fand sie Geld und Kartenmaterial. Eine alte zerfledderte Klappkarte von Norddeutschland fiel ihr in die Hände. Das war das Letzte, was sie sich griff, bevor sie zur Haustür ging.

Da stand sie nun. Er konnte jeden Moment zurückkommen. Sie war frei, konnte sich hier im Haus ungehindert bewegen. Das Einzige, was sie davon abhielt, einfach nach draußen zu gehen, war ihre Angst. Es war eine ungeheuerliche Angst, so unglaublich stark, dass sie sie völlig lähmte. Wie ein Stück Vieh vor einem elektrisch geladenen Zaun stand sie im lichtlosen Flur. Sie musste sich überwinden. Ihr ganzer Körper zitterte, bebte, als sie die Hand nach der Klinke ausstreckte. Ihre Finger flirrten wie die Fühler eines Insekts. Sie meinte tatsächlich, so etwas wie einen Stromstoß zu fühlen, als sie die Türklinke berührte. Ihr Magen zog sich zusammen, und ein Würgereiz krümmte ihren Körper. Sie musste es tun, jetzt. Für sich. Es blieb ihr keine andere Möglichkeit mehr. Es musste sein. Es gab kein Zurück. Jetzt! Jetzt, endlich! Mit einem leisen Aufschrei drückte sie die Klinke nach unten. Die Tür sprang auf, und kalte, frische Luft drang herein. Sie glaubte augenblicklich, sein Auto hören zu können, und setzte instinktiv zur Flucht zurück ins Haus an. Doch da war nichts weiter als der Wind.

Bitte, bitte, tu es endlich, bettelte sie sich selbst an. Sie hörte Laub über Pflastersteine rascheln. *Geh endlich, geh, bevor er dich erwischt!* Und dann stieß sie sich von der Wand ab und lief ins Freie. Sie verschluckte sich fast an der frischen Luft, die ihr entgegenschlug. Frische, kalte, feuchte Luft, voller Gerüche und Bewegungen.

Es war das erste Mal, dass sie ihren Kerker im Keller verließ. Das erste Mal, dass sie unter freiem Himmel stand.

Sie sah sich das Haus von außen an, sah sich auf dem Grund-stück um, suchte nach Gefahren, nach Fluchtmöglichkeiten und nach ihm. Sie hatte das Gefühl, er sei überall. Versteckt hinter der Hausecke oder hinter einem Baum. Aber sein Auto war nicht da. Die Garage hatte ihr Maul weit geöffnet, sie sah geradewegs in den schwarzen Rachen. Sah die Geräte, die er dort sorgfältig an der Wand aufgehängt hatte. Fast alle hatte sie schon zu spüren bekommen, auf die eine oder andere Art.

Du musst weg! Lauf endlich!

Ihre inneren Worte hallten laut in ihrem Kopf wider, und sie duckte sich instinktiv. Das Grundstück war groß, Nachbarn konnte sie keine sehen. Die Auffahrt führte leicht abschüssig hinunter auf eine von Laub übersäte asphaltierte Straße. Nadelbäume flankierten eine kleine Allee auf der hinteren Seite, und sie meinte, blau schimmerndes Wasser durch die dunklen Zweige erkennen zu können. Sie lief los. Folgte der Auffahrt, duckte sich an der Straße und blickte vorsichtig in die Ferne. Niemand zu sehen, nicht links und nicht rechts. Und so lief sie über die Straße und schlug sich ins Dickicht der hohen Tannen und Fichten. Goldbraune Tannennadeln federten ihren Schritt ab und stoben auf, wenn sie sie mit ihren Füßen durchpflügte.

Schneller, schneller!

Gott, sie musste schneller sein, sie musste hier weg, weit weg, so schnell es ging. Wenn er erst ihre Spur aufnahm, würde er sie verfolgen wie ein Bluthund. Sie lief und lief, und immer deutlicher konnte sie vor sich jetzt das Wasser des Sees erkennen.

1

Sandra bereitete alles vor. Es war später Abend. Sie hatte gegessen, ein wenig ferngesehen und dazu eine Flasche Wein getrunken. Der Alkohol hatte sie träge und müde werden lassen, sie würde schnell einschlafen, wenn sie sich jetzt auf die Couch legte.

Vor dem Wohnzimmerfenster strich ein starker, böiger Wind vorbei, und hin und wieder blieben einzelne Laubblätter an der nassen Scheibe haften. Sie stellte den benutzten Teller und das Weinglas in die Spüle. Abwaschen brauchte sie beides nicht mehr. Das war nun egal. Sie löschte das Licht in der offenen Küche, drehte alle vier Gasleitungen am Herd auf und legte sich auf die Couch. Sie hörte das Zischen des Gases und den Wind und die Blätter vor dem Fenster. Jetzt würde sie schlafen. Sie würde einschlafen, wie sie es schon tausende Male getan hatte, und was dann kam, würde eine Überraschung sein. Sie hatte keine Ahnung, keine Vorstellung von dem, was sie erwartete. Sie würde einen fremden Raum betreten in einem Haus, in dem sie noch nie gewesen war, in einem unbekannten Land, in einer unbekannten Welt. Sie hoffte nur, dass es dort besser war als hier.

Sie hatte sich alles genau überlegt. Ihre Zeit auf der Insel bei Nils war so etwas wie ein Hinweis gewesen, ein Zeichen, das sie für sich gedeutet hatte. Er hatte sie nicht gewollt. Niemand wollte sie, weil *sie* niemanden wollte. So war sie einfach. Es war keine Schüchternheit, es war ein genereller Rückzug von den Menschen. Menschen waren ihr unheimlich. Vielleicht war das ein Paradoxon für sie als Kommissarin, vielleicht aber auch nicht. Sie war einfach nicht geschaffen für ein Leben unter Menschen. Und wo sollte sie sonst hin? In die Wildnis? Australien? Kanada? Nepal? Wo war ihr Platz? Sie wusste es nicht und glaubte auch nicht mehr daran, dass er sich irgendwo hier auf der Erde befand. Warum das so war, hatte sie sich eine Million Mal gefragt. Ebenso wie sie sich gefragt hatte, warum sie keinen Kontakt aufnehmen konnte zu dieser Welt. Was hemmte sie? Ihre kranke Mutter? Ihre

Kindheit, an die sie sich kaum erinnern konnte? Zu viele Fragen, auf die sie keine Antworten hatte.

Schschschsch. Das Gas strömte weiter in die Luft hinein. Wenn sie eingeschlafen war, würde der Raum gefüllt sein. Dann begann ihre Reise. Sie war niemandem böse, sie war mit sich im Reinen. Es konnte losgehen. Sie dachte an Amrum, an Inseln und daran, dass auch sie eine war. Sie dachte an Wasser, die Brandung und die Ebbe, und dann schlief sie ein.

Um dreiundzwanzig Uhr fünfundfünfzig schaltete sich die Zeitschaltuhr für die beiden Stehlampen im Wohnzimmer ein und verursachte einen Funken in der Zehnersteckdose unter der Heizung. Das Gas aus dem Herd entzündete sich und explodierte in einer großen Verpuffung, die die Fenster bersten und das Glas auf die Straße regnen ließen.

Sieben Minuten später erreichten die Feuerwehr und ein Krankenwagen die Wohnung. Ein Nachbar hatte sie gerufen.

Die Tür wurde aufgebrochen, zwei Brandherde gelöscht, und man fand den leblosen Körper von Sandra Keller auf der Couch. Der Notarzt leitete sofort Maßnahmen ein, um sie zu reanimieren, und dreißig Sekunden später begann Sandra wieder zu atmen.

Sie verspürte einen Druck an ihrem kleinen Finger und versuchte das, was sich dort an ihr festgeklammert hatte, abzustreifen, doch sie war zu schwach, zu müde. Selbst ihre Augenlider konnte sie kaum öffnen. Durch den milchigen Schleier ihrer fast geschlossenen Wimpern erkannte sie ein Gesicht und eine grelle Farbe. Rot. Irgendetwas piepte unentwegt, und manchmal wurde sie durchgeschüttelt. Dann begriff sie, wo sie war. Und sie wollte nicht hier sein, nicht wieder hier, wo alles so schwer und schmerzhaft war. Nein, sie wollte zurück. Dahin, wo sie hergekommen war.

»Nein«, stöhnte sie in ihre Sauerstoffmaske, und das Plastik beschlug.

»Sie hat etwas gesagt«, meinte der Mann, dessen Gesicht sie gesehen hatte, und ein zweiter beugte sich nun über sie. Er riss ihre Augen auf und leuchtete mit einer kleinen Taschenlampe hinein.

»Nein«, jammerte sie.

»Alles gut, Frau Keller. Sie sind in Sicherheit. Wir fahren Sie ins Krankenhaus. Es ist alles in Ordnung.«

Nein, ist es nicht. Sie spürte ihren schweren Körper, sie spürte Schmerzen im Kopf und in den Ohren und auf der Haut. Sie fühlte wieder alles, was sie gefühlt hatte, bevor sie dem entkommen war.

»Lasst mich zurück«, sagte sie kraftlos.

»Frau Keller, wir kümmern uns um Sie. Es ist alles in Ordnung«, wiederholte der Mann.

Er sprach furchtbar laut, und in ihren Ohren pfiff es schmerzhaft.

»Haben Sie Schmerzen?«, rief er und musterte sie prüfend.

Sie nickte müde. *Allerdings habe ich die. Deinetwegen habe ich sie.*

Er besprach etwas mit seinem Kollegen, und der zog eine Spritze auf, die er in ihren Infusionszugang injizierte.

Nach ein paar Sekunden fühlte sie die Schmerzen nur noch als dumpfen Druck. Trotzdem weinte sie, obwohl sie eigentlich zu müde dafür war. Sie weinte in sich hinein. Dann übermannte sie der Schlaf.

2

Noch nie hatte sie sich so schwer gefühlt. Die Schwerkraft ihres Körpers schien sich verdoppelt zu haben. Die Schmerzen waren dank dem ganzen Zeug in der Infusion zu ertragen. Doch ihre Niedergeschlagenheit lag wie ein nasses Tuch auf ihren Augen. Sie konnte die Lider nur schwer offen halten, und ihr Blick war leer und gläsern. Das spürte sie selbst. Sie hatte kaum Kraft, den Arzt länger als zwei Sekunden lang anzusehen. Immer wieder fiel ihr Blick müde und erschöpft auf die weiße Bettdecke. »Sie haben unglaubliches Glück gehabt, Frau Keller. Die Explosion war sehr stark. Sie haben das nur so glimpflich überstanden, weil Sie flach und geschützt auf dem Sofa lagen. Aber Sie haben einige Verbrennungen an den Händen und im Gesicht erlitten, die allerdings nicht sehr schwer sind. Das größte Wunder ist, dass wir Sie wieder zurückgeholt haben.« Er lächelte mit zusammengekniffenen Lippen und tätschelte ihren Arm. Dann kam er etwas näher. »Frau Keller, wie ich von der Polizei gehört habe, war der Herd völlig zerstört, daher muss ich nachfragen. Haben Sie versucht, sich umzubringen?« Er blickte ihr eindringlich in die Augen, soweit das bei ihren halb geschlossenen Lidern möglich war.

Sandra kannte die Situation, nur war sie bis jetzt nicht in der Position der Befragten gewesen.

»Ich weiß, dass Sie das fragen müssen, und nein, ich wollte mich nicht umbringen. Natürlich muss es für Sie so aussehen, aber ich hatte einen sehr schweren Fall hinter mir und wollte einfach nur einen Tee kochen. Dabei bin ich wohl auf der Couch eingeschlafen. Glauben Sie mir, ich bin nicht selbstmordgefährdet. Ich habe den Fall gelöst, er hat ein gutes Ende genommen, ich habe einen neuen Freund gewonnen. Es läuft gut in meinem Leben. Ich bin so … froh, dass ich gerettet wurde, ich kann's immer noch nicht fassen.« Sie gab sich unglaublich viel Mühe, ihr zuversichtlichstes und positivstes Lächeln aufzusetzen und dabei größtmögliche innere Gelassenheit auszustrahlen.

Der Arzt sah ihr unbeeindruckt in die Augen. Sie blinzelte verunsichert. Hatte er den Köder geschluckt oder nicht? Er ließ sich unverschämt viel Zeit. Doch dann folgte ein Lächeln. Ein erleichtertes Lächeln. Seine Augen hellten sich auf und verloren für einen Moment diesen professionellen Ausdruck, den Ärzte mehr als jede andere Berufsgruppe innehaben.

»Das ist gut, freut mich zu hören.« Er atmete hörbar aus und sank einige Zentimeter in sich zusammen. »Wissen Sie, Sie haben da eine neue Chance bekommen. Ein Geschenk des Himmels. Das müssen Sie einfach wissen. Sie sind gestern wiedergeboren worden.«

»Wann kann ich nach Hause?«, fragte Sandra mit rauer Stimme und hoffte, dass sie nicht zu fordernd klang.

»Aber Frau Keller, wir wollen doch nichts überstürzen.«

»Muss ich denn noch lange hierbleiben? Ich meine, ich habe doch keine schweren Verletzungen, oder?«

»Nein, aber Sie waren einige Minuten klinisch tot, Frau Keller. Sie hatten keinen Herzschlag und keine Atmung mehr.«

»Ja, aber was soll ich *jetzt* hier? Ich bin doch gesund. Sie haben mich ausgiebig untersucht.«

»Körperlich gesehen, sind da nur Ihre Verbrennungen und das Knalltrauma. Psychisch jedoch ...«

»Kann ich das nicht von zu Hause aus erledigen? Ich möchte nicht länger hier sein.«

»Frau Keller, Sie haben jederzeit die Möglichkeit, zu gehen. Dann müssten Sie allerdings unterschreiben, dass Sie gegen das ärztliche Anraten gehen möchten und die volle Verantwortung übernehmen. Mir wäre es lieber, wir behielten Sie noch für ein paar Tage hier. Ihre Wohnung ist sowieso zerstört. Erholen Sie sich erst mal, und dann sehen wir weiter. Wie wäre das?«

»Ich möchte lieber unterschreiben.«

Der Arzt atmete unzufrieden aus. Seine Lippen waren nun so fest zusammengekniffen, dass sie weiß wurden.

»Ist gut. Aber wenn Sie Verschlechterungen spüren – Kopfschmerzen, Herzschmerzen, Ausfallerscheinungen im Gedächtnisvermögen, Druckgefühl oder Ähnliches –, dann melden Sie sich sofort bei uns. Ja?«

Sandra nickte.

»Ich mache die Unterlagen fertig. Aber ganz wohl fühle ich mich nicht dabei.«

»Kein Sorge, ich passe auf mich auf.«

Er erhob sich und ließ sie allein. Sandra sank kraftlos in ihr Kopfkissen zurück und schloss die Augen. Das konnte alles nicht wahr sein. Das war nur ein riesengroßer, überwältigender Alptraum. Verzweifelt legte sie die Hände aufs Gesicht und schüttelte den Kopf. Sie würde sich an niemanden wenden. Nicht mit körperlichen Beschwerden und erst recht nicht mit dieser … Sache. Kein Mensch würde ihr glauben. Wenn sie erzählte, was vorgefallen war, würde man sie in die Irrenanstalt sperren und mit Beruhigungsmitteln vollpumpen, bis sie nur noch ein sabberndes Häufchen Elend war. Nein, sie musste hier raus. Weg von diesen Menschen in weißen Kitteln. Weg von allem hier. Gott, warum hatten sie sie bloß zurückgeholt?

∗∗∗

Sandra hatte das Krankenhaus verlassen und sich mit einem Taxi zu ihrer Wohnung fahren lassen. Vom Fußweg aus hatte sie hochgeschaut und die Handwerker gesehen, die bereits neue Fenster einbauten. Sie war nach oben und durch die offen stehende Tür in ihre Wohnung gegangen, wo einer der Handwerker sie aufhalten wollte. Als sie ihm sagte, dass das ihre Wohnung sei, hatte der Mann ganz betreten geschaut und sie gewähren lassen.

Noch während sie in ihrem Schlafzimmer ein paar Sachen in einen Koffer packte, hörte sie die Stimme ihres Vermieters, den die Handwerker wohl verständigt haben mussten. Er stand in der Wohnung, als sie aus dem Schlafzimmer kam, und sprach sie an. Er redete mit einer Mischung aus Wut und Besorgnis auf sie ein, doch Sandra hörte überhaupt nicht zu. Sie wollte nur die Wohnung verlassen, dieses kleine Asyl, das sie nun zerstört hatte, sodass es keines mehr war und auch nie mehr sein würde. Mit dem Henkel ihres Rollkoffers in der Hand stand sie da und wusste genau, dass sie niemals an diesen Ort zurückkommen wollte, wo sie dem Leben entflohen und so rau und brutal wieder hineingeworfen worden war. Sie nickte zu den Worten des Vermieters, ließ die Blicke der Männer an sich abprallen und ging ohne ein einziges Wort. Sie setzte sich in ihren Wagen und fuhr los. Es gab zwei Ziele, die ihr spontan einfielen. Zwei Orte, zwei Menschen, zu denen sie flüchten konnte. Nils und ihre Mutter. Amrum war ein verlockender Fluchtort, aber sie würde zuerst bei ihrer Mutter haltmachen. Bleiben konnte sie dort sowieso nicht. Was dann kam, würde sie noch sehen.

Das dreistöckige Haus mit dem eigelben Anstrich lag inmitten einer kleinen Grünanlage mit Lindenbäumen und rund geschnittenen Buchsbäumen. Das Anwesen lag etwas erhöht, die Auffahrt stieg leicht an, und der Parkplatz lag rechter Hand etwas versteckt in einem Carré aus typisch nordfriesischen Steinmauern, die mit inzwischen verblühten Rosen bepflanzt waren.

Sandra stellte ihr Auto auf einen Schattenplatz und ging zum Eingang. In ihren Ohren schrillte immer noch ein unangenehmer Ton, untermalt von einem steten Rauschen, sodass sie sich immer wieder unwillkürlich ans Ohr fasste. Die automatischen Türen schoben sich auseinander, und sie betrat eine kühle Halle mit Steinfußboden, einer größeren Sitzgruppe am Fenster, einem Snack- und Getränkeautomaten und einer Rezeption. Sandra steuerte auf die Treppe zu, die hinter den beiden Aufzügen im Schatten lag. Die Dame an der Rezeption folgte ihr mit ihrem Blick. Auf der zweiten Stufe hörte Sandra plötzlich eine Stimme in ihrem Rücken.

»Frau Keller?«

Sandra drehte sich um und erkannte Frau Dr. Alberts, die Ärztin ihrer Mutter.

»Oh, hallo«, grüßte Sandra, wenig erfreut über diese Begegnung. Nicht weil sie Dr. Alberts nicht mochte, im Gegenteil, sie hatte eine sehr entspannte und liebevolle Art, mit ihren Patienten umzugehen. Sandra wollte einfach niemanden sehen oder sprechen. Menschen waren ihr zu aufdringlich, zu störend, zu … ach, sie wusste es auch nicht. Sie wollte nach dem, was geschehen war, einfach nur ihre Ruhe haben.

»Schön, Sie zu sehen«, sagte die Ärztin erfreut und reichte ihr

die Hand, die gleich darauf wieder in der Kitteltasche verschwand.
»Sie waren länger nicht mehr hier.«

»Ja, ich hatte viel zu tun.« Sandra stellte einen Fuß auf die nächste Stufe, als Zeichen dafür, dass sie sich nicht auf eine lange Unterhaltung einlassen wollte. »Wie geht's meiner Mutter?«

»Ganz gut so weit. Unverändert. Sie hatte Probleme mit den Gelenken, aber wir haben ihr leichte Schmerz- und entzündungshemmende Mittel gegeben, und sie kommt sehr gut klar damit.«

»Ist sie oben?«

»Ja, ich denke schon. Ist alles in Ordnung? Sie sehen etwas blass aus«, forschte Dr. Alberts nach.

»Ja, ja, alles bestens. Zu wenig Schlaf vielleicht.«

»Das kenne ich. Nehmen Sie sich doch oben einen Tee.«

»Werd ich, danke.«

»Hat mich gefreut.«

»Ja, bis bald.«

Sandra stieg die Treppe empor bis in die zweite Etage. Vor dem Zimmer Nummer 53 am Ende des linken Flurs machte sie halt. Sie klopfte und trat ein. Ihre Mutter saß auf einem Stuhl am Fenster und schaute hinaus. Eine Tasse Tee stand auf einer Wolldecke auf ihrem Schoß. Die rötlichen Reste darin waren bereits angetrocknet.

»Hallo, Mama.«

Ihre Mutter hob die Augenbrauen und drehte den Kopf zur Tür. Sie sah ihre Tochter aus milchigen Augen an. Sandra drehte einen Sessel herum und setzte sich ihr gegenüber ans Fenster. Ihre Mutter sah ihr aufmerksam zu, so, als wisse sie nicht genau, worauf das alles hinauslief.

»Hallo, ich bin's«, sagte Sandra ruhig und lächelte müde. Sie ließ sich in den Sessel zurücksinken und schloss die Augen. Sie war furchtbar kraftlos.

»Möchten Sie etwas Marmelade?«, fragte ihre Mutter nach einer Weile. Sandra öffnete die Augen.

»Nein, danke.«

»Mmmh, wie Sie meinen. Wann kommt denn Herr Schuster?«

»Herr Schuster ist unterwegs«, sagte Sandra, die es aufgegeben hatte, ihrer Mutter deren Hirngespinste auszureden. Wenn man sie einfach annahm, war es leichter für beide Seiten.

»Mögen Sie keine Marmelade?«

»Doch, ich bin einfach nur satt.«

Ihre Mutter schaute wieder aus dem Fenster. Sandra nahm ihr die Tasse vom Schoß, bevor sie herunterfiel. Ihre Mutter schien es nicht einmal zu bemerken. Sandra überlegte, ob sie nicht vielleicht doch eine Nacht hier verbringen sollte. Sie könnte sich die beiden Sessel zusammenschieben und darauf schlafen. Aber ob sie es eine ganze Nacht mit ihrer Mutter in einem Zimmer aushalten konnte, wusste sie nicht.

»Sandra, mein Mädchen!«, rief ihre Mutter plötzlich. »Sandra!« Sie erhob sich, sodass die Decke von ihren Beinen rutschte, und streckte ihre Arme aus. Sandra stand auf, und ihre Mutter zog sie zu sich heran und drückte sie, als müsste sie sie vor irgendetwas retten.

»Schon gut, Mama.«

»Mein Mädchen«, sagte sie mit zitternder Stimme. »Dass ich dich noch mal sehe. Wie geht es dir? Ach, es ist so schön, dass du mich besuchen kommst.«

Sie setzten sich wieder, und Sandras Mutter staunte sie mit großen Augen an. Ihre knotigen Hände strichen über ihre mageren Oberschenkel. Sie war erst einundsechzig, aber ihre Hände sahen aus wie die einer Achtzigjährigen. Sandra sah die feinen weißen Narben an den Innenseiten ihrer Handgelenke und wandte sich ab. Das waren Erinnerungen, die sie nicht zulassen durfte. Sie versuchte, an etwas anderes zu denken, und landete am Strand von Amrum. Krampfhaft klammerte sie sich an diesem Bild fest.

»Bleibst du länger?«

»Nein, nein. Ich habe zu tun, tut mir leid.« Sandra dachte einen kurzen Moment lang daran, ihrer Mutter alles zu erzählen. Doch sie hätte es im nächsten Augenblick sowieso wieder vergessen.

Gott, wie sie ihre Mutter um diese Krankheit beneidete. Vergessen war etwas Wunderbares, es war vielleicht die beste Erleichterung, die man sich verschaffen konnte. Was für ein einfaches Leben musste das sein.

Da erst fiel ihr auf, was sie getan hatte. Sie hatte versucht, sich umzubringen. Das gestern war ein Selbstmordversuch gewesen. Erschrocken fuhr sie zurück. Jetzt registrierte sie auch, was das bedeutete. Sie war wie ihre Mutter. Sie hatte das alles von ihr geerbt, diese ganze Scheiße, die im Kopf ihrer Mutter vor sich hin kochte. Es war ihr genetisch weitergegeben worden. All das, was sie so sehr hasste und verachtete an ihrer Mutter, war sie nun plötzlich selbst. Sie sprang auf.

»Ich muss los.«

»Was, aber du bist doch gerade erst gekommen. Bleib doch noch ein bisschen.«

»Es geht nicht.«

Sandra hatte ein Gefühl von Atemnot. Die Geräusche in ihren Ohren wurden lauter und lauter. Sie ging zur Tür.

»Tut mir leid, Mama.«

»Sandra«, sagte ihre Mutter nur. Dann öffnete Sandra die Tür und ließ sie allein zurück.

Je näher sie der Küste kam, desto verlockender und gleichzeitig absurder wurde der Gedanke, einfach eine Fähre zu nehmen und zu Nils' Haus zu fahren. Wie gern hätte sie sich in dem kleinen engen Häuschen mit den niedrigen Decken versteckt, sich auf das Sofa gelegt, unbemerkt vom Rest der Welt, und geschlafen. Geschlafen, bis Nils sie geweckt hätte.

»Du bist doch wirklich so dämlich«, schimpfte sie mit sich selbst und betrachtete sich kurz im Rückspiegel. »Du dämliches Stück.« Sie schüttelte den Kopf und konzentrierte sich wieder auf die Straße. Der Wind peitschte die Bäume und Büsche entlang der Landstraße. Blätter flogen oder rutschten vereinzelt über die grau schimmernde Fahrbahn. Die Sonne war ein gedämpft gleißender Fleck hinter einem dünnen Wolkenschleier und blendete Sandra, dass ihr die Augen schmerzten.

Sie fuhr auf der Hauptstraße zwischen Sprakebüll und Leck. Nur noch ein paar Kilometer, dann musste sie sich entscheiden. Dagebüll oder Niebüll. Amrum oder das Revier. Als es so weit war, entschied sie sich für das Revier. Sie glaubte, durch die Arbeit alles schneller beiseiteschieben zu können, und als sie das Ortsschild von Niebüll passierte und durch die Straßen des Ortes fuhr, hatte sie Flensburg schon fast vergessen. Sie konnte sich kaum noch daran erinnern, jemals dort gewesen zu sein. Die Explosion, das Krankenhaus – nur noch sich auflösende Reste einer ihr unbekannten Substanz im Meer ihrer Gedanken.

Das Nummernschild, das ihren Stellplatz markierte, verschwand hinter der Motorhaube ihres Wagens. Sie stellte den Motor ab, richtete ihre Haare ein letztes Mal und machte sich auf den Weg in ihr Büro.

Das Revier sah aus wie immer, die Geschäftigkeit war die gleiche wie immer. Ihre Kollegen grüßten auf dieselbe Weise wie sonst auch, freundlich, aber distanziert. Niemand wusste etwas von den letzten Stunden, niemand wusste, wie zerrissen und haltlos es in ihr aussah. Das war wunderbar.

»Frau Keller?«

Die Stimme riss sie aus ihren Gedanken. Es war Oberkommissar Jensen, ihr Vorgesetzter, der mit einigen Akten in der Armbeuge und einer Tasse Kaffee in der Hand in der Tür seines Büros stand.

»Herr Jensen, guten Morgen«, grüßte sie und zeigte ihre Zähne, was wie ein Lächeln aussehen sollte.

»So früh schon zurück? Ich dachte, Sie wollten nach Hause und sich zwei Tage freinehmen?«

»War ich auch, aber inzwischen bin ich mehr hier zu Hause als anderswo«, sagte sie.

»Soso. Na ja, das kenn ich. Und der Fall auf Amrum hat sich ja etwas anders entwickelt als gedacht, was?«

»Etwas anders entwickelt« war eine maßlose Untertreibung, und Sandra missfiel es, wie lapidar Jensen diesen Satz von sich gab. Es war eine schreckliche Familientragödie daraus entwachsen, und sie dachte voller Mitgefühl an Nils, der nun einen schier unüberwindbaren Berg an Verarbeitungsprozessen vor sich hatte.

Sandra hatte auf Amrum im Fall der vermissten Anita Bohn ermittelt und war gerade erst aufs Festland zurückgekehrt, als ihre Dienststelle von der Feuerwehr über Hauke Petersens Selbstmordversuch unterrichtet worden war. Gleich am nächsten Morgen war sie wieder nach Amrum gefahren und hatte mit Elisabeth Petersen, Nils' Mutter, gesprochen, die nach dieser Sache nur noch ein Schatten ihrer selbst gewesen war. Noch während Elisabeth die

Zusammenhänge geschildert hatte, die zu dem Selbstmordversuch geführt hatten, war Sandra klar geworden, dass sie den Fall abgeben musste, dass sie Abstand brauchte, Ruhe und Abgeschiedenheit. Sie vermutete, dass es daran lag, dass sie Nils inzwischen zu nahestand, denn üblicherweise zog sie sich nicht aus laufenden Ermittlungen zurück, egal, wie schrecklich sie auch sein mochten. Aber aus einem ihr nicht bewussten Grund hatte die durch den Fall ans Licht gebrachte Familiengeschichte der Petersens sie dermaßen belastet, dass sie sich ausgeklinkt und um zwei Tage Urlaub bei Jensen gebeten hatte. Ein Urlaub, den sie dazu nutzen wollte, sich von alledem weit zu entfernen. Uneinholbar weit. Mit jedem Kilometer, den sie ihrer Heimatstadt näher gekommen war, hatte sich ihr Entschluss immer mehr gefestigt. Sie würde heimkehren und sich befreien. Allein der Gedanke daran hatte ihr die Last von den Schultern genommen und sie sich leichter fühlen lassen.

»Tja, wir wissen immer noch nicht mit Sicherheit, ob Anita Bohn ertrunken ist, aber alles deutet darauf hin. Was die Geschichte von damals angeht, entscheidet die Staatsanwaltschaft, ob überhaupt noch Anklage erhoben werden kann«, erklärte Jensen.

»Und Nils? Ist Herr Petersen noch im Krankenhaus?«, fragte sie.

»Ja, beide sind noch dort.«

Sandras Gedanken schweiften wieder auf die Insel.

»Frau Keller«, begann Jensen und stieß seine Tür mit der Schulter weiter auf, »würden Sie einen Augenblick in mein Büro kommen?«

Sandra folgte ihm und setzte sich auf den Stuhl vor seinem Schreibtisch. Jensen war ein guter, gewissenhafter Polizist, Familienvater und ein netter Kerl. Auch jetzt, nach den inzwischen mehr als zwei Jahren seit ihrer Versetzung von Flensburg nach Niebüll, sprach er sie immer noch mit dem Nachnamen an, als spürte er ihre Abneigung gegen allzu viel Nähe. Er respektierte das ohne jeglichen offenen oder stummen Kommentar. Die anderen Kollegen hatten sich schon öfter scherzhaft über ihre Art beschwert und sie »Miss Rührmichnichtan« oder »Revierprinzessin« betitelt. Doch mit der Zeit hatten sie ihre Versuche, sie in die Gemeinschaft aufzunehmen und zu privaten Treffen zwischen Kollegen einzuladen, aufgegeben und ihre Zurückhaltung einfach akzeptiert. Sie würde zwar nie die Medaille zur beliebtesten Mitarbeiterin des Monats gewinnen, aber wenigstens hatte sie dadurch ihre Ruhe. Jensen stellte seine Tasse auf einen freien Platz auf seinem Schreibtisch und schob einen kleinen Aktenstapel beiseite. Er fuhr sich kurz und ruckartig mit beiden Händen durch seine widerspenstigen braunen Haare, rieb sich über das Gesicht und blickte Sandra dann besorgt über seinen Schreibtisch hinweg an. Sandra vermutete einen neuen schwerwiegenden Fall, den er ihr übertragen wollte.

»Frau Keller, Sie sind eine wirklich gute Polizistin, und ich bin sehr froh, Sie bei uns zu haben. Sie haben unsere Dienststelle seit Ihrem Wechsel hierher sehr bereichert.«

Das konnte nur ein unvermeidliches *Aber* nach sich ziehen. Sandra überlegte, was sie falsch gemacht haben könnte. Hatte sie sich irgendwas zuschulden kommen lassen? Ein verspäteter Bericht? Nichteinhaltung des Dienstweges? Oder hatte Jensen etwas von ihrer kurzen Affäre mit Nils mitbekommen? Das musste es sein. Deswegen hatte er eben auf ihre Frage, ob Nils noch im Krankenhaus war, auch betont, dass das für Hauke Petersen ebenfalls galt. Es hatte eine Anspielung sein sollen, die sie nicht verstanden hatte. Das Opfer sollte sie mehr interessieren als dessen Retter. Innerlich versuchte sie, eine Barriere gegen die nun folgenden Anschuldigungen aufzubauen. Sie setzte sich kerzengerade auf den Stuhl, hob ihr Kinn und blickte ihn aus schmalen Augen an.

»Frau Keller, wann war Ihr letzter Urlaub?«

»Mein …«, stammelte sie und sank auf dem Stuhl vor Überraschung zusammen.

»Urlaub, wann waren Sie das letzte Mal im Urlaub?«

Sandra war so perplex, dass sie nicht einen klaren Gedanken fassen konnte. Was wollte er ihr eigentlich vorwerfen?

»Sehen Sie, ich mache mir Sorgen. Sie arbeiten seit über zwei Jahren für uns und haben eine unglaubliche Latte an Überstunden angehäuft. Urlaub haben Sie so gut wie nie genommen oder sind, wenn Sie mal ein paar Tage weg waren, so wie jetzt früher wiedergekommen. Nur einmal waren Sie vierzehn Tage am Stück in Urlaub, aber soviel ich weiß, haben Sie in der Zeit den Umzug Ihrer Mutter ins Pflegeheim organisiert.«

Sandra blinzelte nervös und rutschte ungeduldig auf ihrem Stuhl hin und her. Es wurde plötzlich unangenehm heiß hier im Büro.

Jensen verzog den Mund zu einem freundlichen Grinsen und hob versöhnlich seine dunklen Augenbrauen.

»Ich mache mir lediglich Sorgen um Sie. Ohne Sie beleidigen zu wollen, Frau Keller: Sie sehen nicht gut aus. Sie sind abwesend. Ruhen Sie sich doch mal aus. Fahren Sie irgendwohin. Entspannen Sie sich.«

»Herr Jensen, ich … weiß nicht …« Sie wusste nicht mehr weiter.

»Ihr letzter Fall ist so gut wie abgeschlossen. Was noch zu tun ist, werden die Kollegen problemlos ohne Ihre Hilfe erledigen können. Ansonsten ist im Moment Ruhe. Die übliche Routine.«

»Aber ich —«

»Kein Aber. Sie nehmen sich frei. Haben Sie keinen Ort, an den Sie schon immer fahren wollten? Niemanden, den Sie gerne mal besuchen wollen?«

Sandra rieb ihre feuchten Handflächen an ihren Hosenbeinen ab. Besuchen? Orte, die sie sehen wollte? Sie könnte zu Nils fahren. Ins Krankenhaus. Das wäre eine Möglichkeit. Amrum hatte sie bereits kennengelernt, Föhr wäre mal was Neues. Inseln gefielen ihr grundsätzlich. Ja, vielleicht würde sie nach Föhr fahren. Sich eine kleine Wohnung nehmen, lesen, ins Café gehen und hinaus aufs Meer schauen. Sie stand auf.

Jensen fuhr überrascht zurück. »Hoppla, soll's gleich losgehen?«

»Was? Ach so, ja. Gute Idee. Sie haben sicher recht. Danke. Ist noch irgendwas?«

»Nein. Von meiner Seite aus nichts.«

Sie verabschiedete sich und ließ Jensen zweifelnd zurück.

Er glaubte nicht recht, dass ein paar Urlaubstage Sandras Gemütszustand verbessern würden. Falls sie überhaupt fahren würde.

★★★

Die Fähre polterte langsam der Landungsbrücke entgegen, nachdem sie sich einmal um hundertachtzig Grad gedreht hatte. Die vordere Ladeluke öffnete sich wie das Maul eines monströsen Hais, und Sandra konnte die am Anleger wartenden Fahrgäste erkennen. Das Schiff vibrierte. Die meisten ihrer Mitreisenden saßen bereits wieder in ihren Autos und blickten erwartungsvoll auf die meterbreite Öffnung vor ihnen, die sie in wenigen Minuten in die Freiheit entlassen würde. Die Brücke krachte auf Deck, und der Mann mit der Fernbedienung machte den Weg frei für die Gäste, die zu Fuß oder mit dem Fahrrad unterwegs waren. Sandra folgte der losstürmenden Gruppe bis auf den Parkplatz des Hafens. Unschlüssig blieb sie stehen. Sie konnte sich ein Taxi nehmen oder mit dem Bus zu ihrer Wohnung fahren. Aber eigentlich wollte sie jetzt mit niemandem sprechen. Ein lautes Hupen in ihrem Rücken ließ sie auffahren, und sie machte der Autoschlange Platz, die sich nun von der Fähre auf die Insel schob.

In dem auf einer Anhöhe stehenden Hafenbüro holte sie sich eine Karte der Insel und studierte diese vor der Tür. Ihre Wohnung lag in der Mittelstraße, in der Nähe des Gemeindehauses von Wyk, und konnte kaum weiter als zehn Minuten von hier entfernt sein. Sie machte sich mit ihrem Rollkoffer auf und schritt durch das Wasserschutztor der einzigen Stadt von Föhr. Sie erreichte einen kleinen Platz. Restaurants und Geschäfte und das rege Treiben hier auf der rot gepflasterten Straße ließen sie erkennen, dass sie sich auf der Promenade befinden musste. Hinter einem größeren Hotelkomplex begann der schmale weiße Sandstrand. Ein italienisches Restaurant pries seine deutsche Küche an, und an einer Pommesbude, die laut Aushang ohne Fett briet, standen Eltern mit ihren Kindern in der Schlange und wurden von den über ihnen kreisenden Möwen beobachtet. Sandra bog rechts in eine Straße ein und folgte dieser über eine kleine Anhöhe bis zu einer Gabelung, an der sie sich links halten musste. Die Dame am Telefon hatte ihr gesagt, sie solle nach einem Teeladen suchen. Die Wohnung befände sich gleich darüber.

Sie roch den Laden, noch bevor sie ihn sah. Frau Stinnes wohnte im selben Haus in der unteren Etage und öffnete Sandra. Sie war eine freundliche weißhaarige Frau mit einem noch jungen Gesicht und stahlblauen Augen.

»Sind Sie das erste Mal auf Föhr?«, fragte sie, während sie die schmale Treppe nach oben gingen.

»Ja, das ist richtig.«

»Wir haben hier ein ganz tolles Angebot für Jung und Alt. Ich gebe Ihnen gleich ein paar Prospekte, damit Sie sich schnell zurechtfinden und einen schönen Urlaub verbringen können.«

»Danke, das ist nett«, sagte Sandra, und sie erreichten eine weiß gestrichene Tür mit einem Blumenkranz. Er war echt, fiel Sandra auf.

Frau Stinnes öffnete die Tür und führte sie in ein mit weißem Holz getäfeltes Zimmerchen, das sich unter zwei Dachschrägen duckte und ein bogenförmiges Fenster hatte, das nach vorn auf die Fußgängerzone blickte. Der Raum sah aus wie eine Puppenstube, weiß getüncht, mit hübschen winzigen Möbeln und einer kleinen Teeküche, die mit einem Quadrat aus Kacheln in Friesenmuster hinterlegt war.

»So, das wäre Ihre Wohnung«, sagte Frau Stinnes und lächelte so einnehmend, dass Sandra sich auch wohlgefühlt hätte, wenn ihr die Wohnung nicht gefallen hätte. Aber sie mochte sie.

»Schön, wirklich. Genau das, was ich gesucht habe.«

»Da bin ich aber froh. Sie ist sehr ruhig und gleichzeitig zentral gelegen. In Wyk können Sie praktisch alles zu Fuß erreichen. Den Strand, die Restaurants, das Schwimmbad, das Kino, das Gemeindehaus.«

»Wo finde ich denn das Krankenhaus?«, fragte Sandra, und sofort verschwand das Lächeln aus Frau Stinnes' Gesicht und wurde durch einen besorgten, fast mütterlichen Blick ersetzt.

»Das Krankenhaus?«

»Ja, ich möchte jemanden besuchen.«

»Oh ja, das ist auch ganz leicht zu finden.«

Frau Stinnes beschrieb Sandra den Weg, worauf die nur ihren Koffer in die Ecke hinter dem Bett stellte und mit ihrer Vermieterin gleich wieder nach unten ging. Frau Stinnes verschwand in ihrer Wohnung, aus der es nach Tee, Zitrone und gekochtem Fisch roch.

Auf der Promenade bekam Sandra fast den Eindruck, sie befände sich in Italien. Die Sonne stand zwei Finger breit über Amrum an einem blauen Himmel, der nur vereinzelt von ein paar schneeweißen Wolken bedeckt war. Der Wind ging schwach, kaum merklich, es roch nach Salz und Kaffee und süßem Kuchen. Nur die Temperaturen stiegen jetzt in der Herbstsaison nicht mehr höher als fünfzehn Grad. Auf der Grünfläche zwischen dem Fußweg und dem Strand hatten die zahlreichen Cafés und Restaurants im Schatten der Bäume Tische und Stühle mit warmen Decken bereitgestellt. Kinderlachen drang vom Strand zu ihr herauf und das Geräusch von Volleybällen, die über die Netze geschlagen wurden. Sandra war ganz allein. Niemand kannte sie hier. Sie war frei und unabhängig, und dies war der Zeitpunkt, um endlich einmal zu entspannen, alles von sich abfallen zu lassen, was wie Ballast an ihr hing. Sie wollte die Säcke loslösen und hinunterwerfen und wie ein Ballon in das unendliche weite Blau des Himmels emporsteigen. Leicht und ohne jeden Zweifel. Einfach mit dem leichten Wind ziehen, dorthin, wo es hell und freundlich war und die Luft klar und frisch.

Beinahe hätte sie die Augen geschlossen, um diesem Bild zu folgen, doch dann flatterten ihre Augenlider ängstlich, und Schatten trübten den Himmel, sodass ihr Ballon nicht mehr abheben konnte. Sie dachte an ihre Mutter, die jetzt im Heim am Fenster saß. Das war ein Bild, das sie nicht lange ertragen konnte, und so wendete sie sich den Restaurants zu und setzte sich schließlich an einen Tisch. Die Beine in eine Decke gewickelt, aß sie früh zu Abend und genoss die Aussicht auf die untergehende Sonne. Gleich morgen früh wollte sie Nils besuchen. Für heute hatte sie genug erlebt. Wenn sie daran dachte, dass sie am Morgen noch selbst in Flensburg im Krankenhaus gelegen hatte, konnte sie es kaum glauben. Sie war von einer Küste zur anderen gefahren, und es erschien ihr wie der Wechsel in ein vollkommen anderes Leben.

3

Nils erwachte von den Sonnenstrahlen, die durch die gazeartigen Vorhänge in sein Zimmer fielen. Sogleich bemerkte er die ungewohnten und geschäftigen Geräusche, die von draußen zu ihm hereindrangen. Stimmen, Schritte, Klappern, Quietschen. Wo war er? Er hatte das Gefühl, Jahre geschlafen zu haben und soeben aus einem Traum erwacht zu sein, einem Traum, der sein Leben auf den Kopf gestellt hatte. Ein Alptraum. War das alles wirklich passiert? Er sah sich um. Er lag in einem Krankenhaus. Allein. Die Vorhänge bewegten sich atmend in der Luft, die durch ein geöffnetes Fenster drang. Er stand auf, tapste auf nackten Füßen über das kalte Linoleum zu der Fensterreihe und öffnete die Vorhänge. Vor ihm lag ein kleiner Park. Die Dächer der benachbarten Häuser schimmerten durch die Kronen der Bäume. Für den Winter war es noch ein wenig früh, der Herbstwind hatte jedoch schon einige Blätter von den Zweigen gerissen. Irgendwo hinter den Dächern meinte Nils, das Meer erahnen zu können. Diffuse Wolken zogen sich über den blauen Himmel. Das hier war nicht Amrum. Alles war fremd und anders. Seine Insel lag ein paar Kilometer weiter draußen, sagte ihm sein Verstand. Das war nicht nur befremdlich, es war auch beängstigend. Amrum war sein Mittelpunkt, es war immer unter seinen Füßen gewesen, war der Ursprung aller seiner Perspektiven. Und nun befand er sich außerhalb davon. Er machte einen Schritt zurück. Schwindel ergriff ihn, und er musste sich an seinem Bett festhalten. Da wurde die Tür geöffnet, und eine Schwester kam herein.

»Herr Petersen, Sie sind ja auf.«

»Wo bin ich hier?«

Sie kam lächelnd auf ihn zu, mit ausgebreiteten Armen, als müsse sie ihn gleich auffangen.

»Sie sind im Krankenhaus auf Föhr. Sie hatten eine Unterkühlung. Erinnern Sie sich?«

Nils erinnerte sich sehr wohl. An einen Traum. Einen dunklen, kalten, aufwühlenden Traum. Er war ins Wasser gesprungen, in eiskaltes schwarzes Wasser. Die Wellen hatten ihn hin und her geworfen, selbst unter Wasser. Und dann hatte er das weiße Haar gesehen. Das Haar seines Vaters. Und er war tiefer getaucht und hatte danach gegriffen. Er hatte geglaubt, dieses Gewicht niemals an die Oberfläche ziehen zu können. Er dachte, er und sein Vater würden ertrinken. Und er erinnerte sich an einen zweiten, einen anderen Traum. Unaussprechlich. Verwirrend.

»Ich muss mich hinsetzen«, sagte er mit einem leichten Lächeln auf den Lippen, und die Schwester griff ihm unter die Arme. Seine Beine zitterten kraftlos. »Mir ist kalt.«

»Ich decke Sie zu. So, jetzt bleiben Sie schön im Bett. Ich bringe Ihnen einen heißen Tee und etwas zu essen, dann geht es Ihnen bald besser.«

»Wie lange bin ich schon hier?«

»Seit zwei Tagen.«

Damit ging sie hinaus und kehrte wenig später mit einem Tablett zurück. Sie öffnete den Deckel und goss heißen Tee für ihn ein.

»Ihr Vater liegt auch auf der Station«, sagte sie, und es sollte ihm ein Trost sein. Aber Nils empfand nur Angst bei ihren Worten. Angst und eine seltsame Haltlosigkeit.

Unwillkürlich blickte er hinüber zum Fenster. Da draußen war es irgendwo. Amrum, das so fest und gleichmäßig im Meer lag.

»Wenn Sie etwas brauchen, klingeln Sie einfach. Ich komme später wieder.«

Nils nickte, und wie eine Explosion drängte sich ohne Vorwarnung das Bild seiner Frau und seiner Tochter in seinen Kopf. Augenblicklich spürte er eine tiefe Sehnsucht. Er brauchte die beiden, jetzt, hier. Er brauchte sie als Trost, als jemanden zum Ansprechen, zum Reden, als Orientierung. Aber bei allem, was in seinem Traum vorgefallen war, zweifelte er daran, dass sie kommen würden. Der Sturm war vorbei. Natürlich, es waren zwei Tage vergangen. Er nippte an seinem Tee, und der Dampf stieg ihm ins Gesicht und befeuchtete seine kalte Haut.

Er aß etwas Brot mit Butter und Salz, mehr konnte er nicht zu sich nehmen, und legte sich hin, um nachzudenken. Das konnte alles nicht wirklich passiert sein.

Und wenn doch? Wie sollte es jetzt weitergehen?

Es klopfte.

»Ja, bitte«, rief Nils, und die Tür öffnete sich leise. Eine hagere, gebückt gehende Frau um die vierzig mit blonden Haaren und einer schwarzen Brille trat ein. Als sie auf ihn zukam, richtete sie sich kurz zu ihrer vollen Größe auf und beugte sich dann gleich wieder zu Nils hinunter, um ihm die Hand zu geben. An ihren Augen und ihrem milden Lächeln erkannte Nils sofort, dass sie keine Ärztin war. Zumindest keine, die mit dem Skalpell oder dem Stethoskop arbeitete.

»Guten Tag, Herr Petersen. Mein Name ist Barbara Linnemann. Ich bin hier im Klinikum für die psychologische Betreuung der Patienten zuständig.« Ihr Lächeln verbreiterte sich auf einer Seite, und sie legte den Kopf schief wie ein Hund.

Nils sank zurück in sein Kissen und blickte zur Decke. *Das musste ja kommen. Tut mir leid, ich glaub, ich bin etwas zu verspannt, um mit dir zu reden.*

»Wenn Sie möchten, können Sie mir gern ein bisschen von sich erzählen. Sie haben ja ein sehr intensives Erlebnis hinter sich.«

Ach ja? Was wissen Sie denn schon von meinen Erlebnissen? Sie haben nicht die geringste Ahnung.

»Frau Linnemann, das ist sehr nett, aber ich glaube nicht, dass ich jetzt reden möchte.«

»Das verstehe ich gut. Es ist auch nur ein Angebot von mir, weiter nichts. Sie sind zu rein gar nichts verpflichtet. Manchmal ist es nur besser, alles zu erzählen, und manchmal geht es sogar leichter, wenn ein Fremder zuhört.«

Nils nickte dankend, antwortete aber nicht. *Sag es ihr doch. Sag es ihr! Du musst es jemandem sagen. Sonst ...*

»Ihr Vater befindet sich auch auf der Station. Sie haben ihm das Leben gerettet. Das war wirklich sehr mutig von Ihnen.«

Nils schloss die Augen. Sogleich war er wieder unter Wasser, in dem endlosen Schwarz des Meeres und ...

Schnell schlug er die Augen wieder auf.

»Er ist nicht mein Vater. Nicht mein leiblicher.«

»Aha. Warum sagen Sie das? Ist Ihnen das wichtig?«

»Nein, es ist nur ... Ach, ich hab's erst gestern erfahren.«

»Gestern?«

»Nein, also vor zwei Tagen, als das alles passiert ist.«

»Oh. Und wie geht es Ihnen damit?«

»Wie soll's mir gehen? Ich bin geschockt. Ich … hören Sie, das ist alles sehr kompliziert …«

»Das macht mir nichts aus. Das Leben ist nun mal kompliziert.« Sie lächelte wieder einseitig und stellte ihren Kopf gerade.

Nils atmete tief aus und blickte hinüber zum Fenster. »Meine Eltern haben mir bis vor zwei Tagen verschwiegen, dass mein Vater nicht mein leiblicher Vater ist.«

Dieser Satz klang einfach, doch das war noch lange nicht alles. Wie sollte er den Rest erklären? Wie konnte man das alles überhaupt erklären?

»Ich bin Polizist auf Amrum. Im Sommer verschwand eine Frau auf der Insel und wurde nicht mehr gefunden. Ich hatte so ein Gefühl die ganze Zeit und hab nach ihr gesucht. Ich hab sie nicht gefunden. Das heißt doch, irgendwie schon. Sie ist meine Schwester, *war* meine jüngere Schwester. Das hab ich herausgefunden.«

»Ihre Schwester? Sie kannten sich also nicht?«

»Nein, mein Vater … also der, mit dem ich aufwuchs, hat sie als Baby nicht annehmen wollen, weil sie wie ich nicht sein leibliches Kind war. Und so warf er sie kurz nach ihrer Geburt ins Meer. Was er nicht wusste, war, dass ihr und mein leiblicher Vater ihn dabei beobachtete und das Baby aus dem Wasser rettete. Er brachte es in ein Heim in Hamburg. Erst als sie eine Frau war und selbst eine kleine Tochter hatte, kam sie wieder auf die Insel, um Urlaub zu machen, und verschwand spurlos. Ich bin ihr noch begegnet. Sie war nach Hause gekommen. Nur wusste sie es nicht. Ich wusste es nicht. Niemand wusste es. Es war einfach purer Zufall oder Schicksal oder was auch immer. Jedenfalls fand ich heraus, wer sie war, und dann erfuhr ich, wer mein wirklicher Vater ist, unser Vater. Er lebte die ganze Zeit neben mir. Wie ein Onkel. Ein Freund. Mein ganzes Leben lang. Einfach nur neben mir. Ich bekam also eine Schwester, verlor meinen Vater, bekam einen neuen, und dann rettete ich meinen alten Vater, weil er sich wegen dem, was ich herausgefunden hatte, umbringen wollte. Was ist das für eine Geschichte?«

Nils blickte zu Frau Linnemann. Ihre Augen schimmerten feucht.

»Das ist eine außergewöhnliche Geschichte, Herr Petersen.« Sie schluckte vernehmlich. »Außergewöhnlich traurig, aber auch außergewöhnlich schön.«

»Schön?«

»Ja, finden Sie nicht? Sie haben Ihre Schwester gefunden. Sie haben Ihren Vater gefunden.«

Das ist nicht schön gewesen. Schön war das, was ich im Wasser gesehen habe.

»Herr Petersen?«, fragte die Psychologin, als sei Nils schon längere Zeit abwesend.

»Ja?«

»Wie fühlen Sie sich jetzt damit?«

»Ich ... da war noch etwas ...«

»Ja?« Sie sah ihn aufmerksam an. Ihr Lächeln war verschwunden.

»Als ich im Wasser war, da ... da habe ich ... etwas gesehen.«

Sie wird dich für verrückt erklären, wenn du es ihr sagst. Lass es. Das macht alles nur noch schlimmer.

»Was haben Sie gesehen?«

»Ich ...« Nils sah die Bilder vor seinen Augen und hatte doch keine Ahnung, wie er sie in Worte fassen sollte. »Nichts. Ich bin einfach nur müde.«

»In Ordnung. Aber sollten Sie jemanden zum Zuhören brauchen, rufen Sie mich an, bitte.« Sie legte ihm ihre Karte in die leicht geöffnete Hand. Nils warf einen Blick darauf. Ein schwach blauer stilisierter Engel war der schwarzen Aufschrift hinterlegt.

4

Es war dunkel geworden. Der Abend stand in einem leuchtenden Kobaltblau vor Nils' Fenster. Einzelne, schnell ziehende Wolken zeichneten sich schwarzbläulich gegen den Himmel ab und spiegelten sich auf der See zwischen Föhr und Amrum. Ein kleines Licht brannte in der Leiste über Nils' Bett, und der Fernseher lief. Elke und Anna waren nicht gekommen. Ein Teil von ihm war dankbar dafür, weil er nicht wusste, wie er ihnen begegnen, was er ihnen sagen sollte. Ein anderer Teil in ihm sehnte sich nach den beiden. Sie waren immer noch seine Familie. Auch wenn sie ihn verlassen hatten und jetzt im Haus eines anderen Mannes lebten.

Im Fernsehen liefen die Nachrichten. In Flensburg hatte sich gestern Nacht in einem Einfamilienhaus eine Explosion ereignet. Die Polizei gehe von einer defekten Gasleitung aus, hieß es. Eine Frau war bei der Explosion verletzt worden, und es gab einen Sachschaden von mehreren tausend Euro.

Nils wusste nicht, wo Sandra wohnte. Aber sofort, als er die Meldung hörte, glaubte er, dass es sich um Sandra handelte. Sandra war die Kommissarin, die ihm bei der Suche nach seiner Schwester geholfen hatte und ihm in der Zeit nähergekommen war als irgendjemand sonst. Sie hätte noch mehr gewollt, wäre weiter gegangen, doch er hatte sie abgewiesen. Er liebte Elke. Das war unumstößlich. Und nun die Nachricht von der Explosion. Sogleich kam ihm der Gedanke an Selbstmord. Was, wenn er sie so verletzt hatte, dass sie sich das Leben nehmen wollte? Was, wenn das alles seine Schuld war? Er war so beunruhigt, dass er zu seinem Handy griff und ihre Nummer aufrufen wollte. Doch es ging nicht an. Er öffnete die Abdeckung über dem Akku, und eine wenig Wasser schwappte heraus. Meerwasser. Das Wasser aus dem Sturm, in den er geraten war.

Als er den Akku entfernt hatte und das Innere mit einem Zipfel seiner Decke trocken rieb, klopfte es an der Tür. Eine Schwester zog ein Patientenbett rückwärts herein. Am Kopfende schob ein

Arzt, der noch seinen Mundschutz und seine grüne OP-Kleidung trug.

»Hallo, Herr Petersen, Sie bekommen Gesellschaft. Tut mir leid, aber es ist kein anderes Zimmer mehr frei.«

Nils reckte seinen Kopf in die Höhe und erkannte einen offenbar schwer verletzten älteren Mann. Er war an verschiedene Geräte und Infusionen angeschlossen. Sein Kopf und Teile seines Gesichts waren verbunden. Er war wach, doch seine Augen blickten nur gläsern an die Decke. Die Schwester und der Arzt ordneten die Geräte und die dazugehörigen Kabel und Schläuche und schlossen sie an.

»Wir werden öfter nach ihm sehen müssen. Ein dringender Notfall, kommt gerade aus dem OP. Wenn Sie merken, dass irgendwas nicht stimmt, klingeln Sie bitte, ja?«, bat die Schwester. Auf ihrem Namensschild stand »Monika«.

»Sicher«, sagte Nils. Der maskierte Arzt hob die Bettdecke an. Das linke Bein des Mannes war ebenfalls verbunden, von unten bis oben, und lag in einer Schiene. Vier Schläuche wuchsen aus den Mullbinden heraus und führten zu vier Blutfläschchen, die der Arzt der Reihe nach ans Bett hängte.

Der Kerl hat ja richtig was abgekriegt, dachte Nils. Er wusste, dass er kein Auge zutun würde bei den ganzen Geräuschen, die die Geräte machten, und bei dem Röcheln des Mannes. In seinem Pillenspender lag noch die Schlaftablette für die Nacht, die er jetzt einnahm.

»Ist bei Ihnen alles so weit in Ordnung?«, fragte Schwester Monika.

»Ja, ja, ich brauche nur noch etwas Wasser.«

»Ich hol Ihnen eine Flasche.«

»Nein, nein, ich gehe selbst. Mir geht's doch gut. Im Gegensatz zu meinem Nachbarn. Was ist mit ihm passiert?«

Sie wartete, bis der Arzt fertig war und den Raum verließ.

»Ein Unfall. Mehr kann ich Ihnen nicht sagen. Das Wasser finden Sie hinter dem Stationszimmer links.«

»Alles klar, danke.«

Monika ging nach einem letzten Blick auf den Perfusor, der dem Mann wie eine riesige Spritze Schmerzmittel in die Venen pumpte. Nils stand auf und schlüpfte in seine Sportschuhe. Am Bett seines Nachbarn blieb er kurz stehen und warf einen Blick auf das Namensschild. Professor Dammer. Dann folgte er der Schwester hinaus auf den Gang.

Das Licht war bereits gedämmt. Am Ende des langen Flurs blinkte eine rote Leuchte über einem Zimmer, und man hörte den monotonen Alarmton. Nils' Schuhe quietschten auf dem Linoleum. Das Stationszimmer war leer. Durch die offen stehende Tür zum Schwesternzimmer sah er zwei dampfende Becher Tee einsam auf dem Tisch stehen. Er ging weiter, am Fahrstuhl vorbei, und betrat einen größeren Raum, in dem vier Tische mit jeweils vier Stühlen darum standen. Links gab es eine kleine Anrichte mit einer großen Teekanne und mehreren Bechern, gefüllt mit Zucker-, Süßstoff- und Teepäckchen. Auf dem Boden standen zwei Kisten Wasser übereinandergestapelt. Nils nahm sich eine Flasche heraus und machte sich auf den Rückweg. Als er den Fahrstuhl passierte, hörte er ein helles *Ding!*, und die Türen schoben sich auseinander.

Da standen sie. Elke und Anna.

Keiner von ihnen bewegte sich oder sagte etwas. Sie starrten sich nur an, als seien sie sich zufällig auf einer Marsmission begegnet. Wieder machte es *Ding!*, und die Fahrstuhltüren schlossen sich. Elke machte einen schnellen Schritt nach vorn und hielt eine Hand in die Lichtschranke. Die Türen fuhren zurück.

»Hallo«, sagte Nils.

»Hallo«, sagte Elke, und Anna stürmte an ihr vorbei und fiel Nils weinend um den Hals.

»Hey, hallo, Schätzchen. Langsam, langsam, du erwürgst mich ja!« Er drückte seine Tochter ganz fest an sich. Sie schien ihn nicht mehr loslassen zu wollen.

Elke lächelte traurig, als Nils sie über das Haar ihrer Tochter hinweg ansah.

»Hallo«, sagte Nils erneut.

»So, jetzt lass mal den Papa los, er ist doch noch … geschwächt«, sagte Elke.

»Das geht schon. Mir geht's gut, wirklich. Jetzt, wo ihr da seid.«

Wieder dieses Lächeln auf Elkes Lippen. Sie sah abgekämpft

aus. Dunkle Ringe hatten sich unter ihren Augen gebildet, und ihre Mundfalten wirkten tiefer als sonst.

»Wollen wir … Wir gehen besser hier rein.« Nils wies auf die Tür zum Aufenthaltsraum. »Ich hab einen Neuen in meinem Zimmer, dem geht's nicht gut. Habt ihr einen Augenblick Zeit?«

»Sicher, wir sind doch extra wegen dir gekommen«, sagte Anna und nahm Nils' freie Hand.

Sie setzten sich an einen Tisch am Fenster. Nils bot den beiden Tee und Wasser an, aber sie wollten nichts.

»Wir haben auf der Fähre was gegessen«, sagte Elke.

»Ach ja, ihr müsst ja extra mit der Fähre kommen. Ich liege eigentlich dahinten am Ende des Ganges.«

»Ich weiß. Wir haben dir doch gestern schon trockene Sachen gebracht.«

Nils sah an sich herunter. Natürlich. Er war vor zwei Tagen aus dem Wasser gefischt worden. Jetzt trug er ein sauberes T-Shirt und seine Sporthose und Schuhe.

»Wir haben uns um alles gekümmert«, freute sich Anna und hielt immer noch seine Hand. Jemand schlich an der Tür vorbei, und Nils überkam eine irrationale Angst, dass es sein Vater sein könnte.

»Hauke ist ja auch hier, hab ich gehört«, sagte er leise.

Elke nickte und blickte mit gesenktem Kopf zu Anna.

»Du hast Opa gerettet«, sagte Anna bewundernd.

Jetzt senkte Nils seinen Kopf. Einen Moment lang sagte keiner ein Wort. Dann zog Elke ein kleines Geschenk aus ihrer Handtasche.

»Anna, kannst du schon mal zu Opa gehen und ihm das geben?«

»Nein, ich will noch nicht gehen«, protestierte Anna.

»Du kannst ja gleich wiederkommen«, beruhigte Nils sie. Er wusste, dass Elke allein mit ihm sprechen wollte.

»Sag, ich komme auch gleich zu ihm, ja?«, meinte Elke.

»Ist gut, aber ich komme gleich wieder!«

»Natürlich, ich hab heute nichts mehr vor«, sagte Nils, und sie lächelte wieder.

Dann war er mit Elke allein. Es war still bis auf das Brummen der Therme und den Alarm auf dem Flur, der scheinbar nicht aufhören wollte.

Weder Nils noch Elke trauten sich, den anderen länger als den Bruchteil einer Sekunde anzuschauen. Elke fingerte am Reißverschluss ihrer Handtasche herum. Schließlich sagte sie: »Wir haben uns große Sorgen gemacht.«

Nils lächelte kurz. Er wusste nicht, was er darauf erwidern sollte. Was bedeutete dieser Satz? Sollte er überhaupt etwas bedeuten? Plötzlich begann Elke, leise zu schluchzen. Ihre Schultern zuckten verhalten, und sie wischte sich kurz mit einem Taschentuch die Nase ab.

»Ist alles gut«, sagte Nils nur und berührte sie sanft mit dem Zeigefinger am Arm. Er spürte ihre Wärme. Sie schien vor Hitze zu glühen.

»Es tut mir leid, Nils, es tut mir leid. Du hattest recht. Du hast alles richtig gemacht. Niemand hat an dich geglaubt. Ich auch nicht. Und das tut mir wirklich leid.« Sie kämpfte mit ihrer Fassung.

»Elke, das konnte niemand wissen. Weißt du überhaupt schon alles?«, fragte er zögernd. Seine Frau nickte. Noch war sie das, seine Frau.

»Deine Mutter hat mir alles erzählt. Sie hatte einen Nervenzusammenbruch. Aber es geht ihr schon wieder besser. Sie ist zu Hause.«

»Niemand konnte das ahnen. Ich hab's irgendwie … gefühlt oder was auch immer. Sie war meine Schwester, und irgendwie waren wir miteinander verbunden. Ich wusste einfach, dass etwas Schlimmes passiert war. Aber es geht ihr gut«, sagte Nils und lächelte.

Elke sah ihn fast erschrocken an. »Wie meinst du das?«

Verdammt, du hast dich verraten! Pass besser auf, was du sagst. Jetzt musst du es ihr erzählen. Wenn nicht ihr, wem sonst? Sie ist die Einzige, der du vertraust, der du vertrauen kannst.

»Elke, ich muss dir was sagen. Aber bitte halte mich nicht für verrückt. Ich bin völlig in Ordnung.« Er beugte sich vor und nahm ihre Hand fest in seine. »Ich weiß, dass wir getrennt sind, aber du bist … meine Frau, ich kann das nur dir erzählen.«

»Nils, was ist? Du machst mir Angst.«

»Nein, nein, es ist gut, es ist alles gut.« Er sammelte sich kurz, benetzte seine Lippen und fing an zu erzählen. »Ich kam in den Hafen und sah Hauke springen. Ich wusste, dass er das tun würde. Ich fuhr bis an den Rand und sah ins Wasser. Er war nicht mehr zu sehen, und irgendwie konnte ich mich zuerst nicht bewegen. Ich wartete viel zu lange. Aber dann sprang ich doch und tauchte. Ich sah sein weißes Haar im Wasser leuchten und tauchte noch tiefer. Ich dachte, ich schaffe es nicht, doch dann bekam ich ihn zu fassen, und er war so schwer, so furchtbar schwer. Ich versuchte, mit ihm nach oben zu schwimmen, doch wir schienen uns kaum zu bewegen. Es war aussichtslos, dachte ich. In dem Moment war ich sicher, dass wir beide da unten ertrinken würden. Aber dann ist etwas Unglaubliches passiert.«

Elke sah ihn aus ängstlich wachen Augen an. Nils drückte ihre Hand. Nicht zu fest. Er spürte die vertrauten Formen ihrer Finger und ihrer Handinnenfläche und musste lächeln.

»Ich bin aus dem Wasser gezogen worden«, sagte er, und seine Stimme war ganz ruhig und sanft.

»Ich weiß, Nils. Karl hat dich und Hauke aus dem Hafenbecken rausgeholt. Sonst wärst du doch nicht hier.«

»Nein, nein. So hab ich das nicht gemeint.«

Das Brummen der Therme und der Alarmton schienen immer lauter zu werden. Nils konnte sogar ein winziges Schmatzen hören, wenn Elke blinzelte. Er fragte sich, ob dies der richtige Ort war, um mit ihr darüber zu sprechen. Aber gab es überhaupt einen solchen Ort? Sie war gekommen, um ihn zu besuchen. Sie waren allein. Er hielt ihre Hand. Eine bessere Gelegenheit würde er vielleicht nicht bekommen.

»Nein. Ich bin aus meinem Körper gezogen worden. Irgendwas hob mich nach oben und aus dem Wasser heraus. Ich konnte mich selbst sehen da unten im Wasser, mit Hauke im Arm. Ich stieg immer höher, erkannte die Wasseroberfläche, die Wellen, den Sturm, aber es war nicht mehr gefährlich oder bedrohlich. Dann konnte ich auch Karl sehen, der am Kai stand. Intuitiv wusste ich, dass er mein richtiger Vater ist und nicht Hauke. Aber es verstörte mich nicht, machte mich nicht wütend. Es war nur eine einfache Erkenntnis. Dann bildete sich ein Tunnel um mich herum, und da war überall Licht. Ich wurde mit ungeheurer Geschwindigkeit nach oben gesogen. Überall waren Farben, sie leuchteten und bewegten sich. Ich blickte nach oben und sah ein Licht. Aber keins, wie wir es kennen. Es war hell, aber das war noch nicht alles. Es war … keine Ahnung, wie ich das beschreiben soll. Es war einfach nur schön und gut, und ich flog darauf zu und war vollkommen glücklich. Aus dem Licht kam mir ein Schatten entgegen, ein Umriss. Es war eine menschliche Gestalt, und sie schwebte einfach so, flog auf mich zu. Ich erkannte Anita. Es war Anita, meine Schwester, die ich die ganze Zeit gesucht hatte. Mit einem Mal war sie ganz nah bei mir und nahm meine Hand. Sie lächelte, aber sagte nichts. Sie nahm nur meine Hand. Dann schwebten wir abwärts, weg vom Licht. Ich wollte so gern dahin, nach oben, aber sie wollte mich zurückbringen. Sie begleitete mich ein Stück und ließ dann irgendwann los. Ich spürte keinen Abschiedsschmerz. Es war in Ordnung. Sie blieb da oben und lächelte. Es ging ihr gut, sie war glücklich und zufrieden, das konnte ich sehen. Dann wurde ich wieder beschleunigt. Die Lichter flogen an mir vorbei, und ich fiel abwärts, wieder ins Wasser und in meinen Körper. Und mit einem Mal war alles wieder da. Die Angst, die Kälte, der Schmerz und Hauke in meinem Arm. Ich schwamm mit ihm nach oben und sah, wie ein Rettungsring auf dem Wasser landete. Und na ja, den Rest kennst du.« Nils atmete lange aus und blickte seiner Frau tief in die Augen. Sie schimmerten wässrig. Er spürte, wie sich ihre Handmuskeln verhärteten. Er lockerte seinen Griff, und sie zog ihre Hand zurück und wischte sich die Tränen weg.

»Hast du Taschentücher?«, fragte sie. Das klang so furchtbar banal und so sehr von dieser Welt, dass Nils ein wenig enttäuscht war.

»Nein, ich hab keine.«

Sie zog ihren Ärmel über den Handballen und trocknete sich damit ihr Gesicht.

»Was denkst du jetzt?«, fragte er.

Sie legte die Hände in den Schoß und starrte auf einen kleinen Riss in der Tischoberfläche.

»Hältst du mich für verrückt?«

»Nein, ich … es ist nur schwer zu verstehen und …«

»Schwer zu glauben«, komplettierte er den Satz.

Sie blickte auf. »Ja. Ich weiß ehrlich gesagt nicht, wie ich darauf reagieren soll.«

»Du könntest dich freuen. Es war ein unglaubliches Erlebnis.«

»Schon. Ja, vielleicht. Aber bedeutet das, dass du tot gewesen bist und den Himmel gesehen hast? Ich meine ...«

»Elke, du musst nichts sagen. Du musst mir auch nicht glauben. Ich hab's erlebt und gesehen, und ich bin ... ich sehe vieles jetzt mit anderen Augen. Ich fühle mich besser, verstehst du? Besser als je zuvor. Ich hab geschlafen all die Jahre. Und jetzt bin ich wach und sehe alles ganz klar. Das ist wunderbar.«

Elke verzog die Lippen zu einem Lächeln und nickte.

»Elke, ich wollte dich nicht verstören. Es ist nur so, dass ich etwas erlebt habe und du der einzige Mensch bist, dem ich das erzählen wollte. Erzählen musste. Es musste irgendwie raus. Sei mir nicht böse und mach dir bitte keine Sorgen. Alles wird sich zum Besten wenden.«

Sie sah ihn an, als glaubte sie nicht, dass diese Worte aus seinem Mund gekommen waren.

»Was ist mit euch?«, fragte Anna, die plötzlich in der Tür stand.

»Nichts, Schatz. Alles ist gut, komm her.« Nils streckte seine Arme aus, und Anna lief hinein und drückte sich ganz fest an ihn. Er umschlang sie mit beiden Armen, roch ihren Geruch und das Salz in ihren Haaren. Sie war seine Tochter. Sie gehörte zu ihm, wie er zu ihr gehörte, und er hatte plötzlich Mitleid mit Hauke, der irgendwo in einem anderen Zimmer hier auf dem Flur lag und dieses Gefühl wahrscheinlich niemals empfunden hatte. Er hätte es ihm gewünscht. »Was macht ihr denn jetzt, die letzte Fähre ist doch schon längst weg?«, fragte Nils in das warme Haar seiner Tochter hinein.

»Wir haben uns ein Zimmer genommen«, sagte Elke, »hier in Wyk.«

»Tatsächlich? Das ist nett von euch. Ist komisch, von hier aus Amrum zu sehen, oder?«

»Stimmt«, sagte seine Tochter und lächelte.

»Was habt ihr noch vor heute Abend?«

»Mama und ich gehen essen, und ich darf bestellen, was ich will, auch Nachtisch.«

»Soso. Das klingt verlockend.«

»Dann müssten wir jetzt auch so langsam mal gehen«, meinte Elke mit leiser Stimme.

»Och, Mama, ein bisschen noch.«

»Schatz, die Restaurants schließen bald. Wir kriegen sonst nichts mehr.«

»Mama hat vollkommen recht. Marschiert ihr mal los und genieß du deinen Nachtisch. Aber ein Hauptgericht musst du auch essen, versprochen?«

»Ja, mach ich.«

»Gut.«

Nils küsste seine Tochter und stellte sie auf die Beine. Anna sah ihn verwundert an.

»Papa, warum bist du so gut gelaunt?«

Nils warf einen Blick zu Elke. Seine Augen strahlten. Elke lächelte verunsichert.

»Na, weil ich eben gerade Besuch hatte. Von zwei sehr netten Menschen. Du hättest sie sehen sollen.«

»Papa, du meinst doch uns.«

»Ach, ja? Natürlich, richtig, ihr seid das gewesen.« Er legte seine Hand auf Annas Wange. »Bis morgen. Schlaf gut.«

»Du auch. Hoffentlich schnarcht dein Zimmernachbar nicht.«

»Ja, das hoffe ich auch. Sonst leg ich mich in den OP, mit einem Schild auf dem Bauch: ›Bitte nicht operieren, nur wecken!‹.«

Anna lachte, und Nils stand auf. Sie gingen gemeinsam zum Fahrstuhl. Elke drückte auf den Knopf, und man konnte hören, wie der Motor ansprang und die Kabine sich durch den Schacht schob.

»Morgen kann ich bestimmt wieder nach Hause. Mir geht's ja gut.«

»Wart erst mal ab, was die Ärzte sagen«, meinte Elke, ohne ihn dabei anzuschauen.

Der Fahrstuhl kam an, und die Türen öffneten sich. Nils gab seiner Tochter einen Kuss und eine Umarmung. Elke sah er nur freundlich an und wünschte ihr eine gute Nacht. Mehr wollte und konnte sie nicht, das wusste er.

»Macht's gut«, verabschiedete er die beiden, bevor sich die

Türen zwischen ihnen zuschoben. Dann waren sie verschwunden, und er blickte auf sein verschwommenes Spiegelbild. Nils sah den Flur hinunter zu seiner Zimmertür. Dann schaute er in die andere Richtung.

Irgendwann würde er Hauke auf der Station begegnen, da war er sich sicher. Die erste Begegnung nach all dem. Er entschied, dass es besser war, ihn willentlich zu treffen, statt es dem Zufall zu überlassen.

Die beiden Teetassen standen immer noch verlassen auf dem Tisch. Nils betrat das abgedunkelte Stationszimmer.

»Hallo?«, fragte er so leise, dass es auf dem Flur nicht mehr zu hören war.

Er bekam keine Antwort, und so warf er einen Blick auf den Schreibtisch, wo Bücher, Mappen und Akten teilweise geöffnet herumlagen. Aber die Informationen über Temperatur und Blutdruckwerte nützten ihm nichts. Er suchte nach etwas anderem und fand schließlich einen unscheinbaren Ausdruck, der mit Tesafilm an einem Fensterrahmen befestigt worden war. Der Belegungsplan. Er fand den Namen seines Vaters unter Zimmer 38.

Als er leise an die Tür klopfte, überlegte er für den Bruchteil einer Sekunde, ob er nicht doch einfach wieder gehen und sich dieser Begegnung entziehen sollte, für jetzt und vielleicht für immer. Doch dann drückte er die Klinke herunter.

Hauke lag im Bett. Das Kopfteil war leicht hochgestellt, und nur ein kleines Licht brannte in der Leiste an der hinteren Wand. Er schien zu schlafen. Nils sah seinen mächtigen Brustkorb, der sich regelmäßig hob und senkte. Er schob die Tür weiter auf, und das Licht aus dem Flur fiel auf Haukes Gesicht. Es war eingefallen, die Haut schimmerte aschfahl. Das weiße Haar hing strähnig und klebrig um seinen kantigen Schädel.

Nils trat näher. Er schlich. Sein Herz pochte.

Was hatte dieser Mann ihm angetan? Was hatte er seiner Schwester angetan? Eigentlich sollte Nils Hass spüren oder Wut, zumindest Groll, aber diese Gefühle kamen nicht in ihm auf. Er verspürte Mitleid und, immer noch seit seinem Erlebnis unter

Wasser, diese merkwürdige, fast mystische Art von Euphorie und innerer Ruhe, die er von sich nicht kannte.

»Papa?«, fragte er, und seine Stimme hallte viel zu laut in dem großen Raum wider.

Hauke öffnete seine Augen und sah zunächst mit trübem Blick an Nils vorbei zum Bettende. Dann bewegten sich seine Augen langsam auf Nils zu. Als er ihn erkannte, atmete er erschrocken ein, dass sich sein Brustkorb weitete, und gab ein jammerndes Geräusch von sich. Hauke wandte seinen Blick von Nils ab, als hätte er eine schreckliche Szene vor Augen, die er nicht ertragen konnte, doch im nächsten Augenblick sah er wieder hin, ob er sich auch nicht getäuscht hatte. Jetzt entfuhr ihm ein weiteres Jammern, kläglicher und trauriger, als Nils es sich bei ihm jemals hätte vorstellen können. Hauke war zwar nicht sein leiblicher Vater, aber er war sein Vater. Nils war mit ihm aufgewachsen, kannte alle seine Eigenheiten, seinen Körper, die Geräusche, die er machte, die Floskeln, die er immer von sich gab, seine Blicke, seine Gesten. Aber nicht jetzt. Jetzt sah er einen anderen Mann. Klein und schwach und von seinen inneren Geistern zerrissen.

Hauke versteckte ein Weinen hinter seiner kräftigen Hand und drückte sich zwei Finger in die Augen, als könnte er damit die Tränen stoppen.

»Schon gut, Papa.«

Haukes Schultern zuckten, sein Bauch zuckte, das ganze Bett bewegte sich im Rhythmus des Schluchzens, das er ausstieß.

»Ich wollte lieber gleich vorbeikommen, damit wir uns nicht irgendwo auf dem Gang begegnen.« Nils stoppte und überlegte, wie er fortfahren sollte. »Ich weiß nicht, wie wir das alles verarbeiten sollen und werden. Was du getan hast, war unrecht. Aber ich verstehe, wie du dich gefühlt haben musst, damals. Es erklärt vieles, was zwischen uns vorgefallen ist, letztendlich erklärt es alles. Doch das ist jetzt Vergangenheit, wir müssen irgendwie damit leben. Du, ich, Karl und Mama.«

Hauke sah seinen Sohn aus roten feuchten Augen an. Er konnte nicht glauben, was Nils gerade gesagt hatte oder wie er es gesagt hatte.

»Ich kann's dir nicht erklären. Aber es geht mir gut. Eigentlich müsste ich böse auf dich sein. Ich hätte allen Grund dazu. Aber ich bin es nicht. Wir müssen neu anfangen. Jeder von uns.«

Sein Vater schaute immer noch wie versteinert. Nur in seinen Augen war Bewegung. Schmerz, Schuld, Trauer und Scham.

Nils hatte nichts mehr zu sagen. Er entfernte sich rückwärts aus dem Zimmer. Wie in Zeitlupe, so schien es. Leise nahm er die Klinke in die Hand und zog die Tür zu.

Kaum dass der Schnapper ins Schloss gesprungen war, vernahm er das hustende Weinen seines Vaters. Es tat weh, aber es musste so sein.

5

Die Nacht hatte sich fast unmerklich auf die Insel gesenkt. Von Osten her war ein riesiger Schatten am Firmament aufgezogen und hatte den grünen Weiden und dem leuchtenden Marschland die Farbe genommen. Ein böiger Ostwind trieb über das Land hinweg, beugte Bäume und Büsche und pfiff durch die Kanten der Reetdächer.

Die Schlaftablette, die Nils genommen hatte, um von den Geräuschen seines Bettnachbarn nicht die ganze Nacht wach gehalten zu werden, zeigte Wirkung. Er schlief tief und traumlos und erwachte gegen vier Uhr, weil seine Blase sich bemerkbar machte. Benommen hörte er den Wind vor dem Fenster rauschen. Mit fast geschlossenen Augen tapste er ins Badezimmer. Nur aus reinem Reflex schloss er die Tür hinter sich ab.

Während er seine Blase im Sitzen leerte, wäre er fast wieder eingeschlafen. Was ihn weckte, war ein Quietschen, das ihm bekannt vorkam. Er öffnete die Augen, blickte zur Tür und sah, dass die Türklinke heruntergedrückt wurde. Sein Nachbar konnte es auf keinen Fall sein, also machte vermutlich die Nachtschwester ihren Rundgang und wollte sich versichern, dass alles in Ordnung war. Die Klinke zog sich langsam wieder in ihre Ausgangsstellung zurück.

Nils stand auf und spülte. Das Wasser rauschte ohrenbetäubend, und Nils war inzwischen so wach, dass er glaubte, die Wirkung der Tablette sei damit null und nichtig. Leise drehte er den metallenen Bügel des Schlosses und schob die Tür auf. Dunkelheit und Stille erfüllten den Raum. Niemand war da. Es war stickig und roch nach abgestandener Luft und Desinfektionsmittel, also öffnete Nils ein Fenster. Zu seiner Verwunderung war es nur angelehnt. Der Wind blies allerdings so stark, dass er es gleich wieder schloss. Er wollte ins Bett und versuchen, die letzten beiden Stunden zu schlafen, bis er um sechs von der Frühschicht geweckt werden würde. Er deckte sich zu bis unter das Kinn, drehte sich auf die Seite und hoffte, dass die Müdigkeit zurückkommen würde.

Etwas fehlte. Nils fühlte es, wie man es fühlt, wenn man in den Urlaub fährt und sicher ist, etwas zu Hause vergessen zu haben. Etwas fehlte. Nils wollte nicht darüber nachdenken, er wollte schlafen und hatte alles, was er dafür brauchte. Ein Bett, eine warme Decke, seine langsam, aber stetig wiederkehrende Müdigkeit – und Ruhe. Es war ruhig und friedlich. Nur der Wind war zu hören. Nur der Wind.

Ruckartig setzte sich Nils in seinem Bett auf. Er starrte durch die Dunkelheit zum Nachbarbett hinüber. Es waren keine Atemgeräusche mehr zu hören. Das Schnorcheln und Schnarchen fehlte.

»Herr Dammer?«, flüsterte Nils in die Stille hinein.

Keine Antwort.

»Herr Dammer?«, fragte Nils lauter und stand dabei auf. Der Mann rührte sich nicht. Er lag auf dem Rücken. Regungslos. Geräuschlos. Nils schaltete das Licht ein und erschrak, als er die offenen Augen des Mannes sah. Herr Dammer starrte an die Decke, sein Mund stand weit offen. Das Gesicht hatte eine graue Farbe, und seine Haut schimmerte wächsern. Nils wusste sofort, dass er tot war. Mit der Faust schlug er auf den Alarmknopf an der Tür und eilte zum Bett. Mit drei Fingern versuchte er, am Hals des alten Mannes den Puls zu fühlen, doch da war nichts. Auf dem Gang näherten sich Schritte. Nils schlug die Decke zurück. Er suchte nach der geeigneten Stelle für eine Herzmassage. Die Tür öffnete sich, und die Nachtschwester trat ein.

»Herr Petersen? Was ist …« Weiter kam sie nicht.

»Er atmet nicht mehr«, rief Nils und stemmte sich mit durchgedrückten Armen auf den Brustkorb von Professor Dammer.

Er hatte die Herzmassage durchgeführt, bis die Ärzte und andere Schwestern mit der Wiederbelebungsausrüstung gekommen waren. Ein hagerer junger Arzt mit einer schwarzen Hornbrille hatte den Defibrillator viermal angesetzt und Strom durch den Körper des alten Mannes geschossen, dass sich sein gesamter

Oberkörper aufbäumte. Eine Schwester hatte mit der Beatmung über einen Blasebalg begonnen, doch um vier Uhr siebenundzwanzig hatte der Arzt Herrn Professor Dammer dennoch für tot erklären müssen. Nils hatte die ganze Zeit über danebengestanden und zugesehen. Er hatte nichts tun können. Während der hektischen und verzweifelten Lebensrettungsmaßnahmen pulsierte ständig ein kleines Bild vor seinem inneren Auge. Es war die Türklinke des Badezimmers, die nach unten gedrückt wurde.

Jetzt war der Platz neben seinem Bett leer. Man hatte die Leiche von Professor Dammer hinausgefahren, nachdem man sie mit einem Leinentuch zugedeckt hatte.

Schon während er über den Gang zum Schwesternzimmer schlich, hörte Nils das unterdrückte Schluchzen der Nachtschwester. Die tiefe Stimme des jungen Arztes unterbrach das Schluchzen immer wieder. Anscheinend stellte er der Schwester Fragen, machte ihr vielleicht sogar Vorwürfe, beschuldigte sie. Aber genau aus diesem Grund war Nils gekommen. Er klopfte vorsichtig an den Türrahmen. Die Nachtschwester erschrak und gab einen spitzen Schrei von sich. Der Arzt drehte sich zu ihm um.

»Herr Petersen, was wollen Sie?«, fragte er. Auch er hatte seine Fassung verloren, Nils sah die Panik in den Augen hinter seiner dicken Brille.

»Kann ich Sie beide einen Augenblick sprechen?«

»Herr Petersen, wir haben jetzt einiges zu tun, wie Sie sich vielleicht vorstellen können, wir –«

»Ich weiß, aber glauben Sie mir, es ist wichtig.«

Der Arzt stöhnte unzufrieden und bat Nils in den hinteren Teil des Schwesternzimmers. Hier brannte lediglich eine kleine Neonröhre unter einem Wandschrank und spiegelte sich in dem glänzenden Aluminiumkörper der darunterliegenden Spüle. Der Arzt, Nils entzifferte seinen auf den Kittel gestickten Namen: Dr. Brenneke, lehnte sich gegen das Becken und verschränkte die Arme vor der Brust. Schwester Anja stellte sich auf die andere Seite des Raums und drückte mit einem zerknitterten Taschentuch immer wieder an ihren Augen herum. Nils stand mit dem Rücken zu einem kleinen Fenster, das in die schwarze Nacht hinaussah, und wandte sich zunächst an die Nachtschwester.

»Ich habe eine Frage: Waren Sie gegen vier Uhr in unserem Zimmer und haben nach uns gesehen?«

Sie ließ das Taschentuch sinken und antwortete mit einem Seitenblick auf Dr. Brenneke: »Nein, ich hab meine Runde auf der anderen Seite begonnen.«

»Sind Sie sicher?«, hakte Nils nach.

»Herr Petersen, was soll die Fragerei?«, meinte Dr. Brenneke unwirsch und stieß sich von der Spüle ab. »Wir haben keine Zeit für …«

Nils hob die Hand, und Brenneke stoppte.

»Ich war gegen vier auf der Toilette, währenddessen war jemand bei uns im Zimmer. Er hat versucht, in die Toilette zu kommen, aber ich hatte abgeschlossen.«

Nils ließ den Satz erst mal so im Raum stehen. In den Gesichtern der beiden arbeitete es, und fast gleichzeitig erkannten sie den Sinn dieser Aussage.

»Was soll das heißen?«, fragte Brenneke.

»Ich glaube, dass jemand im Zimmer war. Als ich rauskam, war Herr Dammer tot. Das legt den Verdacht nahe, dass Herr Dammer –«

»Was? Ermordet wurde? In diesem Krankenhaus? Das ist absurd.« Brenneke zog ungehalten seine Brille von der Nase.

Schwester Anja war wie versteinert. Blanke Angst stand in ihren großen, verheulten Augen.

»Ich bin Polizist, und wenn Sie sich die Augen des Mannes genauer anschauen, werden Sie sehen –«

»Ich weiß, ich weiß, ich brauche keine medizinische Nachhilfe von Ihnen, verstanden? Der Mann wird an seinem eigenen Speichel oder Blut erstickt sein.«

Brennecke wollte an Nils vorbeigehen, doch Nils trat ihm in den Weg. »Ich werde die Kripo in Niebüll kontaktieren.«

»Bitte?«

»Sie haben mich verstanden.«

»Wissen Sie, wo Sie hier sind? Dies ist das Krankenhaus auf Föhr, kapiert? Und nicht New York oder Chicago. Und jetzt lassen Sie mich meine Arbeit machen.« Er schob Nils mit einem Arm beiseite und stampfte aus dem Schwesternzimmer, dass sein Kittel wie ein Umhang hinter ihm herwehte.

Nils drehte sich zu der Nachtschwester um. »Ich bin doch nicht verrückt, ich weiß, was ich gesehen habe«, sagte er.

»Ich glaube Ihnen«, flüsterte sie mit zitternder Stimme und versteckte ihr Gesicht hinter den Händen.

6

Sandra hatte wie ein Stein geschlafen. An einen Traum konnte sie sich nicht erinnern, als sie morgens in ihrem kleinen Ferienzimmer erwachte. Zu ihrer eigenen Verwunderung trug sie noch ihre Straßenkleidung. Lediglich ihre Jacke und ihre Schuhe lagen neben dem Bett.

Nach einer heißen Dusche ging sie hinunter in die Fußgängerzone und kaufte sich beim Bäcker einen Kaffee und ein Croissant zum Mitnehmen. Sie schlug denselben Weg ein wie gestern Abend und flanierte an der Promenade entlang. Der Kaffee war gut und gab ihr neue Energie, auch wenn das Koffein nicht bewirken konnte, dass sich ihre Nervosität vor dem ersten Zusammentreffen mit Nils legte. Ihre Gedanken kreisten wieder um das Gespräch, das sie mit Nils' Mutter geführt hatte, da bemerkte sie, dass sie dem morgendlichen Trubel der Promenade entwichen war. Unter ihren Füßen lag nun gewöhnlicher grauschwarzer Asphalt anstelle der roten Pflastersteine, und die Straße wurde durch kastenartige Hotels verdunkelt, deren Balkone wie Schubladen aus dem Mauerwerk hervorstanden. Sandra blickte sich um. Irgendwie war der belebte Teil der Promenade unbemerkt an ihr vorübergezogen. Jetzt stand sie im Schatten. Stille umgab sie. Die Hotelgebäude wirkten wie geisterhafte Ruinen, die bereits seit Jahren leer standen. Sie erinnerte sich, dass sie bis zum Schwimmbad gehen musste, um dann rechts abzubiegen, beschleunigte ihren Schritt und fand sich bald darauf in einem Wohngebiet mit hinter Bäumen versteckten weißen Häuschen und tadellos grünem Vorgartenrasen wieder. Das Krankenhaus war so unscheinbar, dass Sandra fast daran vorübergegangen wäre. Das rote einstöckige Gebäude glich mehr einer Schule oder einem Gemeindezentrum als einer Klinik.

Sie betrat das Haus. In einer Halle mit einigen Sitzmöglichkeiten und Blick hinaus in das mickrige Atrium entdeckte Sandra ein Schild. »Zu den Stationen«. Sie folgte dem Pfeil hinauf in die erste Etage und fragte im Schwesternzimmer nach dem Patienten

Petersen. Dabei registrierte sie eine bedrückende Stimmung, die ihr einen unangenehmen Schauer über den Rücken jagte.

»Welchen Petersen meinen Sie denn?«

Hatten sie Nils und Hauke etwa auf dieselbe Station bringen lassen? Bei der Größe dieses Krankenhauses war das vielleicht unumgänglich.

»Nils Petersen«, sagte Sandra und wurde an das andere Ende des Flurs geschickt. Ihr Schritt wurde immer langsamer, je näher sie der Tür kam. Vielleicht beging sie gerade einen schwerwiegenden Fehler. Was, wenn seine Frau und seine Tochter jetzt bei ihm waren? Sie wusste nicht, ob es ihr in dem Fall gelänge, ihre Sorge um Niels kollegial wirken zu lassen, und konnte mit diesem Besuch daher noch mehr kaputt machen, als ohnehin schon kaputtgegangen war. Aber Nils war der einzige Freund, den sie hatte ...

Sie klopfte. Hätte sie eine Frauenstimme gehört, wäre sie gleich wieder verschwunden.

»Herein«, rief Nils.

Sandra schob die Tür auf und blieb stehen. Nils saß auf einem gemachten Bett und schien aus dem Fenster geschaut zu haben, denn er hatte ihr den Rücken zugewandt und musste sich zur Tür umdrehen.

»Sandra«, sagte er erstaunt und stand sofort auf. Sie sahen sich an, und keiner konnte etwas sagen.

Als nach einigen Sekunden ihr Handy klingelte, fuhr sie erschrocken zusammen. Sie blickte auf das Display und erkannte Jensens Nummer.

»Entschuldige«, sagte sie zu Nils und nahm das Gespräch entgegen.

»Frau Keller? Jensen hier. Bitte entschuldigen Sie die Störung. Ich weiß, dass ich Sie selbst in den Urlaub geschickt habe, aber wir haben da einen neuen Fall, der Sie möglicherweise interessieren könnte ...«

»Es ist wirklich schlecht im Moment«, meinte Sandra mit einem Blick auf Nils. Sie machte einen Schritt ins Zimmer hinein und schloss die Tür hinter sich.

»Ich dachte nur, dass Sie vielleicht informiert werden wollen.

Heute Morgen hat der Amrumer Kollege bei uns angerufen. Sie wissen schon, dieser Herr Petersen. Laut seiner Aussage hat es einen Mord auf der Insel Föhr gegeben.«

Sandra sah entgeistert zu Nils.

»Ich bin gerade auf Föhr.«

»Wie bitte?«

»Herr Petersen steht direkt vor mir.«

7

Lars Neudorf stand neben Simon, seinem langjährigen Mitarbeiter und Freund, der gerade ein paar Holzbretter für ihn zuschnitt. Das Blatt der Kreissäge kreischte, als es durch das Holz schnitt. Sägespäne sprühten in einer Fontäne nach hinten weg. Als Simon fertig war, stellte er die Säge ab und reichte Lars das letzte Holzbrett.

»Hier, Chef, den Rest musst du selbst machen.«

»Vielen Dank. Guck's dir mal an, ist ein Schmuckstück geworden.«

»Ja, ja, der große Heimwerker. Verletz dich nicht.«

»Ach, halt die Klappe.« Lars lachte und klopfte Simon auf die Schulter. »Tschüss, Leute! Bis morgen«, rief er in die Werkhalle. Von einigen Plätzen kam eine Antwort, doch Lars war schon zur Tür hinaus und packte das Holz in seinen Kofferraum. Bevor er ins Auto stieg, schlug er sich noch den Holzstaub von seiner Kleidung.

Lars besaß den kleinen Tischlerbetrieb nun schon seit sieben Jahren, seit sein Vater nach einem Herzinfarkt gestorben war. Bis auf einen entfernten Verwandten, den es irgendwo nach British Columbia verschlagen hatte, gab es nur noch Lars und seine Frau. Hanna arbeitete halbtags in einer Damenboutique in Hörnum. Vor zwei Jahren hatten sie das kleine Haus mit Garten am nördlichen Rand von Hörnum, das Lars geerbt hatte, renoviert und ausgebaut. Sie wussten beide, dass sie Kinder haben wollten. Noch in der Bauphase hatten sie allerdings festgestellt, dass es nicht so kommen würde, wie sie geplant hatten. Hanna wurde einfach nicht schwanger, und nach einigen Besuchen bei diversen Ärzten stellte sich heraus, dass sie auf natürlichem Wege keine Kinder zeugen konnten. Also versuchten sie es mit künstlicher Befruchtung, was eine Hormonbehandlung voraussetzte, die Hannas Stimmung und Wohlbefinden stark belastete. Der Stress mit dem Haus, die Behandlungen und die finanzielle Krise, in die sie dadurch gezogen wurden, machten es ihnen nicht unbedingt leicht. Haus und Kind sollten sie eigentlich noch näher zusammenbringen, doch die damit verbundenen Anstrengungen warfen einen dunklen Schatten auf ihre Beziehung. Das Leben war schwerer geworden. Ungeheuer schwer. Manchmal wusste Lars nicht mehr, wann er das letzte Mal gelacht hatte.

Doch vor einer Woche schließlich erreichte sie die gute Nachricht. Hannas Werte seien ausgezeichnet, informierte sie der Arzt, und sie könnten mit einer Implantation beginnen. Ein erster Versuch, vielleicht gleichzeitig der letzte, aber ein sehr vielversprechender.

Lars hatte neue Energie dadurch bekommen. Er machte wieder Pläne, und auch wenn Hanna ihn davon abhalten wollte, weil sie es für verfrüht hielt, baute er in ihrem Garten ein Kinderhaus. Es war eine hübsche kleine Hütte mit drei Fenstern, einem Tisch und zwei Bänken darin. Es sah aus wie die Miniaturausgabe eines Schwedenhauses. Jetzt fehlte nur noch die Sandkiste daneben. Das würde er heute erledigen, bevor Hanna von der Arbeit kam.

Zu Hause zog er sich schnell um und holte sein Werkzeug aus dem Keller. Im Handumdrehen hatte er die vier senkrecht stehenden Bretter miteinander verschraubt und setzte eine Sitzfläche obendrauf, die etwas mehr Zeit in Anspruch nahm, weil er wusste, dass sie etwas aushalten musste.

Nach einer Stunde war die Sandkiste fertig, und Lars hob ein rechteckiges Loch aus, in das er die Kiste stellte. Sand hatte er bereits besorgt. Acht Säcke Spielsand goss er in die Kiste und war überrascht, wie wenig das letztendlich war, obwohl die Dinger eine Tonne wogen. Er hatte sich verschätzt, es hätten gut und gerne weitere acht Säcke hineingepasst. Er würde noch mal zum Baumarkt fahren müssen, aber jetzt musste er sich umziehen. Hanna kam in einer halben Stunde zurück.

Als er sich umdrehte, um ins Haus zu gehen, stand sie wie aus dem Nichts direkt hinter ihm. Lars erschrak. Kaum hatte er sich von dem Schock erholt, erschrak er ein zweites Mal. Diesmal über Hannas Gesichtsausdruck. Da lag wieder dieser tiefe Schatten auf ihrem Gesicht, diese müde Verzweiflung in ihren Augen.

Sie räusperte sich. »Ich bin eben vom Arzt gekommen.«

»Und?«, fragte Lars.

»Du kannst es wieder abreißen«, sagte sie, drehte sich um und ging.

Lars stand allein vor der Sandkiste. Seine Hände rochen nach Holz. Er musste ihr nachlaufen, doch er konnte sich nicht bewegen. Weiße Atemwölkchen waberten träge um seinen Kopf. Erst als Hanna lautstark die Terrassentür hinter sich zuwarf, löste er sich aus seiner Starre.

Er fand seine Frau in der Küche. Sie stand vor der Spüle. Das Wasser lief in einen Becher, lief über, verteilte sich im ganzen Becken, doch sie stellte es nicht ab.

»Was hast du da draußen gemacht?«, fragte sie mit rauer Stimme.

Lars schämte sich schon jetzt für die Antwort. Im Grunde sagte sie ihm gerade, dass er schuld an allem sei, weil er in seiner überschwänglichen Freude ein Häuschen und eine Sandkiste gebaut hatte. Aber nein, er brauchte sich nicht zu schämen. Hier ging es nicht um Schuld.

»Du weißt, was ich gemacht habe.«

»Leider, ja.«

»Nein, nicht leider. Ich hatte mich gefreut. Ich wollte etwas Gutes tun damit.«

»Wir kriegen keine Kinder mehr. Wir werden nie eins haben. Reiß es wieder ab.«

Sie ging an ihm vorbei, ohne ihn zu berühren. Er spürte nur den Windhauch. Das Wasser lief noch immer. Lars ging zur Spüle und drehte es ab.

Es war jetzt beängstigend ruhig im Haus. Er hörte kein einziges Geräusch mehr. Wo war sie hingegangen? Was machte sie? Lars beschlich ein ungutes Gefühl.

»Hanna?«

Lars rüttelte an der Badezimmertür. Sie war verschlossen. Adrenalin schoss durch seine Adern und elektrisierte seinen ganzen Körper.

»Hanna, mach auf. Was machst du da?«

Er horchte. Sein Herzschlag pochte in seinem Hals. Keine Antwort.

»Hanna, bitte, mach auf. Komm, wir schaffen das schon irgendwie.«

»Du und deine Durchhalteparolen«, ertönte ihre Stimme matt und dumpf hinter der Tür.

»Aber was soll ich denn sagen? Ich kann die Dinge doch auch nicht ändern, Hanna. Bitte schließ die Tür auf und komm raus.« Es blieb still. Dann hörte er ein leises Rascheln an der Tür. *Klick, klick.* Sie hatte den Schlüssel herumgedreht. Die Tür öffnete sich, und da stand sie und sah ihn enttäuscht und abgekämpft an.

»Was ist? Hast du gedacht, dass ich mir was antue?« Jede Frage von ihr war wie eine Falle. Er stand in einem Wald voller Fallen, und es gab keine Richtung, in die er gehen konnte, ohne in eine hineinzutappen.

»Ich hab mir Sorgen gemacht.« Das war die Wahrheit. Mehr ging nicht.

»Ja. Aber wir müssen jetzt mal realistisch werden, Lars. Wenn du ein Kind willst, dann nicht mit mir. Es geht nicht. Wir haben alles versucht. Wir haben uns verschuldet und sind älter und noch älter geworden dabei. Und ich bin furchtbar müde. Damit muss jetzt Schluss sein. Ich will endlich einen Schlussstrich ziehen.«

»In Ordnung.« Er streckte seine Hand aus.

Es dauerte eine Unendlichkeit, bis sie danach griff.

★★★

Sandras Gesicht sah eingefallen aus, ihre Augen schauten ihn aus dunklen Höhlen heraus an. Sie hielt den Kopf leicht gesenkt, während sie in den Hörer sprach.

Nils stellte sich vor, wie Sandra vor nicht mal einer Woche ausgesehen hatte, als sie in seinem Schlafzimmer gewesen waren. Die Schönheit und die Reinheit ihres Körpers, das Weiß ihrer Haut. Es lag noch nicht lang zurück, doch dieses Bild konnte er kaum noch mit der Frau, die ihm nun gegenüberstand, in Einklang bringen.

Sie beendete das Telefongespräch und blickte ihn traurig und gleichzeitig verstört an.

»Sandra«, wiederholte Nils und lächelte sie an.

»Ich wusste nicht, ob ich kommen sollte.«

»Warum nicht? Ich hatte doch nach dir gefragt.«

Sie ging zögerlich auf ihn zu. Nils umarmte sie und gab ihr einen Kuss auf die Wange.

»Ich wollte nicht auf deine Frau treffen. Das wäre mir unangenehm.«

»Das verstehe ich, aber ich wollte dich dienstlich sprechen.«

»Was ist denn passiert? Jensen meinte, du hättest wegen eines Mordes angerufen?«

»Ja, das stimmt. Es geht um meinen Bettnachbarn.« Nils zeigte auf die leere Stelle neben ihm. »Herr Dammer. Er wurde gestern in mein Zimmer gebracht, sah furchtbar aus, hatte wohl einen Unfall. Mitten in der Nacht war ich auf der Toilette, und jemand versuchte, ins Badezimmer zu gelangen. Die Klinke wurde heruntergedrückt. Die Nachtschwester kann es aber nicht gewesen sein. Als ich rauskam, war Herr Dammer tot. Ich kann hier leider nicht viel in Erfahrung bringen, ärztliche Schweigepflicht und der ganze Scheiß, und außerdem glaubt mir keiner.«

»Hast du die Leiche gesehen?«

»Ja, Erstickungsmerkmale in den Augen. Aber am Hals hab ich nichts entdecken können. Keine Würgemale oder so was.«

Sandra hatte ihr Arbeitsgesicht aufgelegt. Das kannte Nils bereits. Sie blickte angestrengt im Zimmer umher, ging zum Fenster, untersuchte vorsichtig, ohne viel zu berühren, das Schloss und anschließend die Türklinke zum Badezimmer.

»Hier kann jeder einfach so reinspazieren. Fingerabdrücke können wir uns also fast abschminken, was?«

»Wie gesagt, der behandelnde Arzt hat mir nicht geglaubt. Ich hab den Fall trotzdem gemeldet.«

»Du bist dir also sicher? Kein Zweifel?«

»Es war jemand in unserem Zimmer.«

Sie sah ihn durchdringend an. »Wie geht's dir denn überhaupt?«, fragte sie in einer ganz anderen Tonlage, tiefer und leiser.

»Es geht mir bestens, wirklich.« *Nur du siehst nicht gut aus.*

»Ich möchte den Arzt sprechen.« Kaum dass sie den Satz beendet hatte, hörte man Schritte auf dem Gang, und Sandra stürzte zur Tür, um sie zu öffnen, bevor jemand die Klinke berührte. Drei Männer in Arztkitteln standen mit überraschten Gesichtern vor ihr.

»Entschuldigen Sie, aber es ist besser, wenn nicht jeder seine Fingerabdrücke hier hinterlässt.«

Die Männer sahen geschlossen auf die Klinke und wieder zu Sandra, die nun ihre Hand ausstreckte.

»Ich bin Sandra Keller, Kripo Niebüll.«

Ein älterer, sehr aufrecht gehender Mann mit langen Armen und großen Händen trat hervor und reichte ihr die Hand.

»Professor Daniel, ich bin der Leiter des Klinikums. Das sind Dr. Brenneke und Oberarzt Dr. Kühn.«

Man hatte aus Besorgnis also gleich eine ganze Delegation hergeschickt, um den Ruf der Klinik zu bewahren.

Professor Daniel warf Nils einen abschätzenden, kühlen Blick zu und sagte dann ganz unverhohlen zu Sandra: »Dürften wir Sie bitten, allein mit uns zu sprechen? Wir gehen in das Stationszimmer, dort sind wir ungestört.«

»In Ordnung«, sagte Sandra und zwinkerte Nils zu, bevor sie mit den drei Ärzten das Zimmer verließ.

***

Professor Daniel hatte einen unaufgeregten, aber forschen Gang, der darauf schließen ließ, dass er regelmäßig Sport trieb. Dr. Kühn schwang seine schlaksigen Beine nach vorn, als hätte er keine Bänder mehr in den Kniegelenken. Er bewegte sich ruckartig und unkontrolliert, mit gesenktem Kopf und eingezogenen Schultern. Dr. Brenneke, der um einiges jünger war, rollte über den Fußballen ab wie ein kleiner Junge. Er hatte seine Hände fast störrisch in den Kitteltaschen vergraben. Daniel öffnete die Tür zum Arztzimmer, und Sandra bekam das Gefühl, Teil der Visite zu sein, wie sie hier wahrscheinlich jeden Morgen durchgeführt wurde.

»So, Frau Keller, Dr. Kühn und ich sind von Dr. Brenneke bereits in das Geschehen eingeweiht worden. Dr. Brenneke war der diensthabende Arzt letzte Nacht und hat den Tod des Patienten selbst festgestellt. Er war es auch, der uns über diese, sagen wir, *Idee* aufgeklärt hat, die den Patienten Petersen nach dem bedauerlichen Vorfall ereilt hat. Dass nämlich eine fremde Person ursächlich schuld am Tod des Patienten Dammer sein soll. Eine Person, die sich, auf welche Weise auch immer, dazu Zutritt zum Krankenhaus verschafft haben müsste.« Er wollte nahtlos fortfahren, doch Sandra fiel ihm ins Wort, um seinen kleinen Vortrag ein wenig abzubremsen.

»Das ist korrekt, und hier stellen sich für mich auch schon die ersten Fragen. Aber was ich zunächst einmal als erste Priorität ansehen möchte: Wo darf ich denn die Leiche begutachten? Das ist unter Umständen der kürzeste Weg, festzustellen, ob tatsächlich ein Tötungsdelikt vorliegt oder nicht.«

Professor Daniel lachte mit Unbehagen.

»Frau Keller, das scheint mir doch etwas überstürzt zu sein. Wollen wir uns nicht erst mal setzen?«

Er deutete auf vier Stühle, die um einen Tisch gruppiert waren. Sie nahmen Platz, und Professor Daniel, der zwischen seinen beiden Kollegen Sandra wie eine Art Jury gegenübersaß, legte die Akten der beiden Patienten aus dem Zimmer vor sich auf den Tisch.

»Frau Keller, wissen Sie, dies ist eine hübsche kleine Urlaubsinsel, auf der es so gut wie keine Verbrechen gibt. Wir sind eine nicht sehr große, aber sehr gut ausgestattete Klinik mit einem hervorragenden Ruf hier im Norden. Ein kriminelles Ereignis, wie es Herrn Petersen vorschwebt, ist hier so gut wie undenkbar. Und wir würden es verständlicherweise nur wenig begrüßen, wenn wegen dieser Vorstellung bald eine ganze Horde Polizisten hier durch die Gänge liefe, um so etwas wie einen Tatort zu sichern. Das würde mit Sicherheit unsere Patienten verängstigen und für ein völlig falsches Bild sorgen. Natürlich unterstützen wir die Polizei in jeder erdenklichen Weise, wenn es darum geht, ein wie auch immer geartetes Verbrechen aufzuklären. Wir stehen Ihnen mit Rat und Tat zur Seite und möchten diesen Kasus so schnell wie möglich ad acta legen.« Er faltete die Hände und beugte sich mit eindringlichem Blick zu Sandra vor.

»Schön, dann würde ich jetzt gern die Leiche begutachten«, meinte Sandra fröhlich.

Die Männer sahen sich ungehalten an.

»Vielleicht müssen wir für Ihr Verständnis etwas detaillierter auf die Krankenakte des Patienten Petersen eingehen.« Daniel klappte eine der beiden grünen Mappen auf und las mit ungeheurer Schnelligkeit und Routine über das Krankenblatt. »Herr Petersen kam mit einer starken Unterkühlung zu uns, nachdem er auf dem Seerettungskreuzer zunächst notdürftig versorgt worden war. Er litt unter längeren Bewusstseinsausfällen und hohem Fieber und war am gestrigen Tag zum ersten Mal zu vollständigem Bewusstsein gekommen. Seine Frau klärte uns darüber auf, dass er starker Alkoholiker sei, wodurch zu seinem Krankenbild nun auch die Erscheinungen des kalten Entzugs hinzuzurechnen sind. Ein solcher Entzug kann durchaus mit temporären Wahnvorstellungen einhergehen, die das Ausmaß einer pathologischen Demenz oder starken Persönlichkeitsstörung erreichen können.«

Jetzt verstand Sandra. Darauf sollte es also hinauslaufen. Leider konnte sie diese Tatsache nicht widerlegen, sondern nur bestätigen. Nils war tatsächlich alkoholabhängig. Dennoch glaubte sie ihm.

»Der Patient hat unserer Psychologin gegenüber Äußerungen über schwere familiäre Probleme gemacht, die seine Psyche mit Sicherheit traumatisiert haben dürften.«

»Und Sie meinen, dass die Aussage von Herrn Petersen damit hinfällig ist«, versuchte Sandra, seine Ausführungen auf den Punkt zu bringen.

Er spreizte die gefalteten Finger auf und schloss sie wieder, was bei seinen ungewöhnlich bauernhaft großen Händen schon fast bedrohlich wirkte.

»Alles, was Herr Petersen zurzeit sagt, muss nicht unbedingt mit der Realität vereinbar sein, ja.«

»Und wenn es aber doch stimmt, was er sagt?«, gab Sandra zu bedenken.

Daniel räusperte sich, und Brenneke lehnte sich ungeduldig zurück. Nur Kühn sah aus, als würde er sich ernsthafter mit dieser Möglichkeit befassen.

»Die Chance dafür steht vielleicht eins zu einer Million.«

»Wie beim Lotto. Und trotzdem gibt es immer wieder Menschen mit sechs Richtigen. Meine Herren, ich weiß ehrlich gesagt nicht, wo das Problem liegt. Wir arbeiten ja nicht gegeneinander.

Lassen Sie mich die Leiche begutachten. Wenn ich keine Hinweise auf ein Tötungsdelikt finde und Ihr Pathologe ebenfalls nicht, ist die Sache aus der Welt. Finde ich etwas, muss dem selbstverständlich nachgegangen werden. Ich kenne Herrn Petersen auch privat, bin aber in der Ausübung meines Amts als Kommissarin der Kripo Niebüll hier.« Das entsprach zwar nicht ganz der Wahrheit, aber das musste die Heilige Dreifaltigkeit im weißen Kittel ja nicht wissen. »Und ich möchte Sie jetzt nicht noch ein drittes Mal darum bitten müssen, mir den Toten zu zeigen.«

Sandra hatte ihren Ton etwas verschärft, was auch sofort Wirkung zeigte. Daniel erhob sich und stand kerzengerade hinter dem Tisch.

»Dr. Brenneke, bitte bringen Sie Frau Keller in die Pathologie. Ich empfehle mich. Es gibt noch viel zu tun.«

Er ging, ohne ihr die Hand zu geben. Brenneke und Kühn erhoben sich ebenfalls.

»Ich komme mit, falls es Ihnen nichts ausmacht«, sagte Kühn, und es klang nicht so, als wollte er noch mehr Kontrolle ausüben, sondern als habe er ernsthaftes Interesse an der Untersuchung.

Sie nahmen den Lift in den Keller. Ein dumpfes Dröhnen erfüllte die gekachelten Gänge hier unten. Das Licht aus meterlangen Neonröhren wirkte seltsam stumpf und vergilbt. Sandra fühlte sich nicht wohl. Diese unterirdischen Trakte beklemmten sie, und sie fühlte die Platzangst, die sich wie ein erwachendes Tier in ihr regte. Mit beschleunigtem Atem und kaltem Schweiß auf der Stirn folgte sie den beiden Ärzten in den Kühlraum. Hier standen drei Metallbahren. Die Leichen darauf waren mit Leinenlaken bedeckt. Dr. Brenneke ging zielstrebig auf die rechte Bahre zu und zog sie in die Mitte des Raumes, über einen kleinen Ablauf im Boden. Sandra schluckte trocken und laut, als Brenneke das Laken zurückschlug. Dann machte sie einen energischen Schritt nach vorn.

»Haben Sie ein Paar Handschuhe für mich?«, fragte sie, ohne Brenneke dabei anzusehen, und nahm die Leiche bereits aufmerksam in Augenschein. Kühn stand rechts neben ihr und öffnete mit einer ruckartigen Bewegung Professor Dammers Krankenakte.

Brenneke hielt Sandra eine Packung mit sterilen Handschuhen hin. Sie bediente sich und begann mit ihrer Untersuchung.

»Das sind ja eine Menge Verletzungen. Was ist passiert?«

»Ein Autounfall«, sagte Dr. Kühn. »Er wurde gestern Abend bei uns eingeliefert. Man hat ihn auf der Landstraße gefunden. Er muss von einem Auto erfasst worden sein, das aber nicht angehalten hat.«

»Fahrerflucht?«, fragte Sandra überrascht und richtete sich auf.

»Ja. Soweit wir das beurteilen können.«

»Ist die Polizei verständigt worden?«

»Ja.«

»Und er war zu Fuß unterwegs?«

»Es hat den Anschein. Es konnte an der Unfallstelle kein anderes Fahrzeug gefunden werden. Herr Dammer wohnt auch ganz in der Nähe des Fundorts.«

»Aha«, sagte Sandra nachdenklich und beugte sich wieder über den Toten. »Was sind das für Verletzungen gewesen?«

Kühn las mit seinem Zeigefinger in der Akte.

»Wir haben eine Trümmerfraktur des Humerus links, also des Oberarms, vier Rippenfrakturen links, schwere Hämatome im linken Schläfenbereich, Fraktur des rechten Schien- und Wadenbeins. Eine Rippe hat den linken Lungenflügel verletzt, und er hat zahlreiche Schürfwunden in der rechten Gesichtshälfte und an seinem rechten Oberarm.«

»Ist ja interessant.« Eine tiefe Falte bildete sich zwischen Sandras Augen. Sie sah die beiden Männer an. »Ein Autounfall? Und solche Verletzungen?«

»Aber sicher. Ein Fahrrad oder Motorrad hätte das nicht verursachen können«, sagte Dr. Brenneke.

»Ja, aber wo, meinen Sie, war der Aufprall des Wagens?«

»Links«, meinte Brenneke und kam einen Schritt näher.

»Genau, die linke Seite scheint vom Auto erfasst worden zu sein, dort kam es zu schlimmen Frakturen. Dazu passen die Schürfwunden auf der rechten Seite. Er wird nach rechts geschleudert worden sein. Vielleicht brach er sich dabei auch das Bein«, vermutete Sandra.

»Und?«, fragte Kühn, der Sandras Zweifel bemerkte.

»Na ja, wenn Sie von einem Auto angefahren werden, trifft es Sie etwa auf Höhe des Knies oder vielleicht auch nur am Unterschenkel, je nach Größe der Person und der Art des Wagens. Aber seine Hauptverletzungen liegen eindeutig im Oberkörperbereich.« Man sah den beiden Ärzten an, dass sie sich über diese Fakten noch keine Gedanken gemacht hatten.

»Das kann zweierlei bedeuten«, sagte Sandra und hob ihren Daumen. »Erstens: Das Auto war sehr hoch. Die Kühlerhaube müsste fast einen Meter vierzig über dem Boden liegen. Was könnte das sein?«

»Ein Jeep oder ein Lastwagen«, meinte Brenneke. Seine Weigerung, mit Sandra zu kooperieren, hatte sich vollkommen verflüchtigt. Man sah ihm an, dass er nun ganz mit der Rekonstruktion des Unfalls beschäftigt war.

»Oder ein Trecker«, sagte Kühn, und die beiden anderen nickten zustimmend. »Und zweitens?«, wollte Kühn wissen.

»Zweitens: Herr Dammer stand nicht, als er von dem Auto erfasst wurde. Er kniete.«

Die Ärzte blickten sich verdutzt über die Bahre hinweg an.

»Aber warum?«, fragte Brenneke.

»Tja, das muss ich noch herausfinden. Haben Sie in den Wunden des Mannes Fremdkörper gefunden? Metallteile, Lackspuren, Plastiksplitter?«

»Das haben wir tatsächlich. Kunststoffsplitter in der Oberarmwunde.«

»Sagen Sie bitte nicht, dass Sie sie weggeschmissen haben«, flehte Sandra.

»Ich habe sie eingetütet.« Dr. Brenneke ging zum Schreibtisch des Pathologen, der in einer kleinen abgetrennten Nische stand, und holte einen Plastikbeutel.

»Hervorragend. Gute Arbeit.«

Das rang sogar Brenneke ein kaum merkliches Lächeln ab.

»Gut, widmen wir uns nun dem Kopf des Patienten«, meinte Sandra. Sie legte ihre Finger unter Dammers Augen und zog die Lider auseinander. In seinen Augäpfeln erkannte man eine starke Rötung. »Einblutungen wie bei einer Erstickung. Intubiert war er nicht mehr?«

»Nein, er war bereits auf der Intensiv extubiert worden und kam mit einer regelmäßigen Atmung und einer Sauerstoffsättigung von achtundneunzig Prozent auf die Station«, erklärte Kühn.

Sandra fuhr mit dem Finger über die Nase, schaute in die Löcher und holte eine kleine Taschenlampe aus der Innentasche ihres Jacketts. Sie leuchtete in die Nasenlöcher und öffnete dann den Mund, um auch den auszuleuchten. Anschließend untersuchte sie Wangen und Hals.

»Sehen Sie das?« Sie deutete auf zahlreiche kleine bläuliche Punkte um den Mund herum.

Kühn und Brenneke beugten sich vor.

»Ein weiteres Erstickungsmerkmal, allerdings sehe ich keine Würgemale. Der Kehlkopf scheint mir unversehrt zu sein.«

Als sie die Taschenlampe wieder hob, fiel ihr etwas auf. Dammers Gesicht war zwar übersät mit Schürfwunden und Hämatomen, doch drei ganz schwache blaue Flecken passten nicht recht ins Bild. Man konnte sie nur erkennen, wenn sie mit der Taschenlampe darauf leuchtete.

»Und das hier? Ist doch ungewöhnlich, oder? Könnte vom Aufprall stammen, aber wenn ein Auto in einen reinfährt, hinterlässt das meist nicht so leichte Hämatome.«

Die Flecken sahen aus wie drei kleine Inseln. Kühn und Brenneke kamen immer näher, bis sich ihre Köpfe fast berührten. Sandra betrachtete nachdenklich das Gesicht des Toten. Dann nahm sie ihre linke Hand und legte sie über den Mund des Toten. Ihr Zeige-, Mittel- und Ringfinger legten sich deckungsgleich auf die drei Hämatome.

»Scheiße«, entfuhr es Brenneke. »Das könnten glatt Ihre Fingerabdrücke sein!«

Sandra zog die Oberlippe des Opfers nach oben und beleuchtete mit der Taschenlampe die Innenseite. Dort war ein längliches blaues Hämatom zu erkennen, das vom Druck stammen musste, den die Handfläche auf den Mund ausgeübt hatte.

»Sie haben recht. Jemand hat ihn erstickt.«

★★★

Nils saß auf seinem Bett und wartete. Sandra war bereits eine Ewigkeit weg. Er hatte seine Tür vorsichtshalber offen gelassen, damit nicht noch weitere Schwestern ihre Fingerabdrücke auf der Klinke hinterließen. Und auch die Tür zum Bad lehnte er nur noch an. Seine Tasche stand gepackt vor dem Schrank. Er wollte und konnte nicht mehr länger hierbleiben. Er fühlte sich gut, und überdies war er Zeuge eines Mordes geworden. Er musste jetzt handlungsfähig sein.

Endlich vernahm er eilige Schritte auf dem Flur. Er stand auf, und Sandra betrat, gefolgt von Dr. Brenneke, sein Zimmer.

»Und?«, fragte er erwartungsvoll.

Sandra kam näher zu ihm und sprach leise und konspirativ, während sie ihn an der Schulter berührte. »Du hattest recht. Wir haben Spuren gefunden, die darauf hindeuten, dass Professor Dammer erstickt wurde, mit bloßen Händen.«

»Verdammt, ich hab's geahnt.«

»Dammer ist zuvor auf der Landstraße von einem Auto angefahren worden, und der Täter hat Fahrerflucht begangen. Es würde mich nicht wundern, wenn der Unfallfahrer und der Mörder ein und dieselbe Person sind. Ich werde mich daher jetzt um die Unfallstelle kümmern. Ein Team von der Spurensicherung ist bestellt, die kommen mit dem nächsten Schiff. Und du müsstest den Raum wechseln.«

»Nein, nein, ich will *gehen*«, sagte Nils und schaute an Sandra vorbei zu Dr. Brenneke. Der gesellte sich zu ihnen und sprach ebenfalls mit gedämpfter Stimme.

»Herr Petersen, ich möchte mich erst mal entschuldigen. Ich hatte nicht die Absicht –«

»Ja, ja, schon gut. Machen Sie sich mal keinen Kopp. Aber ich will jetzt nach Hause.«

»Das verstehe ich, trotzdem sollten wir noch einen Moment miteinander reden, bevor Sie gehen.« Er rieb sich unschlüssig die Hände.

»Ich mach mich schon mal auf den Weg. Kann ich dich zu Hause anrufen?«, fragte Sandra.

»Soll ich nicht hierbleiben und dir helfen?«, entgegnete Nils.

Sie dachte kurz nach.

»Ich hab eine kleine Wohnung hier. Willst du vielleicht da auf mich warten?«

Nils war unschlüssig. Warum hatte sie eine Wohnung auf der Insel? Sie war doch vorhin erst von ihrem Vorgesetzten angerufen worden?

»Gut, dann gib mir die Schlüssel«, meinte er und ließ sich den Weg beschreiben.

Sandra wurde von Nils' Kollegen auf Föhr, Tamme Barken, abgeholt. Nils kannte Tamme. Er war vier oder fünf Jahre älter als er selbst, und als Nils damals hier auf Föhr auf das Gymnasium gegangen war, hatte er unter der Woche immer bei einer Tante übernachtet, die zwei Häuser neben Tammes Familie in Alkersum wohnte. Anfänglich, als Nils noch Schwierigkeiten gehabt hatte, in der Gemeinschaft aufgenommen zu werden, bedeutete diese Nähe zu Tammes Haus einen großen Vorteil für ihn. Die meisten Jungs trafen sich regelmäßig bei Tamme, weil seine Eltern beruflich oft unterwegs waren und er dann sturmfreie Bude hatte. Tamme war zwar älter, aber ein netter, aufgeschlossener Junge mit einem breiten, kräftigen Gesicht und Sommersprossen auf der Nase. Nils freute sich darauf, ihn wiederzusehen, auch wenn die Umstände nicht die schönsten waren.

Dr. Brenneke lehnte sich an die Wand neben dem Fenster und verschränkte besorgt die Arme vor der Brust. Nils hörte noch die sich entfernenden Schritte von Sandra und wünschte sich, er hätte gleich mit ihr gehen und den Unfallort sehen können.

»Herr Petersen, natürlich können Sie gehen, wenn Sie das wollen. Ihre Werte sind sehr gut und stabil, und Sie haben sich gut erholt. Was uns allerdings ein wenig Sorge bereitet, ist Ihre, sagen wir, bewegte Vergangenheit. Sie haben ja bereits mit unserer Psychologin gesprochen, und das, was Sie da kürzlich erlebt und erfahren haben, ist etwas, was man nur mit professioneller Hilfe bewältigen kann.«

Nils lächelte, weil er Brennekes Bemühungen fast niedlich fand. Der Junge war gut fünfzehn Jahre jünger als er. Und er hatte nicht die geringste Ahnung, wovon er eigentlich sprach, nicht die geringste Ahnung von dem, was Nils durchgemacht hatte.

Er legte dem Arzt eine Hand auf die Schulter. »Ist schon gut. Ich komme klar. Machen Sie sich keine Sorgen. Ich bin niemandem böse. Ich war auch schon kurz bei meinem Vater und hab mit ihm gesprochen. Um *ihn* müssen Sie sich kümmern.«

Brenneke sah ihn verdattert an. Seine Lippen versuchten, ein Wort zu bilden, das ihm aber nicht recht über die Lippen gehen wollte.

»Da ist noch was«, meinte er schließlich.

»Ja, was denn?«

»Wir haben mit Ihrer Frau gesprochen. Sie sagte, dass Sie ... also, dass Sie Alkoholiker seien.«

Nils spürte einen kurzen Stich, hervorgerufen durch den Verrat, doch sogleich verstand er auch vollständig Elkes Sorge. Natürlich hatte sie das sagen müssen.

»Dr. Brenneke. Es stimmt, ich war Alkoholiker. Meine Frau hat mich verlassen, und ich bin im Alkohol versunken. Ich habe eine Flasche Whisky am Tag getrunken, manchmal mehr. Aber als ich da unten im Wasser war, hat sich alles geändert. Ich werde Ihnen das wohl nicht verständlich machen können. Aber es hat sich aufgeklärt, alles hat sich zum Guten gewendet. Ich weiß jetzt, wer meine Schwester ist, ich weiß, wer mein Vater ist, ich weiß, warum alles so gekommen ist, wie es gekommen ist. Nicht alle Probleme sind gelöst, aber ich sehe endlich wieder Licht. Ich habe, seit ich aufgewacht bin, keinen einzigen Gedanken an Alkohol verschwendet. Erst Sie haben mich eben daran erinnert. Ich habe keinen Drang, zu trinken, und ich weiß nicht, ob das normal ist, aber ich habe auch keine körperlichen Entzugserscheinungen. Ich fühle mich gut. Aber das erzählt Ihnen wahrscheinlich jeder, oder?«

Brenneke hatte sich zwar von der Wand gelöst und stand jetzt direkt vor ihm, aber er wirkte trotzdem kleiner als zuvor. Er staunte Nils an wie ein kleiner Junge, der seinem Fußballidol gegenübersteht.

»Schon, doch keiner war so glaubhaft wie Sie. Wie machen Sie das? Bei dem, was Sie erlebt haben, müssten Sie eigentlich ... Sie müssten zumindest am Boden zerstört sein.«

Nils lächelte nur, und nach einer Weile lächelte auch Brenneke.

»Ich hole Ihre Entlassungspapiere.«

»Danke.«

8

Tamme stand direkt vor dem Eingang des Krankenhauses, auf seine geöffnete Autotür gelehnt. Sandra trat hinaus und wollte gerade etwas zur Begrüßung sagen, als sie von einem starken Wind erfasst wurde. Sie stolperte fast, als sie weiter auf den Streifenwagen zuging. Das sonnige, freundliche Wetter, das sie vorhin auf der Insel begrüßt hatte, war spurlos verschwunden. Stattdessen zogen dunkle, schwere Wolken in beängstigendem Tempo über den Himmel. Der Wind blies stark und unablässig von Nordwest über das Meer, und die Temperatur war um bestimmt zehn Grad gefallen. Sandra fror augenblicklich und verstand nicht, wie der Polizist es ohne Jackett, nur in seinem Hemd, aushalten konnte.

»Sandra Keller, Kripo Niebüll«, rief sie gegen den Wind an und streckte ihre Hand aus.

»Tamme, Polizei Föhr. Steigen Sie ein.«

Sandra hatte ein Déjà-vu, fühlte sich aber nicht mehr so unwohl wie damals, als sie auf Amrum von Nils so in Empfang genommen worden war.

»Der Kerl ist also hier im Krankenhaus gestorben?«, fragte Tamme, als er den Gurt anlegte. Er blickte sie freundlich aus muschelgrauen Augen unter einem vorstehenden braunen Haarschopf an.

»Die Sachlage hat sich etwas verändert. Er ist höchstwahrscheinlich ermordet worden.«

»Bitte? Ermordet, auf Föhr? Dat gib's nich.«

»Doch, ich hab grad die Leiche untersucht. Ein Kollege von Amrum hatte den Verdacht. Er liegt auch hier in der Klinik. Nils Petersen.«

»Wat? Der Nils? Gib's ja nich.«

Er fuhr ziemlich zügig durch das Wohngebiet und schaute sie während der Fahrt ein wenig zu lang an.

»Könnten Sie bitte auf die Straße achten?«, forderte sie ihn ängstlich auf, und er setzte sich schuldbewusst in die korrekte Fahrposition.

»Aber ist dat nich'n großer Zufall, dat einer erst überfahren und dann ermordet wird?« Er wollte seinen Kopf drehen, besann sich dann aber eines Besseren.

»In der Tat. Herauszufinden, wie der Unfall und die Tötung im Krankenhaus miteinander zusammenhängen, wird jetzt unsere Aufgabe sein«, sagte Sandra und versuchte, sich den Weg und die Umgebung einzuprägen.

»Was war denn die Todesursache?«

»Ersticken, soweit ich das nach der ersten Begutachtung beurteilen kann. Das endgültige Ergebnis werden wir erst von der Gerichtsmedizin bekommen.«

»Unglaublich. So wat passiert hier einfach nich. Auf Sylt vielleicht, aber hier …«, sagte er und schüttelte verständnislos den Kopf.

Sandra war derselben Meinung, obwohl sie die Insel nicht kannte, aber was sie hier vor sich sah, war nichts als weite grüne Weiden, Marschland, Weizenfelder, Kühe und kleine nette Ortschaften mit reetgedeckten Häusern. Dies war kein Ort, wo man Menschen im Krankenhaus tötete wie einen Zeugen in einem Mafiaprozess. An ein solches Motiv glaubte sie auch nicht. Dass der Fahrer des Wagens sein Opfer endgültig aus dem Weg schaffen wollte, um nicht erkannt zu werden, war ebenso wenig plausibel. Aber alle Spekulation half nichts. Sie musste Fakten sammeln und dann ihre Rückschlüsse ziehen.

Sie fuhren gut eine Viertelstunde, als Tamme auf ein Ortsschild deutete und den Wagen abbremste. »Hier ist es, Oldsum. Der Ort liegt dort rechts, die Landstraße führt hier vorbei. Dahinten, das erste Haus an der Straße mit dem dunklen Dach, das ist Dammers Haus.«

Tamme fuhr den Wagen auf den Grünstreifen neben der Landstraße und setzte den Warnblinker. Sie stiegen aus und näherten sich der Unfallstelle. Der Wind drückte und schob von der Seite. Die Luft war unangenehm kühl und feucht. Sandras Haare wirbelten um ihren Kopf, und sie zog sich den Reißverschluss ihrer Jacke bis unter das Kinn.

»Es gibt Reifenspuren dort vorn«, sagte Tamme und zeigte auf den Asphalt. »Der Wagen ist noch leicht ausgewichen. Glas haben wir nur ganz wenig gefunden.«

Sie hatten die Stelle erreicht. Sandras Augen blieben an dem braunen Fleck haften, der wie eine vertrocknete Kaffeelache in den Asphalt eingesickert war.

»Das ist Blut«, erklärte Tamme.

Sandra nickte nur. Sie hielt sich mit der rechten Hand die Haare aus dem Gesicht.

»Die Autos fahren hier mit einer Geschwindigkeit von sechzig bis neunzig Stundenkilometern. Manchmal auch mehr.«

Tamme war mehr gefahren, und Sandra ging davon aus, dass die Einheimischen generell mit über hundert Stundenkilometern auf der Landstraße fuhren.

»Die Straße macht dort hinten eine kleine Linkskurve. Dort fahren auch die Autos aus dem Ort wieder drauf.«

Sandra spähte in die Ferne. Durch irgendeine Öffnung in ihrer Kleidung blies ihr der Wind direkt auf die Haut. Sie drückte das Kinn in den Kragen, um sich luftdicht abzuschließen.

»Der Wagen kam aus derselben Richtung wie wir«, meinte Tamme mit nach unten gerichtetem Blick. Er stand in der Mitte der Fahrbahn und sicherte sich immer wieder nach hinten und vorn ab, wie ein Autobahnpolizist.

Die Bremsspur, zwei schwarze parallel verlaufende Streifen, bei denen man sogar noch den Abrieb des Profils erkennen konnte, machte nach ungefähr zwanzig Metern einen Schlenker nach links. Sandra ging die Spur Zentimeter für Zentimeter ab, als simulierte sie die Fahrt in einer unsichtbaren Karosserie.

»Er fährt hier lang und sieht etwas auf der Straße. Es ist schon dunkel, darum erkennt er vielleicht nicht sofort, dass es sich um einen Menschen handelt. Er steigt in die Bremsen und registriert, dass er den Mann, den er jetzt vor Augen hat, trotzdem treffen wird. Also reißt er das Steuer herum und will ausweichen. Das spricht in keiner Weise dafür, dass er Dammer mit Absicht überfahren wollte«, sagte Sandra zu Tamme, der gut einen Meter neben ihr herlief. »Er hat das Steuer nach links gerissen, was bedeutet, dass Dammer von rechts gekommen sein muss.«

Sie blickte nach rechts auf eine Wiese, die sich hinter einem kleinen Abhang und einem Entwässerungsgraben bis zu Dammers

Haus erstreckte. Dann richtete sie ihre Augen wieder auf die Bremsspur auf der Straße.

»Die Räder sind nicht besonders breit gewesen. Ein Traktor oder ein Lkw wäre damit auszuschließen.« Sie ging in die Hocke und besah sich den Blutfleck eingehender. »Aber das ist komisch. Der Blutfleck befindet sich *vor* dem Schlenker, den er gemacht hat. Er muss ihn also erwischt haben, ohne auszuweichen.«

Tamme kam näher. »Das war so …«, begann er, blickte nach hinten und erkannte gerade noch rechtzeitig den Wagen. Der Wind hatte das Motorengeräusch weggetragen, und der Audi war bis auf fünfzig Meter herangekommen. Er hupte jetzt. »Vorsicht!«, schrie Tamme und lief auf Sandra zu. Die rettete sich mit einem Sprung in die Böschung.

Der Audi fuhr hupend vorbei. Tamme, der noch neben der Fahrbahn stand, blickte ihm hinterher.

»'n Urlauber«, sagte er fast beleidigt. »Sind Sie okay?« Er reichte ihr seine Hand, und Sandra kletterte den Abhang hinauf.

»Ja, danke. Puuh, das war knapp.«

»So schnell kann's gehen, auch für diesen Dammer.«

»Ja, aber *wir* hatten hier etwas zu suchen. Was wollte *er* hier? Und das am Abend, in der Dunkelheit?«

Tamme sah sich ratlos um. »Keinen Schimmer.«

»Sehen Sie, ich auch nicht. Was wollten Sie mir übrigens sagen, bevor wir eben fast überfahren worden wären?«

»Oh, ja, dass der Mann mit dem Kopf zum Seitenstreifen hin lag. Das Blut stammt von seiner Oberarmwunde.«

Sandra positionierte sich wieder in der Mitte der Bremsspur. Ihr Blick wanderte über die Zeichen am Boden und las sie neu.

»Er kommt von dort über die Wiese«, begann sie. »Wir gehen jetzt mal davon aus, dass es ein Pkw war. Die Verletzungen haben gezeigt, dass er in dem Fall beim Aufprall gekniet oder sich auf allen vieren befunden haben muss. Vielleicht ist er ja auf der Böschung gestürzt oder ausgerutscht. Er krabbelt also auf die Fahrbahn, und das Auto erwischt ihn. Ja, nur so macht es Sinn. Er muss sich auf allen vieren befunden haben. Das Auto trifft ihn am Oberarm. Er wird nicht nach hinten geschleudert, sondern dreht sich quasi um seine eigene Achse. Das Auto schert hinten

aus und erwischt sein Bein. Am Ende bleibt er genau hier liegen.«
Sie war den gesamten Unfall mit ihrem Zeigefinger in der Luft
nachgefahren.

»Klingt glaubhaft«, sagte Tamme.

»Ja, find ich auch.« Sandra stemmte beide Hände in die Hüften
und blickte zu Dammers Haus. »Aber warum in aller Welt läuft
er nachts von seinem Haus über eine Wiese auf die Landstraße?
Was hat ihn nur getrieben?«

★★★

Das Team der Spurensicherung traf ein, als Nils sein Zimmer
bereits verlassen hatte und im Aufenthaltsraum auf seine Entlassungspapiere wartete. Die Schwestern hatten Nils' Zimmer mit
einem Paravent abgetrennt und davor eines dieser gelben Schilder
positioniert, die anzeigten, dass der Flur gerade gewischt worden
war.

Als Nils das dreiköpfige Team kommen hörte, ging er hinaus
und stellte sich vor. Der Leiter des Teams, ein kleiner, stämmiger
Mann, dessen Alter man aufgrund seines grau melierten Vollbarts
nur schwer erraten konnte, reichte ihm die Hand.

»Reinhard.« Er blickte desinteressiert über den Flur und suchte
wohl seinen neuen Arbeitsplatz. Sein Händedruck war überraschend fest.

»Frau Keller ist noch bei der Unfallstelle, muss aber jeden Moment zurück sein«, informierte ihn Nils.

»Unfallstelle?«

»Ja, der Mann wurde erst überfahren, hier eingewiesen und
dann höchstwahrscheinlich erstickt. Der Täter hat versucht,
ins Badezimmer zu kommen. Wenn Sie nach Fingerabdrücken
suchen, werden Sie dort wahrscheinlich die besten Ergebnisse
bekommen.«

»Das sehen wir dann«, meinte Reinhard unbeeindruckt und
griff zu seinem Koffer.

Dr. Brenneke, der von den Schwestern gerufen worden war,
kam und begleitete die Gruppe zum Krankenzimmer. Er sprach
leise, damit kein Patient etwas mitbekommen konnte. Reinhard

ließ ihn nicht mit hinter den Paravent. Brenneke kam zurück, während die Männer hinter der Stellwand ihre weißen Overalls anlegten.

»Ihre Papiere sind fertig, Herr Petersen, sollen die Schwestern Ihnen ein Taxi rufen?«, fragte der junge Arzt, dem man die Strapazen der letzten Nacht inzwischen deutlich ansehen konnte.

»Nein, ich bleibe noch hier auf Föhr und gehe einfach zu Fuß.«

»In Ordnung.«

Brenneke holte die Entlassungspapiere und Nils seine Tasche. Sie trafen sich auf dem Flur vor dem Schwesternzimmer und schüttelten sich die Hand.

»Alles Gute für Sie. Und trauen Sie sich, Hilfe anzunehmen.«

»Ist gut.«

»Auf Wiedersehen sollten Ärzte nicht sagen, was?«, meinte Brenneke und grinste.

»Polizisten auch nicht«, sagte Nils, und sie lachten beide.

Nils nahm seine Tasche und wollte gerade gehen, als er jemanden auf dem Flur stehen sah. Er erkannte ihn sofort. Seine hagere Gestalt, seine leicht gebückte Haltung, das dünne Haar auf seinem schmalen Kopf. Es war Karl. Karl, der bis vor ein paar Tagen nur ein guter Freund, ein Onkel gewesen war. Jetzt, nach der stürmischen Nacht am Kai von Steenodde, war er viel mehr als das. Sein leiblicher Vater, der all die Jahre neben ihm hergelebt hatte, ihn hatte aufwachsen sehen, ohne dass er sich jemals zu erkennen gegeben hätte.

Man sah ihm seine Angst schon von Weitem an. Er stand da wie ein kleines Kind, das eine Fensterscheibe zerschossen hatte und sich nun trauen musste, es zuzugeben. Seine Hände zitterten. Seine Augen schwammen in Tränen. Scham und Selbstvorwürfe hatten sich in seine Gesichtszüge gegraben. Er atmete schwer durch den geöffneten Mund. Ebenso wie Hauke konnte er Nils nicht in die Augen schauen.

Nils, der keinen Plan für diese Situation hatte und keine Vorstellung davon, wie man jemandem begegnete, der urplötzlich zum eigenen Vater geworden war, handelte aus dem Bauch heraus. In seinem Kopf herrschten Leere und Chaos zugleich, doch was er fühlte, war klar und deutlich wie eine einzelne weiße Wolke am azurblauen Himmel. Er ließ seine Tasche fallen, ging auf Karl zu und umarmte ihn ohne ein Wort. Augenblicklich spürte er die Hitze von Karls Gesicht und das Schluchzen des alten Mannes an seiner Schulter. Karls Arme schlangen sich um ihn, und er drückte ihn immer fester, murmelte etwas, das wie eine Entschuldigung klang, jedoch in dem Stoff von Nils' Hemd verloren ging. Eine Weile standen sie so da, und es war, als existierten nur noch sie beide auf dieser Welt. Dann lösten sie sich voneinander, und Karl wischte seine Tränen mit dem Hemdsärmel fort. Nils sah ihn belustigt an.

»Was is'n das für'n Hemd?«

Karl blickte an sich hinunter.

»Is neu. Ich dachte, ich muss ja wenigstens hübsch aussehen, wenn ich …« Ihm versagte die Stimme, und er schüttelte den Kopf. »Scheiße.«

Nils legte ihm einen Arm um die Schultern. »Nu heul mal nich gleich, so hässlich ist das Hemd ja nun auch wieder nich.«

In der Tür des Stationszimmers standen Brenneke und zwei Schwestern, die beide Tränen in den Augen hatten.

»Wirst du schon entlassen?«, fragte Karl mit einem Blick auf die Tasche.

»Ja, ich darf gehen. Aber vorher haben wir noch was zu erledigen«, sagte Nils und griff nach seiner Tasche.

»Wir beide?«, fragte Karl ahnungslos.

»Jou, wir gehen jetzt zu Hauke.«

»Nee.«

»Doch.«

»Halten Sie das für eine gute Idee?«, fragte Brenneke.

»Je eher, desto besser.«

»Ich will aber nich«, protestierte Karl, doch Nils zog ihn mit sich.

»Keine Angst. Ich bin dabei. Es muss sowieso sein.«

Karl sträubte sich mit jedem Schritt wie ein bockiger Esel gegen Nils' Entscheidung. Doch Nils ließ nicht locker. Er klopfte an Haukes Tür, während er Karl mit dem anderen Arm festhielt. Sie hörten ein dumpfes »Ja« aus dem Inneren dringen und traten ein.

Hauke stand vor dem Bett und stützte sich mit einer Hand auf den Nachttischschrank. Er erschrak dermaßen, als er die beiden sah, dass ihm die Knie einknickten und er auf das Bett plumpste. Er drehte sein Gesicht zur Wand.

»Nein, nein …«, stammelte er, doch Nils ließ nicht von ihm ab. Er schloss die Tür.

Haukes Arme stützten seinen kräftigen Oberkörper auf der Bettkante ab. Sie zitterten unter der Last. Die Vorhänge blähten sich im durch die Fensterspalten ziehenden Wind auf. Nils ging ein paar Schritte auf Hauke zu. Karl blieb stehen, als seien seine Füße einbetoniert. Er schwankte wie auf einem Schiff bei leichtem Seegang.

»Papa?«, fragte Nils, und Hauke kniff schmerzhaft die Augen zusammen.

Da waren sie nun. Drei Männer, vereint in einem kleinen, schmucklosen Zimmer. Zwei Väter, ein Sohn. Langsam drehte Hauke ihnen sein Gesicht zu. Blicke flogen in dem Dreieck dieser Männer hin und her. Nils wusste, dass nur er das Schweigen brechen konnte.

»Tja, da sind wir. Ich hätte viele Fragen an euch beide. Aber vielleicht ist das noch zu früh, und wenn ich ehrlich bin, kenne ich die Antworten auch schon. Es wäre nur schön, sie aus eurem Mund zu hören. Jeder von uns ist verwirrt. Ich am meisten, wie ihr euch vielleicht denken könnt. Ihr habt mich jahrelang belogen. Ihr hättet alles früher aufklären können, aber es ist, wie es ist. Es ist nicht mehr zu ändern, und damit müssen wir jetzt alle drei klarkommen. Ich habe jetzt zwei Väter. Das ist … keine Ahnung … mehr als andere haben.«

Hauke und Karl, die ihm beide mit gesenkten Köpfen zugehört hatten, schauten auf.

»Du«, begann Hauke, und seine Stimme klang nicht im Geringsten mehr so harsch wie früher, »du musst uns doch jetzt hassen.«

Ein Blick zu Karl verriet Nils, dass der genauso dachte. Wenigstens darüber waren sich die beiden einig.

»Stimmt. Das dachte ich auch. Aber ich spüre keinen Hass, und ehrlich gesagt bin ich ganz froh darüber.«

Hauke versteckte sein Gesicht hinter seinen massigen Händen. Eine schrecklich gespannte Stille entstand zwischen ihnen. Die Luft in dem Dreieck schien wie bei großer Hitze förmlich zu flimmern.

»Es tut mir so leid«, brach Karl schließlich das Schweigen, »Das ist alles, was ich sagen kann. Wir haben alles falsch gemacht. Und mit jedem Jahr wurde es immer schlimmer.«

»Ja«, stimmte Nils ihm zu und dachte zurück an sein bisheriges Leben, in dem er sich hunderttausendmal gefragt hatte, warum er so war, wie er war, und warum es ihn davon abhielt, glücklich sein zu können.

»Ihr beide seid an nichts schuld«, sagte Hauke. »Aber ich ... Ich bin derjenige. Geht jetzt einfach.«

Nils blickte zu Karl. Der machte einen Schritt auf Hauke zu, doch sofort hob Hauke abwehrend eine Hand.

»Lass mich. Geh jetzt einfach.«

»Papa, ich hab dir schon mal gesagt –«

»Nenn mich nicht so!«, rief Hauke.

»Seit fünfundvierzig Jahren nenne ich dich so. Also lass mich. Ich will dir jetzt was sagen. Über Anita.«

»Hör auf!«, rief Hauke noch lauter. Seine Stimme überschlug sich dabei.

»Karl, ich will, dass du es auch weißt.«

»Wovon redest du?«, fragte Karl unsicher.

»Nils, bitte«, bat Hauke mit einem Nachdruck, der klang, als flehte er um Gnade.

»Was ist hier los?«, wollte Karl wissen, und Nils wunderte sich über die Festigkeit seiner Stimme. Er konnte sich nicht erinnern, dass Karl jemals etwas gefordert hatte.

»Ich kann euch nicht sagen, woher ich es weiß. Aber es geht ihr gut. Sie ist glücklich jetzt. Ihr müsst euch keine Sorgen mehr um sie machen.«

Karl traten die Tränen in die Augen, und obwohl er schon wusste, von wem Nils sprach, fragte er nach.

»Wen meinst du?«

»Anita.«

»Gott, bitte«, stieß Hauke hervor.

»Was redest du da? Ich hab sie doch gesehen. Sie war nicht glücklich. Sie war ... Sie hat mich gesehen, und ich denke, sie wusste, wer ich war, irgendwie. Und dann lief sie davon und tauchte nie wieder auf. Ich hab sie nicht zurückgehalten«, sagte Karl bitter, und seine Augen blickten verloren ins Nichts.

»Aber jetzt geht es ihr gut. Das ist alles, was zählt, und ich bin sehr froh darüber. Damit müsst ihr beide lernen zu leben. Ich gehe jetzt.«

Nils ging aus dem Zimmer. Er wartete einen Moment vor der Tür, doch als er keine Stimmen vernahm, verließ er das Krankenhaus.

9

Nils hatte sich in einem kleinen Laden ein günstiges Handy gekauft, das er mit seiner SIM-Karte aktiviert und mit dem er Elke
angerufen hatte. Sie hatten sich an dem Brunnen an der Promenade verabredet. Jetzt wartete er dort auf seine Frau und seine
Tochter. Er lehnte am Geländer oberhalb des Strands. Das Wetter
hatte alle Gäste vom Strand verscheucht. Nur eine Familie harrte
noch aus, die Füße auf die Sitzfläche des Standkorbs gehoben und
mit einer dicken Decke, die um die beiden Kinder und die Eltern
gewickelt war. Feiner Sprühregen flog vom Wind getrieben durch
die Luft und legte sich wie ein kühler Film auf Nils' Gesicht.
Elke hatte ihm seine Allwetterjacke ins Krankenhaus gebracht.
Er würde trocken bleiben am Körper.

Eine Fähre stampfte über die bleigraue See. Weiße Gischt
stand um sie herum. Nils meinte, an der Form und dem einfachen blauen Streifen an der Seite erkennen zu können, dass
es sich um die »Schleswig-Holstein« handelte. Diese Fähre war
zusammen mit der »Uthlande« neu gebaut worden. Beide hatten
aber den Namen ihrer jeweiligen Vorgängerin behalten. Die
Dritte im Bunde, die »Rungholt«, war nur renoviert worden,
und Nils mochte diese alte Fähre immer noch am liebsten.
Wenn er nach Hause fuhr, wollte er gern mit der »Rungholt«
fahren.

»Papa!«

Nils drehte sich um. Anna kam auf ihn zugelaufen und sprang
ihn mit offenen Armen an. Nils fing sie auf und taumelte
zurück.

»Anna, sei vorsichtig«, rief ihre Mutter.

»Moin, ihr zwei«, sagte Nils erfreut und küsste seine Tochter.

»Hallo«, wiederholte er noch mal, an Elke gewandt.

»Moin, Nils. Wir sind ganz überrascht, dass du schon entlassen
wurdest.«

»Ja, ich hab's da nicht mehr ausgehalten. Der Arzt meinte, es
sei in Ordnung, Behandlungen hab ich ja eh nicht bekommen.«

Elke lächelte zögerlich, während Anna sich an ihren Vater drückte.

»Aber du brauchst doch sicher ärztliche Aufsicht ...«

»Mach dir keine Sorgen, Elke. Ich weiß, was du meinst, aber das ist vorbei.«

Elke zuckte getroffen zusammen. Er wusste, dass sie ein schlechtes Gewissen hatte, weil sie über seinen Alkoholmissbrauch mit den Ärzten gesprochen hatte. Aber sie hatte es nur getan, um ihm zu helfen, nicht um ihn zu verraten. Er lächelte ihr zu, und es lag keine Spur von Ärger in seinem Gesicht. Elke atmete erleichtert durch.

Es begann stärker zu regnen. Die Tropfen waren jetzt schwerer und größer und klatschten in unregelmäßigen Schauern über den Boden. Alle drei senkten schützend ihre Köpfe.

»Wollen wir irgendwo reingehen?«, rief Elke und lachte, weil sie Nils kaum noch anschauen konnte. Der Regen trommelte ihr derart heftig ins Gesicht, dass sie es mit einer Hand verdecken musste.

»Guter Vorschlag«, rief Nils zurück.

Sie liefen in das erste Café an der Ecke. Die Tische am Fenster waren alle belegt, also wichen sie nach hinten in eine dunkle Nische aus, die warm und gemütlich war. Eine Kerze brannte auf dem Tisch, und es roch nach Kaffee und Pfannkuchen. Die Espressomaschine gurgelte und zischte laut, als die Bedienung an den Tisch kam.

Sie bestellten und wischten ihre regennassen Gesichter mit Servietten trocken. Es war fast so, als machten sie einen Ausflug. Der Gedanke ließ Nils plötzlich leise und nachdenklich werden.

»Alles in Ordnung?«, fragte Elke.

»Ja, ja, ich hab nur ...« *Daran gedacht, wie schön es war, als wir eine Familie waren.* »Ich hab nur daran gedacht, dass ich euch beiden noch etwas nicht so Schönes erzählen muss.«

Elkes Mundwinkel zogen sich besorgt nach unten.

»Ach ja? Was ist denn?«

Nils wollte gerade beginnen, als die Getränke kamen. Elke ließ während der ganzen Zeit, in der die junge Frau den Tisch deckte, nicht die Augen von Nils.

»Jetzt sag schon, Papa«, meinte Anna, nachdem die Bedienung gegangen war, und beugte sich neugierig vor.

»Ich bekam gestern Abend kurz vor eurem Besuch einen Bettnachbarn. Und der ist irgendwann in der Nacht ermordet worden«, sagte Nils leise.

Elke schlug die Hand vor den Mund. Anna schien nicht sofort begriffen zu haben, was ihr Vater da gesagt hatte. Sie blinzelte ein paarmal und stutzte dann.

»Hä, du meinst, er ist ermordet worden?«

»Schatz, das hat Papa doch gerade gesagt. Und sprich ein bisschen leiser«, zischte Elke. »Mein Gott, wie ist das denn möglich?«

»Jemand ist nachts in unser Zimmer geschlichen und hat ihn erstickt.«

»Iiiihhh, das ist ja voll unheimlich«, sagte Anna laut.

»Schscht!«, machte Elke.

»Hast du zugesehen?«, fragte Anna.

»Nein, natürlich nicht, ich war gerade auf der Toilette, aber der Mörder hat versucht, ins Badezimmer zu kommen.«

»Und du meinst, er hätte dich auch umgebracht, wenn er gekonnt hätte? Gruuuselig.«

»Anna, reiß dich jetzt mal bitte ein bisschen zusammen.« Elke atmete gestresst aus und nahm einen Schluck von ihrem Kaffee. »Eine furchtbare Geschichte, so unwirklich. Und was passiert jetzt? Musst du eine Aussage machen?«, fragte sie.

»So in der Art, ja. Sandra Keller ist bereits auf der Insel und untersucht den Fall.«

Elke blickte zu ihm auf. Ihre Augen verdunkelten sich, als habe ein Windstoß die Kerze auf ihrem Tisch ausgeblasen. Sie sah ihn durchdringend und verletzt an. Dabei hatte sie doch eigentlich keinen Grund dazu. Was mit Sandra passiert war oder nicht passiert war, konnte sie nicht wissen, und es ging sie auch nichts mehr an, jetzt, wo sie bei einem anderen Mann lebte. Dennoch sagte Nils' Verstand ihm, dass der Grund für ihre merkwürdige Reaktion Eifersucht war, und diese Tatsache setzte einen Funken Hoffnung in ihm frei.

»Ich treffe mich gleich mit ihr. Die Sache ist ein wenig kompliziert.«

»Scheint mir auch so«, sagte Elke kühl.

Anna setzte sich zurück und zog ihre Schultern verkrampft nach oben.

»Elke?«

»Was?«

»Bist du eifersüchtig?«, fragte Nils, und ein Lächeln umspielte seine Lippen.

»Nein!«, entfuhr es ihr.

»Nur für den Fall, dass es doch so ist: Da ist nichts zwischen uns. Ich liebe dich. Nach wie vor.«

Elke wurde schlagartig rot.

»Spinnst du?«, fauchte sie im Flüsterton.

»Wieso?«

»Wie kannst du so etwas sagen, in unserer Situation? Noch dazu, wenn Anna dabei ist.«

»Anna ist doch nicht doof, sie weiß doch, was los ist.«

Seine Tochter lächelte überrascht, aber stolz.

»Tut mir leid, wir gehen jetzt.« Elke stand auf und zog Anna mit sich.

»Elke, du kannst jetzt nicht gehen.«

»Dann schau mal gut hin«, meinte sie und bewegte sich Richtung Ausgang.

»Ich kann nicht bezahlen, mein Portemonnaie ist weg«, rief Nils durch das Lokal. Elke stoppte an der Tür und ließ die Schultern hängen. Dann machte sie kehrt und kam unter den neugierigen Blicken der übrigen Gäste an den Tisch zurück.

»Könntest du ein bisschen leiser schreien?«

»Ich hab aber kein Geld mehr«, sagte Nils.

»Ja, natürlich nicht, du warst ja auch im Wasser. Ich habe dein Portemonnaie.«

»Wir haben es auf der Heizung getrocknet«, sagte Anna pflichtbewusst. »Und Mama hat die Scheine mit dem Bügeleisen geplättet.«

»Im Ernst?«, fragte Nils.

»Ich möchte gern zahlen«, rief Elke der Kellnerin zu, die sofort an ihren Tisch kam. »Halt einfach die Klappe«, ermahnte Elke Nils und zückte ihre Geldbörse.

»Das macht genau neun Euro.«

»Meine Frau lädt mich ein«, sagte Nils zu der Kellnerin, und Elke schloss verzweifelt die Augen.

★★★

Das Meer war ein kristallblauer Spiegel. Kein Lüftchen rührte sich. Mit dem Wind schienen auch jegliche Geräusche verschwunden zu sein. Der Himmel stand hoch und blau über Nils. Er konnte keine einzige Wolke erkennen und auch keine einzige Möwe. Er steckte einen Finger ins Wasser und erzeugte kleine, perfekte Kreise, die sich immer weiter ausbreiteten. Jetzt erst bemerkte Nils, dass er sich in einem Boot befand. Es war ein hölzernes, kleines Ruderboot, und er trieb mitten auf dem Meer, ohne irgendwo auch nur das kleinste Stück Land erkennen zu können. Er setzte sich auf. Das Boot schwankte. Die Ruder waren verschwunden. Er hatte keine Möglichkeit, sich fortzubewegen. Er drehte sich nach allen Seiten um und erschrak, als er hinter sich zwei weitere Boote erkannte. Sie trieben ebenso ruderlos wie seins über das gläserne Wasser. Nils wollte sehen, ob sich Personen in den Booten befanden, und reckte seinen Hals, doch das reichte nicht. Er versuchte aufzustehen, aber das Boot wackelte bedenklich. Halb stehend, halb sitzend, lugte er in die beiden anderen Nussschalen. Doch es reichte nicht, er musste noch weiter …

»Nils?«

Er hörte die Stimme durch die Stille schneiden. Sie war laut, sehr laut.

»Nils?«

Ihm kam der Gedanke, dass er vielleicht gar nicht bei Bewusstsein war, sondern schlief und sich in einem Traum befand. Er spürte eine Hand auf der Schulter, öffnete die Augen und blickte in Sandras Gesicht.

»Oh, entschuldige, ich muss eingenickt sein. Ich hab nicht viel Schlaf bekommen letzte Nacht.«

Er hatte nach dem Treffen mit Elke und Anna in Sandras Wohnung auf sie gewartet und musste eingenickt sein.

»Schon gut.« Sandra setzte sich auf einen Stuhl am Tisch. Nils hockte sich auf die Bettkante. Über der Heizung hing seine Hose, die er zum Trocknen dort aufgehängt hatte.

»Tut mir leid, dass du mich hier ohne Hosen antriffst.«

»Hör auf, dich zu entschuldigen. Ich bin auch nass geworden.« Sandras Haare klebten glänzend an ihrer Stirn. Ihre Haut schimmerte feucht. Unter ihren schwarzen Schuhen bildete sich eine kleine Pfütze.

»Was gibt's Neues?«, fragte Nils und zog sich seine Hose wieder an.

»Ich war am Unfallort. So, wie es aussieht, hat ihn jemand angefahren, als er auf die Fahrbahn gestolpert ist. Der Fahrer hat noch versucht auszuweichen, aber da war es schon passiert. Warum Dammer jedoch in der Dunkelheit aus seinem Haus gelaufen kam, das dreißig Meter über eine Wiese neben der Landstraße liegt, und dann über die Böschung auf die Straße rannte, das ist noch rätselhaft.« Sie wischte sich mit beiden Händen die Regentropfen aus dem Gesicht und strich ihre Haare zurück. »Im Krankenhaus haben wir Fingerabdrücke sichern können. Auf der Klinke vom Badezimmer. Von den Ärzten und Schwestern sind Vergleichsproben genommen worden, du musst deine noch abgeben. Ich auch. Die Leiche ist in die Gerichtsmedizin überführt worden. Ich muss gleich wieder los, Dammers Haus wird jetzt untersucht. Ich wollte dich nur kurz sehen.«

»Ja, verstehe. Warum hast du ein Zimmer hier?«

»Hast du's gut gefunden, ja? Ich wollte ein wenig Urlaub machen. Und da bin ich hierhergekommen. Konnte ja nicht ahnen, dass du mir gleich einen Mordfall präsentierst.« Sie lächelte dünn.

»Ich hätte nicht gedacht, dass wir uns so schnell wiedersehen. Und schon gar nicht unter solchen Umständen«, meinte Nils und setzte sich zu ihr an den Tisch.

»Ja, das ist ein bisschen komisch, dass ein Mann ausgerechnet in *deinem* Zimmer getötet wird.«

»Das klingt, als würdest du mich verdächtigen.«

»Unsinn, du weißt, wie ich das meine. Ich bekomme das Gefühl, dass dir manche Fälle von irgendwoher zugeschanzt werden, damit du dich drum kümmerst. *Du* hast diesen letzten Fall lösen sollen.« Sie blickte auf ihre gefalteten Hände.

»Glaubst du plötzlich an Vorsehung? Ausgerechnet du?«

»Klingt nicht nach mir, was? Ich kenn mich gerade selbst nicht mehr.«

»Warum? Ist irgendwas?« Nils beugte sich besorgt nach vorn.

»Nein, nein. Es ist nur ... keine Ahnung. Ich weiß nicht, ob das alles noch Sinn für mich hat.«

»Was meinst du?«

Sie lenkte ihren Blick aus dem Fenster, wo der Wind den Regen durch die kleine Gasse trieb. Unmerklich zuckte sie mit den Schultern.

»Sandra, ist es wegen mir, weil ich ...«

»Nein, ich bin sehr froh, dass ich dich kennengelernt habe. Das möchte ich nicht missen. Du hast eine Familie, und das ist in Ordnung für mich, wirklich. Aber als Freund will ich dich nicht verlieren. Ich könnte vielleicht ein oder zwei Tipps von dir gebrauchen.«

»In Bezug auf was?«

»Auf das Leben, auf ... ja, einfach das Leben. Warum macht man das, was man macht? Warum kann man nicht aus seiner Haut?«

»Du willst eine Veränderung? Sieh mich an. Innerhalb von Sekunden hat sich mein Leben drastisch verändert. Ich hab nicht drauf gewartet, es passierte einfach.«

»Und wie kommst du damit klar? Du siehst so ... fröhlich aus. Ich verstehe nicht, wie du so sein kannst, nach dem, was du herausgefunden hast.« Ihre Augen leuchteten blau, als sie ihn forschend ansah.

Nils dachte daran, ihr von seinem Erlebnis zu erzählen, doch Sandra würde ihm nicht glauben. Sie war ein durch und durch rationaler Mensch. Wahrscheinlich würde sie ihn nur auslachen.

»Ich versuche einfach, in allem das Positive zu sehen«, antwortete er ihr.

»Was ist daran positiv, wenn man herausfindet, dass die Frau, deren Verschwinden man untersucht, die eigene Schwester ist? Wenn man erfährt, dass der eigene Vater gar nicht der eigene Vater ist und noch dazu versucht hat, die Schwester zu ertränken? Nils, wie kann man da *nicht* in Wut und Zorn aufgehen?«

»Wichtig ist, dass es kein Geheimnis mehr ist. Solange ich nicht wusste, was los war mit mir und mit meinem Leben, war ich verloren, aber jetzt ist alles ans Licht gekommen. Es ist schmerzhaft, keine Frage, aber es ist auch eine große Erleichterung. Ich weiß jetzt, wer ich bin, zumindest ansatzweise.«

Sie sah ihn an, und Nils erkannte, wie sehr sie versuchte, seine Gedanken zu verstehen. Aber das war zwecklos. Er griff nach ihren Händen. Sie waren heiß und trocken.

»Ich muss jetzt wieder los. Man wartet auf mich«, sagte sie bedauernd.

»Ist gut. Ich nehme die letzte Fähre heute, oder möchtest du, dass ich bleibe?«

Sie stand auf und suchte in ihren Taschen nach etwas. »Nein, ist schon gut. Fahr du nach Hause und erhol dich erst mal.«

»Besuch mich doch. Du kannst bei Ebbe sogar zu Fuß rüberkommen.«

»Sicher. Wann, sagtest du noch mal, warst du auf Toilette in der Nacht? Wann hast du gemerkt, dass er nicht mehr atmet?«

»Kurz nach vier.«

Sie nickte und stand, zum Abschied bereit, an der Tür. Nils kam auf sie zu und reichte ihr den Haustürschlüssel. Sie fischte ihn aus seinen Händen, und Nils küsste sie auf die Wange.

»Pass auf dich auf. Und ruf mich an, wenn du etwas Neues erfährst.«

»Mach ich.« Sie lächelte traurig und ging hinaus in den kleinen Treppenflur.

Etwas stimmte nicht mit ihr. Nils spürte eine schreckliche Last auf ihren Schultern ruhen. Etwas stimmte ganz und gar nicht.

10

Dammers Grundstück war das letzte in der kleinen grau gepflasterten Straße. Der Rasen stand in sattem Grün um das Haus herum. Der weiße Holzzaun schien erst kürzlich lackiert worden zu sein, so sauber und hell glänzte er in dem grauen Schleier, der sich über die Insel gelegt hatte. Die Spurensicherung war bereits bei der Arbeit, als Sandra eintraf, und Tamme hatte die Straße absperren müssen, damit nicht die ganze Nachbarschaft vor dem Haus stand und glotzte.

Es hatte sich schnell rumgesprochen, dass beim Professor etwas passiert war. Keiner hier im Ort hatte den Mann, der ein Einsiedler und Zugezogener war, gut leiden können. Zugezogene hatten ohnehin keine große Lobby in den kleinen Gemeinden. Fremde blieben Fremde. Wenn man sich nicht bemühte, wenigstens Friesisch zu lernen, konnte man froh sein, wenn man überhaupt gegrüßt wurde. Sandra wusste nicht genau, ob es Tamme ernst war, als er ihr das erklärte, oder ob er ein wenig übertrieb. Der Professor schien jedenfalls keine Ambitionen gehabt zu haben, in die Gemeinschaft aufgenommen zu werden. Wie ein Mahnmal dessen stand eine enorme Hecke zwischen seinem und dem angrenzenden Grundstück. Sie war akkurat geschnitten und maß in der Höhe etwa zwei Meter und zwanzig, schätzte Sandra. Das rote Backsteinhaus hatte vergitterte Fenster, was sofort ins Auge fiel, und dazwischen waren zusätzlich elektrische Rollläden angebracht und heruntergelassen. Dammer hatte offenbar sehr viel Wert auf seine Privatsphäre gelegt. Auch zur Straße hin stand eine blickdichte, wenn auch nicht ganz so hohe Hecke, und das Gartentor war mit einem abschließbaren Messingschloss versehen. Sandra blickte durch den Regen hindurch auf das irgendwie geduckt wirkende Haus. Das Dach schien etwas zu groß für die Grundmauern zu sein.

»Frau Keller«, rief Tamme, der, immer noch nur im Oberhemd, unter dem kleinen Vordach in der Haustür stand und ihr zuwinkte.

Sandra setzte sich in Bewegung. Sie ging neben dem gepflasterten Weg zum Eingang, um keine Spuren zu zerstören. An der Türschwelle überreichte Tamme ihr Handschuhe und Fußschutz.

»Eingebrochen wurde nich«, meinte Tamme, »die Tür is unversehrt.«

»Ich seh's mir an, danke.« Sandra verließ sich nur auf das, was sie sah, und nicht auf das, was ihr berichtet wurde. Tamme schien das zu akzeptieren und verschwand im Schatten des Flurs.

Sandra nahm die Eingangstür unter die Lupe. Keine Spuren von einem Brecheisen oder einem Bohrer. Sie ging in die Hocke und entdeckte eine kleine Kerbe im Holz, die noch nicht sehr alt sein konnte. Mit der kleinen Digitalkamera, die sie immer bei sich trug, machte sie ein Foto davon. Das Blitzlicht erhellte den Flur und brachte den neugierigen Tamme zurück.

»Ham Se was gefunden?«

»Vielleicht, vielleicht auch nicht. Sehen Sie diese Kerbe hier unten? Das kann versehentlich passieren, wenn man zum Beispiel etwas in der Tür stehen lässt, damit sie nicht zufällt, oder etwas hereinträgt und hier anschlägt. Aber die Kerbe sitzt so tief, dass sie auch von einer Schuhsohle stammen könnte. Etwa wenn man eine Tür zuschlagen will, und jemand stellt seinen Fuß hinein.«

Tammes Augen wurden größer. »Sie meinen, der Professor hat aufgemacht und –«

»Reinhard!«, rief Sandra ins Haus, ohne Tamme ausreden zu lassen. Ihr Kollege von der Spurensicherung kam in seinem raschelnden Anzug zur Tür. »Haben Sie das gesehen? Ich will, dass Sie das ausmessen.«

Er brummte nur zustimmend und verschwand wieder.

Als Sandra den Flur betrat, erkannte sie sofort die kleinen nummerierten Schildchen, die einen Beweisfund anzeigten. Der Boden war mit großen weißen Steinfliesen ausgelegt. Markiert waren ein paar Blutstropfen und eine kleine Stelle, an der eine Fliese aufgesprungen war. Rechts an der Wand hing eine Messinggarderobe, und auch hier, zwischen zwei Streben, gab es eine kleine rundliche Kante in der Tapete, die an der Stelle eingerissen war. Ein Bügel hing schief. Sandra spähte durch eine Tür ins Wohnzimmer. Sie erkannte einen Telefonhörer auf einem Glastisch und ein Buch, das auf der Lehne eines Sessels lag.

»Reinhard?«, rief Sandra erneut. Das Gesicht des Chefs der Kriminaltechnik erschien in dem Türrahmen zum Wohnzimmer. »Ist da drüben irgendwas?«, fragte sie.

»Negativ. Schätze, es hat sich alles hier im Flur abgespielt. Die Fingerabdrücke haben wir bereits gesichert. Trotzdem nichts anfassen.«

»Ja, ja«, sagte Sandra gedankenverloren, während sie die Treppe hinaufschaute, die in die obere Etage führte. »Ist schon jemand oben?«

»Nein. Nichts anfassen«, wiederholte Reinhard grantig.

»Ja, ja«, sagte Sandra erneut und nahm die erste Stufe.

»Soll ich mitkommen?«, fragte Tamme, der unschlüssig auf der Schwelle zur Küche stand.

»Aber nichts anfassen.«

Von draußen rief jemand Tammes Namen, und Sandra änderte ihre Meinung.

»Kümmern Sie sich lieber um die Leute da draußen. Niemand darf das Gelände betreten. Auch nicht die Wiese, verstanden?«

»Is gut.«

Tamme lief hinaus, und Sandra stieg die Treppe empor. Die Stufen waren alt und knarrten unter ihrem Gewicht. Oben gab es zwei weitere Zimmer und ein Bad. Der kleinere Raum auf der linken Seite war das Schlafzimmer. Dort stand ein Doppelbett, doch es gab nur eine Decke und ein Kissen. Ein massiver schwarzer Wandschrank beherrschte die andere Hälfte des Zimmers. Auf dem schwarzen Nachttisch lag ein weiteres Buch und darauf eine Lesebrille. Ein digitaler Wecker zeigte in roten Zahlen die Uhrzeit an. In dem zweiten Raum fand Sandra zu ihrer Überraschung ein Fotolabor vor. Es gab zwei Lichtschalter, einen für das normale Deckenlicht und einen für das Rotlicht. Auf einer Leine hingen zum Trocknen aufgehängte Abzüge, mit dem Rücken zu Sandra. Es war warm hier drin und roch unangenehm nach Chemikalien. Auf einem Arbeitstisch lag eine sehr gut erhaltene Spiegelreflexkamera älteren Baujahrs mit einem monströsen Objektiv. Sandra tauchte unter der Leine hindurch und erkannte auf den entwickelten Abzügen Motive von Föhr. Landschafts- und Tieraufnahmen. Viele davon aus großer Entfernung mit einer sehr geringen Tiefenschärfe aufgenommen. Es gab Fotos von Möwen, Enten und sogar Störchen.

In einem Kühlschrank an der hinteren Wand waren ausschließlich Filme gelagert. Unter der Arbeitsplatte standen leere Kartons, die Entwicklerflüssigkeit beinhaltet hatten.

Sandra verließ den Raum wieder. In der holzgetäfelten Decke des Flurs fiel ihr ein Rechteck mit einem kleinen Beschlag daran auf. Die Dachluke. Sie erinnerte sich an das übergroße Dach und begann, nach dem Haken zu suchen, um die Luke zu öffnen. Im Schlafzimmer wurde sie nicht fündig. Sie hatte sogar im Schrank nachgesehen, der ordentlich bestückt war. Pullover, Hosen, Unterwäsche, Socken, Hemden und Anzüge, nach Farben unterteilt. Ein Ständer für Krawatten. In einem schmaleren Abteil des Schrankes waren Schuhe untergebracht. Eine Menge Schuhe, ganz besonders für einen Mann, dachte Sandra. Es waren hauptsächlich Halbschuhe aus Glattleder in verschiedenen Brauntönen und in Schwarz. Außerdem ein Paar Sportschuhe und zwei Paar Wander- oder Trekkingschuhe. Sandra streckte sich und tastete vorsichtig auf dem Schrank herum, aber ohne Erfolg. Sie querte gerade wieder den Flur, um im Fotolabor weiterzusuchen, als sie unten im Eingangsbereich Schritte hörte, die sich laufend näherten.

»Frau Keller?«, rief Tamme nach oben. Es klang so, als sei er entweder aus der Puste oder sehr aufgeregt.

»Was?«, rief sie zurück.

»Sie sollten sich mal was ansehen.«

Sandra ging die Treppe hinunter. Tamme stand in der Haustür und hatte sich einem Mann zugewandt, der hinter ihm auf der Treppe zum Eingang stand. Sie unterhielten sich leise auf Friesisch.

»Ja?«

Tamme drehte sich um. Sandra erkannte einen Gegenstand in seinen Händen.

»Das ist Herr Bornsen, er ist Bauer«, sagte er und wies zur Tür hinaus auf die an die Straße grenzende Grünfläche. »Das da drüben ist seine Weide. Er hat das dort gefunden.« Tamme streckte ihr einen länglichen, metallenen Haken entgegen.

Der Haken für die Dachluke. Sandra spürte, wie Hitze in ihr aufstieg. Ihr Puls beschleunigte sich.

»Haben Sie das angefasst?«, fragte sie den Bauern und nahm den Haken entgegen.

»Jo, sicher. Der lag da so rum.«

»Wir werden Ihre Fingerabdrücke nehmen müssen. Reinhard!«, rief sie.

Brummend kam Reinhard in den Flur.

»Beweisstück Nummer keine Ahnung. Aber sehr wichtig«, sagte Sandra und überreichte ihm den Haken. »Hier oben ist Blut.« Sie deutete mit dem kleinen Finger auf die Biegung des Metalls. »So, und Sie zeigen mir jetzt ganz genau, wo Sie das Ding gefunden haben«, sagte sie zu Bornsen und trat hinaus in den Regen.

***

Nils stand mit vielleicht zwanzig anderen Personen in dem Tunnel, durch den man trockenen Fußes die Fähre betreten konnte. Der Regen, der gegen die Scheiben prasselte, war dabei jedoch das geringere Problem, denn der starke Wind blies die Wellen immer höher in das Hafenbecken hinein. Es war Flut, und das Wasser klatschte gegen die Mole und spritzte in großen Fontänen über sie hinweg. Früher hätte eine solche Welle gleich mehrere Urlauber bis auf die Haut durchnässt, dank des neuen Tunnels war man dieser Gefahr nun nicht mehr ausgesetzt. Nils wartete, bis sich das kleine rote Männchen auf der Ampel in ein grünes verwandelt hatte, und betrat dann die »Uthlande«.

Er nahm steuerbord am Fenster Platz und bestellte sich einen Kaffee. Das Regenwasser rann in langen Schlieren an den großen Fenstern hinab. Auf den Flachbildschirmen an den Wänden konnte man die Nachrichten auf n-tv verfolgen. Als der Wetterbericht kam, sah Nils ein dunkel dargestelltes Tiefdruckgebiet, das wie immer mit kleinen Speerspitzen gekennzeichnet war und sich großflächig über die Britischen Inseln hinweg auf Norddeutschland zubewegte. Wind und Regen waren also nur kleine Vorboten von dem, was noch kommen sollte.

In dem grauen Nass draußen waren die Halligen kaum noch zu erkennen, aber nach einer halben Stunde holpriger Fahrt über das aufgewühlte braune Meer konnte Nils durch die vorderen Scheiben seine Insel erkennen. Endlich. Er hatte Heimweh, obwohl er, jedenfalls bei Bewusstsein, doch nur einen knappen Tag auf Föhr verbracht hatte.

Was ihm allerdings Sorgen bereitete, war Sandra, die nun ganz allein dort zurückblieb. Er hatte das Gefühl, an ihrer Seite bleiben zu müssen. Wenn sie nicht von allein nach Amrum kam, würde er in ein, zwei Tagen nach ihr schauen, sofern die Untersuchungen bis dahin noch nicht abgeschlossen waren.

Trotz des Kaffees nickte Nils immer wieder ein. Gegen die Müdigkeit konnte er sich nicht wehren. Kurz bevor sie in den Hafen von Amrum einliefen, zog er seine Jacke und die Kapuze über und begab sich aufs Sonnendeck, um seiner Insel entgegenzuschauen. Der Wind drückte die Jacke gegen seinen Körper und ließ die Ärmel flattern. Salzige Gischt sprühte ihm ins Gesicht.

»Hallo, Amrum«, sagte er und lächelte.

Er nahm sich ein Taxi, als er von Bord gegangen war, und ließ sich nach Nebel fahren. Sein Haus stand direkt neben der hell erleuchteten Kirche. Im Kühlschrank war Ebbe, und so stellte er nur seine Tasche ab und zog gleich weiter in »Dat Achterdeck«, um etwas zu essen.

Zwei Stammgäste, Insulaner, saßen an der Bar. Ansonsten waren im gesamten Gastraum nur zwei Tische besetzt. Herm, der Wirt, der hinter dem Tresen Bier zapfte, bemerkte Nils, und augenblicklich verschwand das selige Grinsen, das er immer aufgelegt hatte, aus seinem Gesicht. Nils verstand, warum. Seine Geschichte hatte sich also schon rumgesprochen. Natürlich hatte sie das. So eine dramatische Lebensrettungsszene wäre nicht nur hier auf Amrum Gesprächsstoff Nummer eins für mehrere Wochen. Nur schade, dass es seine eigene Familie war, die dabei im Mittelpunkt stand, fand Nils. Er grüßte Herm mit einem Nicken und setzte sich auf seinen Stammplatz am Fenster. Lisa, die Bedienung, kam mit voll beladenen Unterarmen aus der Küche. Auch ihr entglitten die Gesichtszüge, als sie Nils dort sitzen sah. Sie brachte das Essen den anderen Gästen an den Tisch und kam dann langsamer als sonst zu Nils herüber.

»Moin, Nils.«

»Moin, Lisa. Was gibt's denn heute Schönes?«

Sie sagte nichts, blickte nur auf den schmalen Block, den sie aus einer Tasche in ihrer Schürze gezogen hatte, und knickte und knetete das Papier, bis man es fast nicht mehr beschreiben konnte.

»Lisa?«

Sie sah auf.

»Was kann ich essen?«

»Oh, ja, äh, Scholle, Steinbeißer, Kabeljau ...«

»Okay, den nehm ich. Und ein Bier, bitte.«

Sie kritzelte die Bestellung auf den zerknitterten Block.

»Nils?«

»Was denn?«

Sie hatte die Augen immer noch gesenkt.

»Tut mir leid, das alles. Wir haben gehört, was passiert ist, mit deinem Vater und so weiter.« Sie lächelte gequält und hatte wohl das Gefühl, noch mehr sagen zu müssen.

»Schon gut, Lisa. Weißt du was? Bring mir lieber einen Tee, ja?«

Dankbar verschwand sie in der Küche. Herm kam mit einem frisch gezapften Bier an seinen Tisch und stellte es persönlich vor ihm ab, was noch nie vorgekommen war.

»Herm, was für eine Ehre«, grüßte Nils.

Der Wirt schob einen Bierdeckel unter das Glas. Der Schaum wackelte schwerfällig.

»Hast du gut gemacht, das mit deinem Vadder. Wat is nu mit der Frau?«, fragte er.

»Sie ist wohl ertrunken. Selbstverschuldet.«

Herm druckste unsicher herum und rieb sich seine runden Hände.

»Es gibt da so Gerüchte ...«, begann er.

»Dann räum ich mal gleich damit auf. Hauke ist nicht mein leiblicher Vater. Karl ist es.«

Herms Lippen formten ein staunendes O.

»Ich hatte Lisa schon gesagt, dass ich lieber einen Tee möchte«, sagte Nils und deutete auf das Bier.

»Klar, natürlich«, meinte Herm, nahm das Bier und machte wieder kehrt.

Es half nichts, die Dinge zu verheimlichen. Sie sprachen sich sowieso herum, ob er wollte oder nicht. Besser, sie hörten es gleich aus seinem Mund.

Er aß den Kabeljau, während sich draußen der Regen austobte. Gegen halb zehn kam er durchnässt zu Hause an, zog sich aus und legte sich ins Bett. Er schlief so fest, dass er sich am nächsten Morgen nicht mehr erinnern konnte, ob er etwas geträumt hatte.

Der Wind schien sich gelegt zu haben. Vereinzelt fielen sogar ein paar Sonnenstrahlen in sein Zimmer. Nils' erster Blick galt dem Handy. Aber es gab keine Anrufe für ihn. In Unterhose ging er hinunter in die Küche und wollte sich einen Kaffee kochen. Im Schrank stand noch eine Flasche Whisky neben dem Kaffeepulver. Er nahm sie in die Hand, fühlte das Gewicht und die Form. Der alte Jack war ein ständiger Begleiter für ihn gewesen. Jetzt war es Zeit, Abschied zu nehmen. Er schraubte den Deckel ab, hielt den Flaschenhals über den Ausguss und kippte den Whisky kopfüber hinein. Gluckernd und glucksend sprudelte er aus der Flasche und verströmte diesen vertrauten ätherischen Geruch.

»Mach's gut, alter Junge«, sagte Nils und wartete, bis der letzte Tropfen in die Spüle gefallen war.

★★★

Sandra hatte sich aus Tammes Wagen eine Taschenlampe geliehen und war mit dem Bauern auf dessen Weide gegangen. Bornsen trug eine Latzhose, Gummistiefel, ein kariertes Flanellhemd und eine ausgeblichene, mit Lammfell gefütterte Weste. Die Regentropfen fingen sich in seinem dichten schwarzen Bart, und er besaß eine angenehm unaufgeregte Art, fand Sandra. Der Mann ruhte in sich, was eine Eigenschaft war, die sie mehr als beneidete.

»Ist das Ihre Weide?«, hatte sie ihn gefragt.

»Ja, sicher.«

»Und was haben Sie für Tiere? Kühe?«

»Dat is 'ne Pferdeweide.«

»Ach so. Der Zaun steht immer offen?« Sie hatte auf ein verrostetes Gatter gedeutet, das schief und aus einer Angel gehoben im hohen Gras stand.

»Die meiste Zeit ja. Wenn die Pferde draußen sind, brauch ich nur 'ne Schnur spannen. Ich wollt das Ding schon lange repariert haben.«

Gemeinsam waren sie auf einen windschiefen Unterstand zugegangen. Das dunkle Holz war rissig und aufgequollen. Die Windseite nach Westen, zum Wasser hin, schimmerte grau im Schein der Taschenlampe. Ein Haufen Heu lag darin, und weiter hinten, kurz vor der Landstraße, hatte Sandra eine alte verrostete Badewanne erkennen können, die als Tränke diente. Bornsen war schnurstracks geradeaus gelaufen und hatte ungefähr fünf Meter, bevor sie den kleinen Graben erreichten, nach rechts in die Dunkelheit geblinzelt. Sandra hatte den Lichtkegel in die Richtung gelenkt, und Bornsen war mit vorgerecktem Kopf weitergestapft, bis er schließlich stehen blieb und mit seinem Zeigefinger ins Gras deutete.

»Hier war's.«

Sandra ging in die Hocke und leuchtete die Stelle aus. Tatsächlich konnte man noch eine Vertiefung in Form des Hakens im Gras erkennen. Sie staunte, dass der Mann die Stelle bei der Dunkelheit wiedergefunden hatte.

Sie drehte ihren Kopf und schätzte die Entfernung zur Straße. Es konnten nicht mehr als neun oder zehn Meter sein.

»Was ist denn mit dem Professor passiert?«, fragte Bornsen unerwartet forsch und stellte sich ungeduldig von einem Bein auf das andere.

»Darüber darf ich Ihnen keine Auskunft geben.«

»Hat ihn einer mit dem Haken erschlagen, was? Musste ja so kommen.«

Sandra richtete sich auf und leuchtete ihm ins Gesicht, sodass er seine Augen zusammenkneifen musste.

»Wie meinen Sie das?«

»Ach, der Alte war ein Griesgram. Furchtbarer Kerl. Hat sich für was Besseres gehalten. Hat immer die Kinder verscheucht und so.«

»Wo wohnen Sie?«, fragte Sandra und hielt das Licht auf Brusthöhe, sodass Bornsen besser sehen konnte.

»Dahinten, der Hof an der Ecke.« Er deutete mit dem Daumen über seine Schulter.

»Gab's denn öfter Streit deswegen? Auch mit anderen Nachbarn?«

Er lachte auf und fuhr sich mit der Hand über den Bart, dass es raschelte.

»Allerdings. Er hat Hunderte von Briefen geschrieben, Beschwerdebriefe. Der miese alte Hund. So einer gehört hier nicht her.« Seine Augen funkelten hart und unnachgiebig im Schein der Lampe.

»Gab es mal eine konkrete Auseinandersetzung?«

»Der is ja nie rausgekommen aus seinem Bunker. Nein, nur Briefe. Feige war er auch noch.«

»Und Sie haben auch Briefe von ihm bekommen?«

Bornsen sah Sandra für zwei Sekunden aus zu Schlitzen geformten Augen an. Vermutlich zögerte er, weil er glaubte, sich damit zum Verdächtigen zu machen.

»Ja, hab ich. Weil meine Pferde angeblich ständig auf die Straße scheißen würden. Er meinte, ich solle das gefälligst sauber waschen. Hab ihm nicht geantwortet. Da hat er an den Gemeinderat geschrieben, weil die Straße Eigentum der Gemeinde ist.«

»Und?«, fragte Sandra.

»Die haben ihn ausgelacht. Sie schrieben zurück, dass man die Verdauung eines Tieres nicht kontrollieren könne und ich damit auch nicht für die Reinigung der Straße zuständig sei. Ich meine, wenn da 'n Haufen Pferdeäppel lag, hab ich das schon beseitigt. Aber er wollte, dass die Straße aussieht wie der verdammte Sunset Boulevard.« Er ballte seine Hände in seinen ausgeleierten Hosentaschen zu Fäusten.

Sandra nickte nachdenklich. »Na gut. Vielen Dank erst mal. Sie können wieder gehen.«

Der Bauer brummte erleichtert und stiefelte davon. Sandra brach sich von einem Baum einen größeren Zweig ab und steckte ihn neben dem Fundort in den Boden, damit die Kollegen die Stelle finden konnten. Sie ließ die Lampe sinken und wunderte sich, dass sie den Wind kaum noch spürte. Er hatte nachgelassen. Auch der Regen hatte aufgehört. Drüben, am erleuchteten Haus, sah sie noch den Schatten von Bornsen, und sie versuchte sich auszumalen, was Dammer in dieser Nacht zugestoßen war. Ob er tatsächlich Opfer eines Nachbarn geworden war, der ihn in einem eskalierenden Streit mit dem Haken verletzt hatte? Und der ihn über die Weide gejagt hatte, bis Dammer an der Landstraße von dem Auto erfasst worden war? Das wäre zumindest eine Theorie. Sie wunderte sich nur, wie schnell Bornsen auf die Idee gekommen war, dass jemand den Professor getötet haben könnte. Was hatte er noch gesagt? Dass es so kommen musste? Da war in der Vergangenheit mit Sicherheit schon mehr vorgefallen als bloß ein Streit um ein paar Pferdeäpfel.

Sandra sah hinauf in den Himmel. Doch dort war nur eine dunkle Masse von Wolken zu erkennen, die sich wie ein Bollwerk vorwärtsschob. Das, was sie dort oben gesehen hatte, nachdem das Gas sie aus dieser Welt gehoben hatte, erschien ihr nun unerreichbar. Und mehr noch. Vielleicht hatte sie das alles bloß geträumt oder phantasiert. Das hier war die Realität. Feuchtes Gras unter ihren Füßen, gewachsen aus fester Erde, Häuser, Straßen, das Meer, Wind und Regen. Das alles war fühlbar und vor allem verstehbar.

Als sie da so ganz allein auf dem dunklen Feld abseits der Siedlung stand, in der wahrscheinlich ein Mensch einen anderen hatte töten wollen, zweifelte sie an ihrem Verstand wie noch nie in ihrem Leben.

11

Eine Begegnung stand für Nils noch aus. Der Besuch bei seiner Mutter. Er saß am Frühstückstisch und aß eins der Brötchen, die er sich schnell vom Bäcker geholt hatte, und blätterte dabei seine Unterlagen aus dem Krankenhaus durch, die mitsamt einem Stapel Post und Werbung im Briefkasten gelegen hatten. Dr. Brenneke hatte ihm auch eine Krankmeldung beigelegt. Für zwei Wochen. Sicher war ohnehin schon eine Vertretung für ihn vom Festland auf die Insel gekommen. Er wollte hinfahren und sehen, wer es war. Er hatte außerdem vor, aufs Festland zu fahren und ein Bett für Anna zu kaufen, damit er ihr hier im Haus ein Zimmer einrichten konnte. Erst im Sommer war er in sein altes Elternhaus eingezogen, nachdem er Hauke das über Jahre vernachlässigte Gebäude abgekauft hatte. Karl und er hatten es fast komplett in Eigenarbeit renoviert, und jetzt wollte er für seine Tochter eine Übernachtungsmöglichkeit schaffen. Er sah auf die Uhr. Die nächste Fähre fuhr in zwei Stunden.

Er zog sich Jeans, Trekkingschuhe, einen Pullover und eine Jacke über und wollte gerade das Haus verlassen, als das Telefon klingelte. *Sandra*, dachte er und hastete zum Hörer.

»Petersen?«

»Nils? Hier ist Georg.«

Damit hatte Nils nicht gerechnet. Georg war der Mann von Anita, seiner verschwundenen Schwester. Tja, plötzlich hatte er also auch einen Schwager.

»Georg, wie geht's dir?«

»Gut so weit. Ich hab schon ein paarmal versucht, dich zu erreichen, aber du warst nicht da, deshalb hab ich bei Frau Keller nachgefragt. Sie hat mir alles erzählt.«

»Oh, ja, ich war im Krankenhaus auf Föhr.«

»Ja, ich weiß. Schlimme Sache. Es tut mir leid, Nils. Wer hätte das gedacht? Das ist doch unglaublich. Sie war deine Schwester. Ich kann an nichts anderes mehr denken. Diese Geschichte hat mich völlig umgehauen.«

Nils hörte ein Rascheln und meinte, Georg sei der Hörer aus den Händen gerutscht.

»Bist du noch dran?«, fragte Nils.

»Ja, ja«, sagte Georg, und seine Stimme klang zunächst etwas weiter weg.

»Hat Frau Keller dir auch gesagt, dass wir davon ausgehen, dass es Selbstmord war?«

Es entstand eine Stille. Vermutlich musste Georg Kraft sammeln, um antworten zu können.

»Es hätte nicht so weit kommen dürfen«, erwiderte er mit dünner Stimme.

»Georg, eigentlich würde ich gern persönlich mit dir sprechen. Hier am Telefon ist das komisch.«

»Deswegen rufe ich an. Ich wollte dich zu Anitas Beerdigung einladen. Wir wollen es so machen, wie du gesagt hast. Jeder darf etwas in den leeren Sarg tun ...« Die Stimme brach ihm weg, und wieder raschelte es.

»Natürlich komme ich«, sagte Nils. »Was das angeht, hab ich auch noch eine Frage an dich.«

Georg schnäuzte in ein Taschentuch.

»Was denn?«

»Du bist ihr Mann und entscheidest, wen du sehen willst. Aber hier auf der Insel gibt es Menschen, die vielleicht auch gern bei der Beerdigung dabei wären.«

»Darüber hab ich auch schon nachgedacht und mit Nina gesprochen«, sagte Georg mit nasaler Stimme. »Wir beide denken, dass Anita jahrelang nach ihren Wurzeln gesucht und sie ja auch fast gefunden hat. Sie können daher kommen, aber ich weiß nicht, wie ich deinem Vater begegnen soll. Oder was ich ihm sagen soll. Und ich möchte eigentlich auch mit niemandem sprechen außer mit dir.« Er atmete laut und angestrengt.

»Das ist eine sehr mutige Entscheidung von dir. Danke. Ich verspreche dir, dass deine Privatsphäre respektiert wird. Ich selbst würde gern auch meine Frau und meine Tochter dabeihaben.«

»Sicher, Nils. Ich würd mich freuen, sie kennenzulernen.«

»Gut.«

»Montag um fünfzehn Uhr. In der Kirche St. Martin, hier bei

uns in der Straße. Oder meinst du, sie wollte lieber auf Amrum begraben werden?«, fragte er ängstlich.

»Ich bin sicher, sie möchte ganz nah bei dir sein, Georg.«

Nils hörte, wie Georg zu weinen begann und sich nur noch ein zustimmendes Murmeln abringen konnte.

»Wir sehen uns am Montag, okay? Bis dann.«

»Ja, bis dann.« Georg legte auf.

Nils wischte sich mit einem Lächeln eine Träne von der Wange.

Er fuhr los und sah sich im Polizeibüro einem Hünen von knapp zwei Metern gegenüber, der kaum älter zu sein schien als fünfundzwanzig. Er hatte rotes gelocktes Haar, Sommersprossen am ganzen Körper und wog gut und gern hundertzwanzig Kilo. Auf dem eingestickten Namensschild auf seiner mächtigen Brust stand »Possebiehl« zu lesen.

»Moin«, grüßte Nils, als er nach einem kurzen Klopfen das Büro betrat. Der übliche Geruch von Papier, Computerluft und Bleistiften drang in seine Nase.

»Hallo«, sagte Possebiehl und zeigte ein fast euphorisches Lächeln, das ihn auf Anhieb sympathisch machte. »Was kann ich für Sie tun?«

»Ich bin Nils Petersen.«

»Ach, Sie sind das. Ich vertrete Sie hier.«

»Sieht so aus. Und wie gefällt's Ihnen so?«

»Na klasse, ist 'ne tolle Insel. Nicht viel los, was? Nur das Wetter …«

»Ja, das wird noch viel besser«, meinte Nils.

»Wie geht's Ihnen, Sie sehen ganz gesund aus.«

»Danke, so fühl ich mich auch.«

»Sie waren aber doch im Krankenhaus, stimmt's? Blinddarm oder eine Knieverletzung oder …«, forschte der junge Polizist, ohne darüber nachzudenken, dass es ihn unter Umständen nichts anging.

»Eine Unterkühlung.«

»Ach so.« Er nickte lächelnd und zog dann die Stirn kraus. »Wieso das denn?«

»Bin ins Wasser gesprungen.«

»Oh.« Possebiehl war etwas verunsichert, also fragte er nicht weiter, sondern kratzte sich am Nacken.

»Ich bin noch zwei Wochen krankgeschrieben, kriegen Sie das hin?«, fragte Nils.

»Ja, klar. Hier ist doch absolut nichts los.«

Nils lachte. Er wusste noch nicht, dass sich das bald als ein schlimmer Trugschluss herausstellen würde. Sie plauderten noch ein paar Minuten, bevor Nils sich auf den Weg nach Norddorf ins Hotel seiner Eltern machte.

Seine Mutter öffnete nicht, als er an die Tür klopfte. Er hatte sich über den Restauranteingang ins Hotel geschlichen und war durch das Treppenhaus hochgelaufen. Er klopfte ein zweites Mal.

»Mama? Ich bin's«, rief er nicht zu laut.

Die Fahrstuhltür öffnete sich, und eine ältere Dame kam den Gang entlang, um dann vor ihrer Tür in der Handtasche nach dem Zimmerschlüssel zu kramen.

»Mama, mach auf«, bat Nils durch die Tür hindurch, doch seine Bitte wurde nicht erhört. Oder ignoriert. Letzteres schien ihm wahrscheinlicher.

Nils blickte zu der alten Dame, die endlich den Schlüssel gefunden hatte und in ihrem Zimmer verschwand.

»Hör zu, falls es dich interessiert: Am Montag findet ihre Beerdigung statt. Wenn du hingehen möchtest, meld dich bei mir.«

Er wartete noch einen Moment, und nachdem sich wieder nichts geregt hatte, machte er sich auf den Rückweg. Als er am Zimmer der alten Dame vorbeikam, sah er auf dem Boden drei Münzen liegen. Ein Ein-Euro-Stück und zwei Fünfzig-Cent-Münzen. Sie lagen dort wie Goldstücke im Sand. Nils hob sie auf und wog sie in seiner Hand. Doch anstatt sie der alten Dame zurückzugeben, die sie wahrscheinlich eben verloren hatte, oder sie selbst einzustecken, legte Nils sie wieder auf den Teppich zurück. Ohne eine Ahnung zu haben, warum er das tat, entfernte er sich und lief die Treppe hinunter.

Während der Autofahrt zum Hafen rief er Sandra an, um ihr Bescheid zu geben, dass er aufs Festland fuhr. Sie berichtete ihm von der kriminaltechnischen Durchsuchung von Dammers Haus und dass dort ein Kampf stattgefunden haben musste, in dessen Folge Dammer das Haus verlassen hatte und überfahren wurde. Sie erwähnte auch den Haken, der nun kriminaltechnisch untersucht wurde.

»Ich könnte morgen rüberkommen, wenn du magst. Ihr braucht auch noch meine Fingerabdrücke zum Vergleich.«

»Gut. Aber komm bitte mit einer frühen Fähre. Die Spurensicherung hat ihre Arbeit bald beendet und wird morgen wieder fahren.«

Nils versprach, die Neun-Uhr-Fähre zu nehmen, und legte auf.

Er fuhr an den Hafen, nahm das Auto mit auf die Fähre und setzte bei starkem Wind, aber mit ein wenig Sonne zwischen zerrissenen schmutzig grauen Wolken nach Dagebüll über. In Bredstedt kaufte er bei Jessen ein Bett mit Metallgestell, ein schmales weiß gebeiztes Nachttischschränkchen und eine rote Nachttischlampe. In der Schnäppchenabteilung entdeckte er einen weißen Berberteppich, den er ebenfalls mitnahm.

Der Einkauf hatte kaum eine Stunde gedauert. Zurück auf der Fähre, bestellte er sich eine Kartoffel mit Quark und Krabben und trank einen Tee dazu. Um achtzehn Uhr war er wieder auf Amrum und baute die Möbel auf, die er für Anna gekauft hatte. Er hoffte so sehr, dass sie sich freuen würde.

12

»Ich brauche noch zwei Leute. Es ist komplizierter, als ich vermutet hatte. Wir müssen an zwei Orten ermitteln, einige Nachbarn befragen und nach dem Unfallwagen fahnden«, sagte Sandra am Morgen des nächsten Tages und hielt mit einer Hand das Handy ans Ohr, während sie sich mit der anderen einen Tee aufgoss.

»Ist gut. Ich schicke Ihnen Minthal und Andresen rüber. Die sind frei und können direkt los. Was machen Reinhard und sein Team?«, fragte Jensen am anderen Ende der Leitung.

»Er fährt wie immer auf Hochtouren, heute Mittag oder spätestens am Nachmittag wird er hier fertig sein.«

»Haben Sie schon jemanden ins Auge gefasst?«

»Nein, es passt alles noch nicht so recht zusammen. Der Fall ist höchst ungewöhnlich für so eine Insel.«

»Sie machen das schon. Ich muss jetzt los.«

»Alles klar.« Sandra legte auf und setzte sich an den Tisch. Der Dampf aus der Teekanne schwebte empor, zusammen mit dem feinen süßlichen Geruch von Blaubeeren. Sie ließ den Tee eine Weile ziehen und schenkte sich dann eine großzügige Tasse davon ein, die sie sehr heiß trank, denn das Wetter draußen war kalt und ungemütlich. Die Sonne schien heute gar nicht aufgehen zu wollen. Eine feste Wolkendecke stand wie Beton am Himmel und warf ein schummriges graues Licht auf Wyk. In den Straßen waren kaum Menschen unterwegs, aber es war ja auch noch früh. Tamme wollte sie um kurz vor sieben abholen.

Vom Tee gewärmt, ging sie vor das Haus und warf einen Blick in das Schaufenster des Buchladens. Tja, ihr kleiner Urlaub war dahin. Jetzt bedauerte sie, dass sie nicht einfach mit einem Buch im Strandkorb sitzen konnte.

»Frau Keller?«

Sandra drehte sich um. Tamme stand da und lächelte sie an. Heute trug er sogar mal eine Jacke.

»Morgen. Gibt's schlechtes Wetter?«, fragte sie, und sie setzten sich in Bewegung.

»Ein Sturmtief ist im Anmarsch. Wir sollten uns mit den Untersuchungen beeilen, sonst kommen Sie hier nicht mehr weg.«

In Oldsum war wahrscheinlich so viel los wie noch nie in der Geschichte des Ortes. Natürlich wollten alle Kinder, aber auch nicht wenige Erwachsene – Einwohner wie Urlauber – zusehen, wie die Spurensicherung in ihren weißen Ganzkörperanzügen auf der grünen Weide ihre Arbeit verrichtete. Der Zugang mit dem kaputten Tor war mit Absperrband gesichert, das wild und hektisch im Wind flatterte.

Sandra und Tamme stiegen aus, und der Inselpolizist trieb die Schaulustigen zurück in ihre Häuser, während Sandra Dammers Heim allein betrat.

Die Küche, die mit grauem Linoleum ausgelegt war und von dunklen, den Raum irgendwie einengenden Eichenschränken beherrscht wurde, war makellos sauber. Alles stand in Reih und Glied an seinem Platz. Der alte Herd, der noch mit Stahlfeldern ausgestattet war, glänzte wie neu. Das einzige Ungewöhnliche an der Küche war ihre Sterilität. Es waren keine Beweisstücke oder Spuren gefunden worden. Das gleiche Bild im Wohnzimmer. Auch hier standen Eichenschränke an den Wänden, alles war ordentlich aufgeräumt. Nur das Buch auf der Sessellehne zeugte von Leben. Sandra begutachtete den Umschlag. Schopenhauer.

Wer tötete einen Philosophen? Ein Student? Dammer hatte seine Professur in Hamburg an der Philosophischen Fakultät. Das war ein gutes Stück weg von hier.

Sandra suchte weiter nach Dingen, die ihr etwas sagen konnten. Über der schwarzen Ledercouch hing ein gerahmtes Foto von einem Unwetter über Föhr. Eine tiefschwarze Wolke rollte über eine von Weiden und Weizenfeldern eingerahmte Kirche hinweg. Ein mächtiger Blitz züngelte in das Dach der Kirche. Sandra ging davon aus, dass diese gelungene Aufnahme von Dammer selbst stammte. Dafür, dass Fotografieren seine Leidenschaft war, hingen jedoch zu wenige Bilder im Haus. Ihr fiel die Dachluke ein, die sie gestern hatte öffnen wollen, und machte sich auf die Suche nach Tamme. Er sprach draußen mit einer Gruppe von Leuten, die sich um ihn gereiht hatte. Unter ihnen war auch Bornsen.

Sandra ging auf die kleine Ansammlung zu. Alle drehten sich zu ihr um und beäugten sie misstrauisch.

»Guten Tag«, grüßte sie.

»Moin«, erklang es unisono, aber leise nach einer abschätzenden Pause.

»Hallo, Herr Bornsen«, sagte Sandra an den Bauern gewandt, der sie gestern Abend aufs Feld geführt hatte. Dann richtete sie das Wort an ihren Kollegen. »Tamme, ich muss auf den Dachboden, wir haben jetzt aber keinen Haken mehr.«

»Ich besorg einen«, sagte er kurz. Sandra hatte das Gefühl, dass er sie loswerden und allein mit den anderen weiterreden wollte. Ihr gefiel es aber nicht, so ausgeschlossen zu werden.

»War Herr Dammer oft mit dem Fotoapparat unterwegs?«, fragte sie daher in die Runde.

Die Dorfbewohner sahen sich schweigend an, doch niemand reagierte.

»Haben Sie ihn denn niemals mit einer Kamera rumlaufen sehen? Er hat Fotos von der Insel gemacht. Nein?«

Keiner antwortete. Sandra sah zu Bornsen, doch er wich ihrem Blick aus.

»Ich dachte nur, Sie wüssten vielleicht, ob er seine Bilder hier auf Föhr auch verkauft hat.«

»Wer hätte die denn kaufen wollen?«, fragte eine rotgesichtige Frau mit kräftigen Unterarmen und hübschen grünen Augen. »Wir bestimmt nicht.«

Die anderen lachten.

»Ja«, sagte Sandra. Das sah sie ein.

»Ich glaub, er hat Postkarten draus gemacht«, meinte Bornsen und stierte auf seine Stiefel.

»Ah, das ist ein guter Hinweis, danke.« Sie nickte. »Denken Sie an den Haken?«, erinnerte sie Tamme.

»Gleich.«

»Nein, jetzt«, sagte Sandra und erzeugte damit eine unangenehme Stille, in der alle gespannt darauf warteten, wer von den beiden nachgeben würde.

»Kommen Sie, ich geb Ihnen so'n Ding«, sagte die Frau mit den grünen Augen und löste sich aus der Gruppe.

»Nicht einfach als Frau bei der Polizei, was?«, fragte die Insulanerin und hielt Sandra die Hand hin. »Kerstin.«

»Sandra Keller.« Nur ihren Vornamen zu nennen, erschien Sandra nicht richtig.

Kerstin steuerte auf das Haus neben Dammer zu.

»Ach, Sie sind die Nachbarin?«

»Jou, wir wohnen direkt hinter der Hecke des Bösen«, sagte sie ohne ein Zeichen von Humor auf ihrem Gesicht. In ihren Clogs stieg sie die Stufen zum Eingang hinauf und öffnete die Tür, in der der Schlüssel steckte. Sandra folgte ihr bis zur Türschwelle und hielt die Klinke fest, damit die Tür nicht zuschlug. Es roch nach Blumenkohl und gebratenem Fleisch. »Hier, ich hoffe, er passt.« Sie reichte ihr den Haken.

Im Flur war es warm. Kindergummistiefel standen unter einer kleinen Garderobe mit Möwenfiguren.

»Vielen Dank. Haben Sie zufällig etwas Ungewöhnliches bemerkt an dem Abend des Unfalls?«

»Hinter der Hecke? Man hätte ihn erschießen können, und ich hätte nichts mitbekommen.«

»Verstehe. Sie haben Kinder?«

»Ja, zwei Mädchen und einen Jungen.« Sie lächelte kurz und schlug dann die Augen nieder. »Ich muss jetzt weitermachen«, meinte sie mit gesenkter Stimme.

»Natürlich. Wir werden uns noch mal wiedersehen, wenn wir die Nachbarschaft befragen.«

»Hat man ihn getötet?«, fragte Kerstin und verschwand ein wenig im Schatten des Flurs.

»Tut mir leid, dass darf ich Ihnen nicht sagen.«

»Verstehe. Legen Sie den Haken einfach wieder vor die Tür«, sagte sie und betrat einen Raum am anderen Ende des Flurs. Sandra zog die Haustür zu und ging zurück zu Dammers Haus.

Der Haken passte. Sie drehte und zog. Die Klappe öffnete sich mit einem Knarren, und ein gelbliches Licht fiel auf die Stufen, die Sandra jetzt ausklappte. Oben fand sie ein hübsches Dachgeschosszimmer vor, das erst kürzlich gebaut worden sein musste. Es roch nach frischem Kiefernholz. Helle Balken stützten das Dach wie ein Skelett, und die weiß tapezierten Wände leuchteten freundlich im Licht, das durch zwei großzügige Dachfenster fiel. Eine weiße Couch stand unter einer Dachschräge, davor ein kleiner Glastisch, und in einem Einbauregal an der rechten Seite befanden sich ein kleiner Flachbildfernseher, eine Anlage und natürlich Bücher. Links stand direkt zwischen den Fenstern ein großer Arbeitstisch mit weißer Platte auf hölzernen Böcken. Ein Apple-Computer stand darauf und zwei Stapel Druckerpapier. In einem schmalen Glasregal links vom Schreibtisch lagen verschiedene Kameras, angefangen mit einer kleinformatigen Digitalkamera bis hin zu einer digitalen Spiegelreflex mit mehreren Objektiven.

»Hübsch hast du's hier oben«, murmelte Sandra. Sie setzte sich an den Schreibtisch und schaltete den Mac ein. Zu ihrer Verwunderung war er nicht passwortgeschützt. Sie klickte sich durch verschiedene Ordner, die aber entweder nur Fotos von Föhr, geordnet nach Landschafts- und Tieraufnahmen, oder Dokumente für Dammers Vorlesungen enthielten. Urplötzlich hörte sie ein lautes Trommeln, als ginge eine Steinlawine auf das Haus nieder. Sie blickte aus dem Dachfenster und erschrak, als ein großes Hagelkorn auf die Scheibe knallte. Unten konnte sie die flüchtenden Menschen sehen. Hagelkörner sprangen und hüpften auf der Straße herum und bedeckten bald den ganzen Boden. Sandra machte sich auf den Weg nach unten. Auf der Treppe blieb sie noch einmal stehen und warf einen letzten Blick ins Zimmer. Etwas hatte sie irritiert auf dem Weg zur Treppe. Aber sosehr sie auch versuchte, sich zu erinnern, sie kam nicht mehr dahinter, was es gewesen war.

★★★

Nils und die Verstärkung vom Festland, Minthal und Andresen, kamen fast gleichzeitig in Wyk an. Sandras Kollegen hatten die Fähre genommen, die fünf Minuten vor dem Adler-Express, in dem sich Nils übersetzen ließ, in den Hafen einfuhr. Wie Sandra hatten beide Rollkoffer und Laptoptaschen bei sich. Thorsten Minthal war ein hochgewachsener hagerer Mann mit blassen Gesichtszügen, glanzlosen Haaren und rabenschwarzen Augen. Da er wenig lächelte, hatte er oft eine recht einschüchternde Wirkung auf andere Menschen, weswegen man ihn gern bei

Verhören einsetzte. Er mochte es nicht, aber Jensen nannte ihn immer Boris Karloff, wenn er nicht dabei war.

Jussi Andresen war das genaue Gegenteil von Minthal. Klein, stämmig, lange strohblonde Haare und immer ein Grinsen im Gesicht. Jussi war ein »Kieler Jung« mit einer großen Vorliebe für das Kitesurfen, weswegen er schon durch die ganze Welt gereist war. Er hatte mit Sicherheit nicht protestiert, als Jensen ihm sagte, dass er ihn auf eine Nordseeinsel schicken würde. Auf seinem türkisfarbenen Hartschalenkoffer klebten Hunderte bunter Aufkleber aus aller Herren Länder. Seine Kleidung stand dem in der Farbenpracht in nichts nach. Er trug eine gelbe Sportjacke mit drei grünen Streifen, rote Jeans, blaue Sportschuhe und wie immer seine rote Sonnenbrille.

»Das Wetter ist schlecht«, sagte er zur Begrüßung.

»Ja, aber lassen Sie die Brille ruhig auf. Morgen, die Herren.«

»Morgen, Keller«, sagte Minthal, ohne eine Miene zu verziehen.

»Wir müssen noch warten. Nils kommt gleich mit einem anderen Schiff«, sagte Sandra und schaute auf die Uhr.

»Wer is'n Nils?«, fragte Jussi und schob die Brille nach oben auf den Kopf.

»Der Amrumer Polizist, der uns gerufen hat.«

»Ist das der, der …«, wollte Minthal wissen.

»Genau. Da kommt er.« Sie deutete auf das weiße Schiff, das sich mit hoher Geschwindigkeit näherte. Zwei Wasserfontänen sprühten aus dem Heck und hinterließen einen Schaumteppich, der unregelmäßig auf den Wellen schaukelte.

Nils stand vorn am Bug und hatte Sandra schon entdeckt. Zwei Männer standen bei ihr. Der eine davon war nicht zu übersehen, so bunt wie er leuchtete. Im Schiffsinnenraum war zwei Leuten schlecht geworden, und Nils hatte keine Lust gehabt, zuzusehen, wie sie ihren Kaffee und das Frühstück auf dem Teppich verteilten, also war er rausgegangen und hatte dem Wind und der Kälte getrotzt. Sein Gesicht war eiskalt und klebrig vom Salzwasser. Als sie angelegt hatten, ging er als Erster von Bord und begrüßte die drei Polizisten aus Niebüll mit kräftigem Händedruck.

»Moin. Ich bin Nils. Hallo, Sandra.«

Minthal und Andresen warfen sich einen überraschten Blick

zu, als sie hörten, dass Nils es geschafft hatte, sie beim Vornamen nennen zu dürfen.

»Der Wagen steht dahinten. Wird ein bisschen eng«, sagte Sandra und deutete auf den Polizeiwagen, der vor dem Hafengebäude parkte. Sie gingen hinüber, und als sie sich auf zehn Meter genähert hatten, sprang die Fahrertür auf, und Tamme stieg aus. Er strahlte übers ganze Gesicht. Seine Haut glänzte rot von der Heizungsluft im Wagen.

»Nils Petersen, alte Laube!«, rief er und schlug mit einem klatschenden Geräusch in Nils' erhobene Hand. Dann zog er ihn an sich heran.

»Tamme, siehst gut aus. Hast'n Bäuchlein gekriegt«, stellte Nils fest und klopfte ihm auf die ausgebeulte Jacke.

Tamme lachte laut. »Der kleine Nils. Nicht zu fassen. Und wer seid ihr?« Er reichte den beiden Neuankömmlingen die Hand. Wieder stutzten sie, weil sie wie alte Bekannte angesprochen wurden.

»Jussi«, sagte Andresen und deutete mit einem Kopfnicken nach rechts. »Das ist Thorsten.«

»Freut mich. Ihr müsst 'n büschn zusammenrücken.«

»Ich sitze vorn«, sagte Sandra schnell.

Die Männer quetschten sich auf die Rückbank, und sie fuhren zu Dammers Haus. Während der Fahrt tauschten Nils und Tamme alte Geschichten aus. Nach ihrer Ankunft in Oldsum klärte Sandra sie über die bisherigen Ermittlungen auf. Winzige gläsern schimmernde Reste des Hagelschauers lagen noch immer vereinzelt auf der Wiese, als sie von der Straße zum Haus gingen.

»Gehen Sie rein und schauen Sie sich um. Und bitte sagen Sie mir, ob Sie im Dachgeschoss irgendetwas merkwürdig finden. Ich hatte da so ein komisches Gefühl.«

»Darf ich auch?«, fragte Nils.

»Natürlich.«

Etwa eine Stunde lang liefen die Polizisten durchs Haus. Nils hatte seine Fingerabdrücke bei den Kollegen der Spurensicherung abgegeben, die heute im Garten in einer kleinen weißen Laube beschäftigt waren. Sandra erkannte drei Beweismarker auf der Terrasse.

»Reinhard?«

»Ja?«, antwortete er genervt und schaute durch die Eingangstür des Häuschens. Er hielt einen Pinsel in der Hand.

»Was ist das hier auf der Terrasse?«

»Spuren. Erde und Fußabdrücke, die aber durch das verfluchte Wetter hier fast unbrauchbar geworden sind. Dahinten ist vielleicht jemand über den Zaun gestiegen. Wir haben Fasern sichergestellt.«

Er zeigte mit dem Pinsel auf eine Stelle am hinteren Zaun, die durch zwei Tannen verdeckt wurde.

»Sehr gut, Reinhard. Es wird langsam«, sagte Sandra betont optimistisch. Sie liebte diese Art von Rätsel. Das war wie Malen nach Zahlen. Zunächst sah man nur eine wirre Anordnung von Spuren, aber wenn man sie miteinander verband, formte sich mehr und mehr ein Bild heraus, und am Ende würde man alles erkennen können. Sie zog inzwischen die Linie von der Straße bis hierher in den Garten und weiter ins Haus und noch weiter bis in die Klinik. Der Ablauf wurde immer deutlicher, und damit nahm auch der Täter selbst Gestalt an. Langsam kristallisierte sich sein Bild heraus, langsam konkretisierten sich die Konturen seines Gesichts.

»Sandra?«

Nils schaute um die Ecke und kam zu ihnen.

»Und?«, fragte sie.

»Ziemlich ordentlich. Philosophieprofessor?«

»Ja, in Hamburg. Das hier ist sein Zweithaus.«

»Was, meinst du, versteckt er?«, fragte Nils.

»Verstecken?«

»Na ja, die dicken Gitter vor dem Fenster, die Hecken … Die Leute hier lassen ihre Türen offen. Keiner auf der Insel schließt ab. Es wird so gut wie nie etwas geklaut. Dammer lebte in einem kleinen Fort Knox. Warum?«

»Vielleicht hatte er Angst um seine Kamerasammlung.«

»Ja, vielleicht. Vielleicht haben wir aber auch was übersehen«, sagte Nils und schaute an dem Haus empor. »Mit Sicherheit haben wir das«, fügte er leise hinzu, als spräche er mit sich selbst.

13

Sandra hatte den Männern Aufgaben zugeteilt. Minthal sollte Dammers private Daten recherchieren, Kontobewegungen, E-Mail-Austausch et cetera. Andresen kümmerte sich um die Sichtung der Videoaufzeichnungen des Krankenhauses und die Befragung des Personals vor Ort. Sandra und Tamme würden die Befragung der Nachbarn beziehungsweise die Suche nach dem Unfallwagen übernehmen. Nils hatte sich Sandra für heute als Begleiter angeboten. Wenn er Friesisch mit den Leuten sprach, hatten sie bessere Chancen, etwas Brauchbares in Erfahrung zu bringen. Abends um neun Uhr wollten sie sich alle im Polizeibüro in Wyk treffen und ihre Ergebnisse austauschen.

Sandra und Nils gingen zunächst zum Hof von Bornsen. Die Einfahrt lag direkt an der Straßenecke, die beiden Gebäude auf dem Hof standen im rechten Winkel zueinander. Das moderne Wohnhaus war an die alten Gebäudeteile, den Stall und eine Gerätehalle, angebaut worden. Auf einer zerfledderten Matte neben einem Gartentisch und zwei Stühlen, die rechts neben dem Eingang standen, lag ein großer Hund mit weißem struppigem Fell und einem schwarzen Fleck auf dem linken Auge. Er hob die Ohren, als Sandra und Nils näher kamen, seine Augenbrauen zuckten, und er verfolgte die beiden mit seinem Blick aus treuen braunen Augen, jedoch ohne Anstalten zu machen, aufzustehen.

»Hallo, Hund«, sagte Sandra ängstlich. Nils stieg die zwei Stufen zur Eingangstür hinauf und klingelte. Ein selbst getöpfertes Schild hing an der Tür: »Familie Bornsen. Sprechzeiten nur nach Lust und Laune«, stand darauf.

Sie hörten, wie jemand eine hölzerne Treppe heruntergelaufen kam, und einen Augenblick später öffnete Frau Bornsen. Sandra war überrascht, wie jung sie aussah im Vergleich zu ihrem Mann. Was ihr außerdem auffiel, war ihr kränkliches Gesicht. Sie hatte graugelbliche Ringe unter den Augen und war so dünn, dass ihre Wangenknochen vorstanden. Sie lächelte unsicher mit trockenen, spröden Lippen. Nils grüßte sie auf Friesisch und erklärte, wer sie waren. Sandra nickte.

»Ich habe Ihren Mann bereits kennengelernt. Er hat mir gestern sehr geholfen«, sagte sie.

»Ach, Sie sind das, ja.«

»Frau Bornsen, haben Sie einen Moment Zeit, um uns ein paar Fragen zu beantworten?«

Sie blickte unwillkürlich über ihre Schulter zurück ins Haus. »Die Kleine schläft gerade. Können wir uns raussetzen?«, fragte sie leise.

»Natürlich.«

Frau Bornsen holte sich eine Jacke und das Babyfon, und sie setzten sich draußen an den Tisch. Nils hockte sich auf eine Stufe und streichelte den Hund, der müde brummte.

»Ihr Mann hat uns bereits erzählt, dass Professor Dammer nicht sehr beliebt war hier im Ort. Er hat öfter Briefe geschrieben?«, wollte Sandra wissen.

»Das war Terror, blanker Terror. Ich kann Ihnen die Briefe mal zeigen.«

»Gern. Das können wir gleich machen. Ist dieser Streit denn nur über den Postweg gegangen, oder haben Sie auch mit ihm gesprochen?«

Frau Bornsen blickte zur Seite auf den Boden, ihr Kiefer arbeitete. »Nein. Er ging eigentlich nie raus. Ich habe ihn zumindest nie draußen gesehen.«

»Aber er war Hobbyfotograf. Er hat Hunderte von Aufnahmen von der Insel gemacht. Ihr Mann sagte, er fotografiert für Postkartenmotive.«

»Kann sein«, sagte sie hart und drehte das Babyfon zu sich, doch es gab nur ein atmosphärisches Rauschen von sich.

»Wissen Sie etwas über Streitigkeiten mit anderen Nachbarn? Gab es jemals irgendwelche gerichtlichen Auseinandersetzungen, Anzeigen?«

»Tut mir leid, das weiß ich nicht.«

»Wie heißt denn der Hund?«, fragte Nils, und Frau Bornsen schaute überrascht auf.

»Ähm, Bootsmann.«

»Bootsmann?« Nils lachte und kraulte den Hund hinter dem Ohr. »Du heißt Bootsmann? Wer hat dir denn *den* Namen gegeben?«

»Unsere Kinder«, sagte Frau Bornsen. Jetzt lächelte auch sie ein wenig.

»Wie viele haben Sie?«, fragte Nils und rangelte mit Bootsmann, der sich spielerisch in seine Hand verbissen hatte.

»Zwei Jungs und die Kleine.«

»Wie alt ist sie denn?«, hakte Nils nach.

»Sechs Monate.«

»Oh, noch ganz frisch. Herzlichen Glückwunsch.«

Sie schaute verlegen auf das Babyfon.

»Danke.«

»Wir müssen jetzt auch weiter«, sagte Nils, »könnten Sie uns noch schnell die Briefe zeigen?«

»Ich hol sie«, meinte sie und ging ins Haus. Sandra und Nils standen auf und warteten am Fuß der Treppe.

»Was soll das, warum hast du so schnell abgebrochen?«, flüsterte Sandra.

»Sie hat Angst.«

»Ja, aber sie weiß irgendwas.«

»Sie wird aber nichts sagen, wenn wir ihr zu zweit gegenübersitzen. Das müssen wir anders machen.«

»Ach, und wie?«, wollte sie wissen, doch in dem Moment kam Frau Bornsen wieder heraus. Sie hatte einen riesigen Stapel Briefe in den Händen.

»Oh, mein Gott, wie viele sind das?«

»Hundertsiebenundzwanzig. In sieben Jahren.«

»Können wir die mitnehmen?«, fragte Sandra.

»Ja, ich bin froh, wenn ich sie nicht mehr im Hause habe.«

»Vielen Dank.«

Sie verabschiedeten sich und fragten sich von Haus zu Haus die Straße hoch. Überall bot sich ein ähnliches Bild. Jeder der Nachbarn hatte schon Post von Dammer bekommen, meistens eine ganze Serie, über mehrere Jahre hinweg. Er hatte diese Familien der Ruhestörung, des Falschparkens, der Umweltverschmutzung, der Verschmutzung des Gemeindeeigentums und des Verstoßes gegen artgerechte Tierhaltung bezichtigt. Zwei der Häuser in der Straße wurden an Urlaubsgäste vermietet, und sogar denen hatte er Briefe geschickt, in denen er auf die vielen Missstände ihrer Vermieter hinwies. Wim Jons, ein älterer glatzköpfiger Mann mit dünnen Beinen und einem stattlichen Bauch, hatte zumindest mal versucht, Dammer aus seinem Haus rauszulocken, um ihm von Angesicht zu Angesicht die Meinung zu sagen, doch Dammer hatte sich nicht darauf eingelassen.

»Ich könnte den verdammten Kerl umbringen«, hatte Jons wütend gesagt. Sofort war ihm sein Fauxpas aufgefallen. Es war vonseiten der Polizei zwar noch nicht offiziell bestätigt worden, aber auch er hatte verstanden, warum die Spurensicherung gekommen war und zwei Polizisten ihn nun ausfragten. »Oh, tut mir leid«, sagte er schnell.

»Schon gut«, meinte Nils.

Im letzten Haus, bei der grünäugigen Kerstin Hanke, hatten beide das Gefühl, dass auch sie, ebenso wie Frau Bornsen, etwas verschwieg. Kerstin Hanke war aber mit Sicherheit am meisten zugesetzt worden. Dammer hatte sich jedes Mal beschwert, wenn sie im Garten gegrillt oder die Kinder im Planschbecken gebadet hatten. In den Sommermonaten hatte sie fast wöchentlich Briefe bekommen.

»Was der dadurch schon allein an Materialkosten hatte, damit können Sie eine ganze Familie ein Jahr lang durchfüttern«, wetterte sie.

»Wo ist Ihr Mann?«, fragte Sandra, weil Kerstin Hanke die ganze Zeit nur von sich sprach und nicht ein Mal das Wort *wir* benutzt hatte.

»Mein Mann arbeitet die Woche über auf dem Festland oder auch mal auf Amrum oder Sylt. Er ist Dachdecker und wenig zu Hause, besonders im Sommer.«

»Verstehe.«

»Mama?«, fragte plötzlich eine helle, zarte Stimme. Ein kleines Mädchen von vielleicht fünf Jahren stand in Schlafanzughose und Pullover in der Tür und zwirbelte ihre schulterlangen braunen Haare.

»Was ist denn?«

»Kann ich Kuchen essen?«

»Mäuschen, wir haben keinen Kuchen. Wieso hast du deinen Schlafanzug schon an?«

»Ich hab nichts anderes.«

Nils und Sandra mussten lachen, was die Kleine erfreute und etwas selbstbewusster werden ließ.

»Seid ihr Polizei?«, fragte sie neugierig.

»Ja, sind wir. Und du? Bist du von der Kuchenpolizei?«, fragte Nils.

Sie lachte und ließ den Kopf einmal kreisen.

»Nein, ich bin doch keine Kuchenpolizei, ich will Kuchen essen!«

»Ach so, na dann ...«

»Geh in dein Zimmer, ja? Ich unterhalte mich hier noch mit den beiden Polizisten«, bat ihre Mutter.

Sie blieb unschlüssig stehen und wankte hin und her.

»Ist der böse Professor jetzt weg?«, fragte sie dann.

»Ja, Mäuschen, ist er«, sagte ihre Mutter nach einem Moment der Stille.

★★★

Nils hatte sich an die Rückwand des Büros im Polizeirevier in Wyk gesetzt, etwas abseits von Tamme und den Kollegen vom Festland, die ihre Besprechung um kurz nach einundzwanzig Uhr begannen. Er war ja nur als Zeuge hier, wenn überhaupt, und wollte sich nicht in die Ermittlungen einmischen. Aber natürlich war er als Berufskollege und Betroffener, der mit dem Toten in einem Raum gelegen hatte, besonders neugierig.

»Nils, wat sitzt du dahinten rum? Komm her«, rief Tamme fröhlich.

»Lass mal. Ich schaue nur zu.«

»Die berühmte Amrumer Zurückhaltung, was?«

Sandra erhob sich und atmete einmal tief durch.

»Meine Herren, ich würde gern zunächst einmal eine kurze Chronologie des Falls versuchen.« Sie hatte sich Stifte und Fotos bereitgelegt. Links oben auf das Whiteboard, das fast die gesamte

Kopfseite des Raumes einnahm, schrieb sie »Dammers Haus« und umrandete die Worte mit einem Kästchen.

»Der Unfall auf der Landstraße wurde gegen einundzwanzig Uhr fünfzehn am Dienstagabend von einem dem Unfallwagen nachfolgenden Auto gemeldet. Dammer kann noch nicht lang dort gelegen haben. Seine zerbrochene Armbanduhr blieb um einundzwanzig Uhr neun stehen.« Sie malte einen Pfeil vom ersten Kästchen zu einem zweiten, in das sie »Unfall/Landstraße« schrieb. »Also muss die Auseinandersetzung in Dammers Haus unmittelbar davor erfolgt sein, ungefähr um einundzwanzig Uhr. Dammer muss dem Täter die Tür geöffnet haben, es gab keine Einbruchsspuren. Allerdings muss er ihn nicht freiwillig hereingelassen haben. Es kam augenscheinlich zu einem Kampf im Flur, in dessen Verlauf Dammer mit dem Haken für die Dachluke attackiert wurde oder sich damit verteidigte. Dann flüchtete er aus dem Haus. Er lief über die Weide von Herrn Bornsen auf die Landstraße zu. Der Täter hat ihn vermutlich noch ein Stück verfolgt. Den Haken hat dann entweder Dammer oder der Täter auf die Weide geworfen.«

Sandra hatte, während sie sprach, einige Fotos zur Hand genommen und heftete sie mit kleinen Magneten an das Board. Sie zeigten die Kerben in den Fliesen und in der Wand im Flur und den Haken.

»Dammer stolperte auf die Straße und wurde dort von einem Auto erfasst. Seine Verletzungen zeigen, dass er zum Zeitpunkt des Aufpralls gekniet haben muss und das Auto ausweichen musste. In Dammers Oberarmwunde befanden sich Kunststoffteile des Pkw, die Analyse ist noch nicht abgeschlossen.« Sie heftete ein Foto der Bremsspur an. »Anhand der Reifenspuren ist davon auszugehen, dass es sich um einen Klein- oder Mittelklassewagen handelt, der mit Sommerreifen mit schwachem Profil unterwegs war.«

Sie drehte sich zu der kleinen Runde um. Für einen kurzen Moment ging ihr Blick zu Nils, bevor sie fortfuhr.

»Herr Dammer wurde ins Krankenhaus Föhr eingeliefert, wo er operiert und ins Zimmer des Zeugen Petersen verbracht wurde.« Ein leichtes Lächeln huschte über ihr Gesicht, und Tamme drehte sich grinsend um.

»Sie meint dich, Alter.«

»Vielen Dank für den Hinweis, Tamme«, sagte Nils.

»Herr Petersen gab an, in derselben Nacht gegen vier Uhr aufgewacht und ins Badezimmer gegangen zu sein. Jemand versuchte in der Zeit, ins Badezimmer zu gelangen. Als Herr Petersen wieder herauskam, fand er Herrn Dammer tot in seinem Bett vor. Die erste Begutachtung der Leiche zeigte Hämatome im Bereich der linken Wange und der inneren Lippen, die darauf schließen lassen, dass Herr Dammer mit bloßer Hand erstickt wurde.« Sie schrieb »Krankenhaus« in ein drittes Kästchen und positionierte die Fotos der Leiche darum.

»Das ist also der grobe Ablauf. Jussi, könnten Sie uns bitte zeigen, was Sie rausgefunden haben?«

Jussi strich seine Haare aus der Stirn und drückte ein paar Tasten auf seinem Laptop. »Vielleicht kommt ihr alle ein bisschen näher, damit ihr sehen könnt«, schlug er vor und stellte den Laptop in die Mitte des Tisches.

Sandra winkte Nils dazu. Er stellte sich hinter Minthal und Jussi und schaute ihnen über die Schulter.

»Das Föhrer Krankenhaus ist jetzt kein besonders gut gesichertes Gebäude, wie man sich vorstellen kann. Es gibt links vom Gebäude einen kleinen Parkplatz. Darüber müssen auch die Lieferanten fahren, um auf die Hinterseite zu gelangen, wo Essen, Medikamente und alles Weitere angeliefert werden. Es gibt Kameras direkt im Lieferanteneingang und in den Bereichen der Küche und der Bäderabteilung. Weiter oben im OP-Bereich und an den Medikamentenschränken auch, aber das interessiert uns nicht. Die Fahrstühle verfügen ebenfalls über eine Kamera, aber die Sichtung der Bänder ergab keinen Treffer, der Täter muss also das Treppenhaus benutzt haben. Bleibt demnach nur das Überwachungsvideo vom Lieferanteneingang.« Jussi startete eine Schwarz-Weiß-Aufnahme, die einen großen, rechteckigen Eingang und eine kleine Rampe zeigte. Ein Lieferwagen fuhr vor. Die Bilder rauschten und bewegten sich ruckartig.

»Das ist der Wagen von der Bäckerei«, erklärte Jussi. Alle beugten sich vor und starrten gebannt auf den Bildschirm. »Der Fahrer steigt aus, und jemand kommt aus der Küche, um die Waren in

Empfang zu nehmen. Erst plaudern sie 'ne Runde, dann geht's los. Er öffnet den Lieferwagen, und sie bringen die Wagen mit den Broten hinein. Laut Timecode ist es drei Uhr fünfundfünfzig am Morgen. Um vier Uhr beginnt eigentlich erst die Schicht in der Küche. Die beiden sind also etwas zu früh dran. Tolle Arbeitsauffassung. Aber sie sind sicher noch müde und nicht so schnell auf den Beinen. Eine gute Gelegenheit also, um …«

Plötzlich sah man einen schwarzen Schatten um die Ecke huschen. Es dauerte kaum eine Sekunde, da war er auch schon unter der Kamera abgetaucht und verschwunden.

»Gesehen? Ich spiel's noch mal ab, nur langsamer.« Jussi fuhr das Band zurück und zeigte das Video in Zeitlupe. Eine schwarz gekleidete Gestalt kam um die Ecke und lief in den Lieferanteneingang hinein. Als die Person direkt unter der Kamera war, hielt Jussi das Video an. »Das ist unser Mann.«

Alle stierten gebannt und mit offenen Mündern auf das Standbild.

»Kann man das schärfer stellen?«, fragte Sandra.

»Leider nicht. Nicht hier.«

»Er trägt eine Kapuze«, sagte Nils.

»Ja, und genau deswegen kann man sein Gesicht nicht erkennen. Dat is ein schlauer Verbrecher«, meinte Tamme mit sarkastischem Tonfall.

In der Tat konnte man nur die verwaschene Form der Kapuze erkennen. Das Gesicht lag völlig im Schatten.

»Er ist nicht besonders groß«, meinte Sandra.

»Wieso?«, fragte Minthal.

»Wie groß sind der Bäcker und der Typ aus der Küche?«, fragte sie Jussi.

»Ich hab nur mit dem Küchenmann gesprochen, und der ist etwa so groß wie Nils.«

»Na, guck mal, als der Kerl um die Ecke schlich, reichte seine Kapuze bis hier oben.« Sie deutete auf den Bildschirm. »Und jetzt spul mal zurück zu dem Küchenmann, wenn der da vorne steht.«

Jussi fuhr das Band zurück. Sandra hatte recht. Der Täter war fast einen ganzen Kopf kleiner als der Küchenmitarbeiter.

»Der ist so klein wie du, Jussi«, sagte Minthal todernst.

»Ach, Klappe. Ich bin nicht klein, ich bin nur kein Träger von Übergrößen.«

»Hast du auch ein Bild davon, wie er wieder rausgeht?«, fragte Nils. Die anderen sahen ihn an, als fänden sie seine Frage ganz vernünftig.

»Nein, das ist das Komische. Raus muss der Kerl einen anderen Weg genommen haben.«

»Das Fenster. Es war nur angelehnt, als ich von der Toilette kam. Ich wollte lüften, musste es aber nur aufdrücken«, sagte Nils.

»Kann man da rausspringen? Wie hoch ist das?«, fragte Sandra.

»Nicht sehr hoch. Darunter ist eine Wiese.«

»Wir müssen warten, bis wir die Auswertung der Fingerabdrücke haben. War das alles, Jussi?«

»Alles? Ich hab euch ein Bild geliefert!«

»Guter Junge«, sagte Minthal.

»Die Schwestern haben nichts Besonderes bemerkt, auch die anderen Patienten nicht. Ich hab alle befragt.«

»Minthal?« Sandra sah ihn erwartungsvoll an. Er stand auf und stellte sich vor die Tafel.

»Ich hab ein wenig in Dammers Computer geforscht und in seinen Konten und Telefonrechnungen. Alles konnte ich natürlich noch nicht erfassen, aber es gibt ein erstes Bild. Dammer hatte eine Professur an der Universität Hamburg und erhielt ein Monatsgehalt von siebentausendeinhundertdreißig Euro.«

Jussi pfiff anerkennend durch die Zähne.

»Er hat außerdem kleinere Einnahmen vom Verlag ›Blau & Meer‹, für den er Postkartenmotive lieferte. Seine ständigen Ausgaben umfassen die Kosten für eine Wohnung in Hamburg und das Haus hier auf Föhr, außerdem für einen Mercedes C-Klasse. Im Monat hebt er durchschnittlich zweitausend Euro in bar ab. Ich habe allerdings, und das ist interessant, im letzten Jahr fünf Abhebungen von jeweils zehntausend Euro entdeckt.«

»Zehn Mille? Für was braucht er so viel?«, fragte Jussi.

»Das habe ich mich auch gefragt. Er hat kein Auto gekauft. Das habe ich über die Zulassungsstelle geprüft. Wofür könnte man sonst fünfzig große Scheine brauchen?«

»Für Urlaub«, rief Tamme.

»Fünfmal? In bar? Hat er einen Safe im Haus?«, fragte Nils.

»Nein«, meinte Sandra. »Zumindest nicht hier auf Föhr.«

»Immer zehntausend, und das fünfmal im Jahr …«, überlegte Nils laut.

»Ah, ich weiß, was du denkst.« Jussi zwinkerte ihm zu. »Prosti-tu-tion.«

»Wäre möglich. Aber für zehntausend kannst du 'ne ganze Woche auf der Reeperbahn übernachten. Wann hat er denn diese Abhebungen gemacht, ich meine, an welchen Wochentagen und wo?«, wollte Nils wissen.

»Es war immer seine Hausbank und immer am Freitag.«

»Das klingt nach einer gewissen Regelmäßigkeit, auch wenn fünfmal nicht sehr oft ist. Aber die Summe ist hoch.«

»Vielleicht sind es Schulden, die er begleichen musste«, mutmaßte Sandra, »aber dann hat es mit etwas Illegalem zu tun, ansonsten hätte er das Geld überwiesen. Er hat keine Familie, also kann es auch kein Geschenk für die Nichte oder so gewesen sein. In jedem Fall ist es ein Ansatz.« Sie hob ihren Zeigefinger. »Dieses Geld könnte der Schlüssel sein.«

***

Es war dreiundzwanzig Uhr dreißig, als Sandra und Nils das Revier verließen. Draußen war es jetzt fast windstill. Das Sturmtief ließ sich Zeit oder sammelte Atem, um dann richtig lospusten zu können. Die letzte Fähre war längst gefahren, es gab keine Möglichkeit mehr, jetzt nach Amrum zu gelangen. Seite an Seite gingen sie die kleine Straße zu Sandras Wohnung hinauf, als wäre es ganz selbstverständlich, dass Nils heute bei ihr übernachtete. Doch Nils fühlte sich nicht wohl bei dem Gedanken. Er dachte an Elke und daran, dass er sie irgendwie betrog, wenn er bei einer anderen Frau schlief. Tamme war noch im Büro, sicher konnte er ihn fragen, ob er ein Plätzchen für ihn frei hatte. Sie waren an der Haustür neben dem Teeladen angelangt. Sandra spürte sein Unbehagen.

»Du musst nicht, wenn dir das unangenehm ist, aber natürlich kannst du bei mir übernachten, wenn —«

»Mir ist tatsächlich etwas mulmig dabei.«

»Ich rühr dich auch nicht an«, sagte sie und hob unschuldig ihre Hände.

»Na gut, lass uns raufgehen.«

Sie stiegen die alte Holztreppe empor und betraten Sandras Zimmer.

»Ich leg mich einfach mit 'ner Wolldecke auf den Boden, und du schläfst im Bett«, schlug Nils vor. Es klang nicht so, als ließe er etwas anderes zu.

Er machte sich ein wenig frisch in dem winzigen Bad. Das Waschbecken war kaum größer als sein Kopf, und er stieß mit dem Hintern an die Wand, wenn er sich bückte. Als er zurück ins Zimmer kam, saß Sandra gedankenverloren am Fenster und starrte in die Dunkelheit. Sie sah müde und matt aus, mehr noch, ausgelaugt. Ihre ganze Kraft, die sie sonst so vollkommen ausgefüllt und aufrecht aussehen ließ, sie war auf sonderbare Art verschwunden.

»Sandra?« Sie reagierte nicht. »Sandra?« Er ging zu ihr an den Tisch und sah ihr in die abwesenden Augen.

»Mmh?«

»Du kannst jetzt ins Bad.«

Sie sah durch ihn hindurch, so schien es, und drehte dann ihren Kopf wieder zum Fenster.

Nils setzte sich. »Was ist mit dir?«

»Hast du das Gefühl, dass wir zu irgendeinem Zweck hier sind?«, fragte sie. »Dass diese ganze Abstrampelei sich lohnt?«

Nils atmete lange aus, bevor er antwortete. Die Frage hatte nicht so geklungen, als würde sie ihre Aufgabe als Polizistin in Frage stellen. Vielmehr schien es um etwas Grundsätzlicheres zu gehen, um ihre Existenz hier auf der Erde.

»Warum wir hier sind, weiß ich auch nicht. Aber wir entwickeln uns in dieser Welt. Das Leben lässt uns wachsen, und wir lernen. Dabei können wir sehr glücklich werden.«

»Oder auch nicht«, sagte sie tonlos.

»Manche nicht, nein. Das ist aber auch nicht für immer so. Es wechselt sich ab, denke ich. Man darf sich nur nicht dabei verlieren.«

»Denkst du, ich habe mich verloren?«, fragte sie und schaute ihn zum ersten Mal wieder direkt an.

»Ich denke, du hast dich noch gar nicht gefunden.«

Sie lachte erschöpft. »Das hab ich bis vor Kurzem von dir gedacht«, entgegnete sie leise.

»Du hattest auch recht damit.« Nils lächelte.

»Und jetzt weißt du, wer du bist? Weißt, wo du hingehörst?« Sie fragte das, als könnte sie nicht glauben, dass ihm das in so kurzer Zeit hatte widerfahren können.

»Ich fühle mich gerade sehr aufgehoben. In mir selbst.«

Wieder lachte sie. Ungläubig.

»Man braucht also niemanden? Du brauchst deine Frau nicht? Deine Tochter? Das glaube ich nicht. So etwas kann nur jemand sagen, der jemanden hat.«

»Fehlt dir jemand?«, fragte Nils und hoffte, dass sie nicht sagen würde, dass er es war, der ihr fehlte.

Sie sah lange aus dem Fenster, bevor sie ihre Stimme wieder erhob.

»Ja.«

14

Es war Ebbe, doch der Wasserstand war ungewöhnlich hoch an diesem Morgen. Wind war noch immer kaum zu spüren. Die Sonne glänzte silbrig auf der schaumigen See, wenn die dünnen Schleierwolken es zuließen. Nils war auf der Rückfahrt. Er saß mit einem Kaffee auf einer Bank am Fenster der Fähre und telefonierte mit Elke. Er hatte einfach angerufen, um sich für heute mit ihr und Anna zu verabreden, ohne jedoch daran zu denken, dass sein Anruf vielleicht zu einer unpassenden Zeit kommen könnte. An ihrer Stimme hatte er sofort erkannt, dass sie nicht frei sprechen konnte. Sicher saß Stefan ihr gerade am Frühstückstisch gegenüber. Dennoch brodelte keine Eifersucht in ihm hoch. Elkes Stimme zu hören war wunderbar, und er fühlte sich jetzt, da er auf dem Weg nach Amrum war, wieder besser.

»Ich will dich auch gar nicht lange aufhalten. Habt ihr heute etwas Zeit? Ich möchte gern ein Zimmer für Anna bei mir einrichten, und sie soll entscheiden, wo was stehen soll.«

»Ach, ein Zimmer? Ja, schön. Ich ...« Es gab eine kurze Pause.

»Wie wär's heute Mittag? Gegen ein Uhr?«

»Ist mir recht.«

»Gut, dann kommen wir.«

»Schön, ich freu mich«, sagte Nils und überlegte, ob das Telefon vielleicht auf Lautsprecher geschaltet war. *Ach, egal, soll Stefan denken, was er will. Er muss damit leben, dass ich mich auf sie freue. Schließlich muss ich ja auch damit leben, dass sie jetzt bei ihm sind.*

Er legte das Handy neben die Kaffeetasse auf den Tisch und blickte hinaus aufs Meer. Sie passierten gerade den südwestlichen Teil von Föhr. Irgendwo dort hinten suchte Sandra in diesem Moment nach Spuren und Beweisen. Und nach etwas anderem, nach etwas, das man nicht so einfach finden konnte wie eine Muschel am Strand. Sie suchte nach sich selbst, und Nils fühlte, dass er es war, der den Stein ins Rollen gebracht hatte. Ob das gut oder schlecht war, konnte er nicht mit Sicherheit sagen. Er sah jedenfalls nur noch eine verlorene Seele vor sich, wo er zuvor einen von Stärke und Bestimmtheit geprägten Geist gekannt hatte. Ein Deich war in Sandra gebrochen, während er im Krankenhaus gelegen hatte, und eine dunkle Flut überspülte das Land.

Aber er allein konnte nicht schuld daran sein. Etwas anderes musste außerdem passiert sein. Etwas hatte ihr Angst gemacht. Nein, Angst war nicht ganz treffend. Was sie quälte, war Aussichtslosigkeit.

Auf der Insel angekommen, fuhr er mit dem Bus nach Hause. Dort schwang er sich auf sein altes, klappriges Rad und fuhr mit quietschenden Pedalen nach Norddorf, um in der Bäckerei Schult Kuchen für heute Nachmittag zu kaufen.

»Nils!«, rief Stine, die junge Verkäuferin, fast erschrocken, als sie sich zu ihm umdrehte.

»Moin, Stine. Ich hätte gern ein wenig Kuchen. Sechs Stück, bitte.«

»Ja, gern«, sagte sie zögernd und nahm ein kleines Tablett zur Hand.

»Von dem Butterkuchen mit Walnuss ein Stück, eins mit Apfel, eins mit Mandeln, einen Plumpai und zwei Stück Blaubeerkuchen.«

Sie tat die Stücke auf die Pappe und packte alles mit orangefarbenem Papier ein. Als sie das Paket auf die Theke stellte, traute sie sich kaum, ihm in die Augen zu schauen.

»Danke, das war's«, meinte Nils und zückte sein Portemonnaie.

»Ich wollt nur sagen, dass …«, begann sie und wusste nicht mehr weiter.

»Was denn?«, fragte Nils.

»Schön, dass es dir wieder gut geht.«

»Danke«, sagte er, bezahlte und verließ den Laden.

Im Hotel gleich nebenan hatte seine Mutter sich erneut in ihrem Zimmer eingeschlossen, und Nils vermutete, dass sie ihm auch heute nicht öffnen würde. Er fuhr also mit seinem Rad zurück und genoss den Rückenwind, der ihn, als er den kleinen Hügel überwunden hatte, fast von allein nach Hause schob.

Elke und Anna waren etwas früher gekommen als angekündigt, was Nils aber nicht im Geringsten störte. Anna hatte sich sehr über den Plan ihres Vaters gefreut, ihr ein Zimmer im Obergeschoss seines neuen Hauses einzurichten.

»Oder willst du lieber unten wohnen?«, hatte er gefragt. Ihm war alles recht, selbst wenn er dafür sein Wohnzimmer wieder umräumen musste. Sie hatten das Bettgestell kurzerhand wieder nach unten getragen und es zur Probe in das Wohnzimmer gestellt.

»Nein, ich möchte doch lieber oben bleiben«, hatte Anna gesagt, die diese Umstände von vornherein gar nicht hatte machen wollen. Aber Nils hatte darauf bestanden.

»Also gut, wieder nach oben«, kündigte er an, und Elke half ihm, das sperrige Gestell wieder in die obere Etage zu tragen.

»Vorsicht, das Geländer!«, rief Elke.

»Pass du mit der Lampe auf«, sagte er. Anna schlug vor, das Ding doch einfach auseinanderzubauen, doch Nils lehnte das sofort ab.

»Auf keinen Fall, wir ham's doch gleich.«

Am Ende stand das Bett so, wie Anna es bestimmt hatte, in der Mitte der linken Wand. Mit dem Nachttischchen und der roten Lampe sah das Zimmer richtig hübsch aus. Es gefiel allen dreien.

Jetzt war es Zeit für Kaffee und Kuchen, und sie gingen hinunter in die Küche.

»Ich würde dich gerne zur Beerdigung begleiten, wenn's dir nichts ausmacht«, sagte Elke auf der Treppe.

»Wenn du nicht gefragt hättest, hätte ich dich gebeten mitzukommen«, meinte Nils, und Elke lächelte.

Sie teilten sich den Kuchen, wie sie es früher immer getan hatten. Elke und Nils tranken Kaffee und Anna Orangensaft. Es fühlte sich gut an, sehr gut sogar. Auch wenn ihr Besuch eben nur ein Besuch war.

»Und wie sieht's mit dem Fall auf Föhr aus?«, fragte Elke.

»Ich hab gestern ein bisschen geholfen da drüben. Rate, wen ich getroffen habe: Tamme, der ist doch Polizist in Wyk.«

»Tamme? Party-Tamme?«

»Ja, genau. Er ist fast noch der Alte, nur 'n bisschen rundlicher. Wie's aussieht, ist der Professor schon in seinem Haus angegriffen worden.«

»Tatsächlich? Und derselbe Mann kam dann ins Krankenhaus, um ihn endgültig zu …«

»Das können wir noch nicht sagen. Aber es gibt Fingerabdrücke, und wir haben ein Bild einer Überwachungskamera.«

»Du sagst immer ›wir‹«, fiel Anna auf.

Nils sah sie überrascht an. Er fühlte, wie sein Gesicht heiß wurde.

»Na ja, ich bin ja schließlich involviert«, meinte er.

»Invol-was?«

»Involviert. Das heißt betroffen oder mit eingebunden«, erklärte Elke.

Anna kaute nachdenklich weiter und widmete sich wieder ihrem Kuchen.

»Noch Kaffee?«, fragte Nils und stand auf.

Elke nickte und blickte verstohlen zu ihm rüber, als er noch einen Filter und Pulver aus dem Schrank holte. Es waren keine Flaschen mehr darin. Natürlich konnte er sie woanders versteckt haben, aber das glaubte sie nicht. Er war guter Laune, so froh hatte sie ihn seit Langem nicht gesehen. Und er hatte keine Fahne. Es schien wirklich alles gut zu sein, merkwürdigerweise.

»Das ist schön«, sagte sie.

Nils drehte sich verwundert um und suchte nach etwas, das sie gesehen oder entdeckt hatte.

»Was meinst du?«

»Das hier.« Sie deutete auf den gedeckten Tisch, und Nils verstand, was sie meinte. Er wollte ihr gerade antworten, als das Telefon klingelte. Er blickte rüber zum Flur und überlegte, ob er überhaupt rangehen sollte. Diesen Augenblick wollte er nicht zerstören.

»Papa, Telefon«, sagte Anna fast vorwurfsvoll.

»Ja, ja, schon gut.« Er ging in den Flur und nahm das Gespräch entgegen. Schon an der Atmung seines Gesprächspartners erkannte er, dass etwas Schreckliches passiert sein musste.

***

Lars war sich im Klaren darüber, dass er alles tun würde, damit es Hanna besser ging. Alles war gut, wenn es ihr gut ging. Er respektierte ihren Wunsch, die sinnlosen Versuche aufzugeben, noch ein Kind zu bekommen. Und tatsächlich hatte er, als sie diesen Schlussstrich zogen, eine Erleichterung in sich gespürt, die ihn von einer tonnenschweren Last befreit hatte.

Als er jetzt jedoch mit dem schweren Vorschlaghammer an dem gerade erst gebauten Sandkasten stand und ihn gegen die noch frisch geschnitten riechenden Bretter sausen ließ, spürte er jeden Schlag, als schlüge er auf sein eigenes Herz ein. Er zertrümmerte ihren größten Traum, den Traum von einem Leben zu dritt, einem Leben mit einem Kind, das ein Teil von ihr und ein Teil von ihm war.

Es würde nicht passieren. Sie würden einen anderen Traum finden müssen, den sie verfolgen konnten. Einen aussichtsreicheren Traum.

Er schlug gegen das Holz, hörte es brechen und krachen. Er schlug härter, als er musste. Schlug alles aus sich heraus, alles, was ihn bedrückte. Am Ende glitt ihm der schwere Hammer aus der Hand, und er sackte auf die Knie in den Spielsand. Schwer atmend blieb er so hocken und hoffte, dass er jetzt nicht zusammenbrechen würde. Er musste durchhalten, stark sein. Für sich und vor allem für Hanna. *Dies ist kein Ende, dies ist ein Neuanfang*, sagte er sich in Gedanken immer wieder, und dann räumte er die geborstenen Bretter beiseite.

Den Sand ließ er an Ort und Stelle, harkte ihn nur glatt und legte anschließend Rollrasen aus, den er heute Morgen im Baumarkt besorgt hatte. Dieser Fleck musste verschwinden, sonst würde er mahnend wie ein Grab in ihrem Garten liegen und sie bei jedem Blick daran erinnern, was hier gestorben war. Er drückte und presste und schnitt den Rasen so zurecht, dass er sich passgenau einfügte. Das Quadrat hob sich zwar durch seine dunklere Farbe und die unterschiedliche Struktur des Rasens noch deutlich von der restlichen Grünfläche ab, aber so war es eben. Besser ging es nicht.

Das Wetter verschlechterte sich zusehends. Der Wind fuhr eiskalt über sein schweißnasses Hemd und seinen Pullover. Das Häuschen musste warten. Er würde sich morgen darum kümmern. Den Hammer ließ er aus diesem Grund gleich draußen. Als er über die Terrasse hinauf zum Haus ging und die Tür aufstieß, blies ihm der Wind um die Schultern und trug ein Geräusch mit sich. Lars drehte sich um. Die Bäume wankten unregelmäßig. Blätter schwebten durch die feuchte Luft. Tintenblaue Wolken mit schweren Bäuchen zogen am Himmel auf. Es würde bald regnen. Lars wandte sich wieder der Tür zu und stieg über die kleine Schwelle ins warme Wohnzimmer. Der bekannte Geruch ihres Hauses umfing ihn und ließ ihn sich sicherer fühlen. Dennoch hatte er das ungute Gefühl, dass da draußen etwas war, das ihn die ganze Zeit beobachtet hatte.

★★★

»Ist Ihnen nicht gut?«, fragte Tamme und schaute besorgt zu Sandra, die auf dem Beifahrersitz kauerte, als habe sie Magenkrämpfe.

»Doch, doch, alles bestens.«

»Das liegt an der Polizeiarbeit. Man kommt nicht regelmäßig zum Essen, und wenn man was isst, dann ist es ungesund, und man muss alles in Eile hinunterschlingen.«

»Sie scheinen damit keine Probleme zu haben«, spöttelte Sandra, und Tamme blickte schuldbewusst auf seinen Bauch.

»Oh, tja, äh, das macht die Insel. Hier ist einfach nicht so viel los.«

»Vielleicht sollte ich mich versetzen lassen.«

»Gute Idee. Das Klima hier ist gut für die Gesundheit.«

»Was soll denn daran gesund sein?«, fragte Sandra mit Blick auf ein mächtiges Wolkengebiet, das dunkel und schwer von Westen her auf die Insel zukroch.

»Die Luft ist rein, Aerosole, Landluft, Sie würden hier richtig aufblühen. Und Sie werden es nicht glauben, aber wir haben auf der Insel ein Polizeierholungsheim, sogar mit Reetdach.«

Sandra brummte ungläubig.

»Und ich bin ja auch hier«, sagte Tamme fröhlich und grinste breit, dass sich seine sommersprossigen Wangen aufblähten. Er sah jetzt aus wie ein halbwüchsiger irischer Raufbold, der den Mädchen gern schöne Augen machte.

»Sie versuchen doch wohl nicht, mit mir zu flirten, oder?«

»Wo denken Sie hin, Frau Keller?«, flötete er.

»Wir untersuchen hier einen Mordfall: Ich fände es schön, wenn Sie den nötigen Ernst aufbringen würden.«

»Wie Sie möchten, Frau Keller.«

»Ja, genau«, sagte sie mit Nachdruck, konnte sich ein Lächeln aber nicht verkneifen.

Jetzt wieder in einem eher beruflichen Tonfall sagte Tamme: »Der Unfallverursacher kam aus dieser Richtung, das kann eigentlich nur bedeuten, dass er auf dem Heimweg war und demzufolge hinter Oldsum zu Hause ist. Die einzigen beiden Ortschaften, die man auf diesem Wege erreicht, ohne einen Umweg zu fahren, sind Süderende und Utersum. Dunsum schließe ich mal aus, weil da kaum jemand wohnt, den ich nicht kenne.«

»Wir schließen gar nichts aus. Wenn wir den Kerl finden, haben wir den wahrscheinlich wichtigsten Zeugen in dem Fall«, sagte Sandra.

»Okay. Dann fangen wir in Süderende an.«

Tamme lenkte das Auto über die Landstraße und an der Unfallstelle vorbei. Man spürte einen leichten Druck auf der linken Seite des Wagens, der von dem Seitenwind herrührte, der sich allmählich aufbaute. Er parkte das Auto in einer kleinen Einfahrt in einer Kurve und stieg aus. Argwöhnisch blickte er zum Himmel, bevor er sich wieder an Sandra wandte.

»Ich kenn hier einige Leute und weiß, was für Autos sie in der Garage stehen haben. Diese Häuser können wir uns schon mal sparen.«

»Wir überprüfen alle beschädigten Autos, die wir finden«, stellte Sandra fest, und sie klingelten am ersten Haus. Da niemand öffnete, ging Tamme einfach ums Haus herum in einen quadratischen Garten mit tiefem Rasen und üppigen Rosenbüschen in einem mit Rindenmulch bedeckten Beet. Dort stand eine Frau inmitten von weißen Laken, die an einer Leine wild im Wind flatterten.

»Entschuldigung?«

Die Frau im mittleren Alter trug Jeans und ein Westernhemd. Sie schob die Laken beiseite und schaute erschrocken auf die beiden Polizisten.

»Moin, ich bin Tamme von der Polizeidienststelle Wyk, und das ist Frau Keller von der Kripo Niebüll«, begann Tamme.

Die Frau trat aus der Wäsche heraus. *Flapp, flapp, flapp.* Die Laken schlugen aus.

»Es geht um eine Information, die wir gern von Ihnen hätten.«

Sandra, die sich etwas im Hintergrund gehalten hatte, schloss nun auf und nickte der Frau ermutigend zu. »Wir suchen nach einem Wagen«, sagte sie, »einem Unfallwagen.«

»Aha«, entgegnete die Frau nur und strich sich die wehenden blonden Haare aus dem Gesicht. »Ich hatte keinen Unfall.«

»Gut, aber wir müssten dennoch einmal Ihren Pkw überprüfen, bitte.«

»Mein Mann ist damit unterwegs.«

Sandra wollte nachhaken, als ihr Handy klingelte. »Reinhard«, stand auf dem Display. »Entschuldigung, da muss ich rangehen. Tamme, könnten Sie …«

Sie wandte sich ab und machte ein paar Schritte in Richtung Haus. Tamme unterhielt sich weiter mit der Frau im Westernhemd.

»Reinhard, was gibt's?«

»Ich hab dir grade ein paar Ergebnisse per Mail geschickt. Wir haben das Blut am Haken analysiert. Es stammt *nicht* von Dammer.«

Sandra schwieg. Reinhard fuhr fort: »Es hat die Blutgruppe Null. Ebenso wie die Blutstropfen, die wir im Flur fanden.«

»Das ist gut. Wir haben das Blut des Täters«, sagte Sandra. Reinhard stimmte ihr nicht zu, sondern ratterte nur kühl die weiteren Fakten seiner Untersuchung herunter.

Es gab noch zwei weitere wichtige Ergebnisse, und als Sandra das Gespräch beendet hatte, ging sie zurück zu Tamme und der Frau, die sich inzwischen scherzend über ein anderes Thema unterhielten.

»Was für ein Auto haben Sie?«, fragte sie die Frau.

»Einen Audi A3.«

»Das ist er nicht. Vielen Dank. Bitte entschuldigen Sie die Störung.«

Tamme schob die Augenbrauen zusammen, verabschiedete

sich und verließ mit fragendem Blick hinter Sandra das Grundstück.

»War das Reinhard?«, wollte er wissen, als sie am Auto ankamen. Sandra blieb stehen.

»Ja, wir hatten Glück. Die Kunststoffsplitter stammen von einem Golf GTI. Sie konnten im Labor die typische Wabenform der Plastikverkleidung am Kühler rekonstruieren. Und noch mehr. Ich hatte recht: Der Täter ist sehr klein. Schuhgröße einundvierzig.«

»Einundvierzig? Mein Schwager hat Schuhgröße einundvierzig«, meinte Tamme.

»Na dann fragen Sie ihn mal, wo er in der Tatnacht gewesen ist«, gab Sandra amüsiert zurück und ging auf Tamme zu. »Interessieren Sie vielleicht auch noch andere Details dieses Falls, oder wollen Sie mir lieber Ihre Familiengeschichte erzählen?«

»Kommt drauf an, wie groß Ihre Neugier ist.«

»Sie hält sich in Grenzen«, sagte Sandra und rückte so nah an ihn heran, dass sie sich fast berührten. »Das Blut auf dem Haken stammt vom Täter.«

Tammes Augenbrauen hoben sich überrascht.

»Ja, und noch was: Das Stück Stoff am Zaun war ein schwarzes Baumwollgemisch. Fragen Sie mal, ob Ihr Schwager die Blutgruppe Null und einen schwarzen Kapuzenpullover hat.«

»Mach ich«, sagte Tamme und grinste scheinheilig.

»So, und jetzt ziehen wir los und finden einen beschädigten Golf GTI auf Ihrer schönen Insel. Wenn der nicht gerade Ihrem Schwager gehört«, sagte Sandra und tippte Tamme mit dem Zeigefinger auf die Brust.

»Sie werden lachen, aber das ist wirklich so«, meinte Tamme.

»Wie bitte?«

»Reingefallen!«

Sandra drehte sich um und öffnete die Beifahrertür. »Kindskopf«, schimpfte sie leise, als sie einstieg.

Tamme schob sich auf den Fahrersitz. Seine Augen blitzten belustigt. »Sie sind gar nicht so tough, wie Sie aussehen, oder? Ihnen fehlt nur 'n bisschen Umgang mit den richtigen Leuten.«

»Lassen Sie mich raten. Sie halten *sich* für den besten Umgang, was?«

»Na ja …«

Sandra schüttelte den Kopf, und Tamme startete den Wagen. Wieder klingelte Sandras Handy. Diesmal erschien Nils' Name im Display. »Ja, hallo?«, meldete sie sich, und in ihrer Stimme klang ein wenig Hoffnung mit.

Tamme hatte das nicht überhört. Allerdings verfinsterten sich ihre Gesichtszüge gleich darauf schlagartig, und sie lauschte mit gebanntem Blick der Stimme am anderen Ende der Leitung. Als sie auflegte, sagte sie eine Weile nichts. Dann klappte sie das Handy zu.

»Fahren Sie mich zum Hafen. Ich muss nach Amrum, sofort.«

15

Nils hatte die Stimme des jungen Mannes nicht gleich erkannt. Die Panik hatte seine Stimmlage um eine Oktave höher steigen lassen, und er klang noch jünger, als er ohnehin schon aussah. »Hallo, Herr Petersen, Possebiehl hier. Ihre Vertretung. Sie müssen kommen. Schnell. Hier ist …« Er konnte nicht weitersprechen. Nils hatte einige Geräusche im Hintergrund gehört. Es klang, als würde sich der junge Polizist im Freien befinden. »Herr Possebiehl, wo sind Sie, was ist passiert?« »Ich …« Wieder nur Geräusche und ein Jammern. Dann hektisches Atmen. »Herr Possebiehl, ganz ruhig, hören Sie mir zu. Wo sind Sie gerade?« Ein Flüstern war zu hören, und Nils meinte, eine zweite Stimme identifizieren zu können. »Hallo?«, rief Nils. »Halemwai.« Das war eine Straße in Norddorf. Elke war mit besorgtem Gesichtsausdruck in den Flur gekommen. Nils hatte nur ahnungslos mit den Schultern gezuckt. »Was ist denn passiert?«, fragte er erneut in den Hörer. »Kommen Sie bitte …« »Ich bin gleich bei Ihnen.« Nils legte auf. »Wer war das?«, fragte Elke. »Meine Vertretung. Es klang nicht gut, er war in Panik.« »Ich fahr dich schnell hin.« Elke, Anna und Nils waren in Stefans Auto nach Norddorf gefahren, in den dunklen Schatten des Waldes, der südlich an Norddorf grenzte und die Straße wie ein Tunnel einfasste. Beim Supermarkt waren sie nach links abgebogen und gleich die nächste Straße wieder links. Da hatten sie schon das Polizeiauto erkennen können, das an der Straße parkte. Ein Bulli von der Post stand direkt davor. Elke hatte bei den beiden Autos angehalten, und Nils war ausgestiegen. Anna schaute neugierig hinaus.

»Mach das Fenster zu, Anna«, befahl Nils, »wir sehen uns später. Ich ruf euch an.«

»Soll ich nicht hierbleiben?«, fragte Elke.

»Nein, nein, fahrt ihr nach Hause.« Nils winkte ab und ging auf den Bürgersteig. Dort kauerte, an einen Zaun gelehnt, Babsi Hinrichs. Sie war die hiesige Postbotin und hatte den Kopf zwischen die aufgestellten Knie gesteckt.

»Babsi, was ist passiert?«, fragte Nils.

Sie sah auf und konnte nichts sagen. Sie zitterte am ganzen Leib und war grau im Gesicht. Da entdeckte Nils auch seinen Kollegen, der auf einem Grundstück mit einer Hand an einem Baum lehnte und heulte.

Nils ging zu ihm. Ganz langsam, um ihn nicht zu erschrecken. Alles war ruhig. Nur Wind strich über die Wipfel der Kiefern, die hier im Garten standen. Niemand sonst war zu sehen. Kein Unfall, keine verletzten Personen. Auch das Haus schien unversehrt.

»Herr Possebiehl?«

Der junge Polizist fuhr erschrocken herum und weinte noch mehr, als er Nils erkannte.

»Es tut mir leid …«, jammerte er. Hinter ihm, in der Nähe des Baumes, lag Erbrochenes im mit Sand durchsetzten Gras.

»Was ist hier los?«

»Da, dadrinnen …«, stammelte Possebiehl und deutete aufs Haus. »Sie sind alle tot.«

Nils' Gesichtszüge verhärteten sich. Adrenalin schoss durch seinen Körper und versetzte alles in ihm in Alarmbereitschaft. Er ließ den Polizisten gar nicht erst weitererklären, sondern wandte sich gleich dem Haus zu. Instinktiv griff er an seine Seite, wo sonst seine Dienstwaffe am Gürtel hing, doch er fasste ins Leere. Er schüttelte die kurze Irritation ab und ging auf das Haus zu. Sein Mund war trocken wie Baumrinde. Sein Herz schlug so hart, dass es seinen ganzen Oberkörper erschütterte.

Das zweistöckige Haus stand in einem von wildem Gras und Kiefernbäumen durchwachsenen Garten. Vor der Eingangstür standen ein paar leere Bierflaschen, ansonsten waren keine Spuren von Leben in dem Haus erkennbar. Drei Holzstufen führten hinauf zum Eingang. Nils nahm eine nach der anderen und horchte. Es blieb totenstill. Wenn es sich hierbei um ein Verbrechen handeln sollte, musste er darauf achten, keine Spuren zu vernichten. Er drückte vorsichtig mit dem Finger gegen die Haustür. Sie war zu. Auch die Fenster zur Küche und zum auf der anderen Seite des Eingangs liegenden Badezimmer waren verschlossen.

»Hinten, im Wohnzimmer«, rief Possebiehl rau, und die Stimme brach ihm weg.

Nils ging um das Haus herum. Die Wiese stieg ein wenig an, bis zu einer Terrasse, die vor einer großen Fensterfront lag. Die Terrassendielen knarzten, als Nils darüberlief.

Er konnte nur schlecht ins Wohnzimmer blicken, denn die Fenster spiegelten zu sehr. Also machte er ein paar Schritte nach links, auf die Tür zu. Sie war nicht verschlossen. Nils erkannte einen kleinen Spalt und nahm einen merkwürdigen Geruch war. In dem Moment schob sich eine Windbö durch den Garten, ließ die Bäume rauschen und stieß die Terrassentür auf. Sie knallte gegen einen Widerstand, den Nils schon nicht mehr wahrnahm, weil seine Augen bereits auf der Szene hafteten, die sich ihm im Esszimmer bot.

Es dauerte Sekunden, bis sein Gehirn verarbeitet hatte, was seine Augen ihm an Information zuführten. Als er schließlich verstand, was er sah, schlug diese Erkenntnis wie ein Vorschlaghammer gegen seine Brust. Als wäre ein Vorhang weggezogen worden, erkannte er auf einmal alle Details. Eine schreckliche, fast schmerzhafte Kälte kroch unter seiner Haut und über den Nacken den Rücken hinunter, wie eisige Tentakel. Der Schreck packte ihn vollkommen, und er spürte, dass er seine Blase kaum noch unter Kontrolle halten konnte.

Sein Blick fiel in einen großen rechteckigen Raum, der Wohn- und Esszimmer und die Küche beherbergte. Rechts stand eine Sofagruppe um einen Couchtisch aus Kiefernholz. Sie war zum Fernseher hin ausgerichtet, der an der rechten Wand auf einem flachen, länglichen TV-Schrank stand. Links war das Esszimmer, ein großer Kiefernholztisch mit vier Stühlen. Dahinter erstreckte sich die Küchenzeile mit weißen Schränken. Das heißt, weiß waren sie einmal gewesen. Im gesamten Zimmer war ein billiger blauer Teppich ausgelegt, nur an der Küchenzeile setzte sich ein längliches Stück Linoleum davon ab.

Das Blut war überall. Auf dem Teppich, auf den Küchenschränken, auf dem Linoleum, ja, sogar an der Decke. In der Küche, auf dem Dreisitzersofa und auf dem Boden neben dem Couchtisch erkannte Nils riesige Blutlachen. Blutspritzer und -tropfen klebten an den Scheiben der Fensterfront. Die warme Heizungsluft hatte den schweren, nach Eisen riechenden Geruch von Blut und den beginnenden süßlichen Verwesungsgeruch intensiviert und miteinander vermischt. Dieser Cocktail ließ Nils augenblicklich würgen. Der Gestank war so immens, dass er von einem Schwindel erfasst wurde, der ihm die Kraft aus den Beinen sog.

Die drei Leichen waren von einem Geräusch umfangen. Es war das tiefe Brummen von Fliegen, die sich in den Wunden und all dem Blut an ihren Körpern festgesetzt hatten. Aber das Schrecklichste war die Art und Weise, wie die Leichen drapiert waren. Sie lagen nicht am Boden, sondern saßen wie zum Abendessen um den Esstisch herum. Ihre Köpfe hingen kraftlos auf ihren Brustkörben. Ihre Arme lagen angewinkelt auf der Tischplatte und stützten so die Oberkörper. Der Tisch war gedeckt, das Essen aufgegeben. Auch auf den Tellern tummelten sich schwarz und grün schimmernde Fliegen. Als Nils erkannte, was da auf den Tellern lag, musste auch er sich übergeben.

Das Erste, was Nils eingefallen war, nachdem er seine Fassung wiedergewonnen und vor dem Haus kurz mit Possebiehl und Babsi gesprochen hatte, war, Sandra anzurufen. Dass hier ein Mord geschehen war, drei vielmehr, stand außer Frage. Jetzt galt es, schnell zu handeln, um sicherzugehen, dass alle verfügbaren Kräfte auf die Insel kamen. Die Untersuchungen im Mordfall Dammer liefen zwar noch auf Hochtouren, doch dass hier war … Er hatte keine Worte dafür. So ein Verbrechen hatte nichts Menschliches, nichts Begreifbares mehr an sich.

Er wartete mit seinem Kollegen im Wagen vor dem Haus, in dem eine Familie tot am Esszimmertisch saß. Und während er wartete, dass Sandra ihn anrief und sagte, sie sei mit einem Team angekommen, schüttelte er immer wieder fassungslos den Kopf. Was hatte die Inseln da nur heimgesucht?

Teil 2
Amrum

16

Das polizeiliche Aufgebot, das nun anrückte, war ungleich größer als das für Dammers Fall bereitgestellte. Sandra hatte aufgrund von Nils' Beschreibungen des Tatorts zusätzliche Unterstützung in Niebüll angefordert. Diesmal waren die Beamten von der Küstenwache über das aufgewühlte Meer gefahren worden, sie legten im Yachthafen von Amrum an. Reinhard hatte seine Truppe verdoppelt, sodass die Spurensicherer nun zu sechst waren. Sandra, die mit dem Adler-Express übergesetzt und auf die Ankunft der Kollegen gewartet hatte, staunte nicht schlecht, als Jensen persönlich hinter Reinhard von Bord des Schiffes ging.

»Herr Jensen«, sagte sie überrascht, als ihr Vorgesetzter Fuß auf die Insel setzte. Er trug eine dunkle wetterfeste Jacke und eine Cargohose, die ihn aussehen ließ, als wäre er hier, um Urlaub zu machen. Doch sein Gesicht sprach eine andere Sprache. Er sah ernstlich besorgt und hoch konzentriert aus. Er begrüßte Sandra wortlos mit einem festen Händedruck und stieg sofort in eins der beiden bestellten Großraumtaxis ein.

»Das Equipment kommt mit der Fähre nach, ebenso drei Streifenwagen«, sagte er, als die Fahrt losging, und sah aus dem Fenster, als müsste er bereits jetzt damit beginnen, einen Tatort zu inspizieren. »Waren Sie schon da?«, wollte er wissen.

»Nein, ich bin selbst gerade erst angekommen«, antwortete Sandra. Unbehagen stieg in ihr auf. Der Besuch ihres Vorgesetzten sollte hoffentlich nicht bedeuten, dass man mit ihrer Arbeit nicht zufrieden war. Sie schämte sich jetzt schon dafür, Tamme nicht stärker in seine Schranken gewiesen zu haben und sogar ein wenig auf seine Flirtversuche eingegangen zu sein. Wenn sie den Spuren rascher und energischer nachgegangen wäre, hätte sie im Fall Dammer vielleicht schon ein paar Anhaltspunkte mehr in der Hand. Jetzt kam dieser Fall noch dazu, und sie fühlte, wie die Arbeit, die sie nun erwartete, sich vor ihr zu einer mächtigen Welle aufbäumte, die über ihr brechen und sie mit sich reißen würde.

»Frau Keller?« Jensens Stimme klang so, als fragte er sie nicht zum ersten Mal.

»Bitte?«

»Sind Sie bei der Sache?«

»Ja, natürlich.«

»Würden Sie dann bitte antworten?«

Sie bemerkte, dass auch der Taxifahrer im Rückspiegel erwartungsvoll zu ihr sah. Sie standen am Eingang von Norddorf, und der Fahrer wusste nicht, wohin.

»Oh, in den Halemwai«, sagte sie schnell.

Der Mann fuhr noch ein Stück und bog dann in eine ruhige, schattige Straße ein.

Nils sah die beiden Taxis im Rückspiegel näher kommen. Er hatte sich inzwischen etwas beruhigt, nur sein Herzschlag trommelte immer noch wie wild, als habe er literweise Kaffee getrunken. Possebiehl, der ohnehin eine blasse Haut hatte, war seit dem Vorfall so bleich, dass seine Sommersprossen wie schwarze Leberflecke wirkten. Oder wie Blutflecke. Er war vor Erschöpfung eingeschlafen und hatte selbst im Schlaf noch gejammert und mit den Füßen getreten. Babsi hatte Nils zum Inselarzt geschickt, der hier gleich um die Ecke seine Praxis hatte. Sie stand unter Schock und brauchte dringend Ruhe. Ihre Aussage würde er später zu Protokoll nehmen. Ihr Mann hatte sie abgeholt und dorthin begleitet, sodass der gelbe Postwagen immer noch vor der Tür stand. Nils hatte die beiden darauf hingewiesen, dass sie mit niemandem über das reden durften, was Babsi hier gesehen hatte. Eigentlich hatte sie nur ein Paket zustellen wollen. Die Frau hatte ihr ein paar Tage vorher gesagt, sie könne es hinten auf die Terrasse stellen, wenn sie nicht zu Hause seien. Das Paket stand immer noch hinten vor dem Fenster. Babsi hatte es gerade noch so geschafft, den Notruf zu wählen und Possebiehl zu verständigen.

Nils stieß die Fahrertür auf und stellte sich auf den Bürgersteig, um die Taxis heranzuwinken. Aus dem ersten Wagen stieg Sandra mit zwei Männern der Spurensicherung, die Nils schon kannte, und einem ihm fremden Polizisten.

Er begrüßte die Gruppe mit einem tonlosen »Hallo«, und der

Fremde kam auf ihn zu und reichte ihm die Hand, während seine Augen die Gegend sondierten.

»Sie sind Nils Petersen?«, fragte er.

»Ja, richtig.«

»Das ist Hauptkommissar Jensen«, stellte Sandra ihn vor.

Jetzt lenkte Jensen seinen Blick auf Nils und schien ihn mit zwei schnellen Scans von oben bis unten und wieder zurück als vertrauenswürdig oder nicht vertrauenswürdig einzuordnen.

»Klären Sie uns bitte auf«, meinte er ruhig und sachlich, aber mit Nachdruck in der Stimme.

Die Männer der Spurensicherung stellten sich im Kreis um Nils herum auf. Auch Possebiehl kam nun schüchtern und ungelenk hinzu.

»Ich bekam vor circa zwei Stunden den Anruf meines Kollegen hier, dass …« Ja, was sollte er jetzt sagen? Da er den jungen Kerl, der ihn fast um einen ganzen Kopf überragte, nicht schlecht aussehen lassen wollte, sagte er: »… dass man in einem Ferienhaus in Norddorf drei tote Urlauber aufgefunden hat.«

Nils sagte »drei tote Urlauber«, weil er bei dem Wort »Leichen« automatisch davon ausging, dass diese am Boden lagen. Die Leichen in diesem Haus aber saßen am Tisch.

»Ich kam sofort hierher und hab mir das Haus angesehen. Die Tür war verschlossen, also versuchte ich es durch den Garten. Die Terrassentür war nur angelehnt.« Er brauchte einen Augenblick, um weiterzusprechen. »Im Esszimmer fand ich die drei Toten, und überall war Blut, eine Unmenge Blut.«

»Haben Sie was angefasst?«, fragte Reinhard.

»Nein, die Terrassentür flog durch den Wind von allein auf.«

»Einbruchsspuren? Irgendwas Ungewöhnliches, das Sie bemerkt haben?«, fragte Jensen.

Nils blickte in die Runde, als wollte er prüfen, ob die Männer für das, was sie nun erwartete, gerüstet waren.

»Ja.«

»Was, ja?«, hakte Jensen nach, und man merkte ihm seine Nervosität nun an.

»Die drei Toten sitzen am Esstisch.«

»Wie bitte?« Jensen reckte forschend seinen Kopf nach vorn.

»Sie sitzen dort, als würden sie zu Abend essen. Der Tisch ist gedeckt, und jeder hat etwas auf seinem Teller liegen.«

»Etwas zu essen?«, fragte Reinhard.

Nils schüttelte nur den Kopf und versuchte wieder, dieses Würgen zu unterdrücken.

»Es ist ihr eigenes Fleisch.«

★★★

Der Wind nahm immer mehr zu. Die drohende Wolkendecke, die Sandra auf Föhr gesehen hatte, war längst über Amrum hinweggezogen und hatte bald darauf das Festland erreicht. Die Flut war heute schon einen Meter über Normal gekommen. Morgen und übermorgen sollten es drei bis vier Meter sein.

Im Herbst mochte Nils seine Insel am liebsten. In dieser Zeit war sie ebenso schön wie im Sommer, nur wilder, und die Naturschauspiele waren extremer. Es kamen weniger Touristen, und die Menschen wirkten entspannter und weniger geschäftig.

Das alles war jetzt unwichtig geworden. Nicht einmal seine eigenen Probleme existierten mehr in diesem Moment. Nils' ganze Aufmerksamkeit war auf dieses eine Haus im Halemwai in Norddorf gerichtet, und er fragte sich, wie das hier auf Amrum nur hatte passieren können. Ein solches Verbrechen war auf dieser Insel so ungewöhnlich wie ein Segelschiff in einer Gletscherspalte der Alpen.

Possebiehl hatte mit den Kollegen aus Niebüll, die auf der Fähre übergesetzt und die Streifenwagen gebracht hatten, die gesamte Straße abgesperrt. Nur Anwohner durften den Bereich betreten. Zum Glück waren um diese Jahreszeit nicht alle Ferienhäuser belegt, und die Straße lag ruhig und wenig einsichtig zwischen dem großen Parkplatz und der Kirche.

Nils hatte versucht, den Vermieter des Hauses zu kontaktieren, doch der wohnte in Kiel und war nicht zu Hause. Nils hinterließ eine kurze Nachricht auf Band und bat um dringenden Rückruf. Den Namen und die Anschrift der Familie hatten sie über den Ausweis des Vaters herausbekommen. Seine Brieftasche hatte in einer Jacke an der Garderobe gesteckt.

Das Auto der Familie Kaltenbach stand unter einem Carport auf der rechten Seite des Grundstücks. Es war ein schwarzer VW Passat mit schwarz abgeklebten Heck- und Seitenscheiben. Eine dicke Schicht Staub lag auf dem Lack. Vorn hatte jemand eine zusätzliche LED-Beleuchtung angebracht, in Eigenarbeit, wie es aussah. Am Rückspiegel hing eine Soldatenplakette, wie sie in den USA zur Identifizierung getragen wurde und wie man sie aus vielen Filmen kannte. Mehr war von außen nicht zu erkennen, außer dass der Innenraum nicht gerade sauber und gepflegt aussah.

Die Spurensicherung war zuerst hineingegangen. Und selbst Reinhard konnte nicht verbergen, dass ihn dieser Tatort nicht kaltließ. Seine kühle, nüchterne Art war einer vorsichtigen Zurückhaltung gewichen, und Nils sah, als Reinhard sich umzog, dass auch seine Hände zitterten.

Sandra und Jensen zogen sich ebenfalls Fußschutz und Handschuhe über.

»Je weniger Leute den Tatort betreten, desto besser«, sagte Jensen zu Nils, der gar nicht wusste, ob er dieses Haus tatsächlich noch mal betreten wollte.

Sandra berührte Jensen am Arm. »Ich möchte ihn gern dabeihaben. Er hat einen guten Blick«, sagte sie. »Bitte«, fügte sie hinzu, als sie den Unmut in Jensens Augen erkannte.

»Also gut. Hier, nehmen Sie.« Er reichte Nils die Packung mit den Handschuhen.

Sandra schien unendlich dankbar zu sein, und Nils fügte sich um ihretwillen.

Sie betraten das Wohnzimmer und achteten auf jeden einzelnen Schritt, den sie auf den Boden setzten. Es gab kaum einen Platz im Teppich, der nicht mit Blut in Berührung gekommen war. Nils versuchte es zu vermeiden, auf die Leichen und ihre schrecklichen Wunden zu schauen. Das Brummen der Fliegen kämpfte gegen das Tosen des Windes draußen in den Baumkronen an. Der Geruch war unerträglich.

Nils stellte sich weit nach rechts neben den Fernseher und versuchte, sich einen Überblick zu verschaffen. Es gab so viele Spuren, die alle eine eigene Geschichte erzählten. Er sah die schrecklich breiten Schleifspuren auf dem Teppich. Sie verliefen von den beiden Lachen am Sofa zum Esstisch. Und natürlich sah er im Blut auch Fußspuren. Der Mörder hatte das einfach nicht umgehen können. Es waren die Abdrücke eines Schuhs, der nur wenig Profil hatte. Es konnten also keine Trekkingschuhe, Laufschuhe oder Ähnliches sein. Die Sohlenabdrücke begannen an der Couch und führten zur Küche, wo sich die dritte große Blutlache unter der Spüle ausbreitete. Auch das gesamte Becken und die Ablage waren mit Blut besudelt. Daneben gab es rutschige Abdrücke, die so aussahen, als sei der Mörder rückwärts gelaufen. Sie führten zum Esstisch. Dieselben Fußabdrücke, mehrfach übertreten, waren zwischen der Couch und dem Esstisch zu erkennen. Wahrscheinlich hatte der Mörder die leblosen Körper der Opfer so zum Tisch gezogen.

Die Toten waren dermaßen entstellt und mit Blut verschmiert, dass Nils nur schlecht ihr Alter schätzen konnte, aber was er sah, war, dass es sich um Mutter, Vater und einen Sohn handeln musste. Der Vater saß am Kopfende des Tisches, mit dem Rücken zu Nils. An den Seiten saßen seine Frau mit dem Rücken zur Küche und sein Sohn mit dem Rücken zum Garten. Bei der Frau blieb Nils' Blick wieder an der großflächigen Verletzung haften, die ihm vorhin schon verraten hatte, was auf den Tellern liegen musste. An ihrem Oberarm klaffte eine lange, unregelmäßige Wunde, und man erkannte deutlich, dass ein großer Teil des Gewebes fehlte. Auch bei den beiden anderen gab es solche Wunden. Bei dem Vater am Bauch und bei dem Sohn am Nackenmuskel.

Nils ging zum äußeren Rand des Zimmers in Richtung Flur, wo gerade ein Mann von der Technik die Treppe aus dem ersten Stock herunterkam und es vorsichtig vermied, auf die Abdrücke auf den Stufen zu treten.

»Oben gibt es Fußspuren. Er hat dort geduscht«, sagte er zu Nils. Seine Stimme klang schwach, und sein Gang war sehr wackelig.

Sandra kam zu ihm in den Flur. Schweigend sahen sie sich an. »Gehen wir hoch«, sagte sie dann zielstrebig.

Nils folgte ihr die geschwungene Treppe hinauf. Auf den Buchenholzstufen war nichts zu erkennen. Oben lag ähnliche Auslegeware wie unten. Hier erkannte man schwache Fußspuren, und zwar von nackten Füßen. Es gab vier Türen. Zwei standen offen. Die Tür zum Badezimmer und die zum Schlafzimmer der Eltern. Sandra ging geradezu ins Badezimmer, wo auch die Fußspuren hinführten. Sie folgte ihnen bis zur Badewanne. Man erkannte feine, helle Blutschlieren an den Kacheln und am Duschvorhang. »Er muss über und über mit Blut besudelt gewesen sein. Und dann geht er einfach hier hoch und duscht sich im Haus seiner Opfer. Aber wo sind seine Klamotten? Die Kleidung muss doch von Blut getränkt gewesen sein, als er sie mitnahm?« Sandra sah sich im Bad um. Nils auch, doch was er auf der Ablage unter dem Spiegel entdeckte, ließ ihn zusammenzucken. Ein heißer Blitz durchfuhr seinen Kopf.

»Oh, nein«, sagte er nur und lief aus dem Bad.

»Nils, was hast du?«

Er hastete durch den Flur und öffnete die anderen beiden Türen. Hinter der ersten lag das Zimmer des Sohnes. Sandra sah, wie sich Nils' Bewegungen verlangsamten. Er ging wie in Trance durch die letzte Tür auf dem Flur.

Die Vorhänge waren offen, und gedämpftes Licht fiel durch das Fenster, das zum Carport hinausging. Man sah die Äste einer Kiefer, die sich im Wind bewegten. Nils blickte auf das kleine Bett in der Ecke des Raumes, und seine schlimmsten Befürchtungen wurden wahr. Er hatte im Badezimmer eine kleine rosa Kinderzahnbürste entdeckt. Und hier auf dem Bett lag Bettwäsche mit Pferden darauf. Ein Kuscheltier saß aufrecht in der hinteren Ecke. Es war ein Hase. Die schwarzen Knopfaugen blickten traurig auf das leere Kopfkissen.

»Nein«, rief jetzt auch Sandra. »Nein.«

Nils sah sich suchend im Zimmer um. Auf dem Boden lagen außerdem ein paar Stifte und Blätter.

»Was ist los da oben?«, hörten sie Jensen von unten rufen.

»Hier …« Sandra musste Kraft sammeln, um es laut auszusprechen. »Hier ist ein Kinderzimmer.«

17

Tamme hatte dem Adler-Express noch eine Weile hinterherge-sehen. Diese Sandra war eine merkwürdige Frau, aber sie war auch der Typ Frau, den Tamme attraktiv fand. Eine harte Schale wie bei einer Auster zu knacken machte ihm ebenso viel Spaß, wie die Perle darin zu finden. Und er war sich sicher, dass er eine Perle finden würde.

Sie war holterdiepolter von der Insel verschwunden und hatte ihm dabei nur wenig verraten von dem, was passiert sein musste. Er wusste lediglich, dass der Anruf von Nils gekommen war und dass es sich um einen zweiten Mord, diesmal auf Amrum, handelte. Doch das konnte Tamme nicht glauben. Zwei Morde, die fast gleichzeitig auf Föhr und auf Amrum verübt worden waren? Nein, das musste ein Missverständnis sein.

Als er sich umdrehte, fuhr ein roter Golf GTI mit nordfriesi-schem Kennzeichen an ihm vorbei. Tamme mochte seinen Augen nicht trauen. Der Wind blies in seinen Rücken, und so legte er die Strecke zu seinem Wagen schneller zurück, als es ihm für gewöhnlich möglich gewesen wäre. Er sprang hinein, warf die Maschine an und folgte dem Wagen. Er ärgerte sich, dass er den GTI erst so spät bemerkt hatte. Die Kühlerfront des Wagens hatte er nicht mehr einsehen können.

Tatsächlich fuhr der GTI die Strecke in Richtung Oldsum. Einem Wagen unauffällig zu folgen war auf dieser Insel so gut wie unmöglich, also versuchte Tamme gar nicht erst, sich zu verstecken und Abstand zu halten, sondern fuhr dicht hinter dem Wagen her, sodass er das Gesicht des Fahrers im Rückspiegel erkennen konnte. Er kannte den Mann nicht. Als der Fahrer Tamme bemerkte, verhielt er sich so, wie es fast alle Autofahrer taten, wenn sie die Polizei hinter sich bemerkten. Er drosselte die Geschwindigkeit auf etwas über fünfzig und prüfte ständig im Rückspiegel, ob das Polizeiauto noch da war.

Auf der Hauptstraße Richtung Oldsum setzte Tamme zum Überholen an. Er warf einen kurzen Blick in die Fahrerkabine.

Der Mann war blond mit auffällig tiefen Falten um die Mundwinkel. Er hatte eine hohe Stirn und war braun gebrannt. Möglich, dass Tamme ihn irgendwo schon einmal gesehen hatte, aber er konnte sich nicht erinnern. Er scherte vor dem Golf wieder ein und erkannte im Rückspiegel die völlig unversehrte Front des GTI. Das konnte nicht der Unfallwagen sein. Oder doch?

Tamme fiel ein, wer hier auf der Insel sicherlich das beste Gedächtnis für Autos hatte. Er war ihm gerade noch am Hafen begegnet. Maik Vormann arbeitete als Kontrolleur der WDR-Fähren. Er kannte jedes Auto, das die Insel verließ, und jedes, das hier ankam. Tamme merkte sich das Kennzeichen, machte bei der nächsten Gelegenheit kehrt und fuhr zurück nach Wyk.

Maik saß windgeschützt in dem kleinen Kontrollhäuschen und telefonierte. Vom Meer her spritzte Wasser über die Hafenmauer und wurde vom Wind über den Parkplatz getragen, dass man den Eindruck bekam, es regnete. Nils fuhr direkt vor das Häuschen, ließ das Beifahrerfenster herunter und winkte ihn zu sich in den Wagen.

»Ich muss auflegen, die Polizei will mich sprechen«, informierte Maik seinen Gesprächspartner. Er war ein großer Mann mit dunklen Haaren und Aknenarben im Gesicht – und einem Lächeln, das er wohl dauerhaft gepachtet hatte. Einen fröhlicheren Menschen hatte Tamme noch nicht gesehen, außer vielleicht sich selbst.

»Wat gibt's?«, fragte er und setzte sich neben Tamme.

»Ich brauch eine Info über ein Auto, das wir suchen.«

»Wegen dem Mord, oder was?«

»Darf ich nicht sagen.«

»Ach so, na klar.«

»Wir suchen einen Golf GTI. Ich schätze mal, Insulaner, vielleicht aber auch ein Saisonarbeiter.«

»Welche Farbe?«

»Alle.«

»Ah ja. Ihr seid nicht wählerisch, was?« Maik rückte seine nasse Mütze zurecht und legte nachdenklich den Kopf in den Nacken. »Also, jetzt wo du's sagst: Gerade eben ist einer von der Fähre gefahren. Der gehört dem Sohn vom Ricklefs in Utersum.«

»Ja, den hab ich gesehen. Aber er muss einen Unfallschaden vorn haben. Hatte er aber nicht.«

»Nicht mehr.«

»Wie bitte?«, fragte Tamme und setzte sich aufrecht hin.

»Nicht mehr. Als er auf die Fähre drauffuhr, das war vorgestern, war er kaputt. Nicht unbedingt schlimm, aber vorn fehlte was am Kühlergrill. Ich schätze, er hat ihn aufm Festland reparieren lassen.«

»Du willst mich verarschen, oder?«, fragte Tamme ungläubig.

»Nein, ich schwör's. Ehrlich.«

»Steig aus.«

»Gern geschehen übrigens«, feixte Maik.

»Ja, ja, vielen Dank und so, aber jetzt raus, ich muss los.«

Maik hatte kaum die Tür zugeworfen, da quietschten auch schon Tammes Reifen, und der Motor heulte auf.

Der alte Ricklefs war eine bekannte Größe auf der Insel. Er besaß eine Firma für Heizung und Sanitärinstallationen in Utersum und war Anfang der achtziger Jahre sogar einmal Bürgermeister des kleinen Ortes gewesen. Sein Sohn war wohl immer schon etwas problematisch. Er war einer der wenigen Arbeitslosen auf der Insel und ließ sich mit seinen inzwischen zweiundvierzig Jahren immer noch von seinem Vater aushalten. Er lebte zurückgezogen in den Tag hinein und wurde erst nachts richtig aktiv. Tamme war ihm in den letzten zehn Jahren vielleicht zweimal begegnet.

Die Ricklefs wohnten in einem recht großen Anwesen, von der Straße aus etwas nach hinten versetzt. Tamme fuhr einen kleinen Schotterweg entlang, bis er zu dem Grundstück gelangte. Es gab eigentlich zwei Häuser. Das große Wohnhaus, in dem der alte Ricklefs mit seiner Frau und zwei Hunden und einer Unmenge Katzen lebte, und ein kleineres Haus, das unten als Garage fungierte und in der oberen Etage eine kleine Wohnung für den Sohn bereithielt. Als Tamme ausstieg und auf das Haus zuging, fiel ihm ein, dass er nicht mal den Vornamen des Juniors kannte.

Er klingelte, und sofort hörte man von drinnen dröhnendes Bellen und das kratzende Geräusch von Hundekrallen auf Fliesenboden. Es dauerte eine Zeit, bis der alte Ricklefs persönlich öffnete. Er hielt seine beiden Hunde am Halsband fest. Es waren Dänische Doggen, die man mit sehr schlanken Kühen hätte verwechseln können.

»Die Polizei? Womit hab ich das verdient?«, fragte er und hatte Mühe, die beiden aufgeregt zerrenden Tiere zu halten.

»Moin, Herr Ricklefs. Ich bin auf der Suche nach einem Wagen, der in einen Unfall verwickelt war.«

»Und was wollen Sie da bei mir?«, fragte er.

»Fährt Ihr Sohn einen roten Golf GTI?«

»Mein Sohn ist nicht da.«

»Mag sein, aber fährt er einen GTI?«

»Sitz«, befahl Ricklefs den Hunden mit aufgestelltem Zeigefinger, und die riesigen Biester setzten sich. Ihr Herrchen baute sich zu seiner ganzen Größe auf. »Was hat dieser Nichtsnutz nun wieder angestellt?«

»Vielleicht nichts. Aber es hat einen Unfall gegeben, bei dem ein Mensch verletzt wurde.«

»Verletzt? Ich denke, er ist tot?«

»Spricht sich ja schnell rum«, meinte Tamme. »Der GTI muss jedenfalls am Kühler beschädigt sein. Es gibt einen Zeugen, der meint, dass Ihr Sohn mit einem beschädigten Wagen aufs Festland fuhr und mit einem reparierten Wagen zurückkam. Er muss die letzte Fähre genommen haben, ich selbst habe ihn eben noch in dem Wagen gesehen.«

Die Hunde sahen aus, als hielten sie es nicht mehr lange auf ihren Hintern aus. Ricklefs stöhnte unzufrieden und trat zu Tamme vor die Tür.

»Sitz«, fuhr er erneut seine Hunde an, die in der offenen Tür sitzen blieben, sich ihre Lefzen leckten und leise winselten.

Ohne ein weiteres Wort gingen sie rüber zum zweiten Haus. Der alte Mann zückte eine Fernbedienung und drückte einen Knopf. Das Garagentor hob sich mit einem elektrischen Surren. Ein Mercedes S-Klasse in Silber stand neben dem roten Golf.

»Der ist ja doch da«, brummte Ricklefs und ging einmal um das Auto herum, um nach dem Schaden zu sehen. »Nichts dran. Kommen Sie, wir klingeln.«

Sie gingen zur Haustür und klingelten zweimal, aber nichts tat sich.

»Sicher hört er nichts wegen seiner Musik«, sagte Ricklefs, und es klang so, als spräche er über einen Sechzehnjährigen. »Gunnar, mach auf!«, rief er plötzlich und schlug gegen die Haustür.

Sie hörten ein Geräusch auf der Vorderseite des Gebäudes, dann ein Klatschen, gefolgt von einem Stöhnen. Gunnar war aus dem Fenster gesprungen. Jetzt flüchtete er auf dem Schotterweg.

Tamme stand da und konnte nicht glauben, was er sah.

Wo konnte er schon hinlaufen? Sie waren auf einer Insel. Früher oder später würde er geschnappt werden.

Während er noch überlegte, ob er den Wagen nehmen oder dem Flüchtenden zu Fuß nacheilen sollte, hörte Tamme einen ohrenbetäubenden Pfiff neben seinem Ohr und zuckte zusammen.

Der alte Mann nahm Daumen und Zeigefinger aus dem Mund, und schon spurteten seine beiden Doggen über den Rasen. »Holt ihn euch!«, rief Ricklefs ihnen hinterher.

Der arme Gunnar, dachte Tamme und wollte um nichts in der Welt mit dem Mann tauschen.

Im beschleunigten Spazierschritt folgten Ricklefs und Tamme einer Spur aus Staub, die augenblicklich vom Wind fortgetragen wurde. Als sie die Straße erreichten, hörten sie das verzweifelte Schreien eines Mannes. Gunnar lag bäuchlings auf der Fahrbahn, in jedes seiner Hosenbeine hatte sich eine Dogge verbissen. Und immer, wenn sie mit ihren gigantischen Köpfen daran rissen, wurde Gunnar ein Stück über den Asphalt geschleift.

»Lasst mich. Hilfe!«

»Aus«, sagte Ricklefs scharf, und die Hunde ließen von Gunnar ab. Ricklefs stand direkt über seinem Sohn, der vom Boden kläglich zu ihm aufschaute. »Was hast du wieder angestellt, Junge?«

»Gar nichts, Papa, ehrlich.«

»Der Polizist sagt, dein Auto war kaputt?«

»Nein, ich … nein, es war nicht kaputt, was soll das?«

»Steh auf«, befahl Ricklefs.

Gunnar gehorchte.

»Sag diesem Herrn die Wahrheit.« Er deutete mit dem Finger auf Tamme.

»Waren Sie auf dem Festland, um Ihr Auto reparieren zu lassen?«, fragte Tamme.

»Nein.«

»Gunnar, sag die Wahrheit«, drohte Ricklefs.

Sein Sohn sah älter aus als Tamme, doch aus seinen Augen blickte ein kleiner, unsicherer Junge.

»Und wenn?«

Ricklefs wandte sich verzweifelt ab. Anscheinend wusste er schon, was das bedeutete.

»Herr Ricklefs, Sie bringen sich in große Schwierigkeiten, wenn Sie jetzt lügen. Der Mann, den Sie angefahren haben, ist im Krankenhaus ermordet worden. Sie haben nicht nur Unfallflucht begangen, sondern stehen damit auch unter Mordverdacht, verstehen Sie?«

Gunnar sah Tamme völlig entgeistert an. Man merkte ihm an, dass diese Information für seinen Problemlösungshorizont zu komplex war.

»Stimmt das?«, schrie ihn sein Vater an, dass es im ganzen Ort zu hören sein musste.

»Ich will jetzt gehen«, sagte Gunnar wie ein störrischer Junge.

»Tut mir leid, das geht nicht«, entgegnete Tamme. »Sie werden mit mir kommen müssen, und Ihr Auto wird beschlagnahmt.«

»Papa?«

»Es wird langsam Zeit, dass du erwachsen wirst. Sieh zu, wie du allein klarkommst.« Damit drehte Ricklefs sich um und schritt zurück zum Haus. Seine Hunde folgten ihm.

★★★

Sie hatten kein einziges Foto von dem Mädchen gefunden. Nicht im Portemonnaie der Eltern, nicht auf dem Handy und auch nicht auf dem digitalen Fotoapparat, der in der Jackentasche des Vaters gesteckt hatte. Anhand der Kleidergröße eines einzelnen Kleidungsstücks konnten sie nur das ungefähre Alter des Mädchens schätzen. Sie gingen davon aus, dass es vier oder fünf Jahre alt war. Nun wurden alle abreisenden Passagiere, insbesondere die, die ein Mädchen in dem Alter bei sich hatten, im Hafen polizeilich überprüft und ihre Personalien aufgenommen.

Dr. Anton Lukas, der Gerichtsmediziner, war zusammen mit den übrigen Beamten mit der nächsten Fähre gekommen und hatte unten mit seiner Arbeit begonnen.

»Ein dreifacher Mord und eine Kindesentführung. Ich hätte die Presse gern so lange wie möglich rausgehalten, aber jetzt müssen wir an die Öffentlichkeit gehen«, sagte Jensen. Er lehnte erschöpft und niedergeschlagen an der Wand im oberen Flur des Ferienhauses.

»Was ist das für eine Familie, die nicht ein einziges Foto ihrer Tochter besitzt?«, fragte Sandra. Ihre Augen funkelten dunkel.

»Wir müssen in ihrem Wohnhaus suchen. Wo kamen sie noch mal her?«

»Hattstedt«, antwortete Nils. »Dort lebt auch noch eine Großmutter der Kleinen. Sie hat unsere Vermutung bestätigt. Das Mädchen ist fünf und heißt Vanessa.« Das hatte Possebiehl herausgefunden.

Jensen griff zu seinem Handy und kontaktierte das Niebüller Revier. Während er sprach und deutliche Anweisungen, was das Prozedere mit den Medien anbelangte, artikulierte, um keine bösen Überraschungen zu erleben, gingen Sandra und Nils noch einmal ins Zimmer der vermissten Tochter. Stumm standen sie am Fenster und sahen hinaus auf das nahende Unwetter.

»Warum tut er das?«, fragte Nils schließlich. »Warum so?«

»Du meinst das Hinsetzen der Leichen an den Esstisch?«, fragte Sandra. »Das muss eine Bedeutung haben. Er will damit etwas ausdrücken, er will diese Leute …«

»Entlarven?«

»Wieso entlarven?«

»Na, warum stellt man sonst so etwas dar? Eine Familienidylle am Tisch, bei der sie ihr eigenes Fleisch essen. Wie Kannibalen.«

»Mag sein, dass er uns etwas über sie mitteilen will. Dann müsste er diese Leute gekannt haben«, schlussfolgerte Sandra.

»Genau.«

»Gott, hoffentlich tut er ihr nichts«, sagte Sandra flehend und rieb sich verzweifelt die Schläfen.

»Wir müssen sie schnell finden. Aber ohne Foto wird's schwierig.« Nils hatte das schreckliche Gefühl, dass sie zur Untätigkeit verdammt waren, während dieses Mädchen in den Fängen des Mörders war.

»Die Kollegen in Husum werden im Haus der Familie ein Foto finden. Heute Abend ist der Aufruf in den Nachrichten«, sagte Sandra, um ihn und sich selbst zu beruhigen.

Doch Nils wurde die Kälte nicht los. Als wäre da eine dünne Eisschicht unter seiner Haut. Das Haus bedrückte ihn. Nicht nur weil sich drei Leichen im Erdgeschoss befanden, sondern weil es eine ungute Atmosphäre ausstrahlte.

»Hier stimmt was nicht«, sagte er.

»Ich hab auch ein komisches Gefühl. Es sind keine Kleider für die Kleine im Schrank außer den paar Sachen da«, sagte Sandra und blickte rüber zu dem geöffneten Kleiderschrank, in dessen unterer Ablage nur eine Unterhose und ein paar Socken lagen. »Vielleicht hat der Entführer sie auch mitgenommen«, vermutete sie. Oder hoffte es vielmehr.

»Wozu? Meinst du, er sorgt sich darum, dass sie sich erkälten könnte? Was für ein Entführer soll das sein?« Nils war überaus skeptisch.

»Herr Petersen?« Reinhard stand, mit einem dünnen Reagenzfläschchen in der Hand, in der Tür. »Bevor wir es vergessen: Wir müssen von allen, die den Tatort betreten, eine DNA-Probe nehmen.« Er schraubte den Deckel ab und zog ein Wattestäbchen heraus.

»Ja, sicher«, sagte Nils und nahm das Stäbchen entgegen. Er fuhr sich damit im Mund herum und gab es Reinhard zurück.

»Danke. Der Gerichtsmediziner möchte Sie sprechen«, sagte Reinhard an Sandra gewandt.

»Ist gut, wir kommen.«

Im Flur trafen sie auf Jensen.

»Lukas hat erste Ergebnisse«, informierte Sandra ihn, und sie gingen alle gemeinsam hinunter ins Wohnzimmer. Ein sehr großer Mann stand mit dem Rücken zu ihnen am Küchentisch und schüttelte den Kopf. Jensen ging auf ihn zu.

»Lukas, was gibt's?«

Der Gerichtsmediziner drehte sich um und sah Jensen durch dicke Brillengläser hindurch an. Sie verkleinerten seine Augen so extrem, dass sie wie die Knopfaugen eines Teddys aussahen und man durch die Gläser sogar die Schläfen und noch ein Stück des Raumes erkennen konnte.

Lukas war ein Mann, dem man kaum eine Gefühlsregung ansehen konnte. Er hatte die für Menschen, die nur mit toten Patienten zu tun hatten, typische menschenfremde Umgangsform. Eine Art kalte Schroffheit und Ausdruckslosigkeit, die es einem kaum länger als ein paar Sekunden möglich machte, in sein Gesicht zu schauen. Er besaß enorm wuchtige Zähne, die seinem schmalen, kastenförmigen Schädel etwas Pferdeartiges verliehen. Seine Lippen hatten eine braune Färbung, und aus den vielen Falten und Furchen seiner Haut wuchsen silberne Bartstoppeln heraus. Sein Kehlkopf war riesig und bewegte sich mindestens drei Zentimeter auf und ab, wenn er sprach, wie ein kleiner Fahrstuhl im Hals.

»Fangen wir mit dem Todeszeitpunkt an. Ich schätze, der trat etwa vor zwei Tagen, am Donnerstag, in den Abendstunden ein. Der Verwesungsprozess hat bereits eingesetzt. Man riecht es ja auch. Die Todesursache bei dem Mann war ein Stich ins Herz. An den anderen Schnittwunden wäre er sonst irgendwann gestorben. Der Junge hat eine durchtrennte Halsschlagader, er ist wohl verblutet. Die Frau ist wahrscheinlich an einer durchstochenen Lunge gestorben. Sie hat den Großteil der Stichwunden im Rücken. Das ist natürlich alles ohne Gewähr, endgültige Ergebnisse gibt es erst, wenn ich sie auf dem Tisch hatte.« Er blinzelte arglos und zuckte mit der linken Schulter.

»Können Sie etwas über die Reihenfolge sagen?«, wollte Jensen wissen.

Lukas bewegte sich auf das Sofa zu. Jensen, Sandra und Nils folgten ihm.

»Es ist anzunehmen, dass derjenige, der hier starb«, Lukas deutete auf die Blutlache unter dem Couchtisch, »zuerst attackiert wurde. Ich denke, es war der Sohn. Der Schnitt in seinen Hals kam von der Seite, es ist daher gut möglich, dass er auf dem Sofa lag und der Täter ihm von oben in den Hals gestochen hat. Er fiel von der Couch und verblutete hier unten.«

Alle blickten wie gebannt auf den Blutfleck, und der Tathergang lief vor ihren Augen wie ein Film ab.

»Als Nächstes war der Vater dran. Die Messerattacke kam von vorn, das Messer muss bis zum Griff eingedrungen sein, also mit großer Wucht. Er starb an Ort und Stelle auf der Couch. Die beiden Attacken müssen so schnell aufeinander gefolgt sein, dass er vermutlich nicht einmal mitbekommen hat, was mit seinem Sohn geschah. Es gibt bei beiden keine Anzeichen der Abwehr. Das letzte Opfer war die Frau. Sie stand in der Küche und wurde von hinten angegriffen, also konnte sie den Täter bis zu diesem Zeitpunkt nicht bemerkt haben. Vielleicht lief der Fernseher, oder sie hat was gekocht, wodurch die Geräusche in ihrem Rücken übertönt wurden. Der Täter stach ihr von hinten mehrfach in den Rücken, und sie starb auf dem Küchenfußboden.«

Eine gespenstische Stille entstand. Irgendwie war der Tatabend für Jensen, Sandra und Nils während dieser Schilderung lebendig geworden. Nur Lukas schaute unbeeindruckt auf die Blutspuren am Boden.

»Was dann passierte, wen er wann zum Tisch schleifte, muss die Technik klären. Bei so viel Blut überlagern sich die Spuren. Die Gewebeteile auf den Tellern wurden jedenfalls post mortem entfernt, das kann ich mit Sicherheit sagen.«

Jensen schauderte unmerklich. »Ob die Kleine das alles mitangesehen hat?«

Diese Frage stieß allen übel auf, keiner traute sich, ihm eine Antwort zu geben. Und keiner konnte sich vorstellen, dass das Mädchen als Einzige noch am Leben sein könnte.

18

Tamme war stolz auf sich, und er hoffte, dass Sandra es auch sein würde. Gunnar Ricklefs hatte die ganze Fahrt über mit vorgeschobener Unterlippe schmollend auf der Rückbank gesessen. Staunend und zögerlich hatte er die Polizeidirektion am Hafen betreten, wo Tamme ihn in einen Raum geführt hatte, um ihn dort zu verhören. Von Jussi war Tamme bei dieser Gelegenheit über den Dreifachmord auf Amrum informiert worden. Unter diesen Umständen hatte er davon abgesehen, Sandra gleich zu informieren. Die Ermittlungen in dem anderen Fall gingen jetzt vor, und wenn er in dem Verhör brauchbare Informationen bekam, konnte er sie immer noch benachrichtigen. Er schenkte sich und Gunnar einen Kaffee ein und ging mit den beiden Tassen und einem Schälchen mit kleinen Zuckertütchen und Kondensmilch in den kleinen Raum, in dem der Wind gegen die Fensterscheibe drückte und am Sims ein summendes Geräusch verursachte.

»So, Gunnar, hier. Milch und Zucker, wenn du brauchst.«

Gunnar nahm zwei Tütchen Zucker und schüttete sie in seinen Kaffee. Über die Tasse hinweg sah er Tamme an, während er seinen ersten Schluck nahm. Tamme beobachtete ihn, und das schien ihn nervös zu machen.

»Was'n das für'n Lärm?«

»Der Wind«, erwiderte Tamme gelassen.

Gunnar lenkte seinen Blick nach draußen, aber nur, um sein Gegenüber nicht anschauen zu müssen.

»Können wir loslegen?«, fragte Tamme.

Gunnar antwortete nicht, nur an einem Flackern in seinen Augen konnte Tamme eine Reaktion erkennen.

»Ist der Kaffee gut?«

»Was? Ja, ja.«

»Also, Gunnar, wie gesagt, wenn du hier nicht die Wahrheit sagst, bringst du dich in Teufels Küche. Der Fall ist etwas komplizierter. Herr Dammer ist tot. Er wurde im Krankenhaus umgebracht.«

Gunnars Augenlider begannen zu flattern.

»Ich glaube nicht, dass du in das Krankenhaus gegangen bist und ihn getötet hast, weil er der einzige Zeuge für diesen Unfall war. So ein Kerl bist du nicht. Aber ich weiß, dass du ihn angefahren hast. Diese Autoreparatur war kein Zufall. Und mal im Ernst: Ein paar Anrufe und ich weiß, was du in der Werkstatt hast machen lassen. Also lass uns jetzt mal offen schnacken.«

Gunnar schien wie versteinert. Sein Gesicht war gerötet. Seine Wangen glänzten. Er hatte keine Ahnung, wie er sich verhalten sollte. Darum stellte er sich einfach tot. Ein natürliches, instinktives Verhalten in der Natur.

»Gunnar«, rief Tamme so laut, dass er erschrak.

»Ja, Mann ...«

»Fang an. Das hier ist kein Spaß, sondern ein Polizeibüro. Und du bist am Arsch, wenn du nicht endlich den Mund aufmachst. Fang einfach ganz von vorne an. Was hast du an dem Abend gemacht?«

Gunnar senkte den Blick in seine Kaffeetasse.

»Ich war unterwegs, hier in Wyk. Ich wollte was trinken gehen.«

»Gut. Und wo warst du? Warst du allein?«

»Ich hab 'n Kumpel, der hier wohnt. Zuerst waren wir bei ihm zu Hause.«

»Name und Adresse?«

»Torge Sievers. Gartenstraße 49.«

Tamme notierte sich das, nahm einen Schluck aus seiner Tasse und nickte dann Gunnar zu. »Sehr gut, weiter.«

»Wir haben was getrunken und Playstation gespielt.«

»Wann warst du da?«

»Weiß nich, drei Uhr?«

»Nachmittags?«

»Ja.«

»Und wie lange ging das?«

»Ich schätze, so um acht sind wir losgezogen, da gibt's so 'ne Kneipe um die Ecke. Wir haben uns an die Bar gesetzt und weitergetrunken.«

»Bis wann?«

»Bis neun oder so. Dann ham'se uns rausgeschmissen.«

»Warum?«

»Ach, da war so 'n dämlicher Spielautomat, der hat mein ganzes Geld gefressen. Ich bin wohl 'n bisschen laut geworden und hab da auch mal gegengehauen.«

»Soso. Man hat euch also vor die Tür gesetzt, und was habt ihr anschließend gemacht?«

»Wir sind nach Hause. Zu Torge. Der hat dann aber in den Hausflur gekotzt, der war richtig fertig. Und ich hatte keinen Bock, ihn raufzutragen, also bin ich gefahren.«

Tamme beugte sich vor und legte beide Arme auf den Tisch.

»Du bist gefahren, mit dem Auto?«

Gunnar zuckte mit den Schultern.

»Ja.«

»Nachdem du von drei Uhr nachmittags bis einundzwanzig Uhr gesoffen hattest?«

»Ja, mir ging's noch gut.«

»Und deinen Freund hast du im Hausflur liegen lassen?«

»Ja.« Gunnar lächelte, als er daran denken musste.

»Du bist also mit geschätzten zwanzig Promille nach Hause gefahren. Über die Landstraße bei Oldsum. Oder hast du noch irgendwo angehalten?«

»Nee, es ging gleich nach Haus. Tja, und dann bei Oldsum ...« Er verzog sein Gesicht zu einer Grimasse. Tamme konnte nicht deuten, ob das ein Ausdruck von Schmerz oder ein Ausdruck von Gedächtnisschwäche war. »Ich fahre so da lang, da kommt plötzlich dieser Kerl ausm Busch. Ich reiße das Steuer rum, und es macht *bumm!* Ich wäre beinah in den Graben gefahren. Im Rückspiegel hab ich ihn auf der Straße liegen sehen, aber er sah ganz normal aus, und das Geräusch hat auch gar nicht so schlimm geklungen.«

»Gunnar, du hast den Kerl einfach da liegen lassen. Er war schwer verletzt. Du bist auf der Landstraße in ihn reingefahren, verstehst du? Der Kerl *musste* verletzt oder gar tot sein.«

»Ja, Mann, ich hatte Schiss! Weißt du, wie viel Promille ich hatte?«

»Geschätzte zwanzig«, wiederholte Tamme.

»Gibt's das?«, fragte Gunnar.

»Nein, das war 'n verdammter Scherz. Du hattest den Kanister voll, verdammt! Bis hier oben«, schrie Tamme wütend und legte die Hand an seinen Haaransatz.

»Was hätte ich denn deiner Meinung nach tun sollen?«

»Aussteigen und ihm helfen? Einen Krankenwagen rufen? Die Polizei, irgendjemanden?« Tamme stand auf und wandte sich ab. Er konnte diese dummdreiste Art nicht mehr ertragen.

»Im Rückspiegel hab ich gesehen, dass weiter hinten ein Auto kam. Da bin ich schnell weg.«

»Damit der Nächste auch noch drüberfährt?«

»Nein, *der* hätte doch Hilfe holen können.«

»Ja, hat er auch gemacht, aber es wäre *deine* verdammte Pflicht gewesen.« Tamme schlug einmal wütend auf den Tisch. Die beiden Kaffeelöffel sprangen auf und klimperten. Er sank zurück auf seinen Platz und versuchte angestrengt, sich wieder unter Kontrolle zu bekommen. »So, jetzt mal was anderes. Kanntest du den Mann?«

»Nein.«

»Versuch, dich ganz genau zu erinnern. Was hat er getan, wie sah er aus?«

Gunnar stutzte und grub dann in seiner löchrigen Erinnerung herum.

»Na, ganz normal eben.«

Tamme war am Verzweifeln.

»Stand er auf der Straße? Tanzte er, lief er, spazierte er auf die Straße? Stolperte er auf die Straße?«

»Ja. Er stolperte.«

»Aha. Warum, was glaubst du?«

»Keine Ahnung, es ging alles so schnell.«

»Ist er über einen Stein am Straßenrand gestolpert?«

»Nein, das nicht. Er … ich glaub, er kam schon auf allen vieren den Graben hoch.«

»Ach, er war also auf allen vieren?«

»Ja.«

»Und meinst du, es hat ihm Spaß gemacht, spätabends auf allen vieren auf die Landstraße zu krabbeln, hat er vielleicht gelacht, mmh?« Tamme grinste sarkastisch.

»Nein, gelacht hat er nicht. Er sah ängstlich aus.«

»Ach, ängstlich?«

»Ja, als wäre jemand hinter ihm her, so … wie nennt man das? Gehetzt.«

»Gehetzt.«

»Ja, aber warte mal.«

»Was?«

Gunnar wirkte plötzlich ganz konzentriert, sofern das bei ihm überhaupt möglich war.

»Ach, nee«, winkte er ab.

»Doch, doch, erzähl mir alles, auch wenn es komisch klingt.«

»Als ich ihn im Rückspiegel da liegen sah, war mir so, als käme neben ihm ein Schatten die Böschung hoch. Aber dann hab ich auch schon die Lichter von dem anderen Wagen gesehen und bin weg.«

»Was war das für ein Schatten?«

»Keine Ahnung. Es war ja so dunkel.«

»Aber der Schatten bewegte sich?«

»Ja, ich dachte erst, es will jemand nach ihm sehen. Aber vielleicht hab ich mir das nur eingebildet.«

Tamme atmete lange aus. Ihm war warm geworden. Er spürte, wie der Schweiß am Rücken sein Hemd durchnässte.

»Gunnar, ich muss dich in Untersuchungshaft nehmen.«

»Aber ich hab ihn nicht umgebracht«, rief Gunnar.

»Nein, aber du hast Fahrerflucht begangen, nachdem du völlig betrunken einen Mann angefahren hast. Hinzu kommt unterlassene Hilfeleistung. Das sieht nicht gut aus.«

Gunnar kaute abwesend auf seiner Unterlippe herum.

»Kann ich meinen Vater anrufen?«, fragte er schließlich.

»Kannst du, aber der wird dir auch nicht helfen können.«

★★★

Nils hatte Jensen und Sandra zu sich eingeladen. Die Uhr in der Küche zeigte ein Uhr dreiundzwanzig an. Sandra und Jensen saßen am Küchentisch, und Nils schaute im Kühlschrank nach, was er ihnen zu essen anbieten konnte.

»Ehrlich gesagt, wäre mir ein Drink jetzt lieber. Hätten Sie vielleicht einen Wodka oder einen Whisky im Haus?«, fragte Jensen.

Sandras Muskeln verspannten sich, doch Nils schien die Frage in keiner Weise unangenehm zu sein.

»Tut mir leid. Ich hab meinen gesamten Vorrat vernichtet. Hab ein bisschen zu oft und zu viel davon genommen.«

»Oh, entschuldigen Sie bitte.«

»Macht nichts, konnten Sie ja nicht wissen.

Nils stellte Butter, Wurst und Brot auf den Tisch. Sie begannen mit wenig Appetit zu essen. Keiner von ihnen wusste, ob sie jemals wieder an einem Esstisch sitzen konnten, ohne an dieses schreckliche Bild erinnert zu werden.

»Meinen Sie, es könnte ein Insulaner gewesen sein?«, fragte Jensen und biss lustlos in ein Salamibrot.

»Nach meinen persönlichen Erfahrungen kann ich fast nichts mehr ausschließen, aber ich halte es für sehr unwahrscheinlich. Zumal die Opfer auch nicht von hier sind.«

»Es ist mir in meiner gesamten Laufbahn noch nicht untergekommen, dass jemand eine ganze Familie auf diese Weise ausgelöscht hat. Wozu? Was kann sein Motiv sein?«

»Vielleicht geht es ihm gar nicht um die Toten, sondern um das Kind«, mutmaßte Sandra. Sie hatte sich ein Brot mit Butter und Salz gemacht, aber nur zwei Bissen davon genommen. Ihr Magen rebellierte gegen die Nahrung.

»Dafür hat er sich zu viel Mühe mit ihnen gegeben«, meinte Nils. »Das Kind könnte ein Störfaktor gewesen sein. Oder er hat es einfach übersehen.«

»Es sieht fast wie die Tat eines Serienkillers aus«, stellte Jensen fest. Auch er konnte nicht weiteressen. Nils hatte gar nichts angerührt. »Ich überlege, ob wir einen Profiler einsetzen sollten. Wir werden diesen Fall vorrangig behandeln. Frau Keller, ich möchte, dass Sie hier weitermachen. Den Fall auf Föhr werde ich jemand anderem übertragen. Ist das in Ordnung für Sie?«

Das Erste, was Sandra in den Sinn kam, war Tamme. Und gleich darauf dieses merkwürdige Gefühl, das sie auf dem Dachboden von Dammers Haus gehabt hatte. Das Gefühl, etwas übersehen zu haben. Sie spürte, dass sie der Lösung des Falls sehr viel näher kämen, wenn ihr einfiele, was das war.

»Einverstanden, aber ich würde gern über die Fortschritte auf dem Laufenden gehalten werden.«

»Sicher, aber dieser Fall hat jetzt Priorität. Die Presse wird sich darauf stürzen, alle möglichen selbst ernannten Spezialisten werden ihren Senf dazu abgeben, und wir werden Tausende Hinweise erhalten von Leuten, die das Mädchen gesehen haben wollen, doch nicht einer davon wird der richtige sein.« Jensen fuhr sich frustriert durch die Haare und pustete mit dicken Backen die Luft aus. »So, jetzt aber noch mal eins nach dem anderen. Was haben wir über die Familie in Erfahrung bringen können?«

Nils und Sandra wollten gleichzeitig ansetzen, doch Nils ließ Sandra den Vortritt. Er war nicht Teil des Teams und eigentlich nur ein Beobachter.

»Die Familie Kaltenbach lebt in Hattstedt, einem kleinen Ort nördlich von Husum. Herr Kaltenbach ist dreiundfünfzig Jahre alt und Inhaber einer Glasbaufirma. Frau Kaltenbach ist fünfzig Jahre alt und Hausfrau. Der Sohn, Thomas, ist neunzehn, lebt noch zu Hause und arbeitet im Betrieb seines Vaters.« Sandra stockte, als sie die Daten der kleinen Tochter vorlas. Sie musste sich sammeln, um fortzufahren. »Vanessa Kaltenbach ist fünf Jahre alt. Sie besucht keinen Kindergarten und auch keine Kita oder Ähnliches.«

»Na, ein Foto haben wir ja jetzt«, sagte Jensen.

»Ja, aber die Beamten in Husum haben eine ähnliche Situation vorgefunden wie wir hier. Im Kinderzimmer des Mädchens gab es kaum Kleidung und Spielsachen, und auch sonst existierten nur wenige Hinweise darauf, dass ein Kind in der Familie lebt.«

»Was wollen Sie damit sagen?«, fragte Jensen. Er klang fast ein wenig ärgerlich. Vorschnelle Urteile gehörten nicht in sein Bild von guter Polizeiarbeit.

»Gar nichts, nur dass die Familie vielleicht nicht sehr auf die Kleine geachtet hat.« Sandra senkte den Blick und knetete ihre Hände.

»Ich ahne, worauf Sie hinauswollen, aber das hat nichts mit den drei Toten zu tun, die wir hier haben, und es ist vor allem nur eine Vermutung.«

»Was wollen Sie denn? Dass ich Ihnen ein Video vorlege, auf dem sie das Mädchen den ganzen Tag mit ein paar alten Buntstiften im Zimmer einsperren, obwohl sie eigentlich im Kindergarten sein sollte?«, schrie Sandra los und stand abrupt auf. Jensen war erschrocken über ihren Gefühlsausbruch, fing sich aber schnell wieder.

»Setzen Sie sich, Frau Keller.«

»Warum, das ist doch kein Revier hier, das ist ein Privathaus.« Sie stürmte hinaus, und die beiden Männer hörten, wie die Haustür aufgerissen wurde.

Jensen sah Nils fragend an. »Was ist los mit ihr?«

»Keine Ahnung«, meinte Nils leise. »Vielleicht war das alles ein bisschen viel für sie. Sie macht sich Sorgen, und es ist schon spät. Wir sollten schlafen gehen.«

»Sie haben recht. Morgen früh treffen wir uns um fünf Uhr in Ihrem Büro.« Jensen erhob sich. »Danke für das Essen. Dürfen Sie eigentlich schon wieder arbeiten? Sie sagten doch, Possebiehl sei Ihre Vertretung?«

»Eigentlich bin ich krankgeschrieben, aber unter diesen Umständen werde ich auf keinen Fall zu Hause bleiben.«

»Das weiß ich zu schätzen.« Jensen reichte ihm die Hand, und Nils schlug ein.

Als sie in die Dunkelheit hinaustraten, war es überraschend kalt. Der Wind heulte über das Dorf, das in einer kleinen Senke lag, hinweg. Man spürte, dass ein Sturm aufkommen würde. Es roch nach Jod und feuchtem Holz.

»Frau Keller?« Jensen stierte in die Dunkelheit. Nur die Nebeler Kirche stand wie ein weißer Leuchtturm riesenhaft vor ihnen.

»Ich bin hier«, hörten sie eine leise Stimme links im Garten sagen. Sandra trat aus der Schwärze der Nacht heraus. Den Kopf gesenkt und mit schwerem Schritt. »Tut mir leid, wenn ich etwas laut geworden bin.«

»Schon gut, lassen Sie uns ins Hotel fahren«, meinte Jensen versöhnlich.

»Gehen Sie bitte schon mal vor, ich komme sofort«, sagte Sandra, und Jensen machte sich auf zum Auto. »Nils?«

»Sandra, was ist los mit dir?«

»Ich weiß nicht, aber … ich hab so eine Ahnung. Wie du damals. Die Kleine ist … sie haben sie zu Hause eingesperrt.«

»Ach, Sandra, das kannst du nicht wissen.«

Sie sah ihn an, und obwohl es dunkel war, erkannte er den besorgten Glanz in ihren Augen.

»Doch, ich weiß es.«

19

Nils erwachte zwei Sekunden, bevor sein Wecker klingelte. Er hatte unruhig geschlafen, was vielleicht am Wind lag, der immer wieder gegen das Haus gedrückt und sich unter dem Reetdach gefangen hatte, oder an den schrecklichen Geschehnissen des letzten Tages. Er stand auf, nahm eine heiße Dusche und setzte sich für ein schnelles Frühstück in die Küche. Im Radio liefen die Nachrichten und brachten die Suchmeldung, die Jensen am Vorabend an die Medien rausgegeben hatte.

»Das fünfjährige Mädchen verschwand am vergangenen Donnerstagabend von der Insel Amrum. Die Polizei geht von einer Entführung aus und bittet Sie um Ihre Mithilfe. Das Mädchen heißt Vanessa Kaltenbach. Es ist circa eins zwanzig groß, hat dunkelbraune schulterlange Haare und einen auffälligen Leberfleck am linken Ohr. Zu der Kleidung, die sie am Tag ihres Verschwindens trug, können leider keine Angaben gemacht werden. Ein Foto von Vanessa finden Sie auf unserer Homepage und auf den Internetseiten der Polizei. Hinweise zum Verbleib des kleinen Mädchens nimmt die Polizei Niebüll oder jede weitere Polizeidienststelle entgegen.«

Nils dachte an Anita, die man hier auf der Insel im Sommer vergeblich gesucht hatte. Irgendwie erschien es ihm, als wiederholten sich die Ereignisse. Wieder würden Hubschrauber kommen und Suchaktionen auf der Insel durchführen, doch er vermutete, dass das ein sinnloses Unterfangen war. Das Mädchen war unter Garantie nicht einfach nur weggelaufen. Eine Fünfjährige, die allein über die Insel läuft, wäre mit Sicherheit jemandem aufgefallen.

Nils trank seinen Kaffee aus und schaute auf die Uhr. Es war zwanzig vor fünf. Um diese Zeit konnte er noch nicht bei Elke auftauchen, doch er wollte sie gern informieren. Er schrieb also eine kleine Notiz und machte sie mit Tesafilm an seiner Haustür fest, falls sie vorbeikommen sollte. Dann zog er sich seine Jacke an und verließ das Haus.

Jensen und Sandra tauchten kurz nach ihm im Büro auf. Possebiehl erschien als Letzter, sichtlich gezeichnet vom vergangenen Tag. Er sah um Jahre gealtert aus, hatte graue Ringe unter den verquollenen Augen, wie nach einer durchzechten Nacht.

Es wurde nur wenig gesprochen, als sie im Auto zum Tatort fuhren, wo Reinhards Truppe ihre Arbeit bereits wieder aufgenommen hatte. Die Leichen sollten heute nach Husum in die Gerichtsmedizin überführt werden. Nils fragte sich, wie lange die Fähren überhaupt noch fahren konnten. Der Wind hatte mit Sicherheit schon eine Stärke von acht, dabei war das Zentrum des Tiefs noch ein gutes Stück entfernt. Der Sturm blies inzwischen ohne Unterlass vom Meer her auf die Insel ein. Er riss an den Bäumen und Dächern und rüttelte an den Fassaden. Ein konstantes Tosen lag in der bewegten salzigen Luft, während austerngraue Wolken in einer bedrohlich tief hängenden Decke über die Insel hinwegglitten.

Nils ging nach oben in Vanessas Zimmer. Er bückte sich und hob den kleinen Stapel Bilder auf, den das Mädchen gemalt hatte. Denen hatten sie bis jetzt noch gar keine Aufmerksamkeit geschenkt. Auf einem Bild war ein Haus mit mehreren Zimmern zu sehen. Im Wohnzimmer standen drei Figuren. Eine überragte die anderen um mehr als einen Kopf. Sie hatte große Hände wie Mühlräder und den Mund weit geöffnet. Es sah aus, als schreie sie. Die beiden anderen Figuren waren fast gleich groß, nur dass eine längere Haare hatte und wohl die Mutter darstellen sollte. Beide hatten ernste Gesichter mit heruntergezogenen Mundwinkeln. Im ersten Stock gab es ein kleines Zimmer, in dem eine weitere Figur zu erkennen war. Sie war klein und stand vor einem Bett. Nils war klar, dass Vanessa sich selbst gemalt hatte. Dieses Bild war auf eine schon fast unheimliche Weise eine Kopie des Tatorts. Vanessas Mutter, ihr Vater und ihr Bruder unten, während sie sich allein oben im ersten Stock in ihrem Zimmer aufhielt. *Sandra könnte recht haben mit ihrer Vermutung*, dachte er.

Nils ging in den Flur und inspizierte die Türen. Überall steckten die Schlüssel von innen. Nur an Vanessas Tür steckte er von außen im Schloss.

»Tamme hat den Unfallfahrer gefunden«, sagte Sandra. Sie

stand auf der Treppe. Nils hatte sie nicht kommen hören und erschrak. »Entschuldige. Tamme hat mich gerade angerufen. Es ist ein Mann von der Insel. Er war betrunken an dem Abend und hat ausgesagt, dass Dammer gehetzt schien, als er auf die Straße lief, und dass er einen Schatten gesehen hat, von dem er glaubte, dass er nach Dammer sehen wollte.«

»Er war also tatsächlich auf der Flucht«, meinte Nils.

Sandra nickte. »Jussi und Minthal stoßen heute zu uns. Ein anderes Team wird den Dammer-Fall übernehmen«, fügte sie abwesend hinzu.

»Wir können die beiden hier gut gebrauchen. Sie machen gute Arbeit.«

»Ja. Was tust du hier oben?«

Nils hielt noch immer Vanessas Bild in der Hand. »Ich denke, du hast recht. Sieh dir das an. Die Schlüssel.« Er deutete auf die Türschlösser, und Sandra verstand sofort. Wie zur Unterstreichung ihres Verdachts reichte Nils ihr das gemalte Bild. Sandra sah es sich an, und ihr stiegen die Tränen in die Augen.

»Was muss das arme Ding nur alles durchmachen?«, fragte sie mit schwacher Stimme.

Nils fühlte sich furchtbar hilflos. Es gab nichts, was er zu ihrer Beruhigung hätte sagen können. Im Umkehrschluss bedeutete das, dass ihm nichts in den Sinn kam, was der kleinen Vanessa jetzt noch helfen konnte. Wie schnell konnten sie sie ohne jeden Hinweis auf die Identität des Täters finden? Doch was hatte der Täter mit ihr vor, was er nicht schon hier mit ihr hätte tun können? Schreckliche Dinge gingen ihm durch den Kopf.

»Haben Sie etwas gefunden?«, fragte Jensen, der hinter Sandra aufgetaucht war.

»Was könnte er mit ihr anstellen wollen?«, fragte Nils anstelle einer Antwort laut. »Die Familie erpressen ist nicht mehr möglich, nachdem er alle getötet hat. Er kann sie nur noch für seine persönlichen Zwecke benutzen, welche das auch immer sein mögen.«

»Sie denken an ein sexuelles Motiv?«, fragte Jensen, und Sandra sank verzweifelt auf der Treppe zusammen.

»Das weiß ich nicht, aber wenn, dann ergibt diese Art und Weise des Tötens für mich keinen Sinn. Dafür hätte er die Morde nicht in dieser Form inszenieren müssen. Ich will nur sagen: Wenn er sie hat, dann lebt sie wahrscheinlich noch. Denn wenn er sie töten wollte, hätte er sie nicht mitnehmen müssen, sondern hätte es hier tun können.«

Sandra schlug die Hände vors Gesicht.

»Frau Keller, Sie müssen sich jetzt zusammenreißen«, verlangte Jensen mit ruhiger Stimme. »Verlieren Sie nicht den Boden unter den Füßen.«

»Mir geht's gut«, entgegnete sie hinter ihren Handflächen.

»Ich kann auch jemanden als Ersatz –«

»Es geht mir gut, Herrgott«, sagte sie schroff, stemmte beide Hände auf die Treppe und erhob sich. »Die Kleine ist eingesperrt worden. Lassen Sie die Schlüssel auf Fingerabdrücke untersuchen«, fügte sie hinzu und ging polternd hinunter. Jensen sah ihr ratlos hinterher.

»Sie fängt sich schon wieder«, sagte Nils, um Jensen positiv zu stimmen, doch der konnte diese Ansicht augenscheinlich nicht teilen.

»Entschuldigung?« Reinhard stand am Fuß der Treppe und blickte mit einem nicht definierbaren Blick zu ihnen herauf.

»Was ist?«

»Ich habe da was entdeckt.«

»Sprechen Sie nicht in Rätseln, sagen Sie es einfach«, forderte Jensen ungeduldig.

»Die Schuhabdrücke, die wir hier gefunden haben, ähneln ganz frappierend denen, die wir auf Föhr gesichert haben. Schuhgröße einundvierzig. Das Profil könnte ebenfalls übereinstimmen, aber das kann ich nicht mit absoluter Bestimmtheit sagen. Das müssen wir erst im Labor prüfen.«

»Was wollen Sie damit sagen?«

»Ich will gar nichts sagen, ich bringe nur die Fakten auf den Tisch. Der Täter hatte Schuhgröße einundvierzig.«

Jensen und Nils sahen sich an. Ohne ein Wort zu sagen, tauschten sie einen gemeinsamen Gedanken aus. Könnten diese beiden Fälle zusammengehören?

Sie lösten sich aus ihrer Erstarrung und suchten nach Sandra. Im Haus war sie nicht. Nils fand sie draußen beim Carport. Der

Kofferraum des Wagens stand offen, und sie durchsuchte ein paar Tüten und eine Art Strandtasche, die darin deponiert waren. Als Nils an das Heck des Fahrzeugs trat, zog Sandra gerade eine Kauf-DVD aus einer Plastiktüte. »Batman begins« war der Titel.

»Sandra, wir haben etwas.«

Sie öffnete die Hülle.

»Die Schuhabdrücke sind vielleicht identisch mit denen im Fall Dammer.«

Sie sah auf. »Nimm mich nicht auf den Arm.«

Nils schüttelte den Kopf. Sein Blick fiel auf die DVD. Es war eine andere als auf dem Titel ausgewiesen.

Der Beutel war mit selbst gebrannten DVDs voll gewesen, die aber in Hüllen von bekannten Hollywood-Blockbustern untergebracht waren. Schon beim Einlegen der ersten DVD in den Rekorder in Nils' Büro zeigte sich, warum mit den Filmen so verfahren worden war. Es war pornografisches Material, das vor allem durch seine äußerst billige Machart auffiel.

»Die sind sicher von dem Jungen«, sagte Jussi. Er und Minthal waren mit der ersten Fähre angekommen und erholten sich noch von dem Schock, den der neue Tatort ihnen versetzt hatte. Jussi hatte ganz blasse Lippen und hielt sich an seiner zweiten Tasse Kaffee fest. Minthal saß steif und nachdenklich in einer Ecke. Sein Laptop stand geöffnet vor ihm auf dem Tisch. Der Kaffee in seiner Tasse war kalt geworden. »Der steckt die in die Hüllen, um sie an seinen Eltern vorbeizuschmuggeln.« Jussi nahm einen weiteren Schluck und stieß mit der Tasse gegen seine Zähne, weil seine Hand so zitterte.

»Ja, das ist wahrscheinlich. Im Rekorder im Wohnzimmer haben wir übrigens auch eine DVD gefunden«, meinte Jensen. »Ein billiger Splatterfilm. Davon waren mehrere im Fernsehschrank. Es sieht so aus, als hätten Vater und Sohn den Film am Tatabend gemeinsam angeschaut. Die Familie hatte wohl keinen sehr anspruchsvollen Geschmack.«

»Dann hat der Täter den Fernseher und den Rekorder ausgeschaltet?«, fragte Nils, der gerade neuen Kaffee aufsetzte, während draußen erste dicke Regentropfen auf der Straße zerplatzten.

Wie kleine Wasserbomben schlugen sie auf, vermehrten sich und wuchsen sich zu einem laut prasselnden Starkregen aus. Innerhalb weniger Sekunden stand das Wasser auf der Straße und in den umliegenden Gärten.

»Scheint so. Es gibt einen blutigen Abdruck auf dem Schalter des Fernsehers. Ob es ein Fingerabdruck ist, können wir nicht mit Sicherheit sagen, aber er muss vom Täter stammen. Ich glaube kaum, dass eins der Opfer das gewesen sein kann«, meinte Jensen. Er saß hinter einem Schreibtisch und hatte die Arme vor der Brust verschränkt. Er sah unzufrieden aus. Oder nervös, weil morgen die erste Pressekonferenz in dem Fall stattfinden sollte.

»Der Mörder massakriert seine Opfer, kann es aber nicht ertragen, dass im Fernsehen ein Splatterfilm läuft? Was ist das für ein Mörder?«, fragte Nils.

Darauf wusste keiner eine Antwort. Stumm saßen die Männer da. Sie waren nur zu viert. Possebiehl befragte die Nachbarschaft im Halemwai. Sandra hatte gesagt, sie wolle noch etwas erledigen, und war seitdem nicht mehr aufgetaucht. Nils fiel auf, dass Jensen immer wieder auf seine Uhr schaute. Jetzt stand er auf und kam zu ihm.

»Kaffee ist gleich fertig«, sagte Nils und schüttete Wasser nach.

»Für mich nicht mehr, danke. Hat Frau Keller Ihnen gegenüber vielleicht erwähnt, was sie vorhatte?«, wollte Jensen wissen und sprach dabei sehr leise, damit die anderen seine Besorgnis nicht mitbekamen.

»Nein, leider nicht. Vielleicht möchte sie einige Nachbarn selbst befragen. Ich weiß es nicht.«

Jensen nickte und strich sich mit der Hand über den Mund.

»Finden Sie nicht auch, dass sie sich seit ein paar Tagen irgendwie merkwürdig verhält?«

»Ich weiß nicht, Sie kennen sie länger als ich«, meinte Nils ausweichend, aber natürlich war ihm Sandras Veränderung nicht entgangen.

»Ja, aber ich habe das Gefühl, dass Sie ihr näherstehen. Verstehen Sie mich nicht falsch, ich will nicht in Ihre Privatsphäre eindringen.«

»Schon gut. Wir sind Freunde, würde ich sagen. Aber noch

nicht sehr lang. Ich glaube, sie ist zurzeit einfach auf der Suche und fragt sich, ob das, was sie tut, so richtig ist.« Nils hoffte, dass er nicht zu viel verriet.

»Ihre Arbeit?«

»Nein, ihr Leben.«

Jensen nickte verstehend. Ein paar Gedanken passten noch nicht ins Bild und zeigten sich in Form von ratlosen Falten auf seiner Stirn.

»Sie ist eben eine Einzelgängerin«, sagte er dann. »Manchmal frage ich mich, warum sie noch nicht verheiratet ist oder einen Freund hat. Sie mag Kinder. Jedenfalls scheint ihr das Schicksal der kleinen Vanessa sehr nah zu gehen.«

»Ja, das macht ihr zu schaffen.«

Jensen wurde wieder dienstlich. »Ich vermute fast, dass der Täter im direkten Umfeld der Familie zu finden ist. Vielleicht ist es ein Verwandter oder ein enger Freund«, überlegte er.

»Einer mit einem mächtigen Hass auf die Familie«, ergänzte Nils. Der Regen fiel nun fast waagerecht vom Himmel und trommelte gegen die Fensterscheibe, als wollte er das Glas zum Zerspringen bringen.

»Ein Streit um die Tochter? Sie könnte ein uneheliches Kind sein. Die Eltern sind nicht mehr die Jüngsten«, meinte Jensen. Er wandte sich wieder Jussi und Minthal zu. »Wir werden einen DNA-Abgleich vornehmen. Dann wissen wir, ob nicht ein anderer Mann als Vater in Betracht kommt. *Der* könnte dann ein Motiv haben.«

Dieser neue Gedanke beflügelte ihn. Ein Funke aus Eifer und Tatendrang leuchtete in Jensens Augen auf. Er rief sofort Dr. Lukas an und versuchte anschließend, Sandra zu erreichen.

»Sie geht nicht ran«, sagte er unzufrieden.

»Vielleicht hat sie keinen Empfang, das passiert schon mal auf der Insel.

Sie sollten bis morgen früh nichts mehr von ihr hören.

20

Es war Montag. Jensen hatte gestern Abend die letzte Fähre genommen. Die Pressekonferenz war für elf Uhr in der Polizeidirektion Niebüll angesetzt gewesen, womöglich dauerte sie noch an. Nils hatte sich für heute aus den Ermittlungen ausgeklinkt. Er saß mit Elke und Anna auf der Fähre nach Dagebüll. Die Fähre lag mit einer leichten, aber konstanten Neigung nach backbord im Wasser. Der Sturm und die Wellen drückten steuerbord gegen die Planken. Ständig schmetterte neues Wasser gegen die großen Scheiben. Die See war aufgewühlt, doch es waren keine Riesenbrecher, die die Fähre zum Rollen bringen könnten. Dazu war das Wasser hier in der Fahrrinne zwischen den Inseln zu seicht. Der Wind peitschte die Wellen und zerfledderte die Gischtkronen. Das Meer schimmerte dunkelgrau unter dem weißen Schaum.

Sie waren auf dem Weg nach Hamburg zu Anitas Beerdigung.

Gestern Abend hatte Nils erfahren, dass sein Vater auch wieder auf Amrum war. Man hatte ihn aus dem Krankenhaus entlassen. Doch als Nils im Hotel aufgekreuzt war, um seine Eltern nochmals zu der Beerdigung einzuladen, hatte er eine überraschende Neuigkeit erfahren. Karla, die Rezeptionistin, hatte ihm verraten, dass seine Eltern nicht länger im Hotel wohnen würden. Das war wie ein Schlag vor den Kopf gewesen. Es bedeutete das Ende einer Ära. Seine Eltern, die hier wie ein Königspaar residiert hatten, waren geflohen. Gerüchtehalber in den Wald zwischen Nebel und Süddorf, wie Karla ihm hinter vorgehaltener Hand verriet. Dort gab es eigentlich nur ein Haus, das in Frage kam. Nils war aufs Geratewohl dorthin gefahren und hatte eine weitere Nachricht in den Briefkasten an dem kleinen Waldweg gesteckt. Das Tor zum Grundstück war verschlossen, und es brannte nur ein einzelnes Licht in einem kleinen Fenster im oberen Geschoss. Jetzt kam es auf seine Eltern an. Mehr hatte er nicht tun können.

Auf dem Rückweg hatte er in Steenodde bei Karl vorbeigeschaut. Das alte Haus schien so klein, als versinke es langsam im Boden. Aus dem Schornstein kam Rauch, der vom Wind sofort mitgerissen und Richtung Meer zerstoben wurde. Nils hatte direkt vor dem Haus angehalten. Als er aus dem Wagen gestiegen war, hatte sich auch schon die Haustür geöffnet. Karl, nur mit einem blauen Fischerhemd und schwarzen Hosen bekleidet, hatte ihn im schwach gelblichen Licht des engen Flurs erwartet. Er war ein Schattenriss. Nils war auf ihn zugegangen und nach einem kurzen, freundlichen Blickwechsel eingetreten. Karl hatte die Tür geschlossen und verlegen über sein Hemd gestrichen. So alt er selbst und so zerfurcht und von Falten durchzogen seine Haut in dem schmalen Gesicht auch war, Nils hatte plötzlich ganz deutlich die Ähnlichkeit zu ihm erkennen können. *Mein Gott, wie blind bin ich nur gewesen? Dass ich das nicht gesehen habe.*

»Was kann ich für dich tun?«, hatte Karl gefragt.

»Die Beerdigung ist morgen. Wenn du kommen möchtest. Hier steht alles drauf.« Nils hatte ihm einen Zettel gereicht, den Karl ganz vorsichtig entgegennahm.

»Möchtest du reinkommen? Was trinken?« Karls drahtige Augenbrauen hatten nervös gezuckt.

»Vielen Dank. Heute nicht, ich bin furchtbar müde, und morgen … na ja, du weißt ja.« Nils hatte auf den Zettel gedeutet, und Karl hatte genickt.

»Dann mach's gut, Junge.« Das hatte Karl schon immer zu ihm gesagt. Jetzt klang es anders. Junge bedeutete nicht mehr Junge, es bedeutete *mein Sohn*. Nils hatte ihn umarmt und war hinaus in den kalten Wind gegangen.

»Sieh mal«, sagte Elke und stieß mit ihrem Arm gegen seinen. Nils hatte gedankenverloren aus den salzverschmierten Scheiben geschaut. Elke lenkte seine Aufmerksamkeit auf den Bildschirm an der Wand. Wieder lief n-tv, und sie brachten einen Ausschnitt aus der Pressekonferenz. Jensen saß mit drei weiteren Männern an einem mit Dutzenden Mikrofonen bestückten Tisch. Blitzlichter zuckten in regelmäßigen Abständen über die betretenen Gesichter. Das Toben des Sturms auf der See und die Geräusche im Innern der Fähre übertönten die Lautstärke des Fernsehers. Nils konnte nichts verstehen. Dann wurde ein Foto von Vanessa eingeblendet.

»Was ist das für ein Mädchen, Papa?«, fragte Anna, die gebannt auf den Bildschirm schaute.

»Sie heißt Vanessa und ist verschwunden«, antwortete Nils.

»Von der Insel? Wie deine Schwester?«

Nils dachte wehmütig an Anita. Man hatte ihre Leiche nie gefunden.

»Nein, sie ist entführt worden.«

Er spürte Elkes Hand auf seinem Arm, die sagen wollte, dass er das besser nicht hätte sagen sollen, um Anna nicht zu beunruhigen, doch seine Tochter war kein Kleinkind mehr. Sie würde es so oder so erfahren.

»Und du musst sie jetzt finden?«, fragte Anna.

»Ja, ich und all die anderen Polizisten.«

»Ist Frau Keller noch auf der Insel?«, wollte Elke wissen.

»Eigentlich schon. Sie hat gestern eine Auszeit genommen. Ich habe noch nicht wieder mit ihr gesprochen.«

Die Fahrt dauerte nicht länger als sonst, denn der Rückenwind schob die Fähre geradewegs in den Hafen von Dagebüll, wo der Kapitän allerdings drei Versuche brauchte, um anzulegen.

Mit Nils' altem Passat Variant fuhren sie auf das Festland und brauchten weitere zwei Stunden bis Hamburg. Es regnete die gesamte Fahrt über. Jedes Mal, wenn sie überholt wurden und in den aufgewirbelten Sprühregen der Reifen der anderen Fahrzeuge gerieten, hatten die Scheibenwischer alle Mühe, das Wasser fortzuschaffen. Sie waren etwas knapp in der Zeit, weil in Hamburg so viel Verkehr war, und fuhren deshalb gleich zur Kirche, ohne vorher bei Georg und Nina vorbeizuschauen.

Die Kirchentüren standen offen, als sie, zu dritt unter einen Regenschirm geklemmt, die Kapelle betraten. Die hohen Bäume rings um das alte Gebäude schützten den Eingang vor dem Wind. Nils faltete den Schirm zusammen und ließ ihn vorn in einer Ecke stehen. Er hörte Musik. Ein Stück, das er nicht kannte, aber interessant fand. Keine Kirchenmusik, sondern etwas Modernes. Als er sich zum Altar umdrehte und den geöffneten Sarg inmitten von flackernden Kerzen und weißen Rosen stehen sah, verschlug es ihm den Atem. Die Trauer kam überfallartig. Er war so abgelenkt, ja fast abgeschirmt gewesen durch die Morde auf Föhr und Amrum, dass sein Verstand und sein Körper die Trauer um den Verlust seiner Schwester kaum zugelassen hatten.

Doch jetzt, hier in der Kapelle, erfasste sie ihn mit ungeheurer Wucht. Er griff nach Elkes Hand, als ob er eine Stütze brauchte, um nicht zu fallen. Kälte breitete sich unter seinem Anzug aus, eine unangenehme, kriechende Kälte. Sein Unterkiefer zitterte. Einen Augenblick lang fühlte er sich so wie an dem Abend, als man ihn aus dem Wasser gefischt hatte.

Elke drückte seine Hand ganz fest, und auch Anna drückte sich jetzt an ihn. Nervös zog er die Luft ein, und sie gingen gemeinsam nach vorn. Georg saß mit Nina rechts in der ersten Reihe. Eine Frau saß hinter ihnen, und in der vierten Reihe hatte ein älteres Ehepaar Platz genommen. Sonst war niemand anwesend. Nina bemerkte sie zuerst und stieß ihren Vater an. Die beiden standen auf und kamen ihnen entgegen.

Georg hatte noch mehr an Gewicht verloren. Seine Schultern waren angespannt nach vorn gezogen. Der Anzug war ihm zu groß.

»Nils, schön, dass du da bist«, sagte er.

Die beiden Männer umarmten sich ungeübt, und Nils hauchte Nina einen Kuss auf die Wange. Wie üblich hielt sie ihre kleine Plüschgiraffe fest umklammert.

»Hallo. Das sind Elke und Anna«, stellte Nils seine Familie vor, und sie gaben sich die Hände.

»Schön, euch kennenzulernen. Setzt ihr euch neben uns?«

»Machen wir«, sagte Nils.

»Kommen denn noch mehr?«, fragte Georg vorsichtig nach.

»Ich denke nicht. Meine Eltern schämen sich zu sehr.«

Georg presste die Lippen aufeinander und nickte stumm. Sie setzten sich in die Bank, nachdem sie einen Blick in den leeren weißen Sarg geworfen hatten. Es roch nach heißem Wachs und feuchtem Mauerwerk.

»Was ist das für eine Musik?«, fragte Nils und lauschte den Klängen einer bassstarken Gitarre. Es war ein sehnsuchtsvoller Song, fand er.

»Ein Titel von einem Straßenmusiker. Anita hatte ihm vor vielen Jahren eine CD abgekauft. Das ist ihr Lieblingsstück.«

Eine Tür öffnete sich, und ein Pastor erschien mit einer Bibel in den Händen, die er fest an seine Brust drückte. Hinter der

Kanzel wartete er geduldig auf das Ende des Liedes, bevor er seine Stimme erhob, die gläsern durch die kalte Luft der Kirche hallte.

»Wir sind hier zusammengekommen, um Anita Bohn zu gedenken. Anita, die Mutter von Nina und Ehefrau von Georg. Viel zu früh ist sie gegangen, viel zu jung gestorben, und in unseren Herzen macht sich eine Wut breit. Warum sie, warum so früh? Womit hatte sie das verdient? Fragen, die uns quälen. Uns, die wir zurückgeblieben sind. Uns, die wir ohne Anita weiterleben müssen. Aber für Anita sind diese Fragen ohne Wert. Sie ist heimgegangen, aufgefahren in den Himmel und gleichzeitig auferstanden.« Der Pastor machte eine kleine Pause und sah dann mit einem tröstenden Lächeln zu Georg. »Ich sprach mit Georg und mit Nina über Anita, und sie erzählten mir, was für ein Mensch sie war. Sie war jemand, der gesucht hat. Jemand, der seinen Platz in der Welt gesucht hat.«

Bei diesen Worten musste Nils unwillkürlich an Sandra denken, und für den Bruchteil einer Sekunde kam ihm der schreckliche Gedanke, dass Sandra sich vielleicht etwas antun könnte.

»Nun, sie hat ihn gefunden. Und noch viel mehr als das. Auf der Insel, auf der sie verschwand, ist etwas schier Unglaubliches passiert. Nach so vielen, vielen Jahren allein, als Waise, ohne Familie, ohne Wurzeln, kam sie auf die Insel zurück, auf der sie geboren worden war, und fand ihren Bruder und ihre Eltern.«

Nils stiegen heiß die Tränen in die Augen. Seine Kehle schnürte sich zu, und er musste schlucken.

»Am Ende ihrer Suche wurde sie erlöst. Und das ist etwas, was Wert für Anita besitzt. Sie ist nicht länger allein. Auch wenn ihr Verschwinden und die Tatsache, dass man ihren Körper nie gefunden hat, uns mit scheinbar leeren Händen zurücklassen, so haben wir heute die Möglichkeit, uns von Anita zu verabschieden. Georg und Nina haben vorgeschlagen, dass wir Anitas Freunden und ihrer Familie die Möglichkeit geben, etwas in den Sarg zu legen, den wir heute in die Erde lassen werden. So gibt ihr jeder, der sie kannte, ein Stück von sich mit auf den Weg. Ich möchte Sie nun bitten, nach vorn zu treten und etwas in den Sarg zu legen.«

Der Pastor stieg von der Kanzel und stellte sich neben den Sarg. Georg und Nina erhoben sich zuerst und gingen mit kurzen, schweren Schritten nach vorn. Georg holte die Kette, die Anita ein Leben lang getragen und die als einziges Beweisstück ihres Verschwindens gefunden worden war, aus der Tasche. Der Anhänger war ein kleines goldenes Kreuz. Zusammen mit einem Foto von ihm, Anita und Nina legte er sie in den Sarg. Man sah, wie sein Körper bebte, und hörte unterdrücktes Weinen. Nina, die die rechte Hand ihres Vaters nicht losließ, küsste ihre alte Plüschgiraffe und legte das Stofftier hinein. Die Geste zerriss Nils fast das Herz. Nina liebte dieses Stofftier. Sie liebte es, weil sie es von ihrer Mutter geschenkt bekommen hatte. Und Anita hatte die Giraffe als Baby von Karl, ihrem leiblichen Vater, bekommen, nachdem er sie aus dem Hafenbecken in Steenodde gerettet und in das Kinderheim in Hamburg gebracht hatte, in dem sie aufgewachsen war. Nils plumpsten die Tränen auf seine Anzughose. Er spürte sofort Elkes Griff fester werden, die immer noch seine Hand hielt. Dann zog er einen ledernen Beutel aus seiner Tasche. Elke und Anna schauten neugierig. Sie wussten nicht, was Nils für diese Zeremonie vorbereitet hatte.

Als Georg und Nina zurück zur Bank kamen, begaben sich Nils, Elke und Anna nach vorn. Sie blieben stehen, Nils öffnete den Beutel und schüttete den Inhalt in den Sarg. Amrumsand und Muscheln. Heimaterde. Mit zwei Fingern fischte Nils noch ein fingerdickes Stück Holz aus dem Beutel und legte es dazu. Er war erstaunt, wie gut es sich anfühlte, das zu tun. Und trotz aller Trauer und trotz des Schmerzes, seine Schwester verloren zu haben, bevor er sie überhaupt kennengelernt hatte, war da eine tiefe Zuversicht in ihm. Er lächelte Elke an und wollte sich gerade wieder umdrehen, als seine Frau und seine Tochter ebenfalls ein Geschenk für Anita hervorholten. Elke hatte Amrumer Blumen getrocknet, und Anna hatte aus Dünengras einen Kranz geflochten.

Später, nachdem sie den Sargträgern zum Grab gefolgt, Erde hineingeworfen und alle zusammen gebetet hatten, standen sie unter einer Kiefer und sahen zu, wie Georg und Nina sich ein letztes Mal von Anita verabschiedeten. Nils hätte Elke so gern umarmt, hätte sie so gern gehalten, sie, die einmal seine Frau gewesen und es jetzt nur noch auf dem Papier war.

»Was war das für ein Stück Holz, das du vorhin in den Sarg gelegt hast?«, flüsterte Elke ganz nah an seinem Ohr.

»Ein Stück vom Dielenboden des Zimmers, in dem sie geboren wurde«, antwortete Nils und spürte, wie Elkes Arm sich um seinen Körper schlang. »Danke, dass ihr auch etwas mitgebracht habt«, sagte er mit gesenktem Kopf.

Elke streichelte ihm über den Rücken, und Anna sah den beiden mit einem versteckten, glücklichen Lächeln zu. Ein Kiefernzapfen fiel dicht neben ihr ins Gras. *Fast wie zu Hause*, dachte sie, denn im Garten ihres Hauses hatte sie immer unter der großen Kiefer inmitten von herabgefallenen Zapfen gespielt.

»Wollen wir?«, fragte Georg, der mit Nina im Arm vor ihnen stand. Seine Haare waren nass, ebenso wie sein Gesicht. Der Regen hatte zwar nachgelassen, doch sie waren alle durchnässt. Es störte nur niemanden.

21

»Sieben Anrufe in Abwesenheit«, stand auf dem Display. Sandra blickte unbeeindruckt auf ihr Handy, als sie vor der braun verglasten Tür stand. Gerade als sie den Klingelknopf betätigen wollte, rief Jensen erneut an. Diesmal ging sie ran.

»Keller?«

»Frau Keller, wo sind Sie? Ich versuche Sie seit gestern zu erreichen, die Pressekonferenz ist bereits gelaufen, falls Sie sich noch daran erinnern können. Und Sie verschwinden einfach, ohne dass ich weiß, was Sie treiben. Wo sind Sie?« Jensens Stimme klang höher als sonst. Sie hatte selten erlebt, dass er seine Fassung verlor. Im Moment war er jedoch auf dem besten Wege dorthin.

»Ich bin in Hattstedt«, sagte Sandra. Jensen schien auf eine Erklärung zu warten. Doch sie gab ihm keine. Sandra fühlte sich erstaunlich gleichgültig. Vor ein paar Tagen noch hätte es ihr etwas ausgemacht, Jensen so erbost über ihr Verhalten zu wissen, jetzt ließ es sie kalt.

»Was machen Sie da, und warum informieren Sie mich nicht?«

»Ich befrage die Familie des Opfers. Der Opfer.«

»Sie hätten mich aber wenigstens darüber in Kenntnis setzen können, finden Sie nicht?«

»Ich dachte, es würde Ihre Zustimmung finden.«

»Ja, aber Herrgott, Sie sind doch nicht allein bei diesen Ermittlungen. Ich möchte, dass wir uns absprechen. Ist das zu viel verlangt?«

»Nein«, sagte Sandra völlig ruhig. Irgendwie schien das auch Jensen wieder versöhnlich zu stimmen. Sie hörte ihn einmal tief durchatmen.

»Also gut. Sie befragen die Großmutter?«

»Das hatte ich vor.«

»In Ordnung, es wäre schön, wenn Sie sich auch noch mal persönlich im Haus der Kaltenbachs umsehen könnten.«

»Das hatte ich auch vor.«

»Frau Keller.« Es hab eine Pause, in der Jensen wohl nach

den richtigen Worten suchte. Sandra hätte am liebsten aufgelegt. »Ich bin in Niebüll und möchte, dass wir uns heute Abend noch sprechen. Um acht Uhr in meinem Büro?«

Sandra überlegte lange, was sie antworten sollte.

»Frau Keller?«

»Acht Uhr. Bis nachher«, sagte sie nur und beendete das Gespräch.

Die alte Dame schien ihre Stimme vor der Tür gehört zu haben, denn nun öffnete sie und blickte ängstlich hinter vorgeschobener Kette aus dem Türspalt heraus. »Was machen Sie hier?«, fragte sie mit einer unangenehm rauen Stimme.

»Ich bin Kommissarin Keller von der Kripo Niebüll.« Sandra hielt ihr den Ausweis hin.

»Aber die Husumer Polizei war doch längst da?«

»Ja, doch das Verbrechen fand auf Amrum statt, und ich bin zuständig für den Fall. Ich konnte erst heute von der Insel anreisen. Darf ich bitte reinkommen?«

Missmutig löste sie die Kette und öffnete.

Sandra trat in den dunklen, kühlen Flur. Es roch alt und staubig hier. Die alte Frau Kaltenbach ging vor in das Wohnzimmer. Hier lagen in mehreren Schichten billige Teppiche auf einer ebenso billigen Auslegeware. Man konnte die Laufspuren der alten Dame darauf erkennen wie Trampelpfade. Im Wohnzimmer war es warm und die Luft extrem trocken.

Frau Kaltenbach stellte sich in die Mitte des Raumes und drehte sich zu Sandra um. »Könnten Sie bitte die Tür hinter sich schließen, sonst geht die ganze Wärme raus.«

Sandra folgte der Bitte. »Könnten wir uns setzen?«, bat sie dann. »Ich habe ein paar Fragen an Sie.«

Frau Kaltenbach zog die Mundwinkel nach unten und setzte sich an einen abgewetzten Eichentisch. Sandra nahm ihr gegenüber Platz.

»Frau Kaltenbach, erst mal mein herzliches Beileid zu Ihrem Verlust«, sagte Sandra ohne jedes Gefühl in der Stimme. Die alte Frau zog ihren rechten Mundwinkel breit und entblößte einen goldenen Backenzahn.

»Wir fragen uns natürlich wie bei jedem Mordfall, was der Täter für ein Motiv gehabt haben könnte. In diesem Fall ist das etwas Besonderes, da die ganze Familie getötet wurde. Haben Sie eine Ahnung, wer ein Tatmotiv haben könnte? Gab es Feinde? Einen Streit?«

»Wer soll das denn gewesen sein? Niemand, den ich kenne, so viel steht mal fest. Mein Sohn war ein tüchtiger Geschäftsmann, der sich nichts zuschulden kommen ließ. Das war ein Irrer. Ein Kranker, der weggesperrt oder erschossen gehört. Fragen Sie doch in den Kliniken nach, ob irgendwo ein Verrückter ausgebrochen ist«, schimpfte sie.

Sandra glaubte erkennen zu können, dass sie eine Perücke trug. Im Gesicht unter dem falschen Haar konnte sie allerdings kein Anzeichen für Trauer erkennen. Frau Kaltenbachs Augen waren so trocken wie die Luft hier im Raum, und sie funkelten Sandra böse an.

»Kannte Ihr Sohn jemanden auf Amrum? Jemanden, der auch dort Urlaub machte, vielleicht?«

»Nein.«

»Und zwischen Ihrem Sohn und Ihrer Schwiegertochter, gab es da irgendwelche Eheprobleme?«

»Was wollen Sie uns hier eigentlich andichten? Sie sollen den Mörder suchen und nicht Ihre Nase in die Sachen anderer Leute stecken.«

Sandra war ein wenig überrascht über die Aggressivität der alten Kaltenbach. Sie war eine stämmige Frau mit energisch vorgeschobenem Kinn und kräftigen Wangenknochen. Sie saß am Tisch wie ein Mann. Körperliche Arbeit war ihr mit Sicherheit nicht fremd, auch nicht im Alter. Sandra schätzte sie auf Ende siebzig.

»Das sind Dinge, die ich fragen muss. Wie Sie vielleicht wissen, wird in Deutschland jede zweite Ehe geschieden, und Sie können sich nicht vorstellen, wie viele Morde vom Ehepartner begangen werden.«

»Sie sind ja beide tot, also was soll das?«

»Vielleicht hatte Ihre Schwiegertochter eine Affäre?«

»Unsinn. So was gibt's bei uns nicht, da hätten wir uns schon drum gekümmert«, sagte die Kaltenbach unwirsch, und ihr Goldzahn blitzte wieder auf.

»Was ist mit der kleinen Vanessa?«, fragte Sandra.

»Was soll mit ihr sein?«

»Sie wissen, dass sie wahrscheinlich entführt wurde?«

»Blödsinn. Die ist weggelaufen. Wer soll sie denn entführt haben?«

»Das würde ich auch gern wissen. Deshalb brauche ich ja Ihre Hilfe, Sie scheinen mir nur nicht helfen zu wollen. Oder Sie haben nicht verstanden, wie wichtig es ist. Ihre Enkeltochter ist verschwunden. Sorgen Sie sich gar nicht um sie?«

»Wie reden Sie eigentlich mit mir, Fräuleinchen? Wieso lässt man ein Mädchen wie Sie überhaupt bei der Polizei arbeiten? Früher hätte es so einen Unsinn nicht gegeben. Da hätten Sie gewusst, wo Ihr Platz ist und wie man mit Erwachsenen spricht.«

»Ich kann noch ganz anders mit Ihnen sprechen, alte Frau«, sagte Sandra scharf, und die Augen von Frau Kaltenbach wurden groß. »Wenn Sie nicht augenblicklich mit Ihrer verbohrten Art aufhören, werde ich Sie auf das verdammte Revier schleppen, und dann unterhalten wir uns mal ganz ausführlich. Ich frage Sie noch einmal: Warum schert sich in Ihrer Familie niemand um Vanessa?«

Frau Kaltenbach sperrte ihren Mund weit auf, doch Sandras Ton hatte ihr die Sprache verschlagen.

»Haben Ihr Sohn und seine Frau die Kleine grundsätzlich eingesperrt? Warum geht sie in keinen Kindergarten? Warum besitzt sie kein Spielzeug? Was haben Sie mit ihr angestellt?« Sandra war immer lauter geworden, bis sie Frau Kaltenbach regelrecht anschrie.

»Sie verlassen sofort mein Haus!«

»Jemand hat Ihre Familie getötet und Ihre Enkelin entführt, doch das scheint Sie nicht im Geringsten zu berühren. Wenn Sie weiter die Auskunft verweigern, werde ich Sie als Verdächtige behandeln und persönlich dafür verantwortlich machen, und glauben Sie mir, das gefällt Ihnen noch weniger als meine Anwesenheit hier bei Ihnen in Ihrem stinkenden Wohnzimmer.«

Sandra stand auf.

»Überlegen Sie es sich gut. Ich mache keine Ausnahmen für greise, boshafte Damen.« Mit diesen Worten verließ sie das Haus.

Sandra sah sich seelenruhig draußen im Garten um, während die völlig aufgelöste Frau Kaltenbach am Fenster stand und sie mit Blicken durchbohrte. Anschließend fuhr sie weiter zum Haus des Sohnes. Hier war das gesamte Grundstück mit Absperrband eingefasst. Jeder, der an dem Haus vorüberging, warf neugierige Blicke hinüber und versuchte, durch die dunklen Fenster zu sehen. Die Polizei war immer noch im Haus tätig, um Spuren zu sichern. Sandra parkte den Wagen und betrat das Grundstück.

»Stopp, das ist ein Tatort, Sie dürfen hier nicht rein«, rief ein Husumer Streifenpolizist. Er lief mit abwehrend ausgestreckten Armen auf Sandra zu.

»Ich bin Kommissarin Keller von der Kripo Niebüll«, sagte sie kühl und wies sich aus.

»Oh, Entschuldigung«, erwiderte der junge Beamte betreten.

»Angenommen. Wer leitet die Untersuchungen hier?«

Der Polizist brachte sie zu dem zuständigen Husumer Kriminalbeamten Sebastian Öners. Der war ein gedrungener Mann mit dünnen schwarzen Haaren, die wie statisch geladene Kunststofffasern um seinen Kopf herum standen. Sein breiter Mund und die eng stehenden Augen vermittelten den Eindruck, er sei ein grantiger, kauziger Zeitgenosse. Als Öners dann mit fast sopranartiger Stimme zu Sandra sprach, machte sie vor Überraschung einen Schritt rückwärts.

»Ah, Frau Keller, ich bin froh, dass Sie kommen. Wir haben hier einiges gefunden, das … na ja, nicht ganz normal ist.« Er lächelte zuckersüß mit einem bitteren, verwirrten Ausdruck in den Augen.

»Ich bin ganz Ohr«, sagte Sandra, und sie gingen gemeinsam in ein Zimmer, das mit Plakaten und Postern tapeziert war. Sandra sah sich einer schwarzen Flut von Bildern gegenüber. Die meisten Motive waren totenkopf- und monsterlastig und irgendwelchen Metalbands oder Horrorfilmen zuzuordnen.

»Sehen Sie sich dieses Zimmer an. Auf dem Computer des Jungen haben wir haufenweise illegal runtergeladene Filme und Musik gefunden.« Öners wurde rot im Gesicht und ergänzte etwas leiser: »Und pornografische Filme. Es müssen insgesamt über dreitausend Dateien sein. Wir haben außerdem eine Reihe von Waffen sichergestellt, angefangen mit einer einfachen Luftpistole bis hin zu automatischen Handfeuerwaffen, Messern und Schlagringen.« Er rieb sich mit dem Rücken des Zeigefingers seine breite Nase. »Oben bei den Eltern sieht es leider nicht anders aus. Die Computerdateien werden derzeit überprüft. Einer Ihrer Kollegen ist damit beschäftigt. Wir haben die Rechner rübergeschickt.«

Sandra ging auf den Flur hinaus. Dieses Haus vermittelte eine düstere Atmosphäre, was nicht nur an den verdunkelten Fenstern und den vielen Schatten und lichtlosen Nischen lag, die es hier gab. Die Wände waren eng mit Möbeln zugestellt. Es war unaufgeräumt, und das Haus stank.

»Wo ist das Zimmer der Tochter?«, fragte Sandra.

»Oben.« Öners wies die mit anthrazitfarbenem Teppich ausgelegte Treppe hinauf.

»Ich will es mir ansehen.«

Sandra stieg die Stufen hinauf und stellte sich zunächst auf die Schwelle des Kinderzimmers. Der Raum maß ungefähr zehn Quadratmeter und war mit grünem Filzteppich ausgelegt. Links an der Wand stand ein schiefer Schrank, von dem das Buchenfurnier an einigen Stellen abgeplatzt war. Eine nackte Glühbirne hing in der Fassung an der Decke, und rechts stand ein schmales Kinderbett, dessen Bettwäsche nicht bezogen war. Die Matratze war fleckig. Auf einem Klapptisch vor dem Fenster lagen ein paar T-Shirts und Hosen. Bilder von Kindersendungen waren anscheinend aus einer abgelaufenen Fernsehzeitschrift ausgeschnitten worden. Sesamstraße, Kleiner Roter Traktor, Kikaninchen, Wendy und die kleine Prinzessin. Am Fußende des Betts stand ein zerbrochener Hocker und auf ihm ein tragbarer Fernseher.

»Das ist trostlos, was?« Öners wirkte niedergeschlagen.

»Es ist fast ein Glück, dass sie jemand aus diesem Elend entführt hat«, sagte Sandra.

Öners blickte sie aus seinen kleinen schwarzen Augen überrascht an.

»Glauben Sie ernsthaft, dass es ihr jetzt besser geht?«

»Ich weiß es nicht. Aber gut ging es ihr jedenfalls schon vorher nicht.«

★★★

»Das Restaurant ist gleich hier um die Ecke. Wir können zu Fuß gehen«, meinte Georg. Er hatte Elke, Anna und Nils zum Essen eingeladen, und man sah ihm an, dass er inständig hoffte, sie würden die Einladung annehmen.

»Na schön«, sagte Nils.

»Prima, das freut uns. Ich habe auch schon reserviert. Die sollen tolle argentinische Steaks machen.« Georg legte Nils freundschaftlich die Hand in den Rücken, und sie folgten der Hauptstraße nach links. Der Wind schlug ihnen hart entgegen, und der Regen begann sich erneut zu steigern. Blätter von den Linden, die den Straßenrand flankierten, flogen wild taumelnd durch die nasse Luft.

»Verdammt, ich hab den Schirm am Baum vergessen«, fiel Nils ein. Georg schätzte den Weg bis zum Restaurant ab.

»Es sind nur noch hundert Meter oder so.«

Nils überlegte.

»Ich hol ihn schnell, geht ihr ruhig voraus, bevor es noch schlimmer wird. Ich find es schon.«

»Ist nicht zu verfehlen«, meinte Georg, und Nils hob kurz die Hand und lief den Weg zum Friedhof zurück.

Er passierte das eiserne Tor, ließ die Kapelle linker Hand liegen und bog in einen Weg ein, der in einer seichten Linkskurve zum Grab von Anita führte. Die Bäume über ihm rauschten laut. Hier und da hörte er Holz knacken und Baumrinde an Baumrinde reiben. Ein grauer Schleier hatte sich feucht und ungemütlich auf die Friedhofsanlage gelegt. Nils spürte die Nässe schon an den Schultern durch seinen Mantel dringen. Er lief im lockeren Schritt, mit den Händen in den Taschen und hochgezogenen Schultern.

Der Schirm stand noch immer an die Kiefer gelehnt, unter der sie gestanden hatten. Doch das war nicht alles. Er erkannte drei in Schwarz gekleidete Gestalten, die mit gesenkten Köpfen vor dem frisch aufgeworfenen Grabhügel im Regen standen. Das provisorische Holzkreuz glänzte feucht und gelblich. Nils stoppte und blieb wie versteinert in der Mitte des Weges stehen. Eine der Personen war von hagerer Gestalt, und der Wind ließ seine Hosenbeine flattern. Es war Karl. Neben ihm standen Nils' Eltern, die sich gegenseitig zu stützen schienen. Hauke machte ein paar Schritte auf den Erdhügel zu und legte etwas ab. Sein sonst so straffer und aufrechter Gang war einem gramgebeugten Trippeln gewichen. Er trat zurück, und Elisabeth legte einen Arm um ihn. Er schüttelte den Kopf. Jetzt legte auch Karl etwas nieder. Nils konnte einen schwachen Rotschimmer durch die graue Regenwand erkennen. Es waren Rosen von der Insel.

Nils schmeckte den kalten, süßlichen Geschmack von Regen auf seiner Zunge. Kleine Wasserperlen standen auf seinen Wimpern, sodass er nur noch verschwommen sehen konnte. Er machte kehrt und verließ immer schneller werdend den Friedhof.

»Wo ist der Schirm?«, fragte Elke, als er tropfnass das kleine Restaurant betrat. Die weiß getünchten Wände waren von schwarzen Holzbalken durchzogen. Die Decke war ebenfalls schwarz getäfelt, und die anderen saßen an einem schweren Tisch in einer durch Petrollampen beleuchteten Nische.

»Er war nicht mehr da.«

»Geklaut?«, fragte Anna. Sie saß hinten in der Ecke neben Nina.

»Keine Ahnung, ist auch egal. War nur ein Schirm.«

Nils hängte seinen Mantel auf und setzte sich zu Elke, die ihn mit einem abschätzenden Blick musterte. Sie kannte ihn besser und wusste, dass etwas anderes geschehen sein musste.

»Wir haben mit dem Bestellen auf dich gewartet«, sagte Georg und reichte Nils eine Karte. Der verspürte jetzt einen ordentlichen Appetit und brauchte ein heißes Getränk, um sich aufzuwärmen. Er bestellte ein Steak mit Kartoffeln und Bohnen mit Speck und einen Tee.

Anna und Nina verstanden sich auf Anhieb. Die Erwachsenen schauten den beiden Mädchen zu, wie sie mit zusammengesteckten Köpfen tuschelten und lachten, und Nils sah Georg an, wie unendlich erleichtert er war, dass seine Tochter nach langer Zeit mal wieder fröhlich sein konnte.

Sie waren miteinander verwandt. Nils konnte es kaum glauben. Sein Schwager saß ihm gegenüber, und Nina war die Tochter seiner Schwester, seine Nichte, Annas Cousine.

Als die Luft aus dem gemauerten Kamin im Restaurant und die ersten Schlucke Tee ihn wieder aufgewärmt hatten, lehnte Nils sich glücklich zurück und blickte voller Freude auf die Runde am Tisch. Er war kurz davor, Elke seinen Arm um ihre Schultern zu legen, doch da erinnerte er sich, dass ihm das nun nicht mehr vergönnt war. Georg sah ihn fasziniert an.

»Was ist, Nils?«, fragte er und spielte nervös mit seinem Besteck herum.

»Ich freue mich«, erwiderte Nils mit ruhiger, warmer Stimme. »Ich freu mich darüber, dass wir jetzt hier sitzen.« Eine solche Bemerkung war unter diesen Umständen vielleicht nicht angebracht, doch so, wie Nils es sagte, konnte man es nicht falsch verstehen.

»Prost, Schwager«, sagte Georg und hob sein Glas. Nils stieß mit ihm an, und schließlich prosteten sich alle am Tisch zu.

Als das Essen kam, aßen alle mit Heißhunger. Im Kamin prasselte ein herrliches Feuer, das so viel Wärme ausstrahlte, dass sie nach dem Essen alle mit rot glühenden Gesichtern dasaßen. Draußen hörte man den Regen gegen die Scheiben und auf die Straße klatschen, doch er konnte ihnen hier drinnen nichts anhaben.

»Eins möchte ich noch sagen«, begann Nils, als der Tisch abgeräumt worden war. »Ihr beide, Georg und Nina, seid bei uns jederzeit herzlich willkommen. Wann immer ihr Lust habt, ruft einfach an und kommt rüber zu uns. Wirklich, jederzeit.«

»Danke schön«, sagte Nina, und Georg sah seine Tochter überrascht an.

»Vielen Dank, Nils«, sagte auch er. »Wir wissen das zu schätzen.«

Nils beugte sich weit über den Tisch, als wollte er ihnen etwas zuflüstern.

»Da ist noch etwas.« Er blickte beiden ganz offen und freundlich in die Augen. »Elke glaubt mir nicht so recht, und es ist auch sehr schwer zu verstehen, aber …« Nils spürte, wie sich bei Elke neben ihm die Muskeln anspannten. »Als ich in der Nacht im Hafenbecken nach Hauke tauchte, war ich selbst kurz davor, zu ertrinken. Doch dann hatte ich ein unfassbares Erlebnis. Ich wurde nach oben gezogen, aus mir heraus und aus dem Wasser, ganz hoch nach oben in die Luft in einen Tunnel. Und dort bin ich Anita begegnet.«

Georg prallte förmlich zurück und atmete zischend ein. Nina hing wie gebannt mit weit geöffneten Augen an Nils' Lippen.

»Sie war vollkommen glücklich und zufrieden. Ich will, dass ihr das wisst. Sie ist glücklich, wo sie jetzt ist, und alles ist gut.«

Ninas Augenbrauen hoben sich hoffnungsvoll. Sie staunte Nils mit offenem Mund an. In Georgs Blick lagen eine unglaubliche Sehnsucht und ein schüchternes Zweifeln. Tränen schimmerten im Schein des Feuers in seinen unteren Augenlidern. Und auch Anna, die von diesem Erlebnis zum ersten Mal hörte, war völlig gefangen.

»Ich fand es wichtig, euch das zu sagen.«

Die Atmosphäre war jetzt, da Nils auf solch verwirrende Weise von Anita gesprochen hatte, leicht gestört oder zumindest irritiert. Eine Wolke aus Sprachlosigkeit und Bedrückung schwebte über dem Tisch. Bedrückung nicht deswegen, weil er Anita überhaupt erwähnt hatte oder behauptete, etwas von ihr zu wissen, sondern weil das, was er gerade erzählt hatte, Nils' Zurechnungsfähigkeit auf eine seltsame Art in Frage stellte. Sein Auftreten war sonst so bodenständig und gefestigt, und nun platzte er plötzlich mit dieser Idee von einer Reise nach dem Tod heraus wie ein Überraschungsgast aus einer Torte. Doch Nils ließ sich davon nicht beirren. Er behielt sein optimistisches, zuversichtliches Lächeln und war sich sicher, dass die beiden, wenn er sie im Moment auch verunsicherte, dadurch langfristig Trost verspüren würden.

Georg forschte noch einige Minuten nach Anzeichen von Verrücktheit oder zumindest Verstörung in Nils' Gesicht, doch er wurde nicht fündig. Er bezahlte, und sie verließen das Restaurant. Wieder ging es hinaus in den Regen, der sich in eine nebelartige Dunstwolke verwandelt hatte, die vom Wind hin- und hergerissen wurde. Man hatte das Gefühl, direkt in den Wolken zu stehen. Sie verabschiedeten sich auf dem Parkplatz des Friedhofs. Nils entschuldigte sich dafür, nicht noch länger bleiben zu können.

Er berichtete Georg kurz von den Morden, ohne dass Nina es hören konnte, und umarmte ihn anschließend. Sie klopften sich auf den Rücken.

»Mach's gut«, sagte Georg mit erstickter Stimme.

»Denk an das, was ich dir gesagt habe«, erwiderte Nils, und Georg wusste nicht, ob er die Einladung nach Amrum meinte oder das, was er über Anita gesagt hatte.

Nina kam zu Nils, und er beugte sich zu ihr hinunter und nahm sie ganz fest in den Arm.

»Es war sehr lieb von dir, dass du deine Giraffe mitgegeben hast«, flüsterte er in ihr Ohr.

Sie zog den Kopf zurück, sodass sie Nils besser in die Augen sehen konnte.

»Stimmt das wirklich, was du gesagt hast?«, fragte sie fast tonlos.

»Ja, so wahr ich hier mit dir stehe.« Nils lächelte, und dann lächelte auch Nina. Sie wollte noch etwas sagen, doch es blieb ihr im Hals stecken.

Dann stiegen sie ein und fuhren los. Nils rubbelte mit der Hand durch seine nassen Haare und sah im Rückspiegel Georg und Nina winken. Sie fuhren ein Stück, ohne ein Wort zu wechseln, bis sie außerhalb von Hamburg auf der A 29 Richtung Heide fuhren und Pinneberg hinter sich gelassen hatten. Vor ihnen lagen die graugrünen Felder der Elbmarschen. Nicht mehr lang, und es würde dunkel werden.

»Du hast *uns* gesagt«, meinte Elke plötzlich.

»Was?«

»Du hast *uns* gesagt, als du meintest, sie könnten jederzeit nach Amrum kommen.«

Nils blickte in den Rückspiegel. Anna war mit dem Kopf an der Scheibe eingeschlafen.

»Ich dachte, ich würde auch für dich sprechen, entschuldige bitte.«

»Es gibt kein *uns* mehr«, sagte Elke mit gesenktem Blick.

»Wir sind hier, zusammen. Es gibt ein *uns*.« Nils blickte erst zu Elke und, nachdem sie nicht reagierte, wieder hinaus auf die Straße. Vor ihnen riss der Himmel auf. Dicke schwarze Wolken wurden auseinandergezogen, und durch die Bruchstelle schien eine breite gelbliche Lichtsäule.

Etwas über eine Stunde später fuhren sie durch Hattstedt. Elke war inzwischen auch eingeschlafen, und Nils fielen die Kaltenbachs ein. Wenn er schon hier war, konnte er wenigstens einen Blick auf das Haus werfen, die Adresse hatte er ja. Und die Fähre fuhr erst in einer Stunde, Zeit genug war auch vorhanden. Also fuhr er an der letzten Abzweigung vor der Ortsausfahrt nach links in Richtung Fähranleger Nordstrand und gleich wieder links. Das Haus war nicht zu verfehlen. Es war zwar dunkel, doch man konnte das Absperrband und die Polizeiwagen vor der Tür erkennen. Alle Räume waren hell erleuchtet, noch immer waren mehrere Beamte im Haus unterwegs. Nils hielt vor der Einfahrt. Da entdeckte er im Vorgarten ein bekanntes Gesicht. Es war Sandra. Er zog die Handbremse. Seine Frau und seine Tochter schliefen tief und fest. Bei laufendem Motor stieg er aus und drückte vorsichtig die Fahrertür zu.

»Sie können hier nicht parken«, rief eine Stimme aus dem Dunkeln. Nils konnte hier draußen durch das helle Licht im Haus nur schwarze Schemen erkennen.

»Ich bin auch von der Polizei«, sagte er, und als Sandra seine Stimme erkannte, kam sie zu ihm herübergeeilt.

»Ist schon gut«, rief sie und blieb hinter dem Absperrband stehen. »Nils, was tust du hier?«

»Ich war bei Anitas Beerdigung. Wir fahren gerade zurück.« Sandra blickte über seine Schulter hinweg zum Wagen.

»Du warst nicht mehr erreichbar«, meinte Nils.

»Ja, ich bin hergekommen, um mich hier persönlich umzusehen. Ich werde morgen noch ein paar Leute befragen. Heute hab ich mit der Großmutter gesprochen. Die Frau gefällt mir nicht.«

»Wieso?«

»Sie ist nicht gut, weißt du?«

Nils glaubte zu wissen, was Sandra meinte.

»Und das Haus?« Er nickte in Richtung Eingangstür.

»Es ist, wie ich dachte. Vanessas Zimmer sieht trostlos aus. Unheimlich. Und die Kollegen haben Waffen sichergestellt. Ihr Bruder könnte eventuell schon mal aktenkundig geworden sein, das wird überprüft«, sagte Sandra. Sie sah niedergeschlagen aus.

»Kommst du klar? Wenn ich dir irgendwie helfen kann …«

»Nein, nein, schon gut. Ich muss gleich noch nach Niebüll. Morgen bin ich dann wahrscheinlich wieder auf Amrum.«

»Ist gut. Ich fahr jetzt besser.«

»Gut, dich zu sehen zwischen all den fremden Gesichtern hier«, sagte sie, und ein Lächeln umspielte fast unsichtbar ihre Lippen.

»Bis morgen«, sagte Nils und strich ihr kurz über die Hand, die auf dem Plastikband lag. Als er wieder eingestiegen war, bemerkte er, dass Elke wach war. Im Dunkeln des Wageninneren leuchteten ihre Augen weiß und groß.

»Warum sind wir hier?«

»Es lag auf dem Weg, und wir haben noch Zeit«, antwortete Nils. Sie schwieg einen Moment.

»Du bist ihretwegen hier.«

»Falsch. Ich wusste gar nicht, dass sie hier ist.«

»Lass uns jetzt bitte zur Fähre fahren.«

Ihre Stimme klang so weit entfernt, als sei eine Distanz von mehreren Metern zwischen ihnen.

★★★

Es war kurz nach einundzwanzig Uhr, als Sandra das Revier erreichte. Eine ungewohnte Geschäftigkeit erfüllte die heizungswarmen Büroräume. Hier arbeiteten derzeit mehrere Schichten gleichzeitig, und einige Gesichter kannte Sandra nicht einmal. Mit über einer Stunde Verspätung klopfte sie an das offene Büro ihres Vorgesetzten, der hinter seinem von unzähligen Akten und Blättern übersäten Tisch saß und mit beiden Händen seinen Kopf abstützte.

»Herr Jensen?«

Er sah überrascht auf. Seine Augen waren klein und rot unterlaufen.

»Frau Keller, ich hatte schon nicht mehr mit Ihnen gerechnet.«

Sie trat ein und setzte sich auf den Stuhl vor seinem Tisch. Jensen beobachtete sie genau. Dann legte er die aufgeschlagene

Akte zur Seite und legte die Unterarme auf den Tisch. Seine Ärmel waren hochgekrempelt und seine sonst so korrekt geknotete Krawatte gelockert. Vom Gang her hörte man Stimmen, Telefonläuten und eilige Schritte auf stumpfem Linoleum.

»Frau Keller, ich denke, dass dies der wohl aufsehenerregendste Fall ist, den diese Abteilung je gesehen hat. Sie hätten sehen sollen, was heute Morgen bei der Pressekonferenz los war. Unsere Sonderkommission erweitert sich ständig, und wir bekommen Tausende Hinweise rein. Und Sie stehen mitten in diesem Fall und scheinen überhaupt nicht bei der Sache zu sein.«

Er ließ seine Worte einen Augenblick lang wirken. Sandra saß mit im Schoß gefalteten Händen da. Wenn es etwas gab, was ihn noch mehr verstimmen konnte, waren es Ausflüchte oder Gegenargumente. Also ließ sie ihn einfach seine Wut über sie ausschütten.

»Ich will jetzt sofort wissen, ob Sie noch bereit sind, für diese Abteilung und in dieser SOKO zu arbeiten. Ich bezweifle das zurzeit, aber vielleicht können Sie mich ja vom Gegenteil überzeugen.«

»Es ist mein Fall. Ich werde ihn zu Ende bringen.«

Jensen ließ sie kaum aussprechen.

»Richtig, es ist Ihr Fall, und ich bin mehr als überrascht, wie Sie ihn angehen. Sie sind labil, Sie sind abwesend, Sie sind nicht in der Lage, mit uns zu kommunizieren. Sie kutschieren einfach in der Weltgeschichte herum, und ich bekomme Anrufe von Angehörigen, die mir erzählen, wie unverschämt Sie ihnen gegenüber aufgetreten sind.«

Jensen hatte alle ihre Unzulänglichkeiten an den Fingern seiner Hand abgezählt. Er hielt sie immer noch mahnend in die Luft.

»Die alte Kaltenbach ist eine eiskalte Schlange«, sagte Sandra leise, aber mit genügend Verachtung in der Stimme.

»Es ist nicht Ihre Aufgabe, Menschen zu bewerten.«

»Ach nein? Was denn dann? Ich bewerte Menschen nach gut und böse. Die bösen verhafte ich, die guten beschütze ich.«

»Falsch.« Er deutete mit dem Zeigefinger erst auf sie und tippte dann immer wieder damit auf die Tischplatte. »Sie *beweisen*, dass jemand böse ist, das ist ein himmelweiter Unterschied. Bewertungen gibt allerhöchstens der Richter ab. Sie sind dazu da, Beweise zu erbringen.« Seine Augen waren weit geöffnet, und er blickte sie drohend an.

»Natürlich, Sie haben recht«, stimmte sie zu.

»Ich weiß nicht, was Sie gerade beschäftigt, aber es schadet Ihrer Arbeit. Ihr Verhalten ist so nicht mehr tragbar. Beim nächsten Ausrutscher von Ihnen sind Sie weg vom Fenster. So etwas können wir uns nicht leisten, nicht bei diesem Fall.«

»Jensen?«, fragte eine Stimme im Hintergrund. Sandra drehte sich um und erkannte Reinhard. Er trug ein kariertes Oberhemd und eine Cordhose. Ohne den weißen Anzug sah er ganz fremd aus.

»Was ist?«, fragte Jensen und blickte auf den kleinen Stapel Papiere, den Reinhard in der Hand hielt.

Der Kriminaltechniker blieb im Türrahmen stehen und sagte nach einem prüfenden Blick auf Sandra: »Das hat Zeit. Ich komme später noch mal wieder.« Er verschwand schneller, als Jensen hätte antworten können. Der konzentrierte sich wieder auf Sandra und hielt ihr plötzlich seine Hand hin.

»Versprechen Sie mir, dass Sie sich bemühen werden?«

Sandra richtete sich aus ihrer geduckten Sitzhaltung auf und ließ langsam ihre Hand in seine gleiten. Sie wusste, dass sie ihm das nicht versprechen konnte. Sie war ganz allein mit diesen Bildern und Gedanken, die sie seit einer Woche umtrieben, und dem Gefühl, aus dem Paradies in die Hölle gefallen zu sein. Hier, wo man Menschen abschlachtete und Kinder raubte, wo es kalt und windig und dunkel war, hier sollte sie bleiben und auch noch gute Miene zum bösen Spiel machen?

»Mein Wort drauf«, sagte sie.

Sie brachten einander auf den neuesten Stand der Ermittlungen, und Sandra fuhr zu sich nach Hause, wo sie sich mit einem Bier und ein paar Salzcrackern auf die Couch setzte. Gegen halb eins schlief sie vor dem Fernseher ein. Sie hatte es vermieden, sich die Berichte über Vanessa anzuschauen. Als sie um Punkt vier Uhr morgens aus dem Schlaf schreckte und auf die Uhr sah, wusste sie, dass es sich nicht mehr lohnen würde, ins Bett zu gehen. Nach einer heißen Dusche machte sie sich einen Kaffee und trank ihn am Fenster stehend. Sie mochte die Straßen im Morgengrauen. Sie waren leer und friedlich. Die meisten Verbrechen geschahen in der Nacht, aber der ganz frühe Morgen war die Stunde der Ruhe und Stille. Sogar das Böse respektierte diese Zeit. Was allerdings störte, war der Wind, der unablässig blies und die Bäume fast in die Knie zwang. Auch die letzten Blätter waren inzwischen abgerissen und fortgetragen worden.

»Warum bin ich hier?«, fragte sie gegen die Scheibe und hörte nur ihre eigene Stimme zurückprallen. »Warum bin ich hier?«

22

Die Fähre, die sie nahm, war die erste an diesem Tag und sollte die letzte sein, die ihre Fahrt aufnahm, bevor die Verbindung zwischen dem Festland und den Inseln eingestellt wurde. Das Schiff steuerte zunächst Föhr an. Sandra saß im Restaurant und studierte einige von über hundert Meldungen von Leuten, die behaupteten, die kleine Vanessa gesehen zu haben. Manche waren mehr, viele andere weniger glaubhaft. Eine ältere Dame aus Dortmund etwa hatte geschworen, das Mädchen in Begleitung von Christoph Waltz in einem Nobelrestaurant in Wien gesehen zu haben. Überall im Land gingen Beamte solchen Hinweisen nach. Aber was, wenn der Entführer die Insel gar nicht verlassen hatte?

Sandra zog ihre Jacke an und begab sich auf das Sonnendeck der neuen »Uthlande«, das seinen Namen heute nicht verdiente. Der Wind hätte sie beinah zu Fall gebracht, als sie aus dem Schutz der Treppe trat. Es dröhnte und pfiff hier oben. Regen peitschte über das Deck, und wenn sie in die Ferne blickte, sah es aus, als hätte der Regen Föhr vollends verschluckt. Sie hatten Gegenwind, sodass es kaum etwas nützte, ihre Kapuze so fest zuzuziehen, dass nur noch Nase und Augen herausschauten. Sandra sah sich um. Für dieses große Schiff schien ihr das Sonnendeck recht klein zu sein.

Sie suchte nach einem Unterschlupf, wo sie vielleicht etwas Windschatten finden konnte, und bemerkte plötzlich, dass es einen Durchgang zu einem zweiten Deck gab. Die Brücke stand in der Mitte des Schiffes und teilte das Deck in zwei Hälften. Als Sandra durch die Schikane aus Plexiglas den hinteren Teil betrat, stoppte der Regen abrupt, und der Wind ebbte schlagartig ab. Hier, im Wind- und Regenschatten, war sie geschützt. Die Fähre schaukelte so sehr, dass sie immer wieder ihr Gleichgewicht finden musste, und mit einem Mal traf es sie wie ein kalter Schwall Wasser ins Gesicht. Jetzt wusste sie, was ihr auf Dammers Dachboden so merkwürdig vorgekommen war. Verdammt, warum war sie nicht schon eher darauf gekommen?

★★★

Lars öffnete die Augen. Er nahm einen tiefen Luftzug, weil er geträumt hatte, er würde ersticken. Er war draußen in dem kleinen Kinderhäuschen gewesen und hatte es abbauen wollen, als plötzlich die Tür hinter ihm zuschlug. Er hatte versucht, das Schloss von innen zu öffnen, doch es blieb eisern verriegelt. Auch die Fenster waren nicht zu öffnen gewesen, und er hatte gespürt, wie die Luft in dem niedrigen Raum, in dem er nur hocken konnte, immer dünner wurde. Er rief nach seiner Frau, doch nichts geschah. Seine Stimme schien ebenso in den hölzernen Mauern eingesperrt zu sein wie er selbst. Dann spürte er, dass die Luft nicht mehr ausreichte. Er schnappte nach Luft, doch das Gefühl zu ersticken wuchs mit jedem Atemzug. Panik machte sich in ihm breit. Kurz bevor er meinte, vor Angst den Verstand zu verlieren, war er aufgewacht.

Der Schweiß klebte an seiner Stirn und im Nacken. Er drehte sich auf die Seite, um nach Hanna zu schauen, doch sie lag nicht mehr im Bett. Es war sechs Uhr acht. In sieben Minuten würde das grausame Piepen ertönen. Das Haus war still. Durch die gekippten Fenster drückte sich kühle, sturmgetriebene Morgenluft, und Möwengeschrei drang ins Zimmer.

»Hanna?«, rief er, doch er bekam keine Antwort. Er stand auf und ging in den Flur. Seine nackten Füße klatschten auf die Holzdielen und hinterließen feuchte Abdrücke. Er horchte nach unten. Wieder kam diese schreckliche Ahnung in ihm auf. Er sah Bilder vor seinem inneren Auge von seiner Frau, die sich das Leben genommen hatte. In der Küche erhängt. Erstickt am Gasherd oder mit Tabletten in der Hand auf dem Wohnzimmerteppich liegend. Mit dem Handballen schlug er sich gegen die Schläfe, als könnte er auf diese Weise die Gedanken aus seinem Schädel drängen. Er wusste nicht, wie lange es noch gut gehen konnte, bevor er durchdrehte und verrückt wurde. Verrückt vor Angst und vor Gram.

»Hanna?«, rief er jetzt lauter die Treppe hinunter.

Nichts.

Anstatt leise und vorsichtig zu gehen, stieg er die Stufen energisch hinunter, um sich damit Mut zu machen. Seine Fersen bummerten auf den Boden im Erdgeschoss, als er zuerst in der Küche nachsah. Hier war sie nicht. Er ging ins Wohnzimmer und hätte sie beinah übersehen. Sie hockte mit seitlich angezogenen Beinen auf der Couch und hatte sich eine Decke um den Körper gewickelt. Ihr blasses Gesicht schien fast transparent vor dem weißen Vorhang, der von der morgendlichen eisweißen Sonne durchleuchtet wurde. Der Wind heulte ums Haus und über die Dünenhügel. *Sie ist nur noch ein Geist*, dachte er und erschrak bei dieser Vorstellung.

»Was machst du hier?«

Sie sah ihn an, weiter nichts. Nur dieser starre, ausdruckslose Blick.

»Warum antwortest du nicht?« Er hörte eine Wut in seiner Stimme, die ihm gar nicht bewusst gewesen war.

»Ich konnte nicht schlafen.«

Ihre Stimme klang so durchsichtig wie die dünnen Vorhänge. Aber sie hatte etwas gesagt, zumindest das. Lars war ein wenig beruhigt, und seine Muskeln entspannten sich.

»Schon gut, ich mach uns Frühstück, ja?«, schlug er vor. Hanna nickte kaum merklich, und Lars ging hinüber in die Küche. Entkräftet atmete er in die kalte Luft des Kühlschranks hinein. Butter, Wurst, Käse und Marmelade nahm er heraus und stellte alles auf den Tisch. Vielleicht sollte er ein paar Rühreier machen oder etwas anderes Besonderes. Da hörte er den Schrei.

Er erkannte die Stimme seiner Frau, obwohl er sie noch nie so gehört hatte. Es war ein durchdringender, schriller Ton, der die Luft zum Vibrieren brachte. Der Schreck fuhr ihm eiskalt in die Glieder, und er stürzte hinaus und rannte ins Wohnzimmer.

Hanna stand halb geduckt, halb eingesunken am rechten Rand der Terrassentür und hielt sich den Mund zu. Über ihrer Hand blickten ihre großen, schreckgeweiteten Augen zu Lars.

»Was ist?«, schrie er und lief auf seine Frau zu. Er suchte ihren Körper nach Verletzungen ab. Doch sie deutete mit dem Finger hinaus in den windgeschüttelten Garten.

Das Schwedenhaus in Miniaturausgabe stand immer noch windgeschützt im Schatten der sich hinter ihrem Haus erhebenden Düne, gleich neben dem dunkelgrünen Rasenfleck, der einmal die Sandkiste gewesen war. Regen stand quer in der Luft. Lars hatte den Abriss des Häuschens immer weiter hinausgeschoben, wahrscheinlich auch, weil er es gar nicht abreißen wollte. Dieses Haus war so etwas wie die letzte Bastion seiner Hoffnung.

Und dann sah er es auch. Es war unwirklich, surreal, gespenstisch und erschreckend, doch aus dem Fenster des Hauses schauten tatsächlich zwei Augen zu ihm herüber. Der graue Schemen eines Gesichts schimmerte schwach durch die dunkle Scheibe. Er hörte sich selbst so etwas wie einen Schrei ausstoßen.

»Lars«, schrie Hanna, als er auch schon die Terrassentür aufriss, im Schlafanzug über die Holzbohlen lief und auf den Rasen sprang. Er spürte den Regen nicht, auch nicht die Kälte und den Wind. Der Stoff seines Pyjamas klebte nass und faltig an seinem Körper, als er am Spielhaus ankam und seinen Schritt verlangsamte. Die Augen sahen ihn noch immer an. Er hatte so viel Angst, dass er am liebsten geflüchtet wäre. Geflüchtet vor dieser geisterhaften Gestalt in dem kleinen Haus. Er hörte Hannas Schritte in seinem Rücken und spürte, wie sie eine Hand auf seine Schulter legte.

»Mein Gott«, hauchte sie atemlos. »Mein Gott.«

Sie ließ sich auf die Knie nieder und krabbelte wie eine Mutter, die mit ihrem Kind spielt, auf das Häuschen zu. Nur dass sie aussah wie eine Irre hier draußen im Sturm in ihrer regendurchtränkten Nachtwäsche. Ihre Haare zogen sich wie schwarze Schlangen über ihr Gesicht und ihren Rücken. Sie streckte vorsichtig ihre zitternde Hand aus und öffnete die Tür, die Lars nur wenige Minuten zuvor in seinem Traum fast zum Verhängnis geworden war. Dunkelheit füllte das Innere des Häuschens wie eine schwarze Flüssigkeit. Aber in ihr erkannte man die Umrisse einer zarten Gestalt.

»Hallo«, sagte Hanna mit hoher, fragiler Stimme. »Wer bist du denn?«

★★★

Es hatte so gutgetan, mit Elke und Anna unterwegs gewesen zu sein. Doch der Besuch des Kaltenbach-Hauses hatte alles zerstört. Elke hatte kaum noch ein Wort mit ihm gesprochen auf der Heimfahrt, und sosehr er ihr auch versicherte, dass er an Sandra kein Interesse hatte, sie glaubte ihm nicht.

Nils saß am Frühstückstisch. Er blickte aus dem Fenster, den von Unkraut gesäumten Schotterweg hinunter und zwischen den Häusern hindurch aufs Watt. Im Moment war es trocken, doch der Wind hatte noch zugenommen. Das Wasser im Becken zwischen Föhr und Amrum war aufgewühlt und stand sehr hoch. Es wurde von der Kraft des Windes in Richtung Festland gedrückt, und Nils konnte schmutzige Schaumkronen darauf erkennen. Es klopfte an der Tür. Nils stand auf und wunderte sich über den Zeitpunkt dieses Besuchers. Morgens um kurz vor sieben gab es nur wenige, die einen Grund hätten, bei ihm vorbeizuschauen. Sofort kam ihm der Gedanke an einen weiteren Mord. Oder, das wäre wenigstens etwas Positives, ein vielversprechender Hinweis auf das kleine Mädchen war eingegangen. Er öffnete, und der Wind drückte die Tür gegen seinen Körper, dass er sich dagegenstemmen musste.

»Moin.«

Es war Stefan. Seit Nils' Rückkehr aus dem Krankenhaus hatten sie sich nicht mehr gesehen.

»Komm rein«, sagte Nils, und sein ehemaliger bester Freund betrat das Haus und sah sich um.

»Ist nett geworden.«

»Was hast du auf dem Herzen?«, fragte Nils und führte Stefan in die Küche. Sie nahmen am Tisch Platz, und Nils räumte seinen Teller beiseite. »Willst du einen Kaffee?«

Stefan schüttelte nur den Kopf.

»Ich dachte, wir sollten mal schnacken.«

»Find ich auch, es ist nur ein schlechter Zeitpunkt. Wir haben einen Dreifachmord und eine Entführung.«

»Hab schon gehört. Es ist nur wegen Elke.«

»Was ist mit ihr?«, wollte Nils wissen. Ein wenig Besorgnis kam in ihm auf.

Stefan biss sich auf die Lippen. »Ich weiß, dass du jetzt viel zu verkraften hast. Ich hätte niemals gedacht, dass Hauke ... na ja, dass euch so etwas passieren könnte. Ihr wart immer so eine Vorbildfamilie.«

»Du weißt ganz genau, dass Hauke und ich uns immer gezofft haben. Mit Vorbild hatte das nichts zu tun.«

»Aber du weißt doch, wie ich das meine. Jedenfalls wollte ich dir sagen, dass es mir leidtut für dich«, sagte Stefan mit gesenktem Blick. Er fuhr mit seiner Hand über die Tischplatte und spielte mit den Fingern an einer kleinen Unebenheit herum. »Auch dass Elke dich verlassen hat, tut mir leid. Ich weiß, wie sehr du sie liebst und dass du jetzt jemanden brauchst, aber verdammt, Nils, ich will nicht nur ein Lückenbüßer sein, verstehst du?« Jetzt sah er auf und Nils direkt in die Augen. Eine schroffe Verletzlichkeit lag in seinem Blick.

»Ich glaube, für diese Ansprache bin ich die falsche Adresse«, meinte Nils.

»Kann sein. Aber du bist … wir waren mal Freunde, und ich denke, dass du Elke besser kennst als ich. Und ich kenne dich besser, als ich Elke kenne.«

Nils lachte schnaubend. Stefan tat es ihm gleich.

»Klingt kompliziert, was?«

»Ist es auch.«

»Als ihr gestern Abend nach Hause gekommen seid, war Elke völlig fertig. Weißt du, erst hat sie sich auf diesen Tag gefreut, und dann kommt sie total niedergeschlagen zurück. Ich weiß nicht, was los war, na ja, es war ja auch eine Beerdigung, aber sie ist einfach im Kopf immer bei dir, verstehst du? Wir wohnen zwar zusammen, aber sie ist nicht richtig da.«

»Was willst du jetzt von mir? Soll ich meine Frau überreden, sich mehr auf dich zu konzentrieren? Kannst du dir eigentlich vorstellen, wie es mir geht, wenn ich meine Familie in deinem Haus abholen muss?«

»Ach, scheiße. Ich hätte nicht kommen sollen«, sagte Stefan und ließ den Kopf hängen. Sein Finger bohrte in einem Riss in der Tischplatte herum.

»Ich find's gut, dass du hier bist. Ich hab dich vermisst.« Als Nils das gesagt hatte, schoss Stefans Kopf in die Höhe. »Nun guck nicht so. Selbstverständlich hab ich dich vermisst. Natürlich war ich auch sauer auf dich, so unglaublich sauer, dass ich dich am liebsten umgebracht hätte.«

Stefan glotzte ihn an wie ein Kind.

»Aber jetzt ist das vorbei. Ich liebe Elke. Daran hat sich nichts geändert. Aber ich denke, dass vielleicht irgendwie alles so sein muss, wie es ist. Und es verändert sich dauernd. Am Ende macht es Sinn.«

»Ja, aber einen, den ich nicht ertrage.« Stefan wischte sich einmal durchs Gesicht. Es gab ein trockenes, reibendes Geräusch. »Ich will nun mal nicht der Lückenbüßer sein.«

»Das verstehe ich.«

»Das verstehe ich!«, äffte Stefan ihn nach. »Was verstehst du? Warum bist du so verdammt gleichgültig?«

»Ich bin nicht gleichgültig, ich hab nur keine Lust mehr, traurig zu sein und wütend. Ich war es lang genug.«

Stefan stutzte und blinzelte irritiert.

»Das ist vielleicht bei dir so, aber *ich* bin wütend.«

»Worauf?«

»Na darauf, dass Elke immer noch dich liebt.«

»Liebst *du* sie denn?«, fragte Nils.

»Was, ich? Ja, natürlich.«

»Und warum erst jetzt? Du kennst sie dein Leben lang, genau wie ich.«

»Keine Ahnung, Dinge ändern sich nun mal.«

»Aha.«

»Aha.« Stefan schnitt Nils eine Grimasse.

»Und als sie zu dir gekommen ist, hast du da geglaubt, dass sie mich nicht mehr liebt?«

»Natürlich! Sie hatte den Hals gestrichen voll von dir.«

»Das ist nicht dasselbe.«

»Ja, das ist mir inzwischen auch aufgegangen.« Er atmete entkräftet aus und sank auf seinem Stuhl zusammen. »Mann, das Leben macht einen echt fertig.«

»Willst du jetzt 'n Kaffee?«

»Ja, her damit.«

Nils lächelte und stand auf. Er goss Stefan eine Tasse ein und stellte sie vor ihm ab. Da klingelte das Telefon. Nils sah auf die

Uhr. Inzwischen war er etwas spät dran, sicher war es Possebiehl, der ihn ins Büro bitten wollte.

»Petersen«, meldete er sich.

»Jensen hier.« Nils hörte sofort den Ernst in Jensens Stimme. Einen sehr unerbittlichen Ernst. »Könnten Sie bitte sofort ins Büro kommen?«

»Ich bin auf dem Weg. Was gibt es denn?«

»Das erkläre ich Ihnen, wenn Sie hier sind.«

»Sie sind wieder auf der Insel?«, fragte Nils überrascht, weil er mit Jensen nicht mehr so zeitig gerechnet hatte. Er sah auf die Uhr. Die erste Fähre würde erst in einer Stunde ankommen. Er musste also mit der Küstenwache gekommen sein, was die Dringlichkeit nur noch unterstrich.

»Ja, bin ich. Beeilen Sie sich. Es hat sich etwas Neues ergeben.«

Jensen hatte bereits aufgelegt, und Nils hörte nur noch das Tuten in seinem Ohr, während er darüber nachdachte, was passiert sein konnte.

»Stefan, tut mir leid, ich muss jetzt los. Trink in Ruhe aus und zieh dann einfach die Tür hinter dir zu«, sagte Nils und verschwand, noch bevor sein Freund etwas erwidern konnte.

★★★

Sie war auf Föhr ausgestiegen. Sicher würde das bei Jensen wieder auf Verständnislosigkeit stoßen, aber wenn es tatsächlich so war, wie sie dachte, hatte sie etwas Wichtiges entdeckt. Unter Umständen könnte es sogar den Fall aufklären.

Sie ging zu Fuß und stemmte sich rücklings gegen den Wind, der sie sonst zu Fall gebracht hätte. Die im Hafen vertäuten Boote schaukelten und ächzten. Obwohl es nicht mehr regnete, sprühte Wasser durch die Luft. Mit durchnässter Kleidung betrat sie wenig später das Polizeibüro am Hafen. Tamme saß in einem Büro und tippte umständlich mit beiden Zeigefingern auf einer Computertastatur. Als er auf sie aufmerksam wurde, sprang er sogleich auf und kam in den Flur.

»Sandra! Äh, Frau Keller.«

»Hallo, Tamme.« Sandra lächelte verwundert. Es störte sie nicht, dass er sie geduzt hatte, im Gegenteil.

»Sie sind hier. Das ist überraschend. Sie wollen sicher Gunnar sprechen.«

»Wer ist das?«, fragte Sandra desinteressiert und wischte sich die nassen Haare aus dem Gesicht.

»Der Unfallfahrer.«

»Nein, zieh dich an, wir fahren zu Dammers Haus.«

Tamme zuckte überrascht zurück.

»Gibt's was Neues von der Spurensicherung?«, wollte er wissen.

»Nein. Ich muss was überprüfen.«

Tamme sah ein, dass Sandra nicht für Small Talk oder ausführliche Begründungen über ihr plötzliches Erscheinen aufgelegt war. Er holte seine Jacke, und sie gingen hinaus auf den Parkplatz. Sandra bekam die Autotür fast nicht auf, so sehr drückte der Wind dagegen.

Im Wagen stellte Tamme die Lüftung auf volle Stärke, weil die Scheiben in Sekundenschnelle beschlugen. Der Lüftungsmotor arbeitete gegen das Heulen des Windes an.

»Schade, dass du nicht mehr hier bist«, sagte Tamme und schüttelte gleich darauf den Kopf. »Also, dass du abgezogen wurdest, denn du bist ja wieder hier.« Er lachte verlegen. »Deine Kollegen waren auch in Ordnung. Pat & Patachon. Drüben scheint ganz schön was los zu sein, darf ich trotzdem wissen, warum du nicht auf Amrum bist?«

»Eigentlich sollte ich tatsächlich dort und nicht hier sein. Also wäre es nett, wenn du nicht damit hausieren gehst. Sollte ich finden, was ich suche, wird sich sowieso alles ändern.«

»Ah ja«, sagte Tamme in ironischem Singsang. »Mit mir will anscheinend niemand mehr reden.«

»Wieso?«

»Och, deine Kollegen in Niebüll sind genauso zugeschnürt. Ich hab mal vorsichtig nachgefragt, wann die neue Truppe kommt und ob es neue Erkenntnisse gibt, schließlich könnte die Spurensicherung langsam mal was rausgefunden haben, aber keiner redet mit mir. Langsam krieg ich das Gefühl, dass die was vor mir verheimlichen wollen.«

Sandra wusste, dass sie vor allem der Presse wegen auf Nummer sicher gingen und die Kollegen von der Insel daher nicht in alles einweihten.

Tamme schwieg und blickte säuerlich grinsend auf die Straße. Sandra sah zu ihm hinüber.

»Was ist?«

»Nichts.«

»Hast du was anderes erwartet?«

»Den Fall betreffend?«

Sandra lenkte ihren Blick nach vorn.

»Keine Ahnung. Hast du?«

»Was?«

»Ach, egal.«

Tamme lächelte. Er musste Kraft aufwenden, um in den Kurven gegen den Druck des Windes anzulenken. Als sie in der kleinen Straße ankamen und vor dem Haus hielten, wollte er Sandra noch etwas sagen, doch sie öffnete bereits ihre Tür und ging in Richtung Haus. Tamme folgte ihr und beobachtete, was sie tat. Kurz blieb sie vor den Eingangsstufen stehen und sah am Gebäude empor. Dann ging sie nach links an die Hausecke und schritt das Haus der Länge nach ab.

»Fünfzehn Meter«, rief sie.

Tamme zuckte mit den Schultern, weil er nicht verstand, was sie damit bezweckte.

»Wir gehen rein«, bestimmte sie, und Tamme schloss auf. »Nach oben.«

Sie stiegen die Treppe hinauf. Die Dachluke war noch immer geöffnet, und die Klappleiter stand quer im Flur. Sandra kletterte zuerst nach oben und stellte sich mit in die Hüfte gestemmten Händen in die Mitte des Zimmers. Hier oben hörte man den Wind pfeifen und am Gebälk reißen. Wieder maß Sandra den Raum mit Schritten aus.

»Elf Meter.« Sie sah ihn vielsagend an. »Wo sind die restlichen vier?«

Tamme sah sich um.

»Keine Ahnung, vielleicht Dämmmaterial?«

»Vier Meter Dämmung? Das spart 'ne Menge Heizkosten«,

sagte Sandra und begann, sich in dem Raum genauer umzusehen. Sie schaute aus dem Fenster und öffnete es. Der Wind fuhr herein, dass die Balken knackten.

»Wir sind noch rechts neben der Haustür, fast am Ende des Hauses«, rief sie, nachdem sie den Kopf hinausgestreckt hatte. Sie zog sich zurück und verriegelte das Fenster wieder. »Die Haustür ist zwischen diesem Fenster und der Dachluke. Aber bis zur Wand ist es von hier höchstens noch ein Meter. Die vier Meter müssen also da drüben fehlen.« Sie deutete auf das Einbauregal hinter Tamme.

Das Regal nahm die gesamte Länge und Breite der Wand ein. In dem Mittelfach stand ein schwarzer Flachbildfernseher, ansonsten war es ausschließlich mit Büchern bestückt. Tamme und Sandra standen davor wie vor dem Sesam-öffne-dich.

»Ich klopf mal«, sagte Tamme und klopfte die Wand dahinter an einigen Stellen ab. Es klang hohl wie bei einer Holzwand.

»Ich wette, da gibt es eine Tür oder so was«, sagte Sandra und zog ihre Jacke aus. »Wir müssen jedes Fach einzeln überprüfen und schauen, ob es irgendwo einen Spalt oder eine Lücke gibt. Irgendwo muss es reingehen.«

Sie machten sich an die Arbeit und zogen sämtliche Bücher aus den Fächern, entfernten die Regalböden und tasteten die Rückwand des Regals ab. Tamme hielt ein Feuerzeug in jede der Nischen und zündete es an, sodass man einen Luftzug, der auf ein verstecktes Zimmer hinweisen könnte, erkennen konnte.

»Hier, sieh mal, die sind von ihm«, sagte Sandra und hielt Tamme drei Bildbände über Föhr hin, die offensichtlich von Dammer stammten. Sie blätterten sie kurz durch.

»Gar nicht übel«, meinte Tamme.

»Ja, check doch bitte noch mal das Fach mit dem Feuerzeug.«

Tamme bückte sich zu dem unteren rechten Fach, in dem die Bildbände gestanden hatten, und hielt das Feuerzeug hinein. Er drehte das Zündrädchen, und die Flamme schoss drei Zentimeter hoch.

»Sandra.«

Sie drehte sich um und blickte auf die tanzende und zuckende Flamme. Tamme steckte das Feuerzeug weg und zog stattdessen eine Taschenlampe heraus. Sandra hockte sich neben ihn. Er leuchtete in jeden Winkel.

»Was ist das?«, fragte Sandra und deutete auf eine kleine Kerbe ganz rechts an der Rückwand. Tamme fühlte mit dem Zeigefinger darüber. Dann steckte er den Fingernagel hinein und drückte. Es gab ein schabendes Geräusch, und die Rückwand glitt zur Seite und hinterließ ein rechteckiges Loch.

»Ach du Scheiße«, sagte Tamme. Beide waren aufs Höchste gespannt und stierten mit weit aufgerissenen Augen in die Dunkelheit hinter dem Regal.

»Leuchte hinein«, forderte Sandra ihn ungeduldig auf. Doch man konnte im Schein der kleinen Taschenlampe nur Schemen erkennen.

»Wir müssen da durch«, entschied Sandra und begann, vorwärtszurobben.

»Nimm die Lampe.« Tamme reichte ihr sein Handlicht und zog sich aus dem Regalfach zurück, damit Sandra mit dem ganzen Körper hindurchpasste. »Und?«

»Komm schnell!«, rief sie. Ihre Stimme klang dumpf.

Tamme beeilte sich und kroch hinterher. Mit seinem Bauchansatz musste er sich ein wenig hindurchzwängen, doch schließlich war auch er auf der anderen Seite. Er stieß mit dem Ellbogen gegen etwas Hartes, und man hörte ein Klicken, bevor an der Decke eine Hängelampe aufleuchtete.

Zuerst konnte sich keiner von beiden bewegen. Tamme löste sich schließlich aus seiner Starre und stand so langsam und vorsichtig auf, als balancierte er in großer Höhe auf einem Seil.

»Verdammte Scheiße«, hauchte er verzweifelt.

»Das gibt's doch nicht.« Sandra hatte sich ebenfalls aufgerichtet und drehte sich nun um ihre eigene Achse.

Der Raum war ähnlich aufgebaut wie nebenan. An der Wand zum Garten hin stand ein Schreibtisch mit Computer, Bildschirm und Drucker. Rechts und links davon stand je ein Metallschrank mit abschließbaren Schubladen. Ansonsten war das Zimmer leer, wenn da nicht die Wände gewesen wären. Sie waren vollständig mit Fotos bedeckt. Fotos von Frauen. Jungen Frauen, Kindern, Mädchen. Die gesamte Dachschräge war nahtlos mit ihnen bestückt. Tamme und Sandra erkannten einige Gesichter wieder. Die Nachbarin mit den grünen Augen. Ihre Tochter im Pool und beim Spielen im Garten. Beim Gummitwist auf der Straße vorn. Auch Frau Bornsen war auf einem Foto. Sandra nahm einige Bilder herunter. Man konnte deutlich erkennen, dass die meisten Motive mit starken Objektiven aus den Dachgeschossfenstern heraus aufgenommen worden waren.

»Dieser Mistkerl«, entfuhr es Sandra. »Ich hab gewusst, dass hier was nicht stimmt, aber das …«

»Das müssen Tausende Fotos sein«, meinte Tamme. Er schüttelte fassungslos den Kopf.

»Vielleicht haben wir hier das Motiv.« Sandra winkte mit den Bildern. »Kein Nachbarschaftsstreit wegen irgendwelcher Briefe oder wegen Schmutz auf der Straße. Es geht um diesen Schmutz hier.«

Sie kroch mit den Fotos in der Hand zurück auf den anderen Teil des Dachbodens. Tamme folgte ihr, so schnell er konnte. Er hatte Angst, dass Sandra etwas Unüberlegtes tun könnte. Sie hatte so einen komischen Ausdruck in den Augen gehabt.

Sandra hastete die Treppen hinunter und zur Tür hinaus. Zielstrebig lief sie zum Nachbarhaus und klingelte und klopfte gleichzeitig. Tamme holte sie schwer atmend ein, als sich die Tür gerade öffnete. Die jüngere Tochter der Hankes stand im weißen T-Shirt und pinkfarbenen Hosen vor ihnen.

»Hallo, Kleine«, grüßte Sandra sie und versteckte die Bilder hinter ihrem Rücken. »Ist deine Mama zu Hause?«

»Sie sind alle im Wohnzimmer«, sagte das Mädchen.

»Mäuschen, wer ist denn da?«, rief ihre Mutter von hinten.

Sandra hätte warten müssen, sie hätte nicht einfach ins Haus gehen dürfen, was sie aber tat. Im Wohnzimmer saß die Mutter, Kerstin Hanke, zusammen mit dem Ehepaar Bornsen. Sie fühlten sich sofort ertappt.

»Das passt ja prima«, sagte Sandra. Tamme stand wie eine Anstandsdame hinter ihr und berührte sie leicht am Rücken, um ihr zu signalisieren, dass er noch da war und sie sich nicht alles erlauben konnte. »Ich habe soeben gefunden, wonach wir gesucht haben. Etwas, das uns einen Hinweis auf das Tatmotiv geben könnte. Ich fand ein paar Fotos.«

Sandra ließ diese Information einen Moment wirken. Sie sah deutlich das Entsetzen in den Gesichtern. »Sie wussten davon, stimmt's? Sie haben gewusst, was für einen perversen Kerl Sie da als Nachbarn haben.«

Die drei schwiegen. Sie waren geschockt, keiner konnte sich mehr rühren.

»Musste Dammer deswegen sterben?«, fragte Sandra und zog die Fotos hinter ihrem Rücken hervor.

23

Nils betrat sein Büro. Jussi und Minthal saßen an provisorischen Arbeitsplätzen und tippten auf ihren Laptops herum. Jussi hatte sein Handy zwischen Ohr und Schulter geklemmt. Jensen saß mit einem weiteren Mann auf einem Tisch und drehte Nils den Rücken zu. Sie unterhielten sich leise.

»Moin«, sagte Nils. Jensen blickte sich um.

»Petersen. Gut, dass Sie da sind. Würden Sie bitte zu uns kommen?«

Der andere Mann stand auf und wandte sich nun ebenfalls Nils zu. Er war ein weißhaariger, schmalschultriger Kerl mit staunenden Augen, die ihn fast wie ein Kind aussehen ließen. Doch in seinem Blick lag auch eine Härte, die ihn sofort als Polizisten brandmarkte. So einen Blick konnten nur Polizeibeamte haben, die mit Morddelikten zu tun hatten. Er versank fast in einem Wildlederblouson und schenkte Nils ein höfliches, schiefes Begrüßungslächeln.

»Das ist Herr Kinsing, der Profiler, den ich zu diesem Fall hinzugezogen habe«, stellte Jensen den Mann vor.

Sie reichten einander die Hände. Kinsing hatte einen schwachen, feuchten Händedruck, wie Nils ihn nicht mochte.

»Herr Kinsing möchte sich den Tatort ansehen. Obwohl ich glaube, dass das fast nicht mehr nötig ist.«

»Sie haben neue Ergebnisse?«, fragte Nils.

Jensen wich seinem Blick aus und druckste ein wenig herum. Er sah aus, als leide er unter starken Kopfschmerzen.

»Ich möchte Sie gern unter vier Augen sprechen. Wir bringen Herrn Kinsing zum Tatort, und dann fahren wir in mein Hotelzimmer, wenn Ihnen das recht ist.«

Nils verstand nicht, was das zu bedeuten hatte. Eine berufliche Unterredung im Hotelzimmer? Was konnte er nicht hier mit ihm besprechen? Das wirkte nicht nur befremdlich auf ihn, sondern auch höchst eigenartig im Hinblick auf Jensens sonst so korrekte Art. Etwas lag in der Luft. Und es war nichts Gutes. Nils fühlte sich wie auf einem Schiff, und der Kapitän nahm ihn beiseite, um ihm zu eröffnen, dass das Schiff bald sinken würde.

Sie fuhren in Nils' Wagen nach Norddorf, setzten Kinsing ab und fuhren weiter ins Dorfzentrum.

»Wo wohnen Sie?«, fragte Nils.

»Pension Auguste, dort hinten links.«

»Kenne ich. Gutes Frühstück, was?«

»Ja, in der Tat. Und ein schöner Ausblick, wenn man ihn genießen könnte.«

Nils parkte vor dem Haus, und sie betraten die kleine Lobby. Jensen hatte die Schlüssel bei sich und ging direkt die Treppe hinauf in den ersten Stock.

Das Zimmer lag zum Watt hinaus. Es war hell und freundlich eingerichtet. Umso bedrückender war es für Nils, hier mit Jensen zu sein, der ihm einen Platz am Tisch vor dem Fenster anbot.

»Möchten Sie etwas trinken?«

»Ich bin zu neugierig, fürchte ich«, sagte Nils und setzte sich. Jensen sank schwer und erschöpft auf den Stuhl ihm gegenüber. Er rieb sich die Stirn und fuhr dann ruckartig durch seine Haare.

»Herr Petersen, Sie fragen sich sicher, warum wir beide hier sind.«

Nils nickte, und Jensen versuchte zu lächeln, aber das misslang.

»Ich muss mit Ihnen eine Sache besprechen, die erst mal nicht öffentlich werden darf. Sie sind bis auf Weiteres der Einzige, mit dem ich darüber spreche.«

Nils wurde unbehaglich zumute. Was konnte er leisten, was andere nicht konnten? Was machte ihn vertrauenswürdiger als Jensens direkte Mitarbeiter? Er blickte auf die Odde, die im aufgepeitschten Sand aussah, als hätte sie jemand ausradieren wollen.

»Ich habe gestern Abend einige Ergebnisse von der Kriminaltechnik erhalten. Es sind aussagekräftige Beweise darunter«, begann Jensen.

»Das ist doch gut«, sagte Nils zögerlich.

»Eigentlich schon.« Jensen verkniff das Gesicht, als müsste er eine Migräneattacke abwehren. »Die Fingerabdrücke aus Ihrem Krankenhauszimmer ...«

»Ja?«

»Sie stammen von Frau Keller.«

Nils dachte nach. Erinnerungsfetzen kamen ihm in den Sinn, Situationen, Zeitrechnungen.

»Das ist noch nicht alles. In der Wunde des Kaltenbach-Sohnes fanden die Beamten ein Haar. Es stammt auch von Frau Keller. Genauso wie das Blut an dem Haken für die Dachluke bei Dammer.«

Nils meinte, sich im schnell steigenden Wasser zu befinden, im Innenraum eines gekenterten Schiffes.

»Sandra Keller hat Schuhgröße einundvierzig. Herr Petersen, es tut mir leid, und ich weiß auch selbst nicht, wie ich mir das erklären soll, aber wir müssen davon ausgehen, dass Frau Keller die Täterin ist.«

Nils wollte losprusten und sich amüsiert über diese lächerliche, geradezu groteske Idee zeigen, doch das Lachen blieb ihm im Halse stecken.

»Das können Sie nicht ernst meinen.«

»Herr Petersen, glauben Sie im Ernst, ich würde mich in einer Frühstückspension mit Ihnen darüber unterhalten, ob eine meiner besten Mitarbeiterinnen vielleicht eine Mörderin ist, wenn ich nicht verdammt sicher wäre?« Er sprach mit Wut in der Stimme, aber so leise, als könnte jemand im Nebenzimmer mithören.

»Das ist Unsinn«, sagte Nils hart und unumstößlich.

»Ich kann es doch selbst nicht glauben. Aber denken Sie mal nach, wie sie sich in letzter Zeit verhalten hat. Sie ist zeitweise völlig abwesend, sie tut Dinge, die sie früher nie getan hätte, sie ist psychisch völlig labil. Ich habe deswegen heute früh mit ihrer alten Arbeitsstelle in Flensburg telefoniert. Dort hat man mir gesagt, dass es wohl einen Gasunfall in ihrer Wohnung gegeben haben muss. Sie wurde ins Krankenhaus gebracht und musste *wiederbelebt* werden. Wissen Sie etwas davon?«

Nils traf es wie ein elektrischer Schlag.

»Nein. Sie hat nichts gesagt.«

»Eben. Sie hat das Krankenhaus auf eigenes Risiko verlassen und ist noch am selben Tag bei mir im Revier gewesen, um sich vorzeitig aus dem Urlaub zurückzumelden. Verstehen Sie? Sie hat am Tag zuvor knapp eine Explosion überlebt und meldet sich wieder zur Arbeit! Sie ist nicht mehr bei Sinnen, fürchte ich.«

Nils wusste nicht, was er darauf erwidern sollte. Wie er es auch drehte und wendete, Sandra war keine Mörderin. Sie war eine Frau, die nicht wusste, wo ihr Platz im Leben war, aber niemals würde sie andere Leben auslöschen. Das war unmöglich.

»Das ist nur ein dummer Zufall«, sagte er schwach.

Jensen blickte ihn an, so als würde er dieser Hoffnung gern folgen.

»Hat sie die Fenster in Ihrem Krankenzimmer angefasst?«, fragte er mit brüchiger Stimme.

»Ich glaube nicht.«

»Sehen Sie. Ein Fingerabdruck an einer Tür ließe sich wohl erklären, die am Fenster aber nicht. Und noch viel weniger kann Frau Kellers Haar nachträglich bei der Tatortbegehung in die Wunde des Opfers gelangt sein. Es war im geronnenen Blut eingeschlossen. Das kann nur passieren, während man diese Wunden verursacht. Ganz zu schweigen von dem Blut am Haken.«

Nils sank nach hinten und versteckte sein Gesicht in den Händen. Er spürte, wie die Kraft aus seinem Körper wich. Eine Schockreaktion. Jetzt kam der Schwindel. Er öffnete die Augen und hielt sich am Tisch fest.

»Ist Ihnen nicht gut?«

»Es geht gleich wieder.« Nils atmete tief durch und blickte hinaus auf die Nordspitze Amrums und die Dünen.

»Ich habe nachgerechnet«, ergänzte Jensen leise. »Zu den jeweiligen Tatzeiten könnte sie tatsächlich vor Ort gewesen sein.«

»Was haben Sie jetzt vor?«, fragte Nils.

»Sie müsste eigentlich im Laufe des Vormittags auf Amrum ankommen. So war es ausgemacht. Wenn sie nicht auftaucht, werde ich eine Fahndung rausgeben. Es tut mir leid, aber ich muss sie heute verhaften.«

★★★

Die Tochter von Kerstin Hanke war wieder nach oben in ihr Zimmer gelaufen. Frau Bornsen hielt ihr Baby auf dem Arm. Es schlief. Ihr Mann saß starr auf einem Sessel und umklammerte die Armlehnen mit seinen kräftigen Händen. In Kerstin Hankes grünen Augen schimmerte Angst. Sandra setzte sich und legte die Bilder auf den Tisch. Unweigerlich richteten die drei ihre Augen auf die Fotos. So, wie sie schauten, konnten sie sie noch nicht kennen.

»Ich habe gleich bemerkt, dass Sie alle uns etwas verschwiegen haben. Jetzt möchte ich, dass wir reinen Tisch machen. Sie erzählen mir jetzt, wie es gewesen ist. Punkt für Punkt.«

»Wir können Ihnen nichts erzählen«, sprudelte es aus Herrn Bornsen heraus. »Wir haben nichts getan!«

»Sie wussten davon«, sagte Sandra energisch und zeigte mit dem Finger auf die Fotos. Sie wandte sich an die beiden Frauen. »Das ist doch richtig? Sie haben bemerkt, dass er Ihre Kinder und Sie selbst beobachtet und fotografiert hat. Nicht wahr?«

Frau Bornsen drückte ihr Baby schützend enger an ihre Brust.

»Natürlich haben wir es gewusst«, sagte Kerstin Hanke. »Jeden verfluchten Tag stand er da oben und hat gespannt und Fotos geschossen. Ganz unverhohlen hat er das gemacht. Wir haben uns kaum noch getraut, unsere Kinder draußen spielen zu lassen.«

»Und weiter?«, fragte Sandra.

»Wir haben ihm gedroht. Mein Mann hat gesagt, er würde sein Haus anzünden, wenn er nicht damit aufhört, doch der Scheißkerl hat nur gelacht und weiter fotografiert und seine Briefe geschickt.«

»Wo ist Ihr Mann jetzt?«

»Er hat nichts damit zu tun. Er arbeitet. Auf Sylt.«

Sandra wandte sich an Herrn Bornsen. »Und Sie? Was haben Sie dagegen unternommen? Er hat Ihre Frau fotografiert.«

»Ich hätte ihm liebend gern den Schädel eingeschlagen, glauben Sie mir. Aber ich bin's nicht gewesen. Jahrelang haben wir das alles ertragen müssen. Ich sag Ihnen was. Ich bin froh, dass ihn einer umgebracht hat. Der Kerl war pervers, er war ein schlechter Mensch. Keine Ahnung, warum Leute wie er einfach frei rumlaufen können. Aber jetzt haben wir eine Sorge weniger hier auf Föhr. Eigentlich unsere einzige Sorge, denn mit allem anderen kommen wir hier wunderbar klar.«

»Verbrennen Sie die Fotos«, sagte Frau Bornsen heiser. Sie

blickte wütend mit in Tränen schwimmenden Augen auf den Tisch und streichelte ihrem Baby dabei über den Kopf. »Verbrennen Sie das alles.«

»Sagt Ihnen der Name Kaltenbach etwas?«, fragte Sandra mit einem Gedanken an die identischen Fußabdrücke an beiden Tatorten.

Sie blickte prüfend in die Gesichter der drei, doch die schüttelten nur die Köpfe.

»Hatte Dammer jemals Besuch? Haben Sie jemals andere Personen bei ihm bemerkt?«

»Der hat ja noch nicht mal Handwerker in sein Haus gelassen«, meinte Bornsen grantig und rieb seine Hände an den Stuhllehnen wie ein Stier, der mit den Hufen scharrt.

»Ich glaube Ihnen. Ihnen allen. Aber dennoch denke ich, dass diese Fotos hier das Tatmotiv sind oder damit zu tun haben. Vielleicht war es jemand anderes aus Ihrer Siedlung. Deshalb möchte ich, dass Sie, wenn Sie etwas Verdächtiges bemerkt haben oder gar etwas wissen, mir davon berichten. Jetzt.«

»Selbst wenn ich etwas wüsste, bin ich nicht sicher, ob ich jemanden von uns ans Messer liefern würde«, meinte Bornsen und blickte, Zustimmung suchend, zu den beiden Frauen. Das Baby wurde langsam wach und machte knörige Geräusche.

»Ich will mit Ihrem Mann sprechen, Frau Hanke. So schnell wie möglich«, sagte Sandra und erhob sich.

»Die Fähren fahren nicht mehr. Er sitzt auf Sylt fest.«

»Dann soll er sich bei mir melden, wenn er wieder hier ist. Ich lasse Ihnen meine Karte da.« Sandra legte ihre Visitenkarte auf den Tisch und nahm die Fotos wieder an sich. »Tut mir leid, wenn ich gestört habe.«

Als Sandra und Tamme aus der Haustür traten, hakte Tamme sie unter und führte sie gegen den Wind zum Auto. Sie stiegen ein.

»Ich rufe die Kollegen«, sagte Tamme.

Sandra war ganz in Gedanken. Sie hatte immer noch die Worte von Bornsen in ihrem Ohr. *Ich bin froh, dass ihn einer umgebracht hat.* Sie dachte an das kleine Mädchen, das bei ihrem ersten Besuch so gern Kuchen gegessen hätte und selbst keine andere Kleidung als ihren Schlafanzug im Schrank gefunden hatte. Sie wusste nicht, wie sie auf Dammer reagiert hätte, wenn das *ihr* Kind gewesen wäre. Vielleicht musste sie Bornsen sogar beipflichten. Solche Menschen gehörten nicht hierher. *Unter anderen Umständen hätte ich ihn getötet*, dachte Sandra. *Ja, vielleicht hätt' ich's getan.*

★★★

»Wir müssen die Polizei benachrichtigen.« Lars stand ratlos in der Tür zum Wohnzimmer. Das Mädchen saß, in den viel zu großen Morgenmantel von Hanna gehüllt, am Esstisch und schaute sich im Zimmer um, ohne den Kopf zu bewegen. Ihre Augen wanderten ausdruckslos von Möbelstück zu Möbelstück, von Gegenstand zu Gegenstand.

»Wir müssen uns um sie kümmern. Sie ist halb erfroren«, flüsterte Hanna und hielt bereits einen Teller mit heißer Suppe in der Hand.

»Ihre Eltern werden sie vermissen, wir *müssen* es melden«, sagte Lars und sah seiner Frau an, dass sie das nicht wollte. Aber sosehr das alles auch einem wunderbaren Märchen glich, sie mussten sich zurück in die Realität begeben. Das Mädchen war nicht einfach von Gottes Hand zu ihnen in ihr Gartenhäuschen geschickt worden. Sicher bangten irgendwo Eltern um ihr Kind und warteten sehnsüchtig auf seine Rückkehr.

»Hanna, ich rufe jetzt an. Kümmer dich um sie. Aber sei dir bitte im Klaren darüber, dass sie vermisst wird und wir sie zurückgeben müssen.«

»Sie ist uns geschenkt worden, Lars. Sie ist das Geschenk, auf das wir so lange vergeblich gewartet haben.«

Lars fragte sich, ob seine Frau noch bei vollem Verstand war. Es schien, als entglitten ihr zusehends die Sinne.

»Gib ihr die Suppe«, sagte er.

Ihren Protest unterdrückend, setzte sich Hanna zu dem Mädchen an den Tisch. Sie achtete darauf, sich nicht zu schnell zu bewegen, als würde sie sich einem scheuen Tier nähern. Vorsichtig schob sie den Teller über die Tischplatte und legte den Löffel daneben. Das Mädchen sah auf die Suppe und folgte mit ihrem Blick den Dampfschwaden, die zur Zimmerdecke aufstiegen.

»Die Suppe wird dir guttun. Iss ruhig«, sagte Hanna leise und lächelte ermutigend. »Ist schön warm.«

Das Mädchen sah sie unverwandt an. Hanna nahm den Löffel zur Hand, schöpfte etwas Suppe aus dem Teller, pustete und hielt ihn der Kleinen vor den Mund. Es dauerte drei Sekunden, und das Mädchen öffnete den Mund. Hanna freute sich. Sie aß, und es schien ihr zu schmecken.

»Jetzt wird dir wieder warm. Das tut gut, ja?«

Das Mädchen antwortete nicht, aß aber jeden Löffel, den Hanna ihr anbot. Lars hatte die beiden beobachtet. Jetzt schlich er zum Telefon in den Flur und wählte eins, eins ...

Sein Finger verharrte kurz über der dritten Ziffer, doch schließlich drückte er auch die Null.

»Hallo? Mein Name ist Lars Neudorf. Ich möchte etwas melden. Wir haben heute in unserem Garten ein kleines Mädchen entdeckt.« Er blickte schuldbewusst zum Wohnzimmereingang, als hätte er soeben jemanden verraten.

★★★

»Was soll dann der Profiler noch hier?«, fragte Nils. Jensen zog sich gerade seine Jacke an. Nils konnte seine Dienstwaffe im Schulterhalfter erkennen, als er in die Ärmel schlüpfte.

»Ich hatte ihn schon vorher angefordert. Er hat sich die Fotos und Beweise bereits angesehen, muss sich aber auch persönlich ein Bild vom Haus machen. Außerdem will ich hundertprozentig sicher sein. Wenn er mir nur einen Anhaltspunkt liefert, dass Frau Keller es nicht gewesen sein kann, ermitteln wir in alle Richtungen weiter.«

»Würde es Ihnen auch reichen, wenn *ich* Ihnen sage, dass sie nicht die Täterin ist?«

»Tut mir leid, nein.«

»Warum haben Sie mich dann hergebeten?«

»Weil ich Ihnen gegenüber ehrlich sein möchte. Ich wollte Sie einfach informieren. Sie sind doch Freunde.«

Jensens Handy klingelte. Blitzschnell hatte er es aus seiner Jackentasche gezogen und schaute auf das Display.

»Es ist Frau Keller«, sagte er. »Jensen?«

Er hörte eine Weile zu. Nils fiel auf, wie schnell Sandra sprach.

»Dann kommen Sie jetzt nach Amrum. Ich verständige die Küstenwache, die bringt Sie rüber. Nein, Hubschrauber können bei dem Wetter nicht starten. Ja, bis gleich.« Er legte auf und blickte verwundert auf den Hörer. »Sie kommt. Ich lasse sie abholen, die Fähren haben den Betrieb eingestellt. Sie hat keine Ahnung, dass wir hier auf sie warten. Im Gegenteil, sie sagt, sie hat neue Beweise gefunden.«

»Finden Sie das normal?«, fragte Nils.

»Nein, bei ihr finde ich nichts mehr normal. Ich denke, dass sie den Bezug zur Realität völlig verloren hat. Sie muss doch ahnen, dass die Spuren sie irgendwann überführen.«

»Nur, wenn sie auch die Täterin ist. Was sollen das denn für neue Beweise sein?«, hakte Nils nach.

»Sie hat auf dem Dachboden von Dammer einen Geheimraum entdeckt. Dort sind an die tausend Fotografien von jungen Frauen und Mädchen zu sehen. Er hat insbesondere auch die Kinder in der Nachbarschaft fotografiert.«

Beide machten sich so ihre Gedanken über diese neuen Fakten, während sie schweigend nach unten gingen und wieder ins Auto stiegen, um ins Polizeibüro zurückzufahren.

Nils lenkte den Wagen am Feuerwehrhaus vorbei auf den Wald zu. Es begann wieder zu regnen. Die Scheibenwischer hinterließen schmierige Striemen auf der Scheibe.

»Was sollte Sandra für ein Motiv haben? Kannte sie diese Menschen überhaupt?«

»Das ist eine Frage, die wir noch klären müssen. Ich habe bereits überprüfen lassen, ob sie vielleicht mal eins der Opfer verhaftet hat, aber Fehlanzeige. Obwohl der junge Kaltenbach tatsächlich öfter mit dem Gesetz in Konflikt geraten war. Körperverletzung, illegaler Waffenbesitz und so weiter. Auch der Alte hatte eine Polizeiakte. Er ist mal wegen Betruges verurteilt worden. Frau Keller hatte damit allerdings nichts zu tun. Fest steht nur, wir haben ihre DNA an beiden Tatorten gefunden. Sie war da. Warum sie da war? Keine Ahnung.«

Sie erreichten den Parkplatz des Reviers und liefen durch einen harten, schmerzhaften Regenschauer zum Gebäude, wo Minthal sie schon an der Tür in Empfang nahm.

»Herr Jensen, ich habe was Interessantes entdeckt.«

Nils und Jensen schüttelten ihre Jacken aus und hängten sie auf, bevor sie sich alle gemeinsam zu Minthals Schreibtisch begaben.

»Es gibt zwar so gut wie keine Parallelen oder Verbindungen zwischen Dammer und den Kaltenbachs. Der eine ist alleinstehend, Akademiker und arbeitet an einer Hochschule, der andere ist Familienvater und Besitzer eines kleinen Handwerkbetriebs, besitzt nur die mittlere Reife und bewegt sich in einem völlig anderen sozialen Umfeld. Aber ich habe eine, sagen wir mal ›Ähnlichkeit‹ festgestellt. Sie betrifft die Kontobewegungen.«

Minthal rief ein Dokument auf seinem Laptop auf und drehte den Bildschirm so, dass Nils und Jensen ihn sehen konnten. Jussi kam mit einer Tasse Kaffee in der Hand hinzu. Minthal deutete mit einem Kugelschreiber auf eine Summe.

»Im letzten Jahr hat Herr Kaltenbach drei Barabhebungen von jeweils fünftausend Euro vorgenommen. Genau wie Dammer immer kurz vor dem Wochenende. Es folgten aber − genau wie bei Dammer − keine dazu passenden größeren Ausgaben für Haushaltsgeräte, ein Auto oder dergleichen. Das haben wir alles schon abgeglichen.«

»Sind die Abhebungsdaten mit denen von Dammer identisch?«, fragte Jensen.

»Leider nicht.«

»Wenigstens ungefähr?«

»Nein, teilweise liegen drei Monate dazwischen.«

Jensen schürzte die Lippen und kniff die Augen zusammen.

»Trotzdem gut. Gute Arbeit«, sagte er und fügte hinzu: »Ich muss Ihnen beiden auch noch etwas mitteilen. Etwas, das unsere Ermittlungen eklatant beeinflussen wird.«

Jussi und Minthal stutzten und sahen sich fragend an.

»Ich werde in einer halben Stunde ein Treffen mit allen vor Ort befindlichen Ermittlungskräften einberufen und sie darüber informieren, dass wir DNA-Spuren gefunden haben und sie auch zuordnen konnten.«

Minthal beugte sich ruckartig nach vorn, und Jussi setzte sich neugierig mit einem Bein auf den Tisch. Sie sahen Jensen an wie Jagdhunde, die auf die Anweisung ihres Herrchens warteten.

»Leider wird Ihnen das Ergebnis nicht gefallen. Es sind die DNA-Spuren von Frau Keller.«

Jussi lächelte ungläubig. »Sie wollen uns auf den Arm nehmen. Die Keller hat am Tatort geschlurt, oder was? Hat keine Handschuhe angezogen.«

»Nein, das ist auszuschließen. Durch Zufall oder Verunreinigung sind die Spuren nicht dorthin gelangt.«

»Soll das heißen, dass die Keller der Mörder ist?«, fragte Minthal in spöttischem Tonfall.

»Genau das.«

Blicke flogen hin und her, und die beiden Beamten sahen zu Nils, der die Geschichte aber auch nicht als Scherz entlarvte. An seinem ernsten Gesicht erkannten sie, dass Jensen die Wahrheit sagte.

»Das kann doch nicht sein«, rief Jussi und knallte seine Tasse auf den Tisch.

»Kein Zweifel, die Tests wurden mehrfach durchgeführt. Frau Keller kommt in ungefähr einer Stunde auf die Insel. Dann werden wir sie sofort verhaften.«

24

Sie saßen in einem VW Bulli auf dem Parkplatz am Seezeichenhafen, flankiert von zwei Streifenwagen. Der Motor lief, die Scheibenwischer kämpften gegen den Regen, und der Wind schien das Fahrzeug umwerfen zu wollen. Nils, Jensen und Kinsing hatten hinten am Tisch Platz genommen, vorn saßen zwei Beamte aus Niebüll.

Nils fühlte eine undefinierbare Übelkeit in sich aufkommen, ein Gefühl, das sich immer mehr zu steigern schien. Die trockene Heizungsluft hier drinnen machte ihm auch zu schaffen. *Verdammt, wir empfangen sie hier mit großem Geschütz, und sie ahnt nichts davon. Sie geht uns leichtgläubig in die Falle. Dabei tun wir das Falsche. Wir haben irgendetwas übersehen,* dachte er und rieb sich die Schläfe.

»Wir haben es mit einer Tat aus Wut zu tun«, sagte Kinsing. Jensen hatte ihn gebeten, sie zu begleiten und seine Analyse hier im Bus vorzustellen, um keine Zeit zu verlieren. »Messerattacken sind oft ein Indiz dafür, weil sie eine gewisse Nähe zum Opfer voraussetzen. Die Anzahl der Stiche oder Verletzungen ist dabei sehr wichtig. Je mehr es sind, desto wütender war der Mörder, desto größer sein Wille, sein Opfer zu zerstören.«

Kinsing schilderte seine Eindrücke mit einer leisen, fast milden Stimme. Seine dichten Augenbrauen zuckten unablässig, während er sprach.

»Wir haben es dennoch mit einem speziellen Fall zu tun, denn der Täter hat die Opfer als Modelle benutzt, um ein bestimmtes Bild zu erzeugen oder nachzustellen, eine Art makabres Abendmahl. Die Verletzungen, die er ihnen post mortem beigebracht hat, sind entscheidend für das, was er ihnen vorwirft. Sie müssen ihr eigenes Fleisch essen. Er zwingt sie zur Sühne, er züchtigt sie im Tod. Die Frage ist, warum. Der Täter muss etwas über sie wissen, er hat diese Familie nicht zufällig ausgewählt. Was wirft er ihnen also vor? In Bezug auf den ersten Mord auf Föhr müssen wir uns die Frage stellen, ob der Täter diesem Opfer das Gleiche vorwirft. Wenn ja, ist anzunehmen, dass der Modus Operandi identisch ausfallen sollte. Doch dem Opfer gelang die Flucht. Er konnte nicht so fortfahren, wie er es geplant hatte. Das erschwert unsere Arbeit erheblich. Der Täter findet sein Opfer in der Klinik wieder und tötet es dort. Aber er ersticht es nicht, er erstickt es. Ist das der vorausgegangenen Unterbrechung seiner Tat geschuldet? Nun, er hätte durchaus die Möglichkeit gehabt, auch im Krankenhaus ein Messer zu benutzen. Die Waffe, die er hier auf Amrum benutzt hat, ist seine eigene, sie stammte nicht aus der Wohnung. Es ist also eine geplante Tat gewesen, keine zufällige. Die Frage ist: Was hätte der Täter mit Professor Dammer gemacht, wenn er ihn in dessen eigenem Haus getötet und mehr Zeit gehabt hätte? Hätte er ihn auch in einer Szene als Modell benutzt? Hätte er ihm sein eigenes Fleisch serviert?«

Kinsing pausierte einen Moment lang und sah Nils und Jensen durchdringend an. Nils verspürte einen Würgereiz. Er sah zum halb beschlagenen Fenster hinaus. Auf der grauen, verwaschenen und niedergedrückten See war noch kein Schiff zu erkennen.

»Ich denke nicht«, fuhr Kinsing fort, und seine Brauen zuckten nach oben und stießen fast gegeneinander. »Ich denke, der Täter hätte ein anderes Bild benutzt, weil er eine andere Tötungsart gewählt hat. Das ist ein weiteres Indiz dafür, dass der Täter seine Opfer kannte. Ein Serienmörder weicht nicht von seinem Modus Operandi ab. Unser Mörder hingegen will etwas über seine Opfer mitteilen, er ordnet seine Vorgehensweise diesem Ziel unter. Beim Mord auf Föhr hat er sein Opfer zudem nicht auf gleiche Weise überrascht wie auf Amrum. Er ist eine direkte Konfrontation eingegangen, indem er sich von Dammer die Tür öffnen ließ. Der hat anscheinend schnell bemerkt, was er im Sinn hatte, denn es kam bereits im Flur zum Kampf. Wie ich gehört habe, besteht der Verdacht auf Pädophilie bei Herrn Dammer oder zumindest eine voyeuristische Neigung. Der Täter wusste möglicherweise davon. Berücksichtigt man die jüngsten Ergebnisse der Spuren- untersuchung, könnte er – beziehungsweise sie – auf einem dieser tausend gerade gefundenen Bilder sein. Er könnte ein Opfer sein oder ein Angehöriger. Ein Vater, ein Ehemann, ein Bruder.«

Jensen fuhr sich nervös und ungeduldig durch die Haare.

»Sie denken also, dass es auch eine Frau gewesen sein könnte?«, fragte er mit rauer Stimme.

»Sie haben mich erst nach meiner Begutachtung über Ihren Verdacht informiert. Ich hätte bis dahin auf einen männlichen Täter getippt, intelligent, organisiert und unter einem zeitlichen Zwang stehend. Er wird jung sein, zwischen zwanzig und dreißig Jahre, kräftig und, wie aus dem gerichtsmedizinischen Bericht hervorgeht, Rechtshänder. Besondere Merkmale: auffällig klein mit sehr kleinen Füßen. Das wäre der einzige Hinweis auf eine Frau, die Schuhgröße.«

»Was meinen Sie mit zeitlichem Zwang?«, wollte Jensen wissen und stützte sich auf seine Ellbogen. Der Bus schaukelte unregelmäßig im Wind.

»Zwei blutige Gewalttaten in so kurzer Abfolge sind eher ungewöhnlich. Bei Massenmördern haben wir dieses Phänomen schon öfter beobachtet, doch Massenmörder suchen sich nicht so spezielle kleine Gruppen aus, schon gar nicht auf zwei verschiedenen Inseln. Unser Täter hat vielleicht so etwas wie eine Liste, die er abarbeitet. Die zeitliche Distanz zwischen den Taten ist groß genug, um einen Blutrausch auszuschließen, aber gleichzeitig so gering, dass ich davon ausgehe, dass er schnell handeln musste. Täter beispielsweise, die gerade aus dem Gefängnis entlassen wurden oder auf Freigang sind, haben ein ähnliches Muster. Sie müssen nach langer Isolation beziehungsweise in der kurzen Zeit ihrer Freiheit alles erledigen, was sich in ihren Phantasien aufgestaut hat.«

Kinsings Brauen senkten sich. Er sah mitfühlend aus, fand Nils. Seine Arbeit setzte ein hohes Maß an Sensibilität und Einfühlungsvermögen voraus, und man erkannte diese Eigenschaften an ihm wieder, in seinem Gesicht und in seinen Augen. Nils war sich sicher, dass er auch Familie hatte und ein guter Vater war.

»Sandra Keller ist kurz vor den Taten nach einer persönlichen Krise aus dem Krankenhaus entlassen worden. Wäre das eine denkbare Variante?«, wollte Jensen wissen. »Ich habe das Gefühl, dass dieser Vorfall und der Aufenthalt im Krankenhaus zusammenhängen.«

»Es ist eine Option, ja.«

»Und das Mädchen, warum entführt er das Mädchen?«, fragte Nils und erkannte seine Stimme kaum wieder. Er brauchte ein Glas Wasser, dringend.

»Das ist eine interessante Frage. Das Mädchen ist etwas Besonderes. Entweder will er sie für sich allein haben, dann besteht die Möglichkeit, dass sie noch lebt.«

»Oder?«, hakte Jensen nach.

»Oder sie konnte fliehen, und der Täter musste ihr folgen. Dann wird er sie als Zeugin an anderer Stelle getötet und wahrscheinlich auch beseitigt haben.«

»Wir haben die gesamte Insel absuchen lassen, da ist nichts«, sagte Jensen unzufrieden. »Also muss die Kleine noch bei ihr sein. Sie hat sie versteckt.«

»Die Insel ist groß und verändert sich ständig. Wenn das Mädchen ins Wasser geworfen wurde, finden wir sie vielleicht nie«, meinte Nils betreten, auch weil er meinte, einen Zeitsprung zurück gemacht zu haben und über seine Schwester zu sprechen.

Eine Bö erfasste das Auto und kippte es nach links, dass Nils meinte, sie würden umgeworfen. Die Stoßdämpfer quietschten und ächzten. Alle drei hielten sich am Tisch fest. Der Regen trommelte jetzt so hart aufs Dach, dass man meinte, er zerbeule die Karosserie.

»Aber glauben Sie denn ernsthaft, dass eine Frau zu so einer Tat in der Lage wäre? Sie sprechen dauernd nur von ›ihm‹, dem Täter«, sagte Nils. Er wollte sich nicht von Jensens offensichtlichem Glauben an die Beweise gegen Sandra beeinflussen lassen. Sie hatte das nicht getan.

»Es wäre äußerst ungewöhnlich. Frauen morden zumeist auf subtilere Art, mit Gift zum Beispiel, aber natürlich gibt es Beispiele. Ja, es ist möglich.«

»Da kommen sie«, sagte der Kollege auf dem Fahrersitz. Nils blickte dem Beamten über die Schulter und erkannte eine dunkle Form, die sich durch das verwaschene Grau auf See kämpfte.

Er würde ihr nicht mehr helfen können. Es war längst zu spät. Was hätte er tun können, wie hätte er das alles abwenden können? *Ich hab mich nicht genug um sie gekümmert, hab ihr nicht richtig zugehört. Ich bin mit schuld.*

Das Schiff der Küstenwache rieb sich förmlich am Landungssteg des kleinen Hafens. Sie standen jetzt mit neun Mann am Kai und erwarteten Sandra. Die lief geradewegs auf sie zu, den einen Arm zum Schutz gegen Wind und Wasser vor die Augen gehoben und mit jedem Schritt um ihre Balance kämpfend.

»Hallo!«, schrie sie ihnen durch den Sturm entgegen.

Nils konnte es kaum ertragen, zuzusehen. Er wusste, was nun folgen würde, und es wäre so oder so eine Katastrophe.

»Frau Keller?«, rief Jensen und fasste sie am Arm. Er zögerte einen Moment, dann sagte er laut: »Ich muss Sie wegen des dringenden Mordverdachts in vier Fällen und wegen des Verdachts der Kindesentführung festnehmen.«

Sandra hatte ihm ihr Ohr zugewandt, um ihn verstehen zu können, nun zuckte sie zurück, als hätte ein unangenehmer Ton ihr Trommelfell verletzt. Sie blickte fragend zu Nils. Er schüttelte nur kraftlos den Kopf und formte mit seinen Lippen stumm die Worte: *Es tut mir leid.*

Zwei Beamte stellten sich hinter sie, und einer legte Sandra Handschellen an. Sie hätte protestieren, sich wehren oder wild um sich schlagen und schreien sollen, doch sie ließ alles einfach geschehen. Sie wurde abgeführt und in den Bulli gebracht. Auch Jensen, Nils und Kinsing stiegen wieder ein.

Als einer der Beamten die Tür zuwarf und den Wind damit ausschloss, wurde es fast unheimlich still. Sie saßen nun zu viert an dem kleinen Tisch. Sandra mit Handschellen neben Kinsing, Jensen und Nils den beiden gegenüber. Der Bus rumpelte los und verließ das Hafengelände. Er fuhr am Spielplatz vorbei und auf das kleine Wäldchen nördlich von Wittdün zu.

Erst als sie auf die Inselstraße in Richtung Norden abbogen und auf den Leuchtturm zufuhren, sprachen sie wieder. Sandra war es, die das Wort ergriff.

»Was soll das Ganze? Das kann doch wohl nicht Ihr Ernst sein?« In ihrer Stimme schwangen Wut und eine tiefe Enttäuschung mit. Sie sah wieder zu Nils. Ihr Blick durchbohrte ihn.

»Frau Keller, es tut mir sehr leid«, erklärte Jensen, »aber wir haben Beweise gefunden, die Sie belasten und Ihre Täterschaft mehr als wahrscheinlich machen. Ich kann mich nicht anders verhalten. Sie wissen, wie es läuft. Wir müssen Sie in Untersuchungshaft nehmen.«

»Das ist doch alles ein schlechter Witz! Ich komme gerade von Dammers Haus zurück, wo ich neue Fakten gesammelt habe. Ich versuche, diese Scheißfälle zu lösen, und Sie glauben, dass *ich* es gewesen bin?« Sie wurde immer lauter und aufgebrachter. Ihre Stimme zitterte.

»Bitte beruhigen Sie sich, Frau Keller. Es gibt eindeutige Beweise, das steht nun mal fest. Sie waren an beiden Tatorten.«

»Natürlich war ich da. Ich bin die Ermittlerin!«

»Frau Keller, bitte, wir werden Sie jetzt in die Polizeidirektion bringen, und dort werden Sie sich zu allem äußern können.« Jensen hob beschwichtigend seine Hand.

»Und wer ist der Kerl neben mir?«, fragte Sandra. Ihr war jetzt jeglicher Umgangston egal.

»Ich bin Rutger Kinsing, Polizeipsychologe aus Hamburg«, sagte Kinsing ruhig und freundlich, als wären sie auf einem Ausflug.

»Soll der mich analysieren?«

»Bitte, Frau Keller. Lassen Sie es gut sein«, bat Jensen und senkte müde seinen Kopf.

»Und du, Nils? Du steckst mit denen unter einer Decke? Glaubst du auch, dass ich vier Menschen getötet habe? Und die Kleine entführt?« Tränen stiegen ihr in die Augen.

Nils fühlte sich als Verräter und, so, wie er jetzt hier im Bus saß, als Nichtsnutz.

»Es wird alles gut«, sagte er nur und erntete verständnislose Blicke von Jensen und Sandra. Kinsing hingegen schien aufmerksamer zu werden und musterte Nils neugierig.

»Lass mich bloß mit deinem Scheißoptimismus zufrieden«, sagte Sandra verächtlich und wandte sich ab. Sie schaute den Rest der Fahrt über stur aus dem schmutzigen Fenster. Das Fußballfeld kurz vor Nebel huschte an ihnen vorbei. Wasserlachen standen auf dem Rasen. Und Sandras Handschellen klimperten im Takt des schaukelnden Wagens.

★★★

»Ich möchte mit ihr allein sprechen. Ohne Mikros. Ist das in Ordnung?«

Nils hatte Jensen in der Enge des kleinen Büros beiseitegenommen. Sandra war bereits in einen Raum gebracht worden, wo sie auf den Beginn der Vernehmung wartete, die Jensen zusammen mit Kinsing durchführen wollte.

»Ich bin mir nicht sicher, ob das eine gute Idee ist.« Jensen sah Nils zweifelnd an.

»Sie haben gesehen, wie aufgebracht sie ist. Vielleicht kann ich sie beruhigen.«

»Im Bus hat das nicht so gut funktioniert«, erinnerte Jensen ihn.

»Ich bitte Sie nur um ein paar Minuten«, insistierte Nils.

Jensen kratzte sich am Kopf und atmete unwillig aus.

»Na schön. Aber Sie werden mir alles berichten, was wir über den Fall wissen müssen. Alles, was sie sagt, kann von Bedeutung sein. Wenn ich mitkriege, dass Sie mir Dinge verschweigen, die sie dadrin von sich gegeben hat, nur um sie zu schützen, dann gnade Ihnen Gott.« Jensen drohte ihm mit dem Zeigefinger.

»Geht klar.«

»Na schön, gehen Sie rein. Und beeilen Sie sich.« Er schubste Nils in Richtung Vernehmungszimmer. Eigentlich war es nur eine Ausnüchterungszelle, die einzige in diesem Gebäude. Mehr war hier auf der Insel auch nicht nötig. Man hatte einen Tisch und drei Stühle hineingestellt.

Sandra blickte auf, als Nils den Raum betrat.

»Was willst du?«, fragte sie unwirsch.

Nils sagte kein Wort, sondern setzte sich einfach nur zu ihr an den Tisch und versuchte, sich zu entspannen. Wenn er zu einer gewissen inneren Ruhe finden konnte, davon war er überzeugt, könnte er Sandra damit anstecken. Er schloss die Augen und dachte an etwas Schönes. An die Dünen an einem Sommerabend kurz vor Sonnenuntergang. Dann war das Licht am schönsten, und ein schwacher Wind bewegte das Dünengras. Kaum hatten sich sein Puls und seine Atmung beruhigt, hörte er Sandra ausatmen und konnte sich förmlich vorstellen, wie sie dabei aussah.

»Was wird das?«, fragte sie. Ihre Stimme war jetzt tiefer und sanfter. Nils lächelte. Er öffnete die Augen.

»Wir dürfen uns unterhalten, ohne dass jemand mithört«, meinte er.

Sandra war etwas nach unten gerutscht auf ihrem Stuhl. Ihre Hände mit den Handschellen lagen auf der Tischplatte. »Ist das ein Traum?«, fragte sie. »Dann mach, dass ich schnell aufwache.«

»Nein, du träumst nicht. Wir sind auf Amrum. Draußen tobt ein Sturm, und du stehst unter Mordverdacht.« Nils sagte das fast fröhlich.

»Warum?«

»Sie haben deine Fingerabdrücke im Klinikzimmer und ein Haar von dir in der Wunde des Jungen gefunden.«

Sandras Augen wanderten suchend hin und her, als kramte sie in ihrer Erinnerung nach einer Erklärung für diese Spuren.

»Dann hab ich eben was angefasst, als ich da war, und ein Haar verloren, als wir die Leichen untersucht haben …«

»Nein. Das Haar muss in die Wunde gelangt sein, als sie noch frisch war. Es steckte im geronnenen Blut.«

Sandra richtete sich ungläubig auf. Die Kette der Handschellen schabte über den Holztisch.

»Das ist unmöglich, Nils. Ich war das doch nicht. Ich …« Ihr fiel plötzlich wieder ein, wie sie in Dammers Gesicht die kleinen Hämatome gefunden hatte und ihre Finger haargenau auf die Male passten. Für einen Augenblick meinte sie, sich selbst als Mörderin entlarvt zu haben.

»Du warst es nicht, davon bin ich überzeugt«, sagte Nils und beugte sich vor. Er berührte ihre Hand und drückte sie. »Ich weiß es.«

»Du musst mir helfen«, flehte sie, und Nils nickte ganz selbstverständlich.

»Du hast mir nichts von dem Unfall erzählt«, meinte er leichthin. Es sollte nicht wie ein Vorwurf klingen.

»Welchen Unfall?«

»Die Gasexplosion in deiner Wohnung.«

Augenblicklich wechselten Sandras Augen die Farbe. Sie wurden so dunkel, dass Nils Iris und Pupille kaum noch unterscheiden konnte. Ihre Gesichtszüge glitten herab und ließen sie hohlwangig und kränklich erscheinen.

»Ach das.«

»Erzähl mir bitte jetzt davon.«

Sie vermied es, ihn anzuschauen, und fingerte schweigend an der Stahlkette zwischen ihren Handgelenken herum.

»Weißt du, wenn man nichts darüber weiß, denkt sich jeder etwas anderes zurecht, und am Ende ist nichts so, wie es wirklich war. Erzähl mir, was passiert ist«, wiederholte er sanft.

Sandra blinzelte erschöpft.

»Es war kein Unfall.« Sie legte den Kopf leicht schief und schien die Kettenglieder zu zählen. »Ich kam nach Hause und stellte fest, dass es nichts gibt, was mich hier noch hält. Alles ist so nichtssagend. Nichts hat mit mir etwas zu tun, ich bin völlig losgelöst von allem.«

»War es, weil ich dich abgewiesen habe?«, fragte Nils. Da blickte sie ihn zum ersten Mal wieder in die Augen.

»Nein, nein, du warst gut. Du warst das einzig Gute. Ich habe schon vor langer Zeit festgestellt, dass es an mir liegt. Ich bin, wie ich bin. Ich distanziere mich von allem. An dem Abend wollte ich einfach nur schlafen. Hab den Herd angedreht und mich hingelegt. Das war's. Im Krankenhaus bin ich wieder aufgewacht und hörte da erst, dass es eine Explosion gegeben hat.«

Die letzten Worte waren immer schneller aus ihr herausgeflossen.

»Du wolltest dich also umbringen«, brachte Nils es sachlich auf den Punkt.

Sandra lachte verlegen. »Tja, das liegt wohl in der Familie. Meine Mutter ist auch so ein Fall. Suizidaler Drang aufgrund von Psychosen. Irgendwas muss man ja erben von seinen Eltern.«

»Eine schöne Nase wäre nicht schlecht«, meinte Nils, und Sandra musste lachen.

»Oder Ohren«, sagte sie.

Nils wusste, dass sie ihre Ohren nicht mochte. Auch jetzt leuchteten sie wieder rot und erinnerten an eine Wunde.

»Jensen meinte, du seist wiederbelebt worden.«

»Ja, verrückt, was? Aber man merkt ja nichts davon. Ich hab mich einfach nur ein bisschen gerädert gefühlt. Mehr nicht. Deswegen bin ich auch gegangen. Was sollte ich da lange rumliegen?«

»Und in der Zwischenzeit?«

»Was meinst du?«

»Na, zwischen der Explosion und dem Wiederbeleben.«

»Was soll da gewesen sein? Nichts. Schwärze.«

Nils nahm ihre Hände in seine und hob sie hoch, dass die Kette klirrte. Er sah ihr tief in die Augen.

»Ich will wissen, ob du etwas gesehen hast. Ich muss es wissen, bitte. Hast du etwas gesehen?«

Sandra sah ihn aus großen, verletzlichen Augen an. Sie scheute die Antwort so sehr.

»Ja«, hauchte sie.

»Gut.« Nils blinzelte zufrieden. »Erzähl es mir.«

»Nein, du wirst mich für verrückt halten, ihr haltet mich doch jetzt schon alle für verrückt. Wenn ich dir das erzähle, werde ich die nächsten zehn Jahre nicht mehr aus der Klapse rauskommen.«

»Und wenn ich dir sage, dass ich auch etwas gesehen habe?«

Der Satz schwebte bewegungslos in der Luft.

»Was?«, piepste sie mit einer Mäusestimme.

Er nickte ihr ernst zu.

»Im Wasser.«

Sandra versuchte, ihre Freude und Hoffnung im Zaum zu halten. Da flackerte etwas auf, was ihr vielleicht doch einen Weg weisen konnte.

»Ich bin geflogen. Ich hab mich selbst da liegen sehen. Es ging immer höher und höher, und dann kam dieser Tunnel aus Licht und Farben, und ich schoss hindurch wie durch einen Lichtschlauch. Ich hab nichts mehr gespürt. Keine Schmerzen, keine Traurigkeit, nichts, nur Glück. Dann sah ich ein unglaubliches Licht, und alles, was ich wollte, war, dorthin zu gelangen. Aber ich durfte nicht. Ich hörte Geräusche aus dieser Welt und wurde wieder nach unten gesogen. Ich fiel und fiel, und plötzlich war ich wieder hier, in meinem Körper, und alles war wieder da. Die Schmerzen, all diese Gefühle, das Piepen und Pfeifen in meinen Ohren. Ich war im Krankenwagen und sah die Ärzte und hab sie verflucht dafür. Sie haben mich vom schönsten Ort, den ich je gesehen habe, weggeholt.« Sie schlug die Hände vors Gesicht.

Nils ließ nicht los, während sie schluchzte. Er hielt ihr Gesicht umfasst.

»Ich war auch dort«, sagte er schließlich. »Ich war auch dort.«

Sandra ließ langsam ihre Hände sinken. Ihre Wimpern klebten feucht zusammen.

»Und aus dem Licht kam Anita zu mir.«

Sandra lachte und weinte gleichzeitig.

»Sie war glücklich, vollkommen glücklich, aber sie hat mich wieder zurückgeschickt. Ich wusste irgendwie, dass ich da nicht sein sollte. Noch nicht. Und dann war ich wieder im Wasser.«

»Ich hatte auch das Gefühl, dass dort oben im Licht jemand auf mich wartete«, flüsterte Sandra aufgeregt.

»Wer?«, fragte Nils.

»Mein Vater«, sagte sie mit erstickter Stimme und begann wieder zu weinen. »Er muss es gewesen sein.«

Nils streichelte ihr über den Kopf.

»Alles ist gut, siehst du?«

»Nein, ich bin hier und nicht dort oben. Ich will nicht hier sein, wo alles so schwer ist und jeden Tag der gleiche Scheiß auf einen wartet. Wir befinden uns nicht zwischen Himmel und Hölle. Wir sind bereits in der Hölle.«

»Aber tröstet dich das nicht, dass du weißt, dein Vater wartet dort oben und dass du vor nichts Angst haben musst?«

Sandra sah nicht so aus, als könnte sie seinen Gedanken folgen. Vielmehr schien es, als würde er sie wieder verlieren.

»Und wenn ich dem Leben einfach nicht gewachsen bin?«, fragte sie verlassen.

»Das kann ich dir nicht beantworten. Ich hab genauso gefühlt wie du. Aber irgendwas ist mit mir passiert, ich habe nachgeforscht. Ich wollte was ändern. Musste was ändern, sonst wäre ich zugrunde gegangen.«

»Was soll ich ändern? Ich bin verhaftet worden wegen Mordes und weiß nicht mal, wie es dazu kommen konnte.«

»Wir tanzen alle auf einem Seil. Aber mit Sicherheitsnetz«, sagte Nils.

Diesmal nahm sie seine Hand.

»Was tun wir jetzt?«, fragte sie.

»Wir werden denen da draußen etwas anderes beweisen. Aber ich brauche mehr Informationen. Was ist auf Föhr passiert?«, wollte Nils wissen.

Sandra hatte sich inzwischen beruhigt und mit ihrem Ärmel die Tränen fortgewischt. Zwischen ihnen hatte sich die alte Vertrautheit eingestellt, und beide waren sich des kleinen Wunders, dass sie die gleiche außergewöhnliche Erfahrung hatten machen dürfen oder müssen, ausgesprochen bewusst. Es schweißte sie zusammen, verband sie für immer.

»Dammer hatte sich ein Geheimzimmer eingerichtet, in dem er seine wahre Leidenschaft auslebte. Der Zugang war in einem Regal auf dem Dachboden versteckt. Noch lieber als die Insel fotografierte er nämlich junge Frauen und Mädchen. Das Zimmer ist voll von Fotos, die er heimlich vom Dachbodenfenster aus geschossen hat. Ich bin gespannt, was wir noch alles auf dem Computer finden.«

»Kinsing meinte, dass es sich beim Täter um eins der Opfer handeln könnte. Um jemanden, der auf den Fotos zu sehen ist«, meinte Nils.

»Das denke ich auch, nur scheint der Täter dann in Dammers Nachbarschaft zu finden zu sein. Aber was könnte der mit den Kaltenbachs zu tun haben?«

»Vielleicht hatte Dammer mit ihnen zu tun. Die Bilder ...«

Sie sahen sich an und hatten denselben Gedanken. Gleichzeitig deuteten sie mit den Fingern aufeinander und sagten: »Sie kennen die Bilder.«

»Genau«, sagte Sandra aufgeregt. »Dammer machte die Fotos und verkaufte sie oder teilte sie mit den Kaltenbachs. Die könnten alle zu einem Pädophilenring gehören. Du musst diese Fotos sichten und sie vergleichen. Der Junge hatte rund dreitausend Dateien auf dem Computer, keine Ahnung, wie viele es bei Dammer sind, aber du musst das überprüfen.«

»Ich werde Hilfe brauchen«, sagte Nils. »Jensen ist im Grunde auf deiner Seite. Er ist sehr vernünftig. Ich denke, wir können mit ihm reden.«

Sandra überlegte.

»Nils, ich vertraue nur dir.«

Nils verließ das Zimmer und schloss hinter sich ab. Nahezu jeder Beamte im Raum sah ihn an und wollte an seiner Miene ablesen, ob die Befürchtungen sich bewahrheitet hatten. Nils setzte sein Pokerface auf.

Jensen kam zu ihm und stellte sich abschirmend vor ihn.

»Und? Was denken Sie?«, raunte er ihm zu.

»Wenn Sie eine ehrliche Einschätzung haben wollen, bevor Sie da reingehen, lassen Sie uns woanders reden. Hier ist nicht der richtige Ort«, entgegnete Nils. Er sah, wie Jensens Kiefermuskeln arbeiteten.

»Tut mir leid, ich kann keine Zeit mehr verlieren. Es geht jetzt zuerst mal vor allem darum, das Mädchen zu finden. Hat sie darüber etwas gesagt?«

»Nein. Sie ist ebenso besorgt um die Kleine wie Sie und ich.«

Unzufrieden steuerte Jensen an Nils vorbei und öffnete die Tür. Herr Kinsing kam als stumme Nachhut hinterher und schenkte Nils ein väterliches Lächeln. Dann schloss sich die Tür wieder, und Sandra war ihrem Schicksal überlassen.

Nils ging zu Minthal und Jussi hinüber, die wie immer hoch konzentriert an ihren Laptops arbeiteten.

»Na, wie sieht's aus?«, wollte Minthal wissen. Nils war überrascht, dass ausgerechnet der sonst so wortkarge, verschlossene Minthal sich erkundigte.

»Wir müssen trotz allem weitermachen«, antwortete er, doch Minthal sah nicht gerade befriedigt aus. »Sie trägt es mit Fassung«, fügte Nils daher hinzu, und beide Männer nickten.

»Da will ihr doch einer was in die Schuhe schieben«, sagte Jussi.

Auf den Gedanken war Nils noch gar nicht gekommen. Aber Jussi hatte recht. Wenn es kein Zufall war, dass Fingerabdrücke und Haare an verdächtige Stellen gelangt waren, könnte es Sabotage gewesen sein. Jemand könnte die Beweise dort absichtlich platziert haben.

»Minthal, ich brauche alle Computerdateien der Kaltenbachs«, sagte Nils und hoffte, der Kollege würde nicht weiter nachforschen.

»Es liegt alles auf dem Server, Sie können auch von Ihrem Computer darauf zugreifen.«

»Sehr gut. Und die Dateien von Dammer?«, fragte Nils.

»Werden gerade von den Kollegen hochgeladen. Kann eine Weile dauern«, sagte Minthal mit einem abschätzenden Blick.

»Wir müssen diese Dateien miteinander vergleichen. Wenn wir beweisen können, dass die Familie Kaltenbach Bilder oder Videos von Dammer besaß, haben wir eine Verbindung der beiden Fälle, die Aufschluss über den wahren Täter geben könnte.«

»Herr Petersen, wissen Sie, wie umfangreich diese Dateien sind?«

»Ja, aber es ist wichtig.«

Minthal räusperte sich. Er schien peinlich berührt zu sein. »Nicht dass Sie das falsch verstehen, aber wir bekommen unsere Anweisungen von Jensen.« Er zuckte entschuldigend mit den Schultern.

Possebiehl hatte sich trotz seiner stattlichen Erscheinung fast unmerklich an Nils herangeschlichen. Jussi bedeutete Nils, sich doch mal umzudrehen.

»Oh, Possebiehl. Gut, dass Sie kommen. Was haben Sie heute Abend vor?«, fragte Nils.

»Nichts.«

»Schön, jetzt schon.«

25

Nils hatte sich sofort an die Arbeit gemacht. Er durchforstete zunächst den Computer von Thomas Kaltenbach und konzentrierte sich in erster Linie auf private Bild- und Videodateien. Das pornografische Material, das illegal aus dem Internet heruntergeladen worden war, interessierte ihn nicht. Mit Possebiehl zusammen arbeitete er sich durch unzählige Ordner, die Fotos von Familienfeiern, Freunden, Ausflügen, Urlauben und Konzerten beinhalteten. Schnell wurde klar, dass Alkohol und Gewalt im sozialen Umfeld des Neunzehnjährigen eine große Rolle gespielt hatten. Es gab Bilder und Videos von Schlägereien und abstrusen Trinkritualen. Sie erhielten Einblick in ein verschwendetes, tumbes Dasein ohne Ziel und mit der ständigen Präsenz von Wut.

Es war inzwischen acht Uhr abends. Jensen und Kinsing saßen noch immer in der Vernehmung, ohne auch nur einmal eine Pause gemacht zu haben. Nils war gerade dabei, einen weiteren Ordner zu öffnen, dessen Titel ihm in der Reihe der übrigen Ordner als ungewöhnlich aufgefallen war. Der Titel lautete: *Zähne*. Da klingelte sein Telefon. Er sah auf dem Display, dass der Anrufer sich auf Sylt befinden musste.

»Polizeidirektion Amrum, Petersen?«

»Nils? Ich bin's, Aik, Aik Ingwersen.«

Aik war Nils' Pendant in Hörnum auf Sylt. Sie hatten manchmal miteinander zu tun gehabt, zuletzt bei einem Badeunfall, der schon etwas zurücklag, und wenn Nils mal auf Sylt war, besuchte er seinen Kollegen immer. Aik war ein angenehmer Zeitgenosse, und Nils konnte sicher sein, dass er eine Einladung zum Essen bekam, wenn er dort auftauchte. Aik war ein guter und leidenschaftlicher Hobbykoch, obwohl man das Kochen bei sechs Kindern, noch dazu alle Jungs, eigentlich nicht mehr als Hobby bezeichnen konnte.

»Aik, was ist los? Lange nichts mehr gehört.«

»Ich hab da was, das könnte 'ne große Sache sein.«

»Aufm Herd?«, fragte Nils und hörte Aik am anderen Ende

der Leitung lachen, aber nicht so offen und impulsiv, wie es sonst seine Art war.

»Nee, aber ich dachte, dass ich bei dir trotzdem an der richtigen Adresse bin. Ist bei dir nicht die SOKO stationiert, die deinen dreifachen Mord untersucht?«

»Ja, das ist richtig«, sagte Nils und drückte den Hörer etwas fester gegen sein Ohr.

»Heute Morgen bekam ich einen Anruf. Ein Mann und seine Frau haben ein Kind in ihrem Garten gefunden. Ein Mädchen. Ich denke, es ist das Mädchen, das ihr sucht.«

Nils vergaß alles andere um ihn herum und konzentrierte sich nur noch auf die Stimme von Aik. Er suchte Zettel und Stift.

»Bist du dir sicher? Fünf Jahre alt? Dunkelbraunes Haar? Hat sie einen Leberfleck am linken Ohr?« Nils spürte seine Aufregung und versuchte, sich zu beruhigen. Sein Puls rauschte im Ohr, und sein Mund war staubtrocken.

Possebiehl hatte bemerkt, dass dieser Anruf von Bedeutung sein könnte. Er betrachtete Nils aufmerksam.

»Die Angaben stimmen, doch was das Aussehen betrifft … Ihr hattet doch dieses Foto online gestellt, ist das vielleicht schon älter? Ich bin mir nicht hundertprozentig sicher.«

»Ja, auf dem Foto ist sie dreieinhalb. Die Großmutter hatte kein aktuelleres.«

»Sie ist noch bei diesem Ehepaar. Ich dachte, wenn sie's wirklich ist, hat sie's da besser als bei mir im Büro. Ansonsten hätte ich sie mit nach Hause genommen. Aber ich musste ja nachprüfen, ob sie hier von Touristen vermisst wird.«

»Was sagt sie denn?«, wollte Nils wissen.

»Das ist das Problem. Sie redet nicht. Ich weiß nicht, warum, aber sie hat bis jetzt anscheinend noch kein Wort gesprochen.«

»Ist gut, Aik. Wir kommen so schnell wie möglich rüber. Dieses Ehepaar, ist das vertrauenswürdig?«

»Ich kenne die beiden. Die Kleine ist gut bei ihnen aufgehoben, glaub mir.«

»Bis gleich«, sagte Nils und legte auf. Possebiehl sah ihn mit großen Augen an.

»Ist sie's?«, flüsterte er.

»Ich weiß es nicht, wir müssen hinfahren.«

Nils stand auf und ging unter den neugierigen Augen der Kollegen vom Festland zum Vernehmungsraum und klopfte laut und dringlich. Kinsing öffnete. Sandra saß auf ihrem etwas vom Tisch abgerückten Stuhl und band sich gerade mit stolzer, trotziger Miene ihre Haare neu. Jensen drehte sich zur Tür um. Er war ungehalten über die Störung.

»Herr Petersen, wir sind noch nicht fertig«, sagte Kinsing freundlich.

»Verzeihung, aber ich muss Sie sprechen.«

»Jetzt nicht, Petersen«, sagte Jensen mit energischer Stimme. Kinsing lächelte entschuldigend.

»Doch«, meinte Nils. »Es ist wichtig.« Er überlegte kurz, ob er es nur den beiden sagen sollte, doch Sandra hatte auch ein Recht, es zu erfahren. »Wir haben höchstwahrscheinlich das Mädchen gefunden.«

Die Nachricht zeigte unmittelbare Wirkung. Jensen saß stocksteif da, ebenso wie Sandra, deren Hände wie festgeklebt an ihren Haaren verweilten.

»Wo?«, fragte Jensen schließlich.

»Auf Sylt.«

»Lebt sie?«, wollte Sandra leise wissen, und Jensens Kopf fuhr zu ihr herum.

»Ja.« Nils nickte ihr beruhigend zu. »Der Polizist ist sich allerdings nicht sicher, ob sie es tatsächlich ist.«

»Ich komme.« Jensen schob seinen Stuhl zurück. Er kam zur Tür und scheuchte Kinsing und Nils hinaus. Dann drehte er sich noch einmal um. »Wir sprechen später weiter«, sagte er zu Sandra.

Nils zwinkerte Sandra zu, bevor Jensen die Tür ins Schloss drückte und verriegelte. Er hoffte, dass sie angesichts dieser neuen Wendung Trost und ein wenig Hoffnung verspürte. Wenn es sich tatsächlich um das verschwundene Mädchen handelte, hatte die Kleine vielleicht alles gesehen. Sie könnte den Mörder und ihren Entführer beschreiben und sie ganz nah an die Lösung des Falls heranbringen. Und sie könnte Sandra entlasten. Das war in der Tat ein kleines Licht in dieser dunklen Grotte, in der sie herumschipperten.

Als sie sich auf den Weg in den Hafen machten, um mit dem Boot der Küstenwache überzusetzen, wiederholte Nils in Gedanken wie ein Stoßgebet immer wieder die gleichen Worte. *Bitte lass sie unverletzt sein. Bitte lass sie unverletzt sein. Bitte …*

Teil 3
Sylt

So here we are
From dust to eternity
And here we will stay
'til the truth just lets us be.
John Mellencamp, »Away from this world«

26

Das Boot kämpfte mit aller Kraft gegen den Sturm an, der frontal und unaufhörlich gegen den Bug fuhr wie der Atem eines wütenden Monsters. Und so hörte er sich auch an. Die Wellen schlugen wie Fäuste in schneller, kräftiger Abfolge immer wieder gegen die Bordwände und hoben und senkten das Schiff wie eine lose in den Angeln hängende Wippe. Jensen hielt sich während der gesamten Fahrt an einem Tisch fest. Seine Gesichtsfarbe hatte ein mattes Grün angenommen, und einmal hatte er schon auf die Toilette flüchten müssen. Kinsing schien der Seegang nichts auszumachen. Er starrte nachdenklich aufs Wasser hinaus, registrierte aber gleichzeitig jede Bewegung an Bord. Gischt und Wasserfontänen spritzten immer wieder gegen die Scheiben, als Nils die Nordspitze seiner Insel backbord vorbeigleiten sah. Der Kapitän hatte sich für die Fahrrinne zwischen Föhr und Amrum entschieden. Das Wasser stand hoch genug, und die Entfernung war geringer. Außerdem lagen sie so besser im Wind.

Als sie endlich den Hafen von Hörnum erreichten, der geschützt auf der Ostseite der Insel lag und immer noch an seinen ursprünglichen Zweck als Militärhafen erinnerte, fühlte sich Nils, diesmal in Uniform und auf einem Polizeischiff, tatsächlich so, als besuchte er einen Kriegsschauplatz.

Der Wind schoss hier, am Fuße des Hügels über dem Hafenbecken, heulend über sie hinweg, und sie erkannten durch den Regen kaum den Streifenwagen, der kurz vor dem Kai auf sie wartete. Die Scheinwerfer brannten, und die Scheibenwischer waren im Gang. Aik stieg aus, als sie auf den Wagen zuliefen, und begrüßte zunächst Nils. Sein ohnehin schon breiter Mund zog sich zu einem herzlichen Lächeln noch mehr in die Breite und entblößte eine Reihe eng zusammenstehender Zähne.

»Moin, Nils, schön, dich zu sehen.«

»Moin, Aik. Das sind Oberkommissar Jensen aus Niebüll und Herr Kinsing aus Hamburg. Herr Kinsing ist Polizeipsychologe.«

Die Männer schüttelten sich die Hand.

»Schnell in den Wagen«, sagte Aik. »Büschn ungemütlich hier draußen.«

Jensen setzte sich auf den Beifahrersitz. Nils und Kinsing nahmen hinten Platz. Aik steuerte das Auto zügig durch den kleinen Ort, der eng und fast bergig wirkte. Nach einer Rechtskurve folgten sie der Rantumer Straße Richtung Norden. Der Sturm blies hier noch stärker und roher über die Gipfel der Dünen zu ihrer Linken. Ein ständiges Kreischen lag in der Luft, und der Regen, der gegen die Scheiben klatschte, war mit feinem Sand vermischt. Die Häuser der Siedlung standen jetzt nur noch vereinzelt und weiter von der Straße entfernt. Vor ihnen tat sich eine Dünenlandschaft auf, durch die sie auf der nass glänzenden Straße mittig hindurchrollten. Die Heide wuchs wie Korallen in dunkelgrüner, fast schwarzer Farbe breitflächig an den Dünenbergen empor.

»Das Ehepaar Neudorf, das das Mädchen gefunden hat, steht selbst noch ein wenig unter Schock«, erklärte Aik. »Sie haben im Garten so ein Spielhaus aus Holz. Und dadrin haben sie das Mädchen heute Morgen gefunden. Es war einfach da. Niemand weiß, wie es dorthin gekommen ist, oder hat etwas bemerkt. Ein bisschen gespenstisch das Ganze.«

»Wir sollten zunächst mal überlegen, wie wir mit dem Mädchen umgehen wollen«, schlug Jensen vor und drehte sich zu Nils und Kinsing um. »Was würden Sie vorschlagen?«, fragte er Kinsing.

»Es ist sicherlich von Vorteil, dass wir sie in einem Privathaus befragen können«, meinte Kinsing. »Eine heimelige Atmosphäre macht die Situation schon mal angenehmer für das Kind.«

Aik fuhr links in einen kleinen Weg hinein und an einer Reihe Häuser vorbei, die recht geschützt in einer Senke lagen. Er hielt vor einem weiß getünchten Haus mit schwarzem Reetdach.

»Hat das Mädchen Vertrauen zu dem Ehepaar gefasst?«, wollte Kinsing wissen.

»Schwer zu sagen. Wie schon erwähnt, die Kleine spricht nicht.« Aik stellte den Motor aus, und schon konnte man nicht mehr aus der Windschutzscheibe sehen.

»Ich würde gern versuchen, mit ihr zu sprechen, wenn die Frau

241

dabei ist. Und ich möchte, dass Sie, Herr Petersen, mitkommen. Sie sind Vater, richtig?«, fragte Kinsing.

Nils war etwas perplex. »Äh, ja, ich habe eine Tochter.«

»Kinder spüren das. Ich denke, Sie könnten helfen, Vertrauen aufzubauen. Hat das Ehepaar Kinder, gibt es Spielsachen in dem Haus?«

Aik sah in den Rückspiegel. Es lag Bedauern in seinem Blick. »Nein, die beiden haben keine Kinder. Aber ich kann Spielzeug besorgen.«

»Er hat sechs Jungs«, erklärte Nils, weil er dachte, dass Aik Kinsing dadurch womöglich noch geeigneter erschien als er. Doch der Psychologe nickte nur.

»Sie besorgen Spielsachen«, sagte er zu Aik. Dann wandte er sich an Nils. »Und Sie kommen mit rein.«

»So machen wir es«, beendete Jensen die kleine Besprechung, sie stiegen aus.

Lars öffnete ihnen die Tür. Aik stellte sie einander kurz vor und fuhr wieder los, um die Spielsachen zu holen. Lars, Nils, Jensen und Kinsing gingen ins Wohnzimmer, wo sie sich an den Esstisch setzten.

»Meine Frau ist mit ihr oben«, sagte Lars leise.

»Herr Neudorf, können Sie uns bitte schildern, was heute Morgen vorgefallen ist?«, bat Jensen und faltete seine Hände auf dem Tisch.

»Nun, ich bin um kurz nach sechs heruntergekommen. Meine Frau war schon wach und saß hier im Wohnzimmer. Ich sagte, dass ich Frühstück machen will, und ging in die Küche. Kurze Zeit später hörte ich einen Schrei. Meine Frau hatte die Kleine draußen entdeckt. Sie schaute aus dem Fenster des Spielhauses zu uns herüber. Ich bin gleich rausgelaufen und zu ihr hin. Meine Frau hat die Tür geöffnet, ist reingekrabbelt und hat mit ihr ge- sprochen. Es dauerte eine Weile, aber irgendwann ließ sie sich von meiner Frau an die Hand nehmen und kam heraus. Sie fror. Ihre Sachen waren ganz nass. Wir gingen rein, und meine Frau kümmerte sich um sie. Wir haben sie immer wieder gefragt, wo sie herkommt, wie sie heißt und wo ihre Eltern sind, doch sie hat kein einziges Wort gesagt. Meine Frau hat ihr ein heißes Bad eingelassen und ihr Suppe gekocht. Sie hat gegessen. Gut sogar. Sie muss hungrig gewesen sein.«

»Und Sie haben bei der Polizei angerufen?«, fragte Jensen.

»Ja. Ich wusste da noch nicht, dass sie vermisst wird. Ich dachte, sie käme vielleicht aus der Nachbarschaft, von Urlaubern oder so.«

»Sie sagten, Sie hätten das Mädchen gebadet. Was haben Sie mit ihrer Kleidung gemacht?«, hakte Jensen nach.

Lars verstand den Sinn der Frage nicht ganz und zuckte nur mit den Schultern. »Na, wir haben sie gewaschen. Sie war nass und schmutzig.«

»Wir hätten vielleicht Beweismaterial daran feststellen können«, sagte Jensen.

»Ach so. Aber wir wussten ja nicht, dass ...«

»Schon gut. Sie haben sich vorbildlich verhalten, Herr Neudorf. Wir würden jetzt gern zu dem Mädchen gehen und zunächst einmal feststellen, ob sie es tatsächlich ist. Wenn das der Fall ist, würden Herr Kinsing und Herr Petersen mit ihr sprechen wollen.«

»Es wäre schön, wenn Ihre Frau auch mit im Zimmer sein könnte. Sie ist inzwischen wahrscheinlich eine Bezugsperson für das Kind«, sagte Kinsing.

Die Männer erhoben sich und stiegen die Treppe hinauf in den ersten Stock. Lars klopfte zaghaft an die Tür zum Arbeitszimmer. Nach einigen Sekunden öffnete Hanna. Sie lugte in den Flur und sah die vier Männer unverwandt an. Nils konnte einen Blick über ihre Schulter ins Zimmer werfen. Das Mädchen saß auf dem Boden und malte. Hanna hatte aus Papier ein Schiffchen gebastelt. Auf dem Teppich lagen Stifte, Klebstoff, Büroklammern und Knöpfe herum.

Hanna schloss die Tür hinter sich, behielt aber die Hand an der Klinke.

»Das sind die Herren von der Polizei. Sie möchten gern mit der Kleinen sprechen.«

»Wir würden es begrüßen, wenn Sie dabeibleiben würden«, sagte Kinsing. »Nur mein Kollege und ich werden hineingehen, die anderen warten unten.«

Hannas Augen wanderten von einem zum anderen. Dann nickte sie und schob die Tür auf. Nils und Kinsing folgten ihr ins Zimmer.

Der Raum war nahezu quadratisch, mit einer Dachschräge und einem schönen Fenster nach Süden hinaus. An Möbeln gab es nur einen großen Eichenschreibtisch mit Bürostuhl und eine rote Ledercouch, die beide seltsam ziellos platziert schienen.

»Schätzchen, ich hab jemanden mitgebracht«, sagte Hanna fröhlich. Das Mädchen hob nicht einmal den Kopf, sondern malte eifrig weiter. Kinsing setzte sich auf die Couch und betrachtete das komplett blau bemalte Blatt des Mädchens.

»Hallo, was malst du denn da?«, fragte er.

Sie zog eine Schnute und beließ es dabei.

»Was ist das? Ein Affe?«, fragte Kinsing. Das Mädchen stutzte, musterte ihr Werk und schüttelte dann den Kopf. »Ein Elefant?«

Wieder schüttelte sie den Kopf, dass ihre Haare flogen.

Nils war näher gekommen und hatte sie im Geiste mit dem Foto verglichen, das sie von ihr hatten. Als sie den Kopf schief legte und mit der Zunge zwischen den Zähnen die Ränder des Blattes blau kritzelte, sah er den Leberfleck am Ohr. Kinsing warf ihm einen fragenden Blick zu, und Nils nickte stumm.

»Jetzt weiß ich's. Es ist eine Schildkröte«, rief Kinsing und klatschte sich auf den Oberschenkel.

Die Kleine lächelte und verneinte wieder.

Hanna setzte sich im Schneidersitz unter das Fenster, und Nils ließ sich ungefähr einen Meter neben dem Mädchen auf alle viere nieder. Vanessa warf ihm über die Schulter einen prüfenden Blick zu.

»Ich habe eine Tochter, die ist älter als du und kann auch gut malen, aber nicht so gut wie du«, sagte er.

Sie lächelte auf ihr Blatt, legte den Stift beiseite und hielt es Hanna hin.

Die nahm es lächelnd entgegen. »Fertig?«, fragte sie.

Vanessa nickte.

»Ist das das Meer?«, wollte Nils wissen, und ihr Köpfchen fuhr herum. Er legte sich bäuchlings hin. »Du kannst noch einen Fisch reinmalen«, schlug er vor.

Sie knallte das Blatt wieder auf den Boden, nahm sich einen gelben Stift und kritzelte einen kleinen Fisch ins Bild.

»Super. Soll ich dir einen Trick zeigen, wie wir das Boot auf dem Wasser fahren lassen können?«

Sie sah ihn an, als hielte sie seine Idee für Zauberei. Dann nickte sie neugierig und schob ihm das Blatt hin. Nils griff nach dem Schiff, einer Rolle Tesafilm und einer Büroklammer.

»So, jetzt bauen wir ein richtiges Schiff, das auf dem Meer fährt. Wie soll es denn heißen?«, fragte er. Sie schob unentschlossen ihre Unterlippe vor. »Rüdiger?«

Sie verzog das Gesicht, sodass man ihre Zahnlücken erkennen konnte. Zwei Milchzähne fehlten.

»Adalbert Bonifatius?«

Vanessa lachte laut und brach zusammen.

»Nein? Gefällt dir nicht? Wie wär's denn mit ... Vanessa?«

Ihre Augen begannen zu leuchten, und sie nickte heftig.

»Gut, soll ich Vanessa auf das Schiff schreiben?« Wieder stimmte sie zu, und Nils schrieb ihren Namen auf das Papierschiffchen. »So, fertig. Willst du auch einen Anker?«

Sie freute sich über den Einfall, und Nils heftete die Büroklammer vorn an den Bug.

»Ja, jetzt sieht es wie ein echtes Schiff aus. Und nun zeig ich dir, wie wir es auf dem Wasser fahren lassen können.«

Nils schnitt aus einem anderen Blatt zwei rechteckige Streifen, die er an der Seite zusammenklebte und die Klebestelle unten am Kiel des Schiffchens befestigte. Dann schnitt er mit Vanessas Erlaubnis einen geraden Schlitz in die Mitte des Meeresbildes und steckte die Streifen hindurch. Auf der Unterseite faltete er sie auseinander. Er erklärte jeden seiner Schritte ganz genau, und Vanessas Augen folgten seinen Händen aufmerksam. Als er nun das Bild mitsamt dem Schiff wieder auf den Boden stellte, konnte er die »Vanessa« vor- und zurückbewegen.

»Hier, probier's mal«, forderte er sie auf, und die Kleine ließ ihr Schiffchen über die Wellen fahren.

»Danke«, hörte man sie plötzlich sagen.

Es kam so überraschend und klang so aus tiefstem Herzen dankbar, dass Hanna die Tränen kamen. Auch Kinsing und Nils mussten sich erst von der Überraschung über ihr erstes gesprochenes Wort erholen.

»Gern geschehen, Vanessa«, sagte Nils.

»Wie heißt deine Tochter noch mal, Nils?«, fragte Kinsing, und Nils war zunächst etwas irritiert, dass der Psychologe ihn duzte, verstand aber schnell, dass er das wegen Vanessa tat.

»Anna. Sie heißt Anna. Sie ist acht Jahre alt«, sagte er.

»Und hat Anna noch Geschwister?«, fragte Kinsing weiter.

»Nein, aber sie hätte gern einen kleinen Bruder«, antwortete Nils. »Hast du einen Bruder, Vanessa?«, fragte er.

»Ja.«

»Und ist er jünger oder älter als du?«

»Älter«, sagte sie fast schmollend.

»Magst du ihn?«

Sie zog das Schiffchen mit zwei Fingern vorwärts und überlegte lange. Dann zuckte sie mit den Schultern.

»Brüder können echte Nervensägen sein, oder?«

Sie nickte traurig.

»Ist das ein schnelles Schiff?«, fragte Nils und tippte mit dem Zeigefinger auf die Segelspitze.

»Ja«, sagte Vanessa.

»Dachte ich mir. Kommt da hinten ganz viel Wasser rausgeschossen? So richtig große Fontänen?«

»Hmmm.« Sie nickte und machte zur Bewegung ein rauschendes Geräusch. »Schschschschschsch.«

»Der Adler-Express«, sagte Nils leise zu Kinsing.

»Bist du damit gefahren?«, hakte Kinsing nach.

»Das darf ich nicht sagen.«

An dieser Stelle wussten sie mit Sicherheit, dass das Mädchen entführt worden war.

»So, wer hat das gesagt?«, fragte Kinsing.

»Das darf ich doch nicht sagen!«, wiederholte sie mit Nachdruck.

»Hat er dir wehgetan?«, fragte Hanna besorgt und kam näher.

»Wer?«, fragte Vanessa.

»Der Mann, der dir verboten hat, über ihn zu sprechen«, präzisierte Nils.

Vanessa verzog verständnislos das Gesicht. Kinsing beugte sich etwas vor, und auch Nils rückte ein Stück näher, ohne es zu bemerken. Hanna streichelte Vanessa über die Wange. Sie konnte die Antwort kaum noch abwarten. Die Luft in dem Raum schien elektrisch aufgeladen zu sein.

»Welcher Mann?«, fragte Vanessa.

»Der, mit dem du auf dem Schiff warst«, sagte Kinsing und deutete auf das Papierschiffchen.

»Das war kein Mann«, sagte sie kurz und nahm sich einen Stift.

»Es war eine Frau?«, fragte Kinsing.

»Nein.«Vanessa lächelte versonnen.

Ratlos sahen sich die drei an. Niemand konnte sich einen Reim darauf machen. Aber es lag etwas Ungutes in der Luft. Nils hatte die schlimme Befürchtung, dass es doch Sandra gewesen sein könnte.

»War es eine Giraffe?«, fragte er und brachte sie damit wieder zum Lachen.

»Nein, keine Giraffe. Die passt doch gar nicht in das Boot«, rief sie.

»Ach so, ja.«

»Es war eine Fee. Aber ich darf nicht über sie sprechen.«

»Warum nicht?«, fragte Nils leise.

»Na, weil der Zauber sonst nicht mehr wirkt, du Blödi.«

★★★

»Welcher Zauber?«, fragte Jensen irritiert, als sie eine Stunde später im Wohnzimmer der Neudorfs saßen und ihm Bericht erstatteten. Er sprach mit gesenkter Stimme, weil Hanna und Vanessa in der Küche nebenan waren und zusammen Tee kochten. Durch die offen stehende Küchentür konnte man sehen, wie das Mädchen auf der Arbeitsplatte saß und die Beine baumeln ließ.

»Das wissen wir nicht. Sie ist sehr verschwiegen und anscheinend sehr loyal ihrer Entführerin gegenüber«, meinte Kinsing.

»Natürlich. Sie ist eine Fee«, sagte Nils.

»Es wird immer deutlicher. Es muss Frau Keller sein.« Jensen sprach aus, was alle dachten, sogar Nils. Es lag einfach so nahe. Aber er wollte nicht daran glauben.

»Bewiesen ist es dadurch nicht«, sagte er deshalb.

»Nein, aber das hier kann vielleicht Klarheit bringen.« Jensen zog ein Foto von Sandra aus der Innentasche seiner Jacke. Er stand auf und ging in die Küche.

Nils wollte ihn aufhalten. Er lief ihm nach und hielt ihn am Arm fest. Sie blickten sich in die Augen.

»Denken Sie daran, sie ist noch ein Kind.«

»Ich habe selbst zwei Töchter«, sagte Jensen und entzog sich Nils' Griff.

Er betrat langsam die Küche und schnupperte.

»Mmmh, das riecht aber gut. Was kocht ihr da?«

Vanessa musterte den ihr noch fremden Jensen mit distanziertem und argwöhnischem Blick.

»Blaubeer-Gute-Nacht-Tee«, antwortete Hanna, weil Vanessa es nicht tat.

»Kennst du mich nicht?«, fragte Jensen das Mädchen.

Sie schüttelte den Kopf und zog die Arme dicht an ihren Körper.

»Du brauchst keine Angst zu haben. Ich bin ein guter Zauberer«, sagte Jensen und lächelte. »Soll ich dir mal zeigen, was ich kann?«

Vanessa sah ihn unsicher an. Er zog ein Stofftaschentuch aus seiner Hosentasche und hielt es an beiden Enden in die Luft. Dann legte er eine Faust über sein rechtes Ohr und drückte mit der linken Hand das Tuch in die Faust, bis es verschwunden war. Er legte die Faust auf das linke Ohr und zog das Tuch wieder heraus. Es war ein simpler Trick, aber Vanessa fiel darauf herein. Sie blinzelte staunend.

»Wie geht das?«

»Zauberei«, sagte Jensen geheimnisvoll. Habe ich von einer Fee gelernt. Soll ich noch was zaubern?«

Sie nickte freudig.

Er ließ seine Finger spielen, griff dem Mädchen hinter das Ohr und zauberte eine Münze hervor. Vanessa fielen fast die Augen heraus.

»Nun sieh mal, was du alles hinter deinem Ohr hast!«

Er griff mit der anderen Hand hinter ihr anderes Ohr und zauberte die Fotografie hervor.

»Schau mal, das ist die Fee, von der ich meine Tricks gelernt habe«, sagte er und drehte das Bild zu ihr um. Vanessas Augen wurden größer.

»Das ist sie!«, rief sie.

»Du kennst sie auch?«, fragte Jensen gespielt erstaunt. Er hatte Schwierigkeiten, seine Aufregung vor dem Kind zu verbergen.

»Ja, das ist Nemesis.«

Jensen sah sie ernst an.

»Richtig, das ist Nemesis«, sagte er tonlos.

»Woher kennst du sie?«, fragte Vanessa. Sie nahm das Bild in ihre Hände und sah es kritisch an.

»Ich habe sie in der Zauberschule kennengelernt. Was hat sie denn für dich gezaubert?«, fühlte Jensen nach.

»Das darf ich doch nicht sagen. Sonst ist der Zauber kaputt.«

»Aber ob sie dich hierhergebracht hat, darfst du doch sagen?«

»Ich glaube nicht.«

»Hm. War sie nett?«

»Ja«, sagte Vanessa und strahlte ihn an.

»Weißt du, ob sie vielleicht deine Eltern verzaubert hat?«

Hanna hielt vor Anspannung in ihrer Bewegung inne. Der Teebeutel, den sie eben aus der Kanne gezogen hatte, tropfte auf einen weißen Unterteller. Es sah aus wie Blut.

»Wenn ich das sage, muss ich wieder zurück.«

»Und das willst du nicht?«

Sie schüttelte den Kopf, doch ihre Augen hafteten argwöhnisch auf Jensen.

»Und zu deiner Oma? Möchtest du zu ihr?«, fragte Jensen und beobachtete genau, wie die Kleine auf die Erwähnung ihrer Großmutter reagierte.

Vanessa blickte hilfesuchend zu Hanna. Dann fing sie an zu weinen. »Ich will nicht zu Oma, ich will hierbleiben, bei dir!«

Hanna ging zu ihr, schloss sie fest in die Arme und küsste sie auf die Haare. »Alles wird gut. Wir passen auf dich auf«, sagte sie tröstend, und das Mädchen schlang die Arme um sie.

»Sie hat euch doch ausgesucht«, schluchzte Vanessa.

Hanna löste sich aus der Umarmung und sah ihr ins verheulte Gesicht.

»Was hast du gesagt?«

»Sie hat euch extra ausgesucht!«

»Wer?«, fragte Jensen, obwohl er die Antwort schon kannte.

»Nemesis«, sagte Vanessa und drückte mit ihren Finger in den Augen herum. »Sie hat gesagt, ihr seid gute Menschen.«

»Das stimmt auch«, flüsterte Hanna und nahm sie wieder in die Arme. Aik erschien in der Küchentür.

»Herr Jensen?«

So, wie Aik aussah, erkannte Jensen gleich, dass etwas passiert sein musste. Er folgte ihm zurück ins Wohnzimmer. Dort standen Nils und Kinsing und blickten ihnen mit besorgten und ungeduldigen Mienen entgegen. Es schien, als seien sie auf dem Sprung.

»Was gibt's?«

»Wir haben gerade einen Notruf aus Kampen erhalten«, sagte Aik. »Dort wurde ein Ehepaar überfallen. Der Mann konnte den Angreifer wohl in die Flucht schlagen. Er und seine Frau haben sich zu Hause eingeschlossen und uns alarmiert. Der Mann sagte, *eine Frau* habe sie umbringen wollen.«

Jensen wurde blass. »Petersen, Sie kommen mit. Kinsing, Sie bleiben bitte hier, bis wir zurück sind. Los«, sagte er zu Aik, und die drei Männer verließen das Haus. Draußen schlug ihnen der Wind entgegen. Feiner Regen peitschte durch die Luft und schmerzte auf der Haut wie Nadelstiche. Sie sprangen in den Wagen, und Aik fuhr mit quietschenden Reifen an. Mit überhöhtem Tempo jagten sie durch das kleine Wohngebiet und bogen dann auf die Hauptstraße. Dort trat Aik aufs Gas und raste mit Blaulicht durch den Sturm. Die Bäume an den Straßen beugten sich dem übermächtigen Wind. Äste und Zweige flogen durch die Luft und schlitterten über die Straße. Niemand sprach ein Wort. Aik lenkte den Wagen in den Ort der Reichen, und sie fuhren auf das kleine Quermarkenfeuer zu, das mutig dem Sturm trotzte. Sie bogen von der Lister Straße in den Diksteg ein und erkannten auf einer kleinen Anhöhe inmitten eines Geesthügels ein Haus, in dessen Einfahrt schon ein Streifen- und ein Krankenwagen parkten. Sie hielten dahinter und gingen zur Tür. Sogleich wurde ihnen von den Kollegen geöffnet. Aik begrüßte die Männer, und sie arbeiteten sich vor bis ins Wohnzimmer, wo das Ehepaar Grütersch auf einer weißen Ledercouch saß.

Herr Grütersch wurde gerade von einem der Sanitäter an einer Platzwunde am Kopf behandelt. Seine Frau saß neben ihm und wischte sich immer wieder mit einem weißen Stofftaschentuch die Tränen aus dem Gesicht, die durch ihren Kajal schwarz gefärbt waren. Ein Beamter saß ihnen gegenüber und notierte ihre Aussagen auf einem Block.

Jensen nahm gleich das Heft in die Hand und stellte sich als Leiter der Kripo Niebüll vor. Er ermittle zurzeit in einem Mordfall auf Amrum, der sich bis nach Sylt erstreckte, und sei zufällig hier gewesen, als der Notruf einging.

Der Sylter Beamte bot ihm seinen Platz an, und Jensen setzte sich. Nils, Aik und der Sylter Polizist Riemers blieben hinter ihm stehen und hörten aufmerksam zu.

»Herr Grütersch, auch wenn Sie sich jetzt wiederholen, könnten Sie mir bitte genau schildern, was eben vorgefallen ist?«

Der Mann schnaufte unzufrieden. Sein Atem klang, als habe er starke körperliche Anstrengung hinter sich. Der Sanitäter klammerte gerade die Wunde und bat ihn, den Kopf still zu halten.

»Meine Frau und ich wollten gerade das Haus verlassen, wir waren zum Essen verabredet, da tauchte auf einmal diese Person auf und schlug mir ohne Vorwarnung ins Gesicht.«

»Diese *Person*, wie Sie sagen, war die männlich oder weiblich?«

Grütersch verdrehte fast seine Augen bei dem Versuch, seine Frau anzusehen, ohne den Kopf zu bewegen, so als bräuchte er ihre Hilfe bei der Beantwortung der Frage.

»Weiblich, denke ich.«

»Sie sind sich nicht sicher?«

»Die Person trug so einen Kapuzenpulli, man konnte das Gesicht kaum sehen.«

Ein Kapuzenpulli. Den trug auch der Täter auf dem Video des Föhrer Krankenhauses. Nils' Herz machte einen schmerzhaften Sprung. Er spürte, dass sie dem Phantom ganz dicht auf der Spur waren.

»Und diese Person wartete draußen vor dem Haus auf Ihr Rauskommen? Meinen Sie, sie hat Sie beobachtet?«

»Wahrscheinlich, ja. Ich machte die Tür auf, und *Peng!*, schlug sie mir ins Gesicht.«

»Was dann?«

»Ich bin zurückgetaumelt, hab geschrien und mich gleichzeitig an der Türklinke und an der Garderobe festgehalten. Ich wollte sie nicht reinlassen. Also hab ich zugetreten. Immer wieder. Da hat sie plötzlich ein Messer gezogen und wollte auf mich einstechen. Ich hab mich gegen die Tür geworfen, dass sie zuschlug. Meine Frau war inzwischen auch im Flur, die hatte den Lärm ja mit angehört.«

»Und was hat der oder die Täterin dann gemacht?«

»Ich rief sofort die Polizei. Sie hat noch einmal durchs Fenster geschaut und mich wohl am Telefon gesehen. Dann ist sie geflüchtet.«

Jensens Blick wanderte über das Ehepaar und über die exklusive Einrichtung des Hauses.

»Denken Sie, dass es ein Raubüberfall war?«

»Ja, was denn sonst?«, fragte der rotgesichtige Grütersch. Seine Kopfhaut glänzte durch sein schütteres, dünnes Haar hindurch.

»Ich weiß nicht. Kam Ihnen die Person bekannt vor?«

»Glauben Sie, ich kenne einen dahergelaufenen Dieb und Verbrecher? Ich bin Geschäftsmann!«

»Verstehe. Hat es zuvor schon mal Einbrüche in der Gegend gegeben, oder sind Sie überfallen worden?«

»Nein.«

Nils fielen einige Blutflecken am Ärmel von Grüterschs blauem Hemd ins Auge, die nicht auf den Stoff getropft zu sein schienen, sondern die Manschette von innen durchtränkten.

Der Sanitäter war fertig und stand auf. »Und Ihnen ist nichts passiert?«, fragte er Frau Grütersch.

Sie schüttelte nur den Kopf und versteckte das Gesicht hinter ihrem Taschentuch. Es lag ein Ausdruck in ihren Augen, den Nils zunächst nicht einordnen konnte. Dann fiel es ihm ein: Es war Scham.

»Können Sie mir diese Frau bitte so gut es geht beschreiben?«,
bat Jensen und bedeutete Riemers mitzuschreiben.

»Ich hab doch schon gesagt, dass sie eine Kapuze trug«, erwiderte Grütersch. »Sie war quasi vermummt, und das Ganze dauerte auch nur ein paar Sekunden, ich konnte kaum was sehen.«

»Und Sie?«, fragte Jensen Frau Grütersch.

»Ich habe noch weniger gesehen als mein Mann. Ich kann Ihnen gar nicht weiterhelfen.«

»Aber wenn Sie sagen, dass sie ein Kapuzenshirt trug, können Sie sich doch sicher noch an die Farbe erinnern.« Jensen schenkte den beiden ein aufmunterndes Lächeln.

»Dunkel. Schwarz oder dunkelblau«, antwortete Grütersch.

»Und die Hose? Sie sagten, Sie hätten nach ihr getreten, da müssten Sie doch auch die Hose gesehen haben.«

»Jeans oder so was.«

»Jeans also. Blau oder schwarz?«

»Blau.«

»Und die Schuhe?«

»Schwarz.«

»Turnschuhe, Stiefel, Sneaker …«

»Stiefel, glaube ich«, meinte Grütersch nachdenklich.

»Und wie alt würden Sie die Person schätzen?«

»Keine Ahnung, zwischen zwanzig und vierzig vielleicht?«

»Aber sie trug keinen Bart, weswegen Sie sich nicht sicher sind, ob es sich um einen Mann oder vielleicht auch eine Frau handeln könnte.«

»Richtig.«

»Und die Körpergröße? Wie groß schätzen Sie die Person?«

»Nicht sehr groß, etwa so wie ich.«

Grütersch hatte ausgesprochen kurze Beine. So, wie er da auf dem Sofa saß, hätte seine Frau sogar noch größer sein können als er.

Nils hatte genug gehört. Er entfernte sich langsam und unauffällig und begab sich zurück in den Flur. Zwei Beamte standen hier und tuschelten miteinander. Sie verstummten, als Nils sich im Flur umsah, um nach den Spuren des Kampfes zu suchen. Er erkannte Striemen auf dem Marmor, ging in die Hocke und strich mit dem Finger darüber. Es war Gummiabrieb von einer Schuhsohle und ein wenig verschmiertes, bereits getrocknetes Blut. Nils erhob sich und öffnete die Tür. Wind drückte herein. Hier gab es keine Striemen auf dem Boden. Wenn Grütersch nach der Angreiferin getreten hätte, wären solche Spuren eigentlich direkt unter oder vor der Tür zu erwarten gewesen. Er schloss die Tür wieder. Bei jedem Schritt, den er tat, knirschte feiner Sand unter seinen Füßen. Er kannte das von zu Hause. Es war fast zwecklos, seine Schuhe auf der Matte abzustreifen. Den Sand trug man immer mit ins Haus. Er lenkte seinen Blick die Treppe hinauf. Auch auf den Stufen lag Sand. Mit der flachen Hand fuhr er über die fünfte Stufe. Sand. Und nicht gerade wenig.

»War jemand von Ihnen oben?«, fragte er die beiden Beamten leise, die die ganze Zeit in einer Ecke gestanden und ihn beobachtet hatten. Sie schüttelten die Köpfe. Nils dankte und stieg die Treppe hinauf. Im ersten Stock brannte Licht. Die Tür zum Badezimmer stand offen. Auf dem Fliesenboden erkannte er Wasserpfützen. Er betrat den Raum. Der Spiegel war beschlagen. In einer großen dreieckigen Wanne im hinteren Teil des Badezimmers war heißes Wasser eingelassen. Ein Föhn lag auf der Erde. Das Badezimmer machte einen unaufgeräumten Eindruck, untypisch für den Rest des Hauses. In einer der Pfützen schwamm ein roter Tropfen, der das Wasser um sich herum rosa gefärbt hatte. Es war Blut. Nils beschlich ein ungutes Gefühl. Er ging wieder hinunter.

»Hören Sie, das war ein mächtiger Schock für uns. Können wir morgen weiterreden, und Sie lassen uns jetzt einfach allein?«, fragte Grütersch, als Nils zurück ins Wohnzimmer kam.

»Aber sind Sie denn nicht daran interessiert, dass wir den Täter finden?«, fragte Jensen überrascht.

»Doch, wir stehen nur beide unter Schock, wie Sie sicher sehen.« Er deutete auf seine Frau, die über ihr Taschentuch linste.

»Ich verstehe.«

»Herr Grütersch?«, begann Nils, und alle drehten sich zu ihm um. »Was ist hier wirklich passiert?«

Ein Moment der Stille entstand. Alle waren unsicher, was diese Frage zu bedeuten hatte.

»Wovon reden Sie?«, fragte Grütersch ungehalten.

»Davon, dass hier etwas anderes vorgefallen ist, als Sie uns weismachen wollen.«

»Was erlauben Sie sich?«, brauste Grütersch auf. Seine Gesichtsfarbe wechselte in ein dunkles, fast violettes Rot.

»Was sind das für Blutspuren an Ihrem Hemd?«, fragte Nils und wies auf die Manschette. Jensen nahm das Hemd genauer in Augenschein.

»Ich hab mich ... gekratzt, bin irgendwo angeschrammt.« Nils kam näher.

»Könnten Sie bitte mal die Ärmel hochkrempeln?«

»Was ... Herr Jensen, muss ich mir diesen Unsinn gefallen lassen von diesem ... diesem ...«

»Polizisten«, beendete Nils den Satz.

»Was ist mit Ihren Armen? Ich bekomme auch langsam das Gefühl, dass hier etwas nicht stimmt«, sagte Jensen.

»Ich will, dass Sie jetzt gehen. Es ist, wie ich eben gesagt habe, und jetzt raus.« Grütersch stand auf.

»Herr Grütersch, wenn Sie uns nicht die Wahrheit sagen, wird die Person, die Sie überfallen hat, mit Sicherheit wiederkommen«, mahnte Nils. »Wir vermuten, dass es derselbe Täter ist, der in der letzten Woche vier Morde auf Föhr und Amrum begangen hat. Und ich denke nicht, dass Sie hören möchten, *wie* diese Menschen umgebracht wurden.«

»Wollen Sie mich etwa unter Druck setzen, Sie kleines Arschloch?«

Nils war überrascht, wie schnell dieser Mann sämtliche Umgangsformen ablegte. Jensen stand auf einmal neben ihm und hob beschwichtigend die Hände.

»So, jetzt beruhigen wir uns alle wieder, bevor wir Dinge sagen, die wir bereuen könnten.«

»Was ist oben im Badezimmer passiert?«, fragte Nils und sah dabei Frau Grütersch an.

Sie blickte erschrocken auf.

»Sie haben kein Recht, in meinem Haus herumzuschnüffeln«, schrie ihr Mann, doch Nils beachtete ihn gar nicht mehr.

»Frau Grütersch, der Kampf fand oben statt, richtig? Der Täter *war* im Haus. Ich habe Blutspuren gefunden.«

Jensen packte ihn am Arm und führte ihn eilig in die andere Zimmerecke, während Grütersch weiter keifte und schimpfte.

»Was fällt Ihnen ein? Wir haben keinen Durchsuchungsbeschluss!«, zischte er.

»Aber wir sind ganz dicht dran«, sagte Nils.

»Nicht auf diese Art. Sie werden −«

»Jensen, der Mörder war da oben. Und die beiden kennen ihn. Warum sollten sie uns sonst belügen?«

»Das macht doch keinen Sinn, Petersen. Wäre der Täter ins Haus gelangt, wären die beiden jetzt tot. Sie sind befangen. Das ist es. Sie denken nur daran, Frau Keller zu entlasten.«

»Weil sie unschuldig ist.«

»Dann beweisen Sie es. Aber auf legale Weise.«

Nils lächelte. »In Ordnung. Reden Sie auf Ihre Art mit denen. Ich werde das Haus nicht mehr betreten.«

»Schön. Dann sind wir uns ja einig«, sagte Jensen und ging zurück zu dem Ehepaar.

27

Nils trat vor die reetgedeckte Villa und wandte sich an einen Beamten, der am Funkgerät im Streifenwagen saß. Er klopfte an die Scheibe. Der Polizist bedeutete ihm, zu ihm in den Wagen zu kommen. Nils öffnete die Beifahrertür und steckte seinen Kopf hinein.

»Habt ihr eine Suche gestartet?«

»Sicher, alle verfügbaren Kräfte sind unterwegs.«

»Hubschrauber?«

»Bei dem Wetter? Keine Chance.«

Nils richtete sich wieder auf und sah sich um. Er stand inmitten einer Märchenlandschaft. Auf den dunkelgrün bewachsenen Geestkernen um ihn herum thronten wie verwunschene Burgen leicht in die Hügel eingesunkene, massive rote Reetdachhäuser. Die schmalen Zufahrten wölbten sich sanft über den Rundungen der Landschaft und leuchteten weiß und rötlich, sogar jetzt noch, in dem grauen verwehten Regen des Sturms und der aufkommenden Nacht. Nils musste an den Film »Der Zauberer von Oz« denken. Und wäre nicht überrascht gewesen, wenn die junge Judy Garland in ihren roten Schuhen um die Ecke gekommen wäre. Auch die Fee Nemesis passte hierher. Die böse Fee. Wie hieß sie noch gleich im Film? Nils hatte es vergessen.

Er lief durch die Siedlung, vorbei an den Burgen und den davor parkenden Luxusautos. Wohin konnte sie geflüchtet sein? Nils glaubte nicht, dass sie weit entfernt war. Ihr Werk war noch nicht beendet. Das Ehepaar Grütersch lebte noch. Wieder war etwas schiefgelaufen. Aber ebenso wie auf Föhr würde sie wiederkommen, da war sich Nils sicher.

Bei den anderen Morden hatte sie ihre Opfer vor der Tat vom Garten aus beobachtet. Dammer hatte einen kleinen Geräteschuppen besessen. Bei den Kaltenbachs gab es keinen Unterschlupf, aber sie war von hinten über die Terrasse ins Haus gelangt. Das Spielhäuschen Neudorfs stand ebenfalls in deren rückwärtigem Garten.

Wer immer es auch ist, er oder sie, ist noch hier in der Gegend. Irgendwo, wo man Grüterschs Haus beobachten kann. Hier sind bestimmt sogar die Gartenhäuser mit Alarmanlagen gesichert, dachte Nils, versuchte aber dennoch sein Glück bei einem mächtigen Haus mit einer reetgedeckten Doppelgarage etwas oberhalb des Grundstücks der Grüterschs. Von hier konnte man möglicherweise deren Garten einsehen.

Nils klingelte an einer schweren Eichentür mit gusseisernem Klopfer. In den schwarzen Ring war ein Löwenkopf eingearbeitet. Nils hörte, wie sich elektrisch betriebene Türschlösser öffneten. Ein Mann zog die Tür auf und lugte über eine goldene Kette hinweg zu ihm hinaus.

»Wer sind Sie?«

»Ich bin von der Polizei«, sagte Nils und hielt seinen Ausweis hoch.

»Eben war schon jemand hier. Was ist denn noch?«

»Ich wollte fragen, ob ich mich mal kurz in Ihrem Garten umsehen könnte.«

Der Mann musterte ihn argwöhnisch. Er brauchte lange für seine Antwort.

»Ja, gut.«

»Vielen Dank. Gibt es eine Alarmanlage, muss ich irgendwas beachten?«

»Gehen Sie einfach links ums Haus herum.«

Er schlug die Tür zu, und wieder vernahm Nils die automatische Sicherung der Tür. Er ging in den Garten, der ungefähr sechshundert Quadratmeter maß und von dünenartigen Hügeln begrenzt wurde. Ein Pavillon, dessen Fensterläden wegen des Sturmes verschlossen waren, stand am hinteren rechten Ende des Gartens auf einem kleinen gemauerten Podest. Der Rasen war sattgrün und dicht wie ein Teppich. In den von Rindenmulch bedeckten Beeten seitlich des Hauses wuchsen edle, italienisch aussehende Pinien. Lichtquellen waren zwischen den Bäumen verteilt, um sie und das Gebäude bei Nacht zu beleuchten. Nils entdeckte einen Bewegungsmelder und eine Kamera. Eine riesige, teils von einer Glashaube eingeschlossene Terrasse wuchs aus dem Haus heraus. Nils fühlte sich beobachtet, als er über den nassen Rasen lief und nach Spuren suchte. Das Einzige, was er entdeckte, war ein Golfball, den er zuerst für einen Pilz gehalten hatte. Mit dem Ball in der Hand erreichte er den Pavillon und versuchte, die Tür zu öffnen. Sie war abgeschlossen. Er umschritt das kleine Häuschen, konnte aber an keiner Stelle ein gewaltsames Eindringen erkennen. Die lamellenförmigen Fensterläden waren unversehrt. Der Wind pfiff durch die schmalen Schlitze.

Nils ließ den Ball wieder auf den Rasen fallen und machte sich auf den Rückweg. Seine Jacke hielt den kalten Wind und den größten Teil der Feuchtigkeit ab, doch seine Hosenbeine waren vollkommen durchnässt und klebten eiskalt an seiner Haut. Hinter einem der großen Wohnzimmerfenster stand der Hausbesitzer hinter einer halb geschlossenen Gardine und beobachtete ihn. Nils grüßte mit einem Winken. Plötzlich riss der Mann die Gardine zur Seite und schlug mit der flachen Hand gegen die Scheibe. Seine Augen waren weit aufgerissen, und er schrie etwas, doch Nils konnte hier draußen im Sturm nichts verstehen. Der Mann gestikulierte wild und deutete mit dem Finger auf Nils. Nils verstand nicht und drehte sich um. Vielleicht hatte er am Häuschen doch einen Alarm ausgelöst? In Bruchteilen von Sekunden erkannte Nils die schwarze Gestalt, die auf ihn zulief. Er sah ein Messer aufblitzen, dann folgte ein harter, schmerzhafter Stoß gegen seinen Kopf, und er verlor die Orientierung. Er fiel, und alles wurde schwarz. Gleißende Lichter flackerten vor seinen Augen auf. Er versuchte, sich mit den Armen zu schützen. Aber es folgte kein weiterer Angriff mehr. Als seine Sehkraft wieder einsetzte, blickte er zunächst in die falsche Richtung, doch dann sah er gerade noch, wie die Gestalt über die Düne kletterte und auf der anderen Seite hinuntersprang. Er hatte einen merkwürdigen Geruch in der Nase. Es roch nach Schweiß und Salz und nach … Tier. Ja, es roch eigenartigerweise nach einem wilden Tier.

Nils nahm die Verfolgung auf. Er rappelte sich auf und fühlte etwas Nasses, Warmes auf seiner Stirn. Es war Blut, das aus einer Platzwunde sickerte. Er hatte wohl nur den Griff des Messers zu spüren bekommen. Erleichtert sprintete er los und erklomm den Dünenkamm. Oben hätte der Sturm ihn fast umgeworfen. Die Düne fiel steil ab. Es war die letzte Düne, bevor unten das

Marschland begann. An einem kleinen tropfenförmigen Tümpel entdeckte Nils die schwarze Gestalt. Sie lief in Richtung der Stranddünen und überquerte jetzt die Lister Straße. Nils rutschte die Düne hinunter und stolperte hinterher. Er sah einen Polizisten, der oben zwischen den Dünen etwas zu suchen schien. Das Licht seiner Taschenlampe wanderte unstet hin und her. Er hatte der schwarzen Gestalt den Rücken zugewandt.

»He!«, schrie Nils. »Da drüben!«

Doch seine Worte wurden einfach vom Wind weggerissen und zerpflückt wie dünnes Papier.

Nils lief, so schnell er konnte, überquerte die Straße und nahm Anlauf für den Anstieg zur ersten Düne. Fast auf allen vieren kämpfte er sich hinauf und hielt sich am Dünengras fest, wenn er abzurutschen drohte. Wieder riss es ihn fast weg, als er die Spitze erreichte.

Es war niemand zu sehen. Er kauerte auf der Düne und sah in alle Richtungen. Auf Amrum wäre es ein Leichtes gewesen, die Verfolgung aufzunehmen, denn dort hätte man Fußspuren im Sand erkennen können. Hier waren die Dünen fast vollständig bewachsen. Fluchend stürzte er sich hinunter ins Dünental und lief weiter in Richtung Meer. Nach dem nächsten Hügel brannten seine Lunge und sein Hals dermaßen, dass er kaum noch atmen konnte. Der Regen behinderte die Sicht, und der Wind war ein ständiger Widerstand, der ihm entgegendrängte, als habe er die Absicht, Nils die Verfolgung zu erschweren. Seine Hose war nass und steif. Sand klebte an ihr, und er konnte seine Knie kaum noch beugen in dem engen Stoff. Aber er war so dicht an ihr dran, so dicht an der Lösung des Falls, dass er nicht aufgeben konnte. Er war in einem Tunnel, und alles, was zählte, war diese Festnahme. Unter keinen Umständen durfte sie ihm entkommen. Er lief weiter, lief und lief und kletterte und kletterte. Um ihn herum nur noch grüne Hügel. Ein Meer aus grünen Bergen, wie eine still stehende aufgewühlte See. Und dann sah er sie wieder vor sich. Zwei Dünen weiter in nördlicher Richtung kämpfte sie sich über einen Kamm. Auch sie war langsamer und schwächer geworden. Der schwarze Kapuzenpullover lag nass an ihrem Körper und flatterte im

Wind. Nils sprang nach vorn und holte alles aus sich raus. Die Muskeln in seinen Beinen übersäuerten. Sie schmerzten und krampften. Seine Hände krallten sich in allem fest, was sie zu fassen bekommen konnten. Mit letzter Kraft hievte er sich über die Spitze einer Düne und glitt halb rutschend, halb rollend in das nächste Dünental, das aussah wie ein Bombentrichter. Hier gab es mehr Sand als in den anderen Dünen. Und er erkannte sofort die Fußspuren. Er robbte sich an der Wand empor und blickte über den Kamm in ein kleineres, zerklüftetes Dünental. Zuerst sah er sie nicht, weil ihr Pullover sich kaum gegen das nasse Gras und die dunkle Heide abhob. Aber sie kauerte dort unten wie ein Hund und rang nach Atem.

Nils griff nach seiner Dienstwaffe und zog sie aus dem Holster. Er entsicherte sie und zielte auf die Gestalt, während er langsam auf Hintern und Füßen die Düne herunterrutschte. Sie konnte ihn nicht hören. Der Wind toste ohrenbetäubend laut, es war ein Geräuschpegel wie im Maschinenraum eines riesigen Schiffes. Nils stellte sich hin, näherte sich geduckt von hinten, jederzeit bereit wegzuspringen, wenn sie herumwirbeln und ihn mit dem Messer attackieren sollte. Der Lauf seiner Walter PPK zielte direkt auf ihren Hinterkopf. Er streckte eine Hand aus, um nach der Kapuze zu greifen, packte zu, vergrub seine Finger in dem Baumwollstoff und zog, so fest er konnte.

Die Frau wurde nach hinten gerissen und landete unsanft auf dem Rücken. Nils machte einen schnellen Schritt über sie, drehte sich dabei um und setzte sich auf ihren Brustkorb, während er mit der linken Hand ihren Hals fixierte. Als er erkannte, wen er da gestellt hatte, flog er förmlich zurück. Ihm war, als wäre ein starker Stromstoß durch seinen Körper gefahren. Jetzt saß er mit dem Hosenboden im Sand, zielte aber immer noch auf sie. Er konnte nicht glauben, was er sah. Die Angst packte ihn wie mit einer riesigen Pranke und schien ihn fast zu zerdrücken. Schmerzhafte Kälteschauer fuhren ihm durch Mark und Bein. *Das kann nicht wahr sein, das ist völlig unmöglich.*

Die junge Frau lag vor ihm, ihre wilden Augen starrten Nils an. Sie atmete schwer durch den geöffneten Mund und fletschte dabei ihre Zähne. Sie standen leicht nach innen. Ihr Haar war blond. Ihr Gesicht war Nils vertraut und zugleich völlig fremd. Es war Sandra, und doch war sie es nicht.

★★★

Jensen war zu den beiden zurückgegangen und hatte sich für Nils' Verhalten entschuldigt. Grütersch, der es auf dem Sofa nicht mehr ausgehalten hatte, lief durchs Wohnzimmer wie ein Tier im Käfig.

»Könnten wir uns wieder setzen? Bitte.«

Grütersch brummte mürrisch und ließ sich auf die Couch fallen.

»Wie gesagt, der Kollege Petersen ist ein wenig übers Ziel hinausgeschossen. Wir hatten alle nur wenig Schlaf in den letzten Tagen, und so ein Mordfall geht an die Substanz. Dennoch würde ich gern wissen, was das für Blutflecken an Ihrem Ärmel sind, Herr Grütersch. Sie sagten ja, dass Sie nur nach dem Täter getreten haben.«

»Was weiß ich? Ist wahrscheinlich passiert, als ich gefallen bin«, stieß er ungeduldig hervor.

»Sie sind bei dem Angriff gestürzt? Sollen sich die Sanitäter das mal anschauen?«

»Nein, verdammt! Es geht mir gut. Können wir das jetzt endlich beenden?«

»So gern ich das tun würde, ich habe inzwischen ebenfalls das Gefühl, dass Sie uns nicht die volle Wahrheit erzählen. Der plötzliche Überfall, der Kampf im Flur. War das schon alles? Frau Grütersch? Haben Sie noch etwas anzufügen?«

Frau Grütersch schüttelte den Kopf hinter ihren Fäusten, mit denen sie das Taschentuch hielt wie das letzte Andenken an einen verstorbenen Angehörigen.

»Sind oben irgendwelche Spuren zu finden?«, fragte Jensen. Wenn Petersen dort oben Hinweise auf einen Kampf entdeckt hatte, konnten ihre Aussagen nicht der Wahrheit entsprechen. »Ist dort etwas vorgefallen? Wenn ich mir einen Hausdurchsuchungs-beschluss besorgte, was würde ich dann finden?«

»Wir sind es, die überfallen wurden, wie können Sie da bei uns eine Hausdurchsuchung machen? Das ist ja lächerlich«, wetterte

Grütersch. »Ich hab mich oben angezogen, und mein Arm hat geblutet. So sind die verdammten Flecken ans Hemd gelangt. Und jetzt kriegen Sie endlich diesen Verbrecher!«

»Darf ich den Kratzer dann mal sehen? Wenn alles ganz harmlos war, können Sie ihn mir doch zeigen, oder nicht?«, fragte Jensen in freundlichem Tonfall, bei dem aber auch ein gewisser Zynismus mitschwang.

»Ich will jetzt meine Ruhe haben. Verlassen Sie mein Haus.«

»Zeigen Sie mir die Wunde. Vorher gehe ich nicht«, beharrte Jensen. Man musste nur lang genug auf etwas bestehen, und die Menschen beugten sich irgendwann.

Grütersch blickte zu seiner Frau, die langsam ihre Fäuste sinken ließ.

»Bitte.« Jensen streckte eine Hand aus.

Grütersch zuckte unwillig mit dem Mundwinkel und öffnete schließlich seine Manschetten. Er zog die Ärmel bis zu den Ellbogen hoch.

»Zufrieden?«

Jensen prüfte die Wundmale mit kritischem Blick. Sie verliefen rings um Grüterschs Handgelenk. Es waren Abschürfungen, manche tiefer, manche nur oberflächlich. Aber was sie verursacht hatte, war für Jensen nicht schwer zu erraten.

»Sie sind gefesselt worden, Herr Grütersch.«

Grüterschs Gesichtsfarbe wich in Sekundenschnelle. Er blickte Jensen aus kleinen, überraschten Augen an.

»Was ist tatsächlich passiert?«

Grütersch krempelte seine Ärmel abwesend wieder nach unten und senkte den Blick. Dann setzte er sich.

»Ich habe das nur verschwiegen, weil es meiner Frau sehr peinlich ist. Es klingelte an der Haustür. Ich war dabei, mich anzuziehen, meine Frau war noch in der Badewanne. Ich lief hinunter, öffnete, und da stand sie.«

»Sie?«, hakte Jensen nach.

»Ja, es war eine Frau. Sie war klein und ihr Gesicht durch die Kapuze kaum zu erkennen, aber es war eine Frau. Ich fragte, was sie wolle, und sie schlug mir ins Gesicht. Ich taumelte rückwärts in den Flur und ging zu Boden. Sie trat mir auf den Brustkorb, sodass ich kaum noch Luft bekam, und fesselte mich mit Stricken.« Er räusperte sich und fuhr etwas leiser fort: »Sie zwang mich, nach oben zu gehen. Sie hatte ein Messer, das sie mir in den Rücken drückte, was blieb mir also anderes übrig? Wir gingen ins Badezimmer, und meine Frau erschrak furchtbar. Die Angreiferin zwang mich auf die Knie und steckte den Föhn in die Steckdose. Sie wollte uns umbringen, verstehen Sie? Ich sollte zu meiner Frau in die Wanne steigen, aber ich weigerte mich.«

»Sie weigerten sich, obwohl sie Sie mit einem Messer bedrohte?«, fragte Jensen verwundert.

»Ich konnte mich doch nicht sehenden Auges in mein Schicksal ergeben. Außerdem dachte ich, dass sie vielleicht aufgeben würde, wenn sie Widerstand spürt. Aber das half nichts. Ich sollte mich ausziehen. Als ich mein T-Shirt auszog, griff ich schnell in die Schublade der Kommode. Ich habe dort einen Revolver versteckt. Wie fast in jedem Zimmer hier im Haus. Genau für solche Fälle.«

»Aber Ihre Hände waren doch gefesselt, wie konnten Sie da Ihr T-Shirt ausziehen?« Eine tiefe Falte stand zwischen Jensens Augenbrauen.

»Ich … ach, du meine Güte, es ist doch schon peinlich genug. Nein, ich sollte nicht mein T-Shirt ausziehen, sondern meine Hosen.«

»Was für Hosen waren das?«

»Eine Anzughose und meine Unterwäsche.«

»Sie sollten sich also untenrum nackt in die Wanne setzen?«

»Ja.«

»Merkwürdig«, meinte Jensen.

»Was weiß ich, was im Kopf dieser Frau vor sich ging? Jedenfalls konnte ich nach meiner Waffe greifen und zielte auf sie. Sie erkannte, dass sie nichts mehr ausrichten konnte, und verließ das Haus. Ich zog mir was an und rief die Polizei. Das war's.«

»Aha. Und Sie haben die andere Geschichte nur erzählt, weil Ihnen die Sache peinlich war?«

»Was denken Sie denn? Ein bisschen Würde muss man sich doch bewahren.«

»Und warum, glauben Sie, hat diese Frau Sie überfallen?«

»Wie bitte?«

»Na, ich meine das Motiv. Was hat sie gewollt? Sie wollte Sie in der Badewanne töten, sagten Sie. Wozu? Hat sie Geld verlangt?«

»Nein.«

»Gibt es vielleicht ein sexuelles Motiv?«

»Nein!«, rief Grütersch aufgebracht.

Jensen lehnte sich zurück und fuhr sich durch die Haare.

»Das ist rätselhaft.«

»Mit Sicherheit wollte sie uns anschließend ausrauben.«

»Ja, vermutlich. Aber dazu hätte es ausgereicht, Sie beide zu fesseln. Warum töten? Und warum in der Badewanne?«

»Weil die verrückt war! Eine Verrückte, nicht bei Verstand.«

Jensen grübelte schweigend vor sich hin. Er war sich sicher, dass sie es hier mit derselben Täterin zu tun hatten wie auf Föhr und Amrum. Das Messer, der Kapuzenpulli, die Tötungsabsicht ohne erkennbare Hinweise auf versuchten Raub oder Diebstahl. Es gab nur einen Haken. Die Verdächtige saß auf Amrum in Untersuchungshaft. Sandra Kellers DNA war an den bisherigen Tatorten nachgewiesen worden. Damit war praktisch bewiesen, dass sie die Täterin war. Aber sie konnte nicht an zwei Orten gleichzeitig sein. Das war unmöglich.

★★★

Es gibt Dinge, die der menschliche Verstand nicht in der Lage ist zu verstehen. Also macht der Mensch mit diesen Dingen dasselbe, was Babys tun, die ihre Welt zum ersten Mal wahrnehmen. Sie schauen und staunen. Nils war völlig unfähig, in irgendeiner Weise auf das zu reagieren, was er sah. Er hockte immer noch auf dem Boden, den Arm immer noch ausgestreckt, und die Waffe zielte immer noch auf Sandra. Eine heftige Bö, die sich in dieser Senke wie ein Wirbel bewegte, fegte ihr die Kapuze vom Kopf. Blondes Haar flog wild um ihr Gesicht, verdeckte es sekundenweise und gab es wieder frei. Mit der linken Hand hielt sie den Griff des Messers umklammert. Sie atmete schwer, und ihre Augen funkelten vor Wachsamkeit, Angst, Wut und

Wildheit. Ja, da lag ein Ausdruck in ihren Augen, der Nils an ein in die Enge getriebenes Tier erinnerte. Sein Verstand verband diesen Eindruck mit dem Geruch, der ihm vorhin in die Nase gestiegen war.

»Schieß doch«, rief sie ihm durch das Tosen des Sturms hindurch zu. »Schieß doch endlich!«

Nils rührte sich nicht. Wie war sie hierhergekommen? Was war auf Amrum passiert? Was war nur in sie gefahren? Etwas musste Besitz von ihr ergriffen haben, dass sie solche Taten hatte verüben können. Er hatte geglaubt, sie zu kennen. Hatte geglaubt, ihr Problem zu verstehen und ihr vielleicht sogar helfen zu können. Doch jetzt war es zu spät dafür. Das wusste er.

»Wenn du's nicht tust, töte ich dich«, sagte Sandra laut, richtete sich auf und drehte das Messer in ihrer Hand, sodass die Klinge nun auf Nils deutete. Nils erkannte Würgemale an ihrem Hals. Sie mussten von der Kapuze stammen. Der Stoff hatte sich förmlich in die Haut ihres Halses geschnitten. Da leuchtete plötzlich eine kurze Irritation in seinem Gehirn auf. Es war ein winziger, feiner, aber gleißender Blitz, irgendwo in seinem Hinterkopf.

Würgemale. Er dachte an die Blutflecken auf dem Ärmel von Grütersch. Er dachte an die schrecklichen Wunden der Opfer auf Amrum. Er dachte an Dammer. Sie alle hatten Narben davongetragen und waren an ihnen gestorben. Aber etwas fügte sich noch nicht ganz in diese Reihe.

Nils' Arm wurde schwer und schwerer. Seine Schulter schmerzte, und er spürte ein Zittern in den Muskeln. Lange würde er die Waffe nicht mehr halten können. Dann galt es entweder, sie niederzulegen oder abzudrücken.

Narben. Die Täterin war auf Föhr zunächst gescheitert, weil Dammer ihr mit dem Haken entgegengetreten war. Man hatte Sandras Blut daran identifiziert, aber wo war die Narbe geblieben? Nils versuchte, sich an ihre verschiedenen Begegnungen zu erinnern. Versuchte, das Gespräch, das er nach ihrer Verhaftung allein mit ihr geführt hatte, in sich wachzurufen. Er sah ihr Gesicht vor seinem inneren Auge. Aber nein, da war keine Narbe gewesen. Sie hatte keine Narbe an der Stirn. Die Frau vor ihm dagegen hatte eine.

»Sandra?«, fragte Nils und erschrak über seine eigene, kratzende Stimme.

»Ich bin nicht Sandra«, sagte sie verächtlich.

»Wer bist du dann? Nemesis?«

»Nemesis?«, wiederholte sie leise. Nils konnte das Wort nur von ihren Lippen ablesen. »Niemand«, sagte sie und lächelte auf schreckliche Art und Weise. Sie zog ihren Ärmel hoch und legte das Messer an ihre Pulsader.

»Nein!«, schrie Nils und drückte den Abzug.

Der Knall flog mit dem Wind landeinwärts, ebenso wie der Mündungsrauch, der förmlich aus dem Lauf der Pistole gerissen wurde und sich fast augenblicklich auflöste. Sandra wurde nach hinten geschleudert und ließ das Messer fallen. Nils warf seine Pistole zur Seite und stürzte nach vorn. Er beugte sich über sie und sah, dass ihre Augen geöffnet waren. Sie atmete. Er hatte sie nicht getötet. Aber wo hatte die Kugel sie erwischt? Er suchte ihren Körper ab und ertastete unter dem nassen Stoff ihres Pullovers schließlich etwas Warmes. Durch die schwarze Farbe war das Blut nicht zu erkennen. Es zeigte sich erst auf Nils' Handinnenfläche.

Sandra stöhnte, und Nils riss ihr am Hals den Pulli auf. Sie trug nur ein schmutziges T-Shirt darunter. Links neben ihrem Hals breitete sich ein Blutfleck aus. Er überschwemmte das Gewebe mit roter Flüssigkeit. Nils riss ein Stück aus dem Pullover und drückte den Fetzen auf die Wunde. Als er nachsah, erkannte er das Loch im T-Shirt. Er hatte ihr in den Quadrizeps geschossen. Aus der Entfernung musste es ein Durchschuss sein, sofern die Kugel keinen Knochen getroffen hatte.

»Verdammt«, fluchte er und suchte nach seiner Waffe, während er den provisorischen Druckverband festhielt. Sie lag ungefähr einen halben Meter rechts von Sandra oder wer auch immer diese Frau war. Nils versuchte, sie zu erreichen, aber er schaffte es nicht. Bevor er seine Position wechseln konnte, streckte Sandra auch schon ihren Arm aus und griff danach. Jetzt hätte sie ihn einfach erschießen können. Selbst in ihrem Zustand wäre das keine große Schwierigkeit gewesen. Doch sie legte die Waffe in seine Hand und schloss die Augen.

Nils hob die Walter PPK und schoss das ganze Magazin in die Luft. »Hilfe«, schrie er. »Wir sind hier!«

Aber mit wem er eigentlich hier war und wessen Blut er gerade warm und feucht an seinen Händen spürte, wusste er nicht.

Die Sylter Polizei fand die beiden wenig später. Über Funk verständigten sie die Zentrale, die die Nachricht an alle Einsatzkräfte weitergab. Von Nils und einem weiteren Polizisten gestützt, gelang es der jungen Frau trotz ihrer Verletzung, zu Fuß bis an die Straße zu laufen. Dort wurden sie von vier Streifen- und einem Krankenwagen in Empfang genommen.

Jensen wartete am geöffneten Heck des Krankenwagens. Die Sanitäter liefen der kleinen Gruppe helfend entgegen und verdeckten die Tatverdächtige, sodass er sie nicht erkennen konnte, bis sie fast bei ihm angelangt war. Der Moment des Erkennens war vergleichbar mit dem Gewahrwerden eines Tsunamis, der auf die Küste zurollte, an der er stand. Er taumelte rückwärts und stieß gegen die Hecktür.

Die Verdächtige wurde von den Sanitätern ins Wageninnere geführt. Sie legten sie auf die Trage und versorgten ihre Verletzung. Jensen konnte seine Augen nicht von ihr losreißen.

Nils stellte sich zu ihm und berührte ihn am Arm. Er spürte Jensens Zittern durch den Stoff der Jacke hindurch. »Ich kann's mir auch nicht erklären«, sagte er leise, vielleicht zu leise, als dass Jensen es hören konnte. Der zog sein Handy aus der Tasche und wählte eine Nummer.

»Wollen Sie mitfahren?«, fragte der Notarzt. Nils und Jensen sprangen in den Wagen, und die beiden Sanitäter zogen die Türen zu.

Die Fahrt ging los, und Nils fand, dass es ganz gut war, mit so vielen Personen an Bord zu sein. So konnte der Sturm den Wagen nicht umwehen.

Jensen hatte immer noch das Handy am Ohr und wartete darauf, dass die Verbindung hergestellt wurde.

»Jensen hier«, meldete er sich und pausierte ratlos. »Ist … ist Frau Keller noch in der Zelle?« Er hörte die Antwort, legte sofort wieder auf und nickte Nils bestätigend zu. Jegliche Farbe war aus seinem Gesicht gewichen. Wie eine Wachspuppe saß er auf dem roten Transportsitz und starrte auf die Patientin.

»Ist 'n glatter Durchschuss«, sagte der Arzt, während er blutige Mullbinden zu Boden warf und neue auflegte.

Nils stand am Fußende der Trage und hielt sich an einer von der Wagendecke herabhängenden Schlaufe fest. Er hatte die Schuhsohlen der Frau direkt vor sich und erkannte das Profil wieder. Und auch die kleine Zahl darin. Schuhgröße einundvierzig.

★★★

»Was zum Teufel ist hier gerade passiert?«, fragte Jensen unheilvoll, nachdem sich die Türen zum Behandlungsraum im Klinikum Westerland vor ihnen geschlossen hatten. Beide Männer hatten das Gefühl, einen Geist gesehen zu haben.

»Sie hat eine Narbe an der Stirn«, sagte Nils. Seine Stimme hallte von den kahlen Wänden wider, obwohl er leise sprach. Irgendwo summte eine Maschine oder ein Generator.

Jensen blickte ihn ausdruckslos an.

»Von dem Haken für die Dachbodenluke in Dammers Haus«, fügte Nils erklärend hinzu.

Jensen stützte sich mit ausgestrecktem Arm an die Wand und atmete tief durch.

»Es muss ihre Schwester sein. Sie hat einen Zwilling«, sagte Nils und sprach damit aus, was die einzig plausible Erklärung für dieses wahnwitzige Szenario war.

»Aber wie«, fing Jensen an und wusste nicht mehr weiter, »wie kann das sein? Wo kommt sie her? Wieso weiß Frau Keller nichts von ihr? Sie ist als Einzelkind aufgewachsen.«

Das war die entscheidende Frage. Warum wusste Sandra nicht, dass sie eine Zwillingsschwester hatte? Nils beschlich das ungute Gefühl, dass sie den Fall noch längst nicht abgeschlossen hatten. Nein, hier schien er erst zu beginnen.

Sie warteten eine knappe Stunde, bis der behandelnde Arzt mit ihr in den Flur trat. Nils und Jensen hatten in einem kleinen

Wartebereich Platz genommen. Sie erhoben sich, und Jensen zückte seine Handschellen. Mit einem metallischen Klicken ließ er sie aufspringen. Sandras vermeintliche Schwester trug über ihrer Jeans jetzt nur noch einen OP-Kittel. Der Wundverband ragte wie ein Buckel an ihrer Schulter empor.

Nils bedeutete Jensen, noch einen Moment zu warten, und wandte sich an den Arzt.

»Haben Sie nicht etwas zum Anziehen?«

Der Mann schüttelte bedauernd den Kopf.

Nils überlegte nicht lange und führte die Frau zurück in das Behandlungszimmer. »Kommen Sie.«

Sie ließ es wortlos geschehen.

Jensen und der Arzt unterhielten sich auf dem Gang. Nils schloss die Tür. Sie standen in einem engen Raum, der von einer grellen Neonröhre beleuchtet wurde. Eine Liege stand rechts an der Wand, und ihr gegenüber verlief eine Art Küchenzeile in weißem Furnier. Jeder einzelne Schrank war mit einer kleinen Beschriftung versehen.

»So können Sie nicht da rausgehen. Ich gebe Ihnen meinen Pullover und meine Jacke«, sagte Nils und legte seine von außen immer noch nasse Jacke auf die Liege.

Die Frau folgte seinen Bewegungen nur mit den Augen.

Als Nils seinen Pullover über den Kopf zog, wurde ihm schlagartig bewusst, mit wem er da in einem Raum war. Sie war eine Mörderin. Sie hatte vier Menschen auf grausame Art und Weise getötet und ein kleines Mädchen entführt. Er selbst war in diesem Moment schutzlos, sie könnte ihn jederzeit angreifen und versuchen, ihn zu töten.

Von einem Anflug unerwarteter Panik überfallen, riss er sich den Pullover vom Kopf. Doch Sandras Ebenbild stand nur unbeweglich da und sah ihn mit ihren wilden und gleichzeitig ausdruckslosen Augen an. Er entspannte sich wieder und legte den Pullover zu seiner Jacke.

»Ich hab noch ein Hemd und besorg mir nachher von einem Kollegen etwas. Bitte.« Er ermutigte sie, die Kleidung anzuziehen, und drehte sich dafür um.

Das Gefühl kam zurück, eine kalte, kriechende Angst, dass er ihr besser nicht den Rücken zudrehen sollte, auch nicht, wenn sie aussah wie jemand, den er sehr gernhatte. Sie war jemand anderes. Nils konnte nicht anders, er blickte verstohlen über seine Schulter. Sie hatte sich zur Wand umgedreht und öffnete die Schleife an dem rückenfreien OP-Kittel. Was Nils nun sah, konnte er kaum glauben. Ohne es zu merken, wandte er sich ihr zu und starrte auf die furchtbaren Narben, die wie eine Landkarte des Schreckens auf ihrem Rücken prangten. Es gab keine Stelle, die nicht von weißlichem oder leicht roséfarbenem Gewebe bedeckt war. Lange schmale Schnittwunden, unregelmäßige ovale Wunden, Beißwunden, Brandwunden. Nils musste schlucken, und es klang so laut, dass er meinte, sie würde es hören. Schnell fuhr er wieder herum. In der metallenen Leiste zwischen Arbeitsplatte und Wand konnte er verzerrt ihren Körper sehen. Sie schlüpfte in Pulli und Jacke, zog den Reißverschluss bis unter das Kinn und wartete.

»Kann ich?«, fragte Nils, und seine Stimme zitterte.

»Ja.« Sogar ihre Stimme glich der von Sandra, nur dass sie rauer und kratziger war.

Als sie das Büro verließen und Nils in die Gesichter von Jensen und dem Arzt blickte, wusste er, dass sie über das gesprochen hatten, was Nils gerade gesehen hatte.

Sie fuhren im Streifenwagen über die vom Wind malträtierte Insel. Jensen saß mit Aik vorn, und Nils und Sandras Zwilling hatten auf der Rückbank Platz genommen. Ihre Hände lagen in Handschellen auf ihrem Schoß. Immer noch klebte Sand an ihrer und Nils' Hose. Die Rantumer Straße, auf der sie zum Hafen in Hörnum zurückfuhren, stand zwei Finger tief unter Wasser, und der Wind kräuselte die Oberfläche, dass sie aussah, als sei sie in Bewegung. Sie begegneten keiner Menschenseele. Alle waren in ihren Häusern und Wohnungen und warteten auf das Ende des Sturms.

Zu ihrer Rechten tauchte das Wohngebiet auf, in dem die Neudorfs wohnten. Man konnte sogar die obere Etage ihres Hauses von der Straße aus erkennen. Nils blickte hinüber. Die kleine Vanessa war noch dort. Aber sie konnten jetzt unmöglich die Entführerin, wenn sie es denn war, und das Opfer zusammenbringen und auf ein und demselben Schiff nach Amrum fahren. Dennoch wies Jensen Aik an, abzubiegen. Nils beobachtete das Gesicht der jungen Frau. Als sie vor dem Haus anhielten, wanderte ihr Blick vorsichtig hinüber zum Fenster, vor dem sie hielten.

»Ich bin gleich zurück«, sagte Jensen.

»Aber wir können doch nicht …«, begann Nils.

»Keine Angst.«

Jensen stieg aus und lief durch den Regen zur Tür. Lars ließ ihn hinein. Kurz bevor er die Tür schließen wollte, streifte sein Blick die Frau im Innern des Wagens, und er hielt für einen kurzen Moment inne. Man sah durch den Schleier des Regens hindurch die Angst in seinen Augen. Die Frau neben Nils wandte sich ab und starrte auf ihre Hände. Die Nägel waren schwarz, und unter all dem Schmutz konnte er auch hier Narben erkennen. Dumpf trommelte der Regen auf das Dach des Wagens. Ansonsten war es bis auf das stete Windrauschen still.

»Geht's ihr gut?«, fragte sie.

Aik blickte in den Rückspiegel. Nils wusste, was dieser kleine Satz für eine Bedeutung hatte. Er war ein Geständnis. Jedoch kein gewöhnliches. Welcher Entführer sorgte sich um das Wohl seines Opfers? Die Fee Nemesis saß in diesem Auto neben ihm, daran gab es nun keinen Zweifel mehr. Vielleicht würde sie auch über die anderen Taten bereitwillig Auskunft geben. Vielleicht hatte sie kapituliert.

»Den Umständen entsprechend«, antwortete Nils. In dem Moment öffnete sich die Haustür wieder, und Jensen und Kinsing kamen zum Auto gelaufen. Nils machte Platz für Kinsing und rückte näher an die Frau heran. Wieder stieg ihm ihr Geruch in die Nase.

»Hallo, mein Name ist Kinsing, von der Hamburger Polizei«, stellte sich der Psychologe über Nils hinweg vor. Sie zeigte keine Reaktion.

Kinsing, der natürlich von Jensen auf diesen Anblick vorbereitet worden war, konnte sein Staunen dennoch nicht verbergen. Die Ähnlichkeit wirkte auf jeden von ihnen wie ein kleiner Schock.

»Zum Hafen«, sagte Jensen, und Aik trat aufs Gaspedal.

Der Hafen lag so geschützt in der Bucht auf der dem Wind abgewandten Seite der Insel, dass das Wasser vergleichsweise seicht war. Die Wellen und die schäumende See begannen erst ein paar Meter jenseits des Hafenbeckens, das durch die Molenbarrieren wie von zwei Armen umklammert wurde.

Jensen führte die Frau an Bord und ins Innere des Schiffes, während Aik und Nils noch am Kai standen und sich verabschiedeten.

»Es war ein kurzer Besuch, aber ich frage nicht, ob du noch zum Essen bleiben willst«, sagte Aik ernst und schüttelte Nils die Hand.

»Du glaubst gar nicht, wie gern ich das tun würde.« Nils graute vor dem Gedanken, Sandra zu erzählen, was hier auf Sylt geschehen war. Wie würde sie reagieren, wenn sie davon erfuhr? Was für einen Schock würde sie verkraften müssen? Dieses Wissen um die Schwester war für Nils fast unerträglich, solange Sandra noch ahnungslos war.

»Immerhin habt ihr jetzt wohl eure Täterin«, sagte Aik.

»Das schon. Aber manchmal ist man auch dann nicht glücklich, wenn man dort angekommen ist, wo man hinwollte«, entgegnete Nils und lächelte müde.

»Wir Insulaner sind immer da, wo wir sein wollen. Deswegen sind wir auch immer zufrieden«, sagte Aik und gab Nils einen freundschaftlichen Klaps auf die Schulter. Erst jetzt bemerkte Nils, dass er fror. Sein Hemd war ganz durchnässt.

»Ich muss.«

»Alles klar. Mach's gut.«

Nils ging an Bord des Küstenwachenschiffes, dessen Motor bereits lief. Er winkte noch einmal und folgte den anderen auf die Brücke.

Jensen stand vorn beim Kapitän. Ihre Verdächtige wurde im hinteren Teil von einem Beamten bewacht. Sie saß am Fenster und schaute hinaus. Ihr blondes Haar hatte sich durch die Nässe dunkel gefärbt, es hing in Strähnen von ihrem Kopf auf den Kragen von Nils' Polizeijacke. Ein befremdlicher Anblick, die vermeintliche Mörderin in einer Polizeijacke dasitzen zu sehen.

Das Schiff manövrierte sie hinaus auf die See, und es schien, als drückte der Rückenwind die Schnauze tief ins Wasser. In der Ferne waren Föhr und Amrum trotz der Dunkelheit schemenhaft zu erkennen. Wie bleiche Geisterinseln schimmerten sie in der Schwärze, in der man Himmel von Wasser nicht mehr unterscheiden konnte.

»Was machen wir jetzt mit Frau Keller?«, fragte Jensen, nachdem er zu Nils getreten war. Beide mussten sich festhalten, damit sie im wogenden Schiff nicht umfielen.

»Wir müssen es ihr irgendwie schonend beibringen. Auf keinen Fall dürfen sie sich sehen. Wir müssen diese Frau woanders unterbringen. Erst mal.« Nils starrte besorgt aufs Meer hinaus.

»Sie haben recht. Aber viele Möglichkeiten haben wir nicht auf der Insel. Gibt es ein Gebäude, das wir zusätzlich nutzen könnten?«

Nils überlegte einen Augenblick. Dann fiel ihm tatsächlich ein Komplex ein, der isoliert war und zurzeit leer stand.

»Das Schullandheim. Es liegt direkt an den Dünen. Um diese Zeit sind keine Klassen da, und es gibt genügend Räume, die wir nutzen können.«

»Klingt gut.«

»Ich rufe gleich mal den Pächter an.«

Nils verabredete sich mit Sten Dittrich in einer Stunde am Schullandheim und informierte das Revier über ihre Rückkehr. Nach ihrer Ankunft im Yachthafen wurden sie von Possebiehl, dem bei dem Anblick der Frau ebenfalls die Farbe aus dem Gesicht gewichen war, abgeholt und direkt dorthin gefahren.

Der Wind blies hier so stark und trug so viel Sand mit sich, dass man es kaum im Freien aushalten konnte. Zum Glück war Sten schon vor Ort und winkte die Männer ins Haus. Erschrocken sah der kleine, rundliche Mann, dessen kranzförmig gewachsene Haare wild vom Kopf abstanden, dass eine Person in Handschellen ins Gebäude geführt wurde.

Nils begrüßte ihn und stellte ihm Jensen vor. Sten hatte kräftige Hände mit kugelartigen Muskeln am Daumen.

»Was kann ich für euch tun?«

»Sten, wir brauchen das Haus für ein paar Tage. Wir haben jemanden hier, der als Verdächtiger gilt«, erläuterte Nils.

»Das Mädchen da?«, fragte Sten ungläubig.

»Ist ja egal, jedenfalls bräuchten wir einen Raum, in dem sie unterkommen kann und der am besten keine Fluchtmöglichkeit bietet.«

»Dat is kein Gefängnis hier. Hier kommen *Schulkinder* hin.«

»Gibt's nicht zufällig einen Raum, der kein Fenster hat?«, fragte Nils.

»Na ja, auf der Westseite ist der Freizeitraum. Der hat zwar 'n großes Fenster, aber wegen des Sturms hab ich es von außen verrammelt. Da ist 'ne zwanzig Kilo schwere Spanplatte davor.«

»Das hört sich gut an.«

Der Raum war gut sechzig Quadratmeter groß. Es waren zwei Tischtennisplatten, eine Kletterwand, Bodenmatten und ein Boxsack darin untergebracht.

Jensen und Nils warfen einen prüfenden Blick hinein, nachdem Sten die Deckenbeleuchtung angeschaltet hatte. Das Fenster war vollkommen blind. Man hörte nur, wie draußen der Sand gegen die Spanplatte peitschte.

»Perfekt«, sagte Jensen. »Können wir hier ein Bett reinstellen und einen Tisch?«

»Sicher«, entgegnete Sten. Die Luft war kalt und roch nach abgestandenem Schweiß und dem Gummi der Bodenmatten. »Ich werd gleich mal die Heizung hochfahren. Wie sieht das denn eigentlich finanziell aus«, fragte er und kam näher zu Nils, »muss ich das Gebäude unentgeltlich zur Verfügung stellen?« Er räusperte sich, weil es ihm ein wenig unangenehm war, danach zu fragen.

»Selbstverständlich nicht«, sagte Jensen. »Das Land Schleswig-Holstein bezahlt.«

»Also einmal wie immer«, sagte Sten und klatschte in die Hände.

Nils bestellte zwei Beamte ins Landheim, die als Wachen hierbleiben sollten. Zusammen mit Possebiehl trugen sie ein Einzelbett aus einem Lehrerzimmer und einen Tisch und vier Stühle aus dem Essraum hinein. Als sie mit allem fertig waren, führten sie Sandras Zwilling in den umfunktionierten Sportraum und schlossen sie einstweilen ein.

Jensen bat alle Anwesenden, zusammenzukommen, und bläute ihnen ein, dass diese Aktion der absoluten Geheimhaltung unterlag. Es dürfe keine Information über den Aufenthaltsort der Täterin nach außen dringen.

Teil 4
Die Odde

Where each star we can reach out and touch
There's peace of mind for each one of us
Hope, forgiveness and trust
Away from this world.
John Mellencamp, »Away from this world«

28

Es war zwei Uhr nachts. Jensen, Kinsing und Nils fuhren über den kleinen Weg vom an den Dünen ausgelagerten Schullandheim durch die Marschen zurück in den Ort. Der Regen prasselte schräg durch die Kegel des Scheinwerferlichts. Die Männer schwiegen, während sie ihrer schwersten Aufgabe entgegenfuhren.

»Und, ist sie's?«, fragte Jussi, als sie das Büro betraten. Auch Minthal war aufgestanden und schaute neugierig.

Nils begriff, dass die beiden nicht die Täterin meinten, sondern das Mädchen. Von der Festnahme konnten sie noch nichts wissen, dafür hatte Jensen gesorgt. Und ursprünglich waren sie ja nur zu Vanessa Kaltenbachs Identifizierung gefahren.

»Es ist das Mädchen«, sagte Jensen so, dass man das Aber bereits mitschwingen hörte.

»Wo ist sie jetzt?«, wollte Jussi wissen.

»Wir haben sie noch auf der Insel gelassen. Sie ist dort in guten Händen, und für uns hat sich unerwartet ein neuer Umstand ergeben«, klärte Jensen sie auf.

Jussi lächelte unglücklich. »Wir haben die Videoaufzeichnungen vom Hafen in Niebüll und hier auf Amrum ausgewertet und konnten Sandra Keller identifizieren.«

»Damit wissen wir, wann sie auf die Insel gekommen ist«, sagte Minthal. »Die Zeit passt. Es war die Keller.«

»Nein. Sie war es nicht.«

Jensen sorgte für einiges Aufsehen mit diesem Satz. Alle Männer kamen zusammen, und Jensen klärte die Beamten über die Entwicklungen der letzten Stunden auf Sylt auf. Er flüsterte fast dabei. Keiner konnte glauben, was er da hörte. Es klang wie ein Märchen.

»Und unsere Beweise? Ich meine ... geht das überhaupt?«, wollte Jussi wissen.

»Wenn es eineiige Zwillinge sind, haben sie dieselbe DNA und auch dieselben Fingerabdrücke«, sagte Minthal.

»Unfassbar. So was hätt' ich nicht für möglich gehalten«, meinte Jussi.

»Keiner von uns«, pflichtete Jensen ihm bei.

»Zwillinge sind kriminalistisch gesehen besondere Phänomene. Sie können ihr Aussehen bewusst für eine Täuschung einsetzen. Aber so, wie es hier passiert ist, und da der eine Zwilling von dem anderen nichts weiß, scheint es dazu geführt zu haben, dass eines der Geschwister fälschlicherweise beschuldigt wurde. Natürlich ist das, wie schon gesagt, höchst selten. Niemand hier in der SOKO muss sich einen Vorwurf machen. Sie haben getan, was Sie tun konnten«, erläuterte Kinsing geradezu väterlich.

»Wie war das, als Sie sie da in den Dünen erkannt haben?«, fragte Jussi. Er blickte Nils gespannt an wie ein Kind, das auf den Ausgang einer Geschichte wartet.

»Es war ein Schock. Wenn Sie sie sehen, werden Sie auch einen erleiden. Das kann man schwer beschreiben, was da in einem vorgeht. Zuerst dachte ich, Sandra sei von Amrum geflüchtet. Tausend Möglichkeiten schießen einem da durch den Kopf, aber keine ist wirklich plausibel. Dass es nicht Sandra, sondern eine andere Person sein musste, kam mir erst in den Sinn, als ich die Platzwunde an ihrer Stirn sah. Die wurde ihr von Dammer beigebracht. Sandra hatte keine.«

»Stimmt«, murmelte Minthal nachdenklich, und auch Jussi und den anderen ging ein Licht auf.

»Aber warum die Schwester es getan hat, wissen wir nicht?«, fragte er.

»Nein. Wir haben sie im Schullandheim untergebracht, aber noch kein Wort mit ihr gesprochen. Wir hatten das Gefühl, Frau Keller erst mal über alles in Kenntnis setzen zu müssen«, erklärte Nils.

»Ja, und das werden wir jetzt tun«, sagte Jensen. »Vielleicht kann uns Frau Keller dann später bei den Befragungen ihrer Schwester behilflich sein.« Er schaute Nils an. »Wollen Sie das Gespräch führen?«

Nils antwortete nicht gleich. Jensen hätte es eigentlich selbst tun müssen. Den Staffelstab an Nils weiterzugeben war jedoch kein Versuch, sich vor den eigenen unangenehmen Pflichten zu drücken, vielmehr war es eine versöhnliche Geste Sandra gegenüber. Jensen wusste, dass Sandra Nils nicht als Kollegen, sondern als Freund ansah.

»Ich würde gern allein reingehen«, sagte Nils schließlich.

Jensen und Kinsing waren einverstanden.

Sandra schlief auf der kleinen Pritsche an der Wand und hatte sich wie ein Kind unter der braunen Wolldecke zusammengerollt. Die Konturen ihres Körpers hoben sich nur schwach unter dem dicken Stoff ab. Man hätte meinen können, dass dort eine Puppe lag und Sandra längst geflohen war. Nils wurde unwillkürlich an den Film »Flucht von Alcatraz« erinnert. Leise ging er zu ihr, nahm sich einen Stuhl und beobachtete sie beim Schlafen. Ihr Brustkorb hob und senkte sich nur schwach, aber nicht regelmäßig, sondern unruhig und angestrengt. Sie schien zu träumen. Keinen schönen Traum, wie es aussah. Vorsichtig berührte Nils ihre Schulter. Sandras Augenbrauen verengten sich, und die Lider begannen zu flattern.

»Sandra?«

Sie schlug die Augen auf und blickte sich, halb im Traum, halb in der Realität schwebend, im Zimmer um. Dann blieben ihre Augen an ihm haften, und der Nebel lichtete sich.

»Nils. Ich hab dich gar nicht gehört.«

Sie rieb sich die Augen und richtete sich auf. Jetzt, da sie wieder vollständig bei Besinnung war, verhärteten sich ihre Gesichtszüge wieder. Die Realität, in der sie sich nun wiederfand, schien um nichts besser zu sein als der Traum, aus dem sie gerissen worden war.

»Habt ihr die Kleine gefunden?«, fragte sie zuallererst und schwang ihre Beine über die Pritschenkante. Ihre Füße wirkten furchtbar klein. Viel zu klein, als dass sie ihren Körper tragen konnten.

»Ja, haben wir. Es ist Vanessa. Und es geht ihr gut. Sie ist jetzt bei dem Ehepaar, das sie auch gefunden hat. Die Kleine scheint Vertrauen zu ihnen zu haben.«

»Ihr habt sie dort gelassen?«

»Ja, wegen des Wetters. Jensen will abwarten, bis sich der Sturm legt, und sie dann zur Großmutter bringen.«

»Gott, nicht zu dieser Frau.« Sandra stöhnte verzweifelt auf.

»Du denkst, sie ist nicht die Richtige?«

»Ganz bestimmt nicht.«

»Vanessa denkt auch so.«

Sandras Kopf fuhr zu ihm herum.

»Ja, sie wollte nicht zu ihrer Großmutter«, erklärte Nils.

»Das sagt doch alles. Ihr müsst das berücksichtigen«, forderte Sandra.

»Das werden wir.«

»Hat sie Verletzungen? Wieso war sie bei diesen Leuten?«

»Mein Eindruck war, dass es ihr gut geht. Verletzungen konnten wir nicht entdecken. Die Entführerin hat sich als Fee ausgegeben.«

Sandras Mundwinkel sanken konsterniert herab.

»Entführer*in*? Hat sie mich etwa auch beschuldigt? Hat sie mich beschrieben, oder habt ihr ihr ein Foto von mir gezeigt?« In ihrer Stimme lag unterdrückte Wut.

»Das ist jetzt nicht mehr von Bedeutung«, erwiderte Nils zögerlich und versuchte, sich in Gedanken eine Taktik zurechtzulegen, wie er es ihr am schonungsvollsten beibringen konnte.

»Was soll das heißen? Gibt es noch mehr Spuren, die mich belasten? Zeugen, die mich gesehen haben wollen, oder was?« Inzwischen sprach der pure Zynismus aus ihrer Stimme.

»Sandra«, sagte Nils und hob beschwichtigend die Hand, »bitte lass mich ganz in Ruhe mit dir reden. Ich habe nie geglaubt, dass du es warst. Es gab einen Moment, da hatte ich Zweifel, das gebe ich zu. Aber ich wusste immer, dass du dazu nicht fähig bist.« Er schluckte. »Weißt du noch, als wir auf Föhr gesprochen haben? Darüber, dass du dich haltlos fühlst, dass du keinen Sinn mehr siehst in dem, was du tust?«

»Was soll das jetzt, Nils? Ich will wissen, was auf Sylt passiert ist.« Sandras kräftige Stirn glänzte im Licht der Laterne, die draußen vor dem hohen Fenster stand. Sie visierte Nils derart fordernd an, dass er meinte, statt in ihre Augen in den Lauf zweier geladener Pistolen zu schauen. Trotzdem musste er ihre Geduld weiter strapazieren.

»Sandra, wie bist du aufgewachsen? Mit wem und wo?«

»Sag mal, drehst du jetzt durch? Was ist denn in dich gefahren?«, fragte sie aufgebracht.

»Vertrau mir. Bitte. Wie und wo bist du aufgewachsen?«
Sie begriff den Sinn seiner Fragen nicht und sah ihn verstört an.

»In Flensburg, das weißt du doch. Aber was hat das −«

»Mit wem?«

»Nils, verdammt! Mit meiner Mutter und meinem Vater. Der starb bei einem Unfall, als ich zwei war. Danach war meine Mutter alleinerziehend. Sie hat nie wieder jemanden gefunden. Und ich musste mich nicht an einen verdammten Stiefvater gewöhnen. Haustiere hatten wir auch keine. Zufrieden? Erstellst du jetzt ein psychologisches Profil von mir oder was? Ich dachte, dafür wäre dieser Kinsing da?« Sie pustete sich wütend eine Haarsträhne aus dem Gesicht und sprang auf, als könnte sie es keine Sekunde länger auf der Pritsche aushalten. Sie brauchte Raum, stellte sich ans Fenster, das jedoch zu hoch lag, als dass sie hätte hinausschauen können, und drehte Nils den Rücken zu. »Ihr seid doch alle verrückt hier«, schimpfte sie und klammerte sich an das schmale Fensterbrett.

»Wir beide sind uns ähnlicher, als du glaubst«, sagte Nils.

Das war für Sandra der wohl mysteriöseste Satz in dieser Unterhaltung, doch er erzielte die gewünschte Wirkung. Man sah förmlich, wie sich ihr Körper straffte. Sie drehte sich zu ihm um, scheinbar gefasst.

»Wie meinst du das?« Ihre Stimme war nur ein Flüstern.

»Ich habe mit deiner Hilfe meine Schwester gefunden. Und heute hast du mit meiner Hilfe deine gefunden.«

Heiße Tränen stiegen ihr in die Augen und röteten sie augenblicklich. Nils spürte eine fiebrige Hitze von Sandra ausgehen, obwohl sie fast zwei Meter von ihm entfernt stand. Sie presste die Lippen so fest zusammen, dass sie bleich wurden.

Nils' Nervosität schwoll an wie eine Springflut. Er konnte sich nicht dagegen wehren. Sein Herz pochte hart und schmerzhaft gegen seinen Brustkorb, und sein Mund war furchtbar trocken. Aber im Grunde waren es gute Nachrichten, die er Sandra überbringen würde. Gute, wenn auch schwer zu verkraftende. Sie waren im Begriff, ein lang unterdrücktes Geheimnis ans Tageslicht zu befördern, etwas, das viele Jahre lang totgeschwiegen worden war, ähnlich wie in seiner eigenen Familie. Das Schweigen war schlimmer als die Wahrheit.

»Sandra, du hast eine Schwester.«

Ihre Lippen bebten, ihr Atem kam stoßweise. Kaum merklich schüttelte sie den Kopf.

»Kannst du dich erinnern? Du warst nicht allein. Du *bist* nicht allein. Ich habe auf Sylt deine Schwester gefunden.«

»Nein«, hauchte sie erstickt.

»Doch. So ist es.«

»Nein«, wiederholte sie und schluchzte auf. »Ich bin ein Einzelkind. Ich war immer allein.« Ihr Gesicht verzog sich zu einer Grimasse aus Schmerz und Trauer. In ihr pulsierte es.

»Hast du nie das Gefühl gehabt, dass es nicht so ist? Dass da noch jemand existiert?«

Sandra schlug die Hände vors Gesicht und begann zu weinen. Es war, als wollte sie sich gegen Nils' Worte abschirmen oder nicht sehen, was sie eigentlich schon wusste und nie zugelassen hatte. Nils ließ ihr Zeit.

»Du lügst«, schrie sie ihn plötzlich an. »Du lügst. Das ist doch so 'ne beschissene Verhörtaktik! Hat sich der Psychoonkel das einfallen lassen?«

Nils blieb einfach still sitzen und ließ Sandra reagieren, wie sie reagieren musste. Es war nicht angebracht, ihr vorzuschreiben, wie sie sich verhalten sollte, wie sie zu fühlen oder zu denken hatte.

»Sag was!«, schrie sie.

»Sandra, ich lüge dich nicht an. Ich habe dich sehr gern, das weißt du. Warum sollte ich dir so etwas antun?«

»Weil du glaubst, dass ich es war«, heulte sie kläglich, »du glaubst, dass ich vier Menschen getötet habe!«

»Nein, das tue ich nicht. Wie ich schon sagte, ich habe das nie geglaubt. Und jetzt glaubt es auch sonst niemand mehr. Du bist entlastet. Du bist nicht länger verdächtig und kannst gehen.«

»Aber warum?«

»Das ist die eigentlich traurige Nachricht. Deine Schwester ist die Täterin.«

Sandra lachte laut auf. Es klang verzweifelt und verrückt. Fast stolpernd kam sie auf ihn zu und beugte sich vor, als ob sie ihn anspucken wolle. »Was erzählst du mir hier eigentlich für einen Scheiß?«

»Du warst unter Tatverdacht, weil die DNA-Spuren auf dich hinwiesen. Bis heute wussten wir nichts von der Existenz deiner Schwester, ebenso wenig wie du selbst. Aber dass es sie gibt, erklärt alles.«

»Quatsch. Meine Schwester kann nicht dieselbe DNA haben wie ich. Das ist unmöglich. Und ich *habe* keine Schwester.«

»Es ist schon möglich«, sagte Nils. Sandra blinzelte ungläubig, wobei ihr wie kleine Glasperlen ein paar Tränen aus den Augen fielen. »Sie ist deine Zwillingsschwester.«

Sandra stürmte aus dem Zimmer und sah sich den erschrocken dreinblickenden Kollegen gegenüber. Als sie Nils' eilige Schritte hinter sich vernahm, lief sie weiter und rannte zur Tür hinaus. Sie lief, so schnell sie konnte, folgte der nassen Straße unter den gelben Lichtsäulen der Laternen hindurch auf ein ihr unbekanntes Ziel zu. Wichtig war nur die Flucht. Wo sie endete, war im Moment zweitrangig. Sie musste Nils entkommen, diesem Unruhestifter mit seinen abstrusen Ideen und seinen Geistern, die nach ihr zu greifen versuchten. Geistern, die ihr Leben für immer verlassen hatten. Nein, die sie nie gekannt hatte. Was hier ablief, war eine Verschwörung gegen sie. Alle hatten sie sich gegen sie verschworen und einen mörderischen Pakt geschlossen. Das Ganze war so unwirklich wie ein Film, so lächerlich wie eine Gruselgeschichte für Kinder. Sie dachte an ihre Mutter, die im Heim vor sich hinvegetierte, gefangen in ihren Erinnerungen und losgelöst von dieser Welt. Was hatte sie ihr verschwiegen? Was beschäftigte sie so, dass sie für immer hatte einschlafen wollen und sogar bereit gewesen war, ihre Tochter dafür allein zurückzulassen? Niemand hatte je verstanden, warum sie so war, wie sie war. Am wenigsten Sandra. Der Tod ihres Vaters war das eine, aber die Verirrung einer verzweifelten Seele, wie es ihre Mutter war, hatte sie nie begreifen können.

Sandra lief über den Strunwai durch die nächtlichen Schatten, die die Kiefern links und rechts des Weges auf sie warfen. Nils' Schritte hinter ihr klangen wie anschwellendes Trommeln. Er würde sie bald eingeholt haben. Sie strebte noch schneller nach vorn, weg von ihm und allem, was hinter ihr lag. Sie musste sich verstecken. Hier, in der Weite der Dünen und des Waldes. Sie schlug einen Haken und rannte in das Dickicht. Äste und Zweige schlugen ihr ins Gesicht. Der aufgeweichte und unebene Untergrund wollte sie zum Stolpern bringen, doch sie kämpfte, um sich auf den Beinen zu halten. Dann trat ihr linker Fuß plötzlich ins Leere. sie kippte nach vorn und stürzte einen Abhang hinab. Äste krachten, Laub raschelte, als sie unter Stöhnen zu Boden fiel und sich abrollte.

Kaum dass sie in der Dunkelheit ihre Orientierung wiedergefunden hatte, spürte sie ein Gewicht auf ihren Körper prallen. Es war Nils, der sich auf sie geworfen hatte und sie nun festhielt. Sie konnte nur schemenhaft sein Gesicht erkennen, spürte aber seinen Atem in ihrem und erkannte über ihm den Nachthimmel. Die Wolkendecke war aufgebrochen, und vereinzelte Wolkenfetzen trieben rasend schnell über sie hinweg. Der Mond tauchte hin und wieder auf und warf sein mattes Licht auf den Wald. Der Wind hatte abgeflaut, das Tosen war in eine Art Wimmern übergegangen. Sie spürte keinen Luftzug mehr hier unten. Nur oben am Himmel tobte noch der Wind.

Langsam beruhigte sich ihre Atmung. Sandra entspannte ihre Muskeln und fühlte, wie auch Nils seine Kraft zurücknahm. Er glitt von ihr herunter und ließ sich neben sie in die Kiefernnadeln fallen. Für einen Moment lagen sie schweigend da und betrachteten den aufklarenden Himmel. Sandra griff nach Nils' Hand. Sie brauchte etwas, woran sie sich festhalten konnte. Sogar einen Puls konnte sie in den Fingerspitzen spüren. Ob es ihr eigener oder Nils' war, vermochte sie nicht zu sagen.

»Sie sieht ganz genauso aus wie du«, hörte sie Nils' Stimme neben sich sagen, »und irgendwie auch wieder nicht.«

Sandra legte einen Arm über ihre Augen. »Das kann nicht sein.« Es klang wie eine Beschwörung.

»Willst du sie sehen?

Ein ziehender Schmerz drang in ihr Herz.

»Nein.«

»Ist gut.«

»Wo ist sie jetzt?«

»Wir haben sie im Schullandheim an der Nordspitze unterge-bracht.«

»Nils, mir ist kalt.«

»Dann lass uns zurückgehen. Du kannst bei mir schlafen«, sagte er und erhob sich. Sandra zog sich an ihm hoch.

»Danke.«

Ein Streifenwagen suchte auf dem Strandweg bereits nach ih-nen, doch Nils winkte ihn zurück. Sie gingen Arm in Arm zur Polizeistation, wo sie ihre Jacken holten und anschließend zu Nils' kleinem Häuschen in Nebel fuhren. Die weiße Kirche neben dem Haus war hell erleuchtet und deutete wie eine Pfeilspitze in den Himmel.

Auf der Couch machte Nils ein Nachtlager für Sandra zurecht. Sie war ihm dankbar dafür. Hier fühlte sie sich geborgener und aufgehobener als im Hotel. Niemals hätte sie dort Ruhe finden können.

»Leg dich hin und schlaf dich aus. Du kannst es gebrauchen. Morgen sehen wir weiter«, sagte Nils.

»Was machst du jetzt?«, fragte sie.

»Wir werden gleich mit dem Verhör beginnen«, antwortete Nils.

Sandra senkte den Kopf und ließ sich langsam auf dem Sofa nieder.

»Nimm dir, was du brauchst. Ich hoffe, dass ich zum Frühstück zurück bin.«

»Ja«, sagte sie nur und legte sich auf die Seite.

»Gute Nacht«, sagte Nils und verließ das Haus.

29

Jensen und Kinsing warteten bereits auf ihn, als Nils eintraf. Sie besprachen kurz die Taktik, auf die sie sich geeinigt hatten, und die Wortführung. Kinsing und Nils sollten im Hintergrund bleiben, während Jensen das Verhör führte. Um es notdürftig aufzuzeichnen, hatte er ein kleines Diktiergerät dabei. Kinsing und Nils würden sich ins Gespräch einklinken, wenn sie glaubten, dass etwas Entscheidendes davon abhing.

Einer der wachhabenden Beamten schloss die Tür auf, und Jensen klopfte an, bevor er eintrat. Die Frau, die Sandra auf so unheimliche Weise glich, saß ausdruckslos am Tisch. Man hatte ihr etwas zu essen und zwei Flaschen Wasser kommen lassen.

»Guten Abend«, grüßte Jensen, und die drei traten ein. Er nahm ihr gegenüber am Tisch Platz, Nils und Kinsing schnappten sich jeder einen Stuhl und setzten sich etwas nach hinten versetzt links und rechts an seine Seite. Das grelle Licht der Neonröhren fiel hart auf ihr gezeichnetes Gesicht.

»Geht es mit den Schmerzen? Sie können jederzeit etwas dagegen bekommen«, meinte Jensen. Das entrang ihr ein winziges Lächeln, das sich nur in einem Mundwinkel zeigte, als ziehe ein hauchdünner Faden daran.

Jensen legte den Rekorder in die Mitte des Tisches. »Nun gut. Ich werde dieses Gespräch aufnehmen«, erklärte er. »Zuerst muss ich Sie darüber aufklären, dass Sie wegen des dringenden Tatverdachts in vier Mordfällen in Untersuchungshaft genommen wurden. Sie sind ebenfalls tatverdächtig, eine Kindesentführung und einen tätlichen Überfall verübt zu haben. Ich werde Ihnen nun einige Fragen stellen, die Sie bitte wahrheitsgemäß beantworten. Je enger Sie mit uns zusammenarbeiten, desto besser für alle Beteiligten. Haben Sie das verstanden?«

Er schaute sie erwartungsvoll an, doch sie starrte nur unbeeindruckt und ohne jedes Zeichen von Zustimmung oder Ablehnung zurück.

»Ich deute das mal als ein Ja.« Jensen setzte sich auf dem Stuhl noch mal zurecht und begann. »Zunächst einmal müssen wir Ihre Personalien klären. Können Sie sich ausweisen?«

Sie reagierte nicht.

»Sie haben also keinen Personalausweis bei sich? Und auch kein anderes Dokument?«

Keine Reaktion.

»In Ordnung. Dann möchte ich Sie bitten, mir Ihren vollständigen Namen zu nennen.«

Sie blickte von einem zum anderen.

»Nadja.«

»Nadja. Und weiter?«

»Nadja. Er nennt mich nur so. Ich habe meinen Namen vergessen.«

Jensen stutzte.

»Wer ist *er*?«

Ihr Blick verfinsterte sich.

»Er hat mich gefangen gehalten. In seinem Haus. Ich bin vor zwei Wochen von dort geflohen.«

»Sie sind geflohen? Hatte er Sie entführt?«

»Ja. Das ist aber schon lange her.«

»Wie lange?«

Ihre Lippen zuckten leicht, bevor sie die Antwort gab.

»Sechsundzwanzig Jahre.«

Kinsing und Nils warfen sich einen erschütterten Blick zu. Jensen stockte.

»Sie sagen, Sie sind seit sechsundzwanzig Jahren in der Gewalt eines Mannes? Wie alt sind Sie jetzt?«

»Dreißig.«

»Das heißt, Sie wurden mit vier Jahren entführt?«

Sie nickte.

»Frau … Nadja, darf ich Sie Nadja nennen?«

»Sicher.«

»Der Arzt, der Sie auf Sylt behandelt hat, deutete an, dass er einige Narben auf Ihrem Körper gesehen hätte. Stammen die aus der Zeit Ihrer Gefangenschaft?«

»Ja.«

»Und dieser Mann hat sie Ihnen beigebracht?«

»Nicht nur er.«

»Könnten Sie mir bitte den Namen des Mannes nennen?«

»Er ändert seine Namen. Mal nennt er sich Müller, mal Schmidt, Schulze oder Schuster.«

»Und der Vorname?«, fragte Jensen.

»Tanas.« Sie sagte das vollkommen emotionslos. »Er wollte, dass ich ihn so nenne. Es ist ein Anagramm für …«

Satan, dachte Nils.

»… Satan.«

»Wo wohnt dieser Mann?«

»Ich weiß es nicht. Als ich geflohen bin, wusste ich nicht, wo ich war. Ich hätte mich auch in einem anderen Land befinden können. Als ich dann etwas länger unterwegs war, stellte ich fest, dass ich in der Nähe der Küste war. Niebüll. Da war ein größeres Waldgebiet. Ein kleiner See.«

»Frau … Nadja, das klingt sehr … wie soll ich mich ausdrücken, sehr phantastisch, was Sie da erzählen. Können Sie für Ihre Behauptungen irgendwelche Beweise vorlegen?«

»Beweise? Meinen Sie außer den Narben? Ansonsten besitze ich nichts. Ich habe nur sie.«

»Aber es muss Sie doch jemand vermissen, Sie müssen doch Familie gehabt haben. Wer waren Ihre Eltern? Wie hießen sie?«

»Meine Mutter heißt Kristin. Mein Vater ist tot. Und ich habe noch eine Schwester. Ihr Name ist Sofia.«

Nils rang nach Luft. Wieso stimmten die Namen nicht überein?

»Wo haben Sie vor Ihrer Entführung gewohnt?«

»In Marburg.«

Das stimmte auch nicht überein. Zumindest nicht nach dem, was er von Sandra wusste.

»Und dort sind Sie auch entführt worden?«

»Ja. Wir alle.«

Jensen richtete sich auf.

»Was heißt das? Wer außer Ihnen noch?«

»Meine Mutter und meine Schwester.«

»Sie sind alle von ein und demselben Mann gekidnappt worden?«

»Richtig.«

»Was passierte mit Ihrer Mutter und Ihrer Schwester?«

»Sie konnten fliehen.« Ein trauriges, wehmütiges Funkeln glitzerte in ihren Augen.

»Und Sie?«

»Ich nicht. Ich hab's nicht geschafft.«

»Aber Ihre Mutter muss doch die Polizei verständigt haben, es wird eine Suche gegeben haben«, hakte Jensen nach.

»Tanas dachte das auch, als er nach Hause kam. Darum brannte er alles nieder, und wir fuhren fort.«

»Wohin?«

»Das weiß ich nicht. Er verband mir die Augen, knebelte und fesselte mich und steckte mich in den Kofferraum. Es muss aber das Haus gewesen sein, in dem ich danach die ganze Zeit gelebt habe.« Die letzten Worte kamen zögerlich.

Jensen musste sich erst mal sammeln, bevor er fortfahren konnte.

»Nadja, können Sie mir Ihre Schwester beschreiben? Wie sah sie aus?«, fragte er, und Nils und Kinsing verstanden, worauf er abzielte.

»Sehen Sie *mich* an. Wir sind Zwillinge.«

Sie wussten das bereits. Nils hatte es schon in den Dünen gewusst. Doch es jetzt aus ihrem Mund zu hören, war eine andere Art der Bestätigung. Wie der Beweis einer Gleichung in der Mathematik. Die Umkehr bewies die Ausgangsgleichung.

Jensen stützte seinen Kopf mit einer Hand ab und rieb sich die Stirn. Nils erkannte sogar von hinten, dass er etwas aus dem Konzept geraten war. Mit dieser Entwicklung hatte er nicht gerechnet.

»In Ordnung. Ihre Entführung und alles, was damit zusammenhängt, möchte ich jetzt mal außen vor lassen. Wir ermitteln in den Mordsachen Dammer und Kaltenbach. Herr Dammer wurde vor etwas über einer Woche auf Föhr überfallen, angefahren und schließlich im Krankenhaus getötet. Familie Kaltenbach war im Urlaub hier auf Amrum und wurde in ihrem Ferienhaus ermordet. Bei dieser Gelegenheit wurde außerdem die Tochter der Kaltenbachs entführt. Kennen Sie diese Personen?«

»Ja.«

»Woher?«

»Von ihm. Er hat sie mit nach Hause gebracht und mir vorgestellt.« Sie schnaubte verächtlich.

»Und das Ehepaar Grütersch?«

»Auch.«

»Sie waren Ihnen also alle bekannt, weil sie Gast im Haus von Herrn Tanas waren?«

»Tanas ist sein Vorname. Aber ja. Ich kannte nur die kleine Vanessa noch nicht. Sie war nie dabei.«

»Was war das für ein Verhältnis zwischen Tanas und diesen Leuten? Waren sie Freunde, Bekannte, Verwandte?«

»Er hat sie irgendwo aufgetrieben. Meistens im Internet. Auf gewissen Seiten.«

»Was für Seiten meinen Sie?«

»Pornoseiten? Chats für Perverse? Ich weiß es nicht. Ich hatte nie Zugang zu seinem Computer. Ich habe auch noch nie selbst einen besessen oder benutzt.«

»Und aus welchem Grund kamen diese Leute zu ihm?«

Sie sah ihm nüchtern in die Augen. Nicht ein Blinzeln huschte über ihre Lider.

»Können Sie sich das nicht denken?«

»Nein. Ich möchte es von Ihnen hören. Erklären Sie es mir.«

»Sie kamen meinetwegen. Tanas hat mich an sie verkauft.«

Es entstand eine kurze Pause. Jensen ordnete die Fakten in seinem Kopf.

»Verkauft‹ meint in Ihrem Fall was?«, fragte er und fügte, weil er ahnte, wie persönlich und traumatisch diese Frage wirken konnte, hinzu: »… wenn ich fragen darf?«

Nadja faltete ihre Hände, löste sie wieder und legte sie behutsam nebeneinander auf den Tisch.

»Sie durften mit mir machen, was sie wollten. Alles, was sie wollten. Dafür bezahlten sie Tanas. Das war sein Einkommen. Interessantes Berufsbild, was?«

Nils wurde schlagartig klar, was es mit den Barabhebungen auf sich hatte, die Jussi und Minthal auf Dammers und Kaltenbachs Konten entdeckt hatten.

»Sie meinen, diese Personen … haben Sie … missbraucht?«
Jensens Stimme war immer leiser geworden.

»Missbraucht. Gefoltert. Gequält. Und alles, was Sie sich nicht vorstellen können«, sagte sie abwesend. Ihre Augen schweiften in eine weite und dunkle Ferne.

»Daher stammen also Ihre Narben?«, fragte Jensen.

»Ich kann jede einzelne zuordnen.«

Kinsing warf Nils einen Blick zu. Der konnte ihn nicht erwidern.

»Gab es noch andere?«

»Hin und wieder. Aber die Stammgäste waren Dammer, die Kaltenbachs und die beiden Grüterschs. Dammer war der erste überhaupt. Er kommt … kam seit fast fünfzehn Jahren.«

Jensen pustete die Luft aus. »Möchten Sie ein Glas Wasser?«, fragte er Nadja.

»Möchten Sie eins?«, fragte sie zurück.

Jensen stutzte. Nadjas Härte und Angriffslust überraschten ihn.

»Wie …« Er rieb sich erneut die Stirn und versuchte, seine Konzentration wiederzuerlangen. »Wie können wir uns Ihre Gefangenschaft vorstellen?«

»Gar nicht.«

Er schluckte.

»Sie wissen, wie ich das meine. Antworten Sie bitte.«

Nadja lehnte sich zurück und verschränkte die Arme, die in den viel zu langen Ärmeln von Nils' Pullover steckten.

»Er hat mir ein Zimmer gebaut. Unter der Erde. Nichts, was in irgendeiner Bauzeichnung auftauchen würde. Ich hatte ein Bett, ein Waschbecken, einen Fernseher und eine chemische Toilette. Ach ja, und einen Luftschacht, damit ich da unten nicht ersticke.«

»Und dort haben Sie sechsundzwanzig Jahre Ihres Lebens verbracht?«, fragte Jensen ungläubig.

»Ich sagte ja, dass Sie sich das nicht vorstellen können. Ich habe nie etwas anderes gesehen als diesen Raum und das Haus. Wenn ich arbeiten sollte, hatte ich Zugang zum Haus. Ich konnte mich dann frei darin bewegen. In den ersten Jahren hat er mich immer eingeschlossen. Das war später nicht mehr nötig.«

»Wie meinen Sie das?«

»Ich hätte gehen können. Die Tür war offen. Oder der Schlüssel steckte. Aber niemals, *niemals*, hätte ich gewagt, das zu tun.«

»Doch, haben Sie«, sagte Kinsing aus dem Halbdunkel heraus, und alle erschraken ein wenig. Jensen fuhr herum.

»Ja. Stimmt«, sagte sie.

»Darf ich fragen, warum? Warum gerade an diesem Tag?«, wollte Kinsing wissen, und Jensen wandte sich neugierig wieder Nadja zu.

»Es war mein dreißigster Geburtstag. Ich wusste, dass das ewig so weitergehen würde. Noch mal dreißig Jahre. Das hätte ich nicht durchgehalten. Und meine Geburtstage waren immer am schlimmsten. Ich musste fliehen. Die Gelegenheit war da. Er war unterwegs, um Gäste einzuladen. So nannte er das.«

Kinsing nickte mitfühlend.

»Sie flohen also. Können Sie uns beschreiben, was dann passierte? Wie sah Ihre Flucht aus?« Jensen warf einen prüfenden Blick auf den Rekorder, der mit einem kaum hörbaren Sirren lief.

»Zunächst rannte ich einfach nur. Ich rannte durch den Wald, mied die Wege, damit er mich dort nicht aufgreifen konnte. Ich hatte keine Ahnung, wo ich war. Irgendwann in der Nacht erreichte ich eine Landstraße und folgte ihr, bis ich in einen kleinen Ort kam. An einer Tankstelle fragte ich einen Lkw-Fahrer, ob er mich mitnehmen könnte.«

»Hatten Sie keine Angst, einfach jemanden Fremdes zu fragen?«

»Angst? Ich war gerade dem Teufel entkommen, wovor sollte ich noch Angst haben? Ich hatte ein Messer dabei und hätte jeden getötet, der mir zu nah gekommen wäre.«

»Verstehe. Und weiter?«

»Ich fuhr mit ihm bis Husum. Inzwischen wusste ich, wo ich war, und ich wusste auch, wo Kaltenbachs wohnten. Per Anhalter fuhr ich bis Hattstedt und erfuhr von einem Nachbarn, dass sie sich im Urlaub auf Amrum befanden. Das war wie eine Fügung. Ich wusste nämlich auch, dass Dammer den Sommer immer auf Föhr verbringt und dass Grüterschs einen Zweitwohnsitz auf Sylt haben. So waren sie alle in der gleichen Gegend versammelt.« Sie machte eine Pause und lehnte sich wieder vor.

»Und da haben Sie beschlossen, sie alle zu töten?«

»Natürlich. Sie mussten sterben. Keiner von ihnen hatte es verdient, weiterzuleben. Keiner«, sagte sie mit schmalen Lippen.

»Darüber können Sie nicht entscheiden.«

»Ach nein? Aber sie konnten über mich entscheiden. Sie haben entschieden, mich zu benutzen, mich zu gebrauchen, mir aus Spaß Schmerzen zuzufügen, mich zu zerstören, jeden einzelnen Teil von mir. Sie haben mich zerfleischt und weggeworfen. Bis zum nächsten Mal, wenn sie wiederkamen. Dann ging es von vorn los. Glauben Sie mir, diese Menschen waren so kaputt und pervers, dass Sie es sich nicht vorstellen können. Sie haben keine Ahnung, wie sie waren. Wenn Sie es wüssten, hätten Sie das Gleiche getan wie ich. Ohne zu zögern.«

»Solche Spekulationen lassen wir besser mal«, wehrte Jensen ab. »Erzählen Sie mir der Reihe nach, was Sie getan haben.«

»Ich ließ mich bis Dagebüll mitnehmen. Fuhr mit der Fähre nach Föhr und stattete zuerst meinem alten Freund Dammer einen Besuch ab. Leider ist er ein sehr misstrauischer Mann, er hat den Braten gerochen und mich mit dem verdammten Haken erwischt. Dann beging er den Fehler, hinauszulaufen. Er ist schon älter und nicht mehr der Schnellste. Ich hatte ihn fast eingeholt, da lief der Kerl einfach auf die Straße vor dieses Auto und *bumm!* Ich war außer mir. Ich wollte das selbst erledigen und nicht, dass er bei einem verdammten Unfall stirbt. Dummerweise kam noch ein zweiter Wagen, also konnte ich es nicht zu Ende bringen. Ich musste ins Krankenhaus. Sein Bettnachbar war gerade im Badezimmer, als ich kam. Es musste schnell gehen, aber ich wollte, dass er mich erkennt, und habe ihn geweckt, bevor ich ihn erstickte.«

»Ich lag in dem Zimmer«, sagte Nils, und das überraschte Nadja dann doch. Sie sah ihn mit großen Augen an.

»Sie waren das? Wer sind Sie?«

»Ich bin Polizist hier auf Amrum und war zufällig im Krankenhaus auf Föhr. Ich habe bemerkt, wie Sie die Klinke runtergedrückt haben.«

»Gut, dass Sie abgeschlossen hatten.«

Nils verstand. Sie blickte ihn an, als würde sie es für mehr als nur einen Zufall halten, dass ausgerechnet er in dem Zimmer gelegen und sie schließlich gefunden und festgenommen hatte.

»Danach flohen Sie aus dem Fenster?«, fragte Jensen, und sie richtete ihre Aufmerksamkeit wieder auf ihn.

»Ja. Das schien mir der schnellste Weg zu sein. Mit der ersten Fähre fuhr ich nach Amrum und suchte die Kaltenbachs. Ich wusste von dem Nachbarn in Hattstedt nur, in welchem Ort sie wohnten, und schlich dort herum, bis die Frau irgendwann auftauchte, um einzukaufen. Sie führte mich direkt zu dem Haus.«

»Dort töteten Sie alle drei?«

»Ja.«

»Und was war mit Vanessa?«

»Ich fand sie erst, als alles vorbei war. Ich war oben, um mir das Blut abzuwaschen, da bemerkte ich die abgeschlossene Tür. Ich öffnete sie, und sie saß einfach da und hatte ein Bild gemalt. Sie erschrak, als sie mich sah. Um sie zu beruhigen, erzählte ich ihr, ich sei eine Fee. Das funktionierte. Sie ging mit mir. Ich hielt ihr die Augen zu, und wir verschwanden aus dem Haus.«

»Sie brachten ihre komplette Familie um, während die Kleine oben spielte?« Jensen konnte es nicht glauben.

»Richtig. Und dann nahm ich sie mit. Das ist wohl das Beste, was ich je getan habe«, sagte sie nachdenklich.

»Das Beste?«, fragte Jensen ungehalten, aber ehe er fortfahren konnte, legte Kinsing beruhigend eine Hand auf seinen Arm. Jensen schnaubte unzufrieden.

»Sie sind wütend auf mich«, sagte Nadja, »aber ich habe das Mädchen gerettet. Sie wird es jetzt besser haben.«

Jensen schüttelte den Kopf und fuhr sich durch die Haare.

»Sie nahmen sie also mit. Und dann?«

»Sind wir nach Sylt gefahren. Herr und Frau Grütersch fehlten noch. Ich musste mich beeilen, weil ich wusste, dass er mir auf den Fersen sein würde, erst recht, wenn die Meldung über die Morde in die Zeitungen kam. Es kam ja sogar im Fernsehen. Zuerst wollte ich aber einen sicheren Platz für das Mädchen finden. Wir entdeckten einen alten Geräteschuppen, in dem wir übernachten konnten und vor dem Wetter geschützt waren. Allein das hatte uns schon einen ganzen Tag gekostet. Von da an liefen wir durch

Hörnum und suchten nach einer Familie für Vanessa. Ich suchte. Die Kleine hatte natürlich keine Ahnung. Ich spielte das Spiel mit der Fee einfach weiter. Essen musste ich natürlich auch besorgen. Wir haben uns von den Abfällen eines Restaurants ernährt. Sie war so tapfer. Es dauerte drei Tage, und dann entdeckte ich diesen Mann, der im Garten ein Spielhaus gebaut hatte. Er sah nett aus. Wirklich nett, man sah, dass sein Herz an diesem kleinen Haus hing. Und dann war da noch seine Frau, die so traurig aussah, aber kein Kind. Es passte schon wieder zusammen. Ich weiß nicht, was vorgefallen war, aber ich hatte auch keine Zeit mehr, und die Kleine brauchte endlich ein Dach über dem Kopf und was Richtiges zu essen. Also ließ ich Vanessa dort. Haben *die* Sie angerufen?«

»Ja. Wir waren gerade bei ihnen, als wir von dem Überfall auf das Ehepaar Grütersch erfuhren.«

»Aber sie sind nett, oder?«

»Ja, Vanessa mag sie sehr«, sagte Nils, bevor Jensen antworten konnte.

»Danach sind Sie gleich nach Kampen gefahren?«, fragte er weiter.

»Richtig. Das heißt, ich ging zu Fuß. Dieser Wind. Kaum jemand war unterwegs, und jeder, der mich mitgenommen hätte, hätte sich an mich erinnert. Oder *er* hätte es sein können.«

»Sie glauben also, er folgt Ihnen?«

»Auf jeden Fall. Er muss mich kriegen.«

»Er könnte sich doch einfach absetzen«, meinte Jensen.

»Sie kennen ihn nicht. Das, was ich getan habe, war schlimmer als alles, was *Sie* ihm antun könnten. Er wird mich dafür bestrafen. Das lässt er mir niemals durchgehen. Außerdem bin ich zu gefährlich, ich weiß alles über ihn. Wahrscheinlich ist er längst hier und wartet auf eine Gelegenheit, um mich zu töten.« Das sagte sie mit einer Art kontrollierten Angst, als hätte sie sich bereits damit abgefunden.

»Niemand weiß, dass Sie hier sind, Nadja. Nur eine Handvoll Polizisten. Und Sie werden bewacht.«

Nadja lachte erschöpft. »Das hält ihn nicht auf. Er kriegt mich. Überall.«

Jensen warf Nils einen besorgten Seitenblick zu.

»Wir werden das besprechen und Ihre Bewachung gegebenenfalls verstärken.«

Sie ließ ihre Augenbrauen hochschnellen, als würde sie das für ein nutzloses Unterfangen halten, nickte aber.

»Nun zu Ihrem Überfall auf das Ehepaar Grütersch«, sagte Jensen.

»Hat ein bisschen gedauert, bis ich sie gefunden habe. Ich wusste wieder nur, dass sie in Kampen wohnen«, sie lächelte, »wo sonst? Ich musste ihren Wagen suchen, den kannte ich. Er hat immer von dieser Kiste geschwärmt, und das Ding ist auch ziemlich auffällig.«

»Was ist das für ein Auto?«, hakte Jensen nach.

»Ein gelber Ferrari. Ein neueres Modell, ich kenn den Namen nicht, aber ich hab's mal gesehen. Und ein Nummernschild aus Potsdam.«

»Weiter.«

»Ich war schon ziemlich verzweifelt, bis ich die Adresse endlich fand. Bei dem Wetter war kaum jemand unterwegs. Doch dann sah ich das Ding in einer offenen Garage stehen. Ich bin in den Garten und hab die beiden beobachtet. Es war gerade günstig. Sie machten sich für irgendwas zurecht. Und im Badezimmer waren die Fenster beschlagen. Das wollte ich ausnutzen. Ich klingelte, und er öffnete mir. Er ist fett und unbeweglich. Ich hatte ihn schnell überrumpelt. Mit einem alten Strick, den ich am Strand gefunden hab, fesselte ich ihn. Und dann sind wir rauf. Sie lag noch in der Badewanne. Und wieder war es wie eine Fügung. Grütersch hat eine Vorliebe für Spielchen mit Stromstößen. Er hat sogar spezielle Geräte dafür. Und das Schlimmste war, als er mich in eine Wanne legte und dort seine Spielchen mit mir machte. Und jetzt lag seine Frau da im Wasser. Besser konnte es nicht kommen. Ich nahm den Föhn und zwang ihn, sich auszuziehen. Er sollte nackt sein. Und fühlen, wie das ist. Ich hatte nur nicht damit gerechnet, dass dieser Mistkerl eine Waffe im Badezimmer versteckt hat. Das war unklug von mir. Bei Dammer war es schon schiefgelaufen und dann das. Aber gegen die Pistole konnte ich nichts ausrichten. Ich musste aufgeben, blieb aber in der Gegend, damit ich sehen konnte, was er tat. Ich sah die Polizei und das alles. Ich wollte warten, bis alle wieder weg waren, und später zurückkommen. Doch dann tauchten Sie auf«, sagte Nadja und sah Nils an. Wieder spürte er eine Hitze in sich aufsteigen. »Irgendwas war anders an Ihnen. Ihr Blick oder … keine Ahnung. Aber Sie hatten mich fast entdeckt. Ich war auf dem Dach des Pavillons und sah, dass unten an der Straße ein Polizist in den Dünen suchte. Er hätte mich sofort gesehen da oben, wenn er hochgeschaut hätte. Ich musste wieder runter in den Garten, aber da waren Sie. Na ja, den Rest kennen Sie ja. Tut mir leid wegen der Beule.« Sie deutete auf Nils' Stirn.

»Warum haben Sie mich Sandra genannt?«

Nils spürte die Blicke von Kinsing und Jensen auf sich. Er sah Kinsing fragend an. Der zog die Schultern nach oben.

»Was ist? Warum gucken Sie so?«

»Nadja, wir sind alle etwas verwirrt. Ich besonders. Sie werden sich das vielleicht schon selbst beantwortet haben. Ich habe Sie mit jemandem verwechselt, den ich kenne. Mit Ihrer Schwester.«

Nils ließ das einen Augenblick wirken. Nadja zeigte keine Reaktion. Ihre Augen waren starr auf ihn gerichtet. Wieder faszinierte ihn die Ähnlichkeit mit Sandra. Doch unter diesem Gesicht schimmerte eine fremde Person hindurch. Ganz plötzlich wandte sie sich ab und starrte in die dunkle Ecke, in der zusammengeklappt die beiden Tischtennisplatten wie geheimnisvolle Monolithen standen.

»Vielleicht ist es ein riesiger Zufall. Oder, wie Sie es vorhin nannten, Fügung. Ihre Schwester ermittelt in diesem Fall. Sie ist Beamtin bei der Kripo Niebüll. Und bis vor wenigen Stunden war sie in Untersuchungshaft. Wegen der Spuren, die wir an den Tatorten fanden. Sie waren eindeutig ihr zuzuordnen. Wir konnten nur nicht ahnen, dass es Sie gibt«, sagte Nils.

Nadja hatte ihren Unterkiefer trotzig vorgeschoben. Sie starrte weiter in die Ecke und blinzelte nicht mal dabei. Die drei Männer beobachteten sie aufmerksam.

»Ich weiß, dass das ein Schock für Sie sein muss«, meinte Nils leise.

Klack. Jensen zuckte zusammen. Das Band hatte gestoppt. Er zog die kleine Kassette heraus, drehte sie um und startete die Aufnahme von Neuem.

»Ist sie hier auf der Insel?«, fragte Nadja.

»Ja«, antwortete Nils. »Wollen Sie sie sehen?«

»Nein.« Die Antwort kam schnell und bestimmt.

Jensen hielt das Band an.

»Vielleicht unterbrechen wir hier kurz und machen eine Pause. Können wir Ihnen noch irgendwas bringen? Wasser, Schmerzmittel?«

Nadja schüttelte nur den Kopf.

»Wir lassen Sie kurz allein.« Jensen erhob sich und bedeutete Kinsing und Nils, mit ihm hinauszukommen.

Nils ging als Letzter, und gerade, als er die Tür schließen wollte, hörte er ihre Stimme.

»Wie heißen Sie?«

Er drehte sich um.

»Nils.«

Dass er ihr nur seinen Vornamen nannte, schien ihr zu gefallen.

»Lebt meine Mutter noch?«, fragte sie.

»Ja.«

Sie nickte.

Nils schloss leise die Tür und verriegelte das Schloss.

»Was halten Sie davon?«, fragte Jensen und blickte neugierig in die Gesichter von Kinsing und Nils.

Sie saßen in der Cafeteria des Schullandheims. Die Fensterläden waren geschlossen, die Neonröhren brannten summend, und Nils hatte in der Küche einen Kaffee gekocht, der jetzt heiß dampfend vor ihnen stand.

»Was genau meinen Sie?«, fragte Nils. Kinsing schob noch abwartend seine Lippen hin und her.

»Alles. Die ganze Geschichte. Dr. Kinsing, ist diese Frau in Ihren Augen glaubwürdig?«

Er antwortete nicht gleich, nahm noch einen Schluck Kaffee und setzte seine Tasse dann behutsam ab.

»Ich denke, dass es keinen Grund gibt, ihr nicht zu glauben. Sie strahlt eine gewisse Ruhe und Sicherheit aus, wenn sie spricht. Sie sucht nicht nach Worten und ist sehr geradeheraus. Wenn Menschen lügen, schauen sie oft nach oben, das ist ein instinktives Verhalten, als ob man im Kopf nach den Lügen kramen müsste. Sie tut das nicht. Das Wissen ist da, und sie spricht sehr bereitwillig darüber.«

Jensen schien nicht zufrieden zu sein.

»Aber dass sie sechsundzwanzig Jahre in Gefangenschaft verbracht haben soll. Dass ihre Mutter und Schwester fliehen konnten, das ist doch kaum vorstellbar. Ich meine, die Polizei muss doch Ermittlungen angestellt haben. Es gab zwei Zeugen, wenn das stimmt.«

»Fakt ist, dass sie Frau Kellers Zwilling ist«, sagte Kinsing. Seine Augenbrauen schoben sich nach oben und legten seine Stirn in Falten. »Da gibt es nichts zu deuteln. Berücksichtigen wir das, macht die Geschichte Sinn.«

»Aber Frau Keller wusste nichts von ihr. Und sie nannte einen anderen Namen: Sofia. Das passt doch nicht. Herr Petersen, was meinen Sie dazu?«

»Über den Namen habe ich mich auch gewundert. Zumal auch

die Mutter nicht Kristin heißt, soweit ich weiß, sondern Vera. Aber ich halte sie für ebenso glaubwürdig wie Dr. Kinsing. Sie gibt alles offen zu. Das ist ungewöhnlich, oder?« Er sah Kinsing fragend an.

»Nein. Gar nicht. Das wurde bei Mördern schon oft beobachtet, dass sie, wenn sie gefasst und zu ihren Taten befragt werden, sehr bereitwillig Auskunft geben. Diese Nadja ist eine intelligente Person. Sie weiß, dass sie verhaftet wurde und ihre Mordserie damit beendet ist. Es gibt keinen Grund mehr für sie, zu lügen oder uns etwas zu verschweigen. Sie schämt sich ja auch nicht für das, was sie getan hat. Sie sieht es als eine Notwendigkeit an, um das Böse zu eliminieren und es von Unschuldigen fernzuhalten. Sie war höchst besorgt um Vanessa und ist überzeugt, dass sie sie nicht entführt, sondern gerettet hat. Und bedenken wir, was wir über die Familie Kaltenbach inzwischen wissen, ist das kein Wunder. Sie wird in dem Kind auch sich selbst gesehen haben. Sie war ungefähr im selben Alter, als sie entführt und verschleppt wurde.«

»Wenn das, was sie sagt, der Wahrheit entspricht. Wir müssen das überprüfen. Sofort.« Jensen holte sein Handy heraus und wählte eine Nummer.

»Minthal? Hab ich Sie geweckt? Tut mir leid, Sie müssen etwas für mich recherchieren.« Jensen erklärte Minthal die Situation. »Setzen Sie sich bitte mit den Kollegen in Marburg in Verbindung und überprüfen Sie alle Entführungsfälle, die es vor sechsundzwanzig Jahren in Marburg und Umgebung gegeben hat. Dürften nicht allzu viele sein. Außerdem brauchen wir Informationen über Brandstiftungen in dem Jahr, vornehmlich frei stehende Einfamilienhäuser. Danke.«

Er beendete das Gespräch und wandte sich wieder Kinsing und Nils zu, die schweigend ihren Kaffee getrunken hatten.

»Kommen wir zum nächsten Problem«, sagte Jensen und verschränkte seine Arme auf der Tischplatte. »Dieser Mann, Tanas. Was ist das für ein Mann? Kann man ihre Aussage in Bezug auf ihn ernst nehmen?« Er lehnte sich vor und wartete auf Antworten.

»Ebenso ernst wie alles andere auch«, meinte Kinsing.

»Und wenn es nur ein Trick ist, um uns zu Maßnahmen zu

verleiten, die ihr die Flucht ermöglichen? Immerhin hat sie noch eine Rechnung offen. Der Überfall auf das Ehepaar Grütersch ist gescheitert.«

»Da ist was dran, Herr Jensen. Ich bin sicher, dass es sie wurmt, die beiden nicht ihrer gerechten Strafe zugeführt zu haben. Aber wie ich schon sagte: Ich meine, sie hat sich in ihre Situation gefügt. Möglicherweise ist es ja auch eine Genugtuung für sie, dass die Grüterschs aufgrund ihrer Aussage nun von der Polizei in die Verantwortung genommen werden können.«

Jensen schürzte zweifelnd die Lippen.

»Da bin ich mir nicht sicher. Es würde Aussage gegen Aussage stehen. Eine Mörderin gegen einen angesehenen Geschäftsmann. Beweisen kann sie das nicht.«

»Nein, das müssen wir machen«, sagte Nils, und Jensens Kopf fuhr zu ihm herum. »Immerhin gibt es eine Verbindung zwischen den Opfern. Wir haben diese mysteriösen Bargeldabhebungen, die wahrscheinlich dazu dienten, Tanas zu bezahlen. Bei Herrn Grütersch müssen vergleichbare Kontobewegungen festzustellen sein. Zusammen mit Belegen fürs Tanken und so weiter lässt sich möglicherweise rekonstruieren, wo sie an den entsprechenden Wochenenden hingefahren sind. Und so ein Ferrari fällt auch auf. Vielleicht gibt es Zeugen.«

Jensen senkte nachdenklich seinen Blick in die Tasse, als versuchte er, aus dem Kaffeesatz die Wahrheit zu lesen.

»Sie misstrauen ihr immer noch«, sagte Nils.

»Ich misstraue allen Mördern«, entgegnete Jensen. »Das ist mein Beruf.«

»Es gibt jemanden, der uns über die Wahrheit aufklären kann.«

Kinsing ahnte noch nicht, von wem Nils sprach, aber Jensen ging ein Licht auf.

»Ihre Mutter? Die ist geistig verwirrt und lebt in einem Pflegeheim.«

»Aber es ist einen Versuch wert«, meinte Nils. Jensen blickte zu Kinsing.

»Ich würde das befürworten«, sagte der.

»Gut. Das müssen wir jedoch auch mit Frau Keller besprechen. Ich will sie da mit im Boot haben.«

Die beiden Männer hatten keine Einwände.

»Reden wir noch kurz über die Tatsache, dass Nadja meinte, dieser Mann könnte ihr gefolgt sein«, fügte Jensen an. »Wenn es ihn gibt, halte ich das für möglich. Wenn sie sich dadurch in Gefahr befindet, müssen wir die Sicherheitsvorkehrungen verstärken«, erklärte er. »Gut ist, dass wir hier sind. Niemand weiß von diesem Arrangement, außer einem kleinen Kreis. Es wird mit Sicherheit noch Leute von der Presse hier vor Ort geben. Deshalb darf nichts nach außen dringen. Herr Petersen, ich möchte, dass Sie noch mal mit dem Pächter sprechen. Er darf mit niemandem über dieses Arrangement reden. Nicht mal mit seiner Frau, wenn er das nicht schon getan hat.«

»Mach ich.«

»Ich werde weitere Posten aufstellen, und wir müssen darauf achten, dass wir nur mit Zivilwagen herkommen. Ein Streifenwagen hier draußen wäre ein Wink mit dem Zaunpfahl.«

»Andererseits«, begann Nils, »wäre es eine Möglichkeit, den Kerl zu schnappen. Wir wissen, dass er kommen wird. Vielleicht sollten wir uns das zunutze machen.«

»Das ist zu gewagt und zu spekulativ«, schmetterte Jensen den Vorschlag ab.

»Nadja wird ihn gut beschreiben können. Wenn er tatsächlich auf der Insel ist, reicht vermutlich ein Phantombild, dann brauchen wir ihm noch nicht mal eine Falle zu stellen«, gab Kinsing zu bedenken.

»Stimmt, aber wenn wir ihn in der Absicht erwischen, Nadja zum Schweigen zu bringen, wäre damit auch bewiesen, dass ihre Geschichte wahr ist. Das würde selbst vor Gericht standhalten«, verteidigte Nils seinen Einfall.

»Wie auch immer«, beendete Jensen die Diskussion, »ich muss erst darüber nachdenken. Was tun wir jetzt mit Frau Keller?«

»Sie ist bei mir und wird sich erst von dem Schock erholen müssen. Kann es sein, dass sie das tatsächlich alles vergessen hat?«, fragte Nils Kinsing.

»Sicher. Abspaltung nennt man das. Ein Mechanismus der menschlichen Psyche. Dinge, die zu schwer sind, um sie zu ertragen, werden vom Bewusstsein abgespalten. Sie lagern dann in

einer anderen Schublade, könnte man sagen, tief im Unterbe-
wusstsein. Frau Keller war damals erst vier Jahre alt. Es spricht einiges dafür, dass es sich so verhalten haben kann. Aber das können
wir erst wissen, wenn wir die Mutter befragt haben. Sie könnte
alles auflösen.«

Jensen brummte unzufrieden, weil er nicht an die geistige
Fähigkeit der Mutter glaubte.

»Und was machen wir mit den beiden Schwestern? Sollten wir
sie zusammenführen?«, fragte Nils.

»Nadja hat klar gesagt, dass sie das nicht wünscht«, meinte
Kinsing. »Das müssen wir respektieren.«

Nils sah die Zwillingsschwestern vor sich. Beide waren zusammen auf einer Insel, nur wenige hundert Meter voneinander
entfernt, und doch trennten sie ganze Welten und eine unglaublich
lange Zeit. Sie waren eins und doch wie zwei Pole voneinander
getrennt. Wie konnte man diese Entfernung überwinden? Nils
hatte keine Antwort auf diese Frage. Aber er wünschte Sandra
und Nadja nichts mehr, als dass sie merkten, was sie aneinander
hatten und dass das wichtiger war als alles andere. Wie gern hätte
er selbst seine Schwester kennengelernt, wie gern hätte er sie nur
einmal in den Arm genommen. Sandra und Nadja besaßen diese
Chance noch.

31

Sandra erwachte und meinte, nur ein paar Minuten geschlafen zu haben. Sie hatte noch lange wach gelegen, nachdem Nils weggefahren war, und hatte schon nicht mehr daran geglaubt, einschlafen zu können. Jetzt konnte sie durch das Fenster bläulich die Dämmerung schimmern sehen. Es war gut, hier zu sein, obwohl sie sich in Nils' Gegenwart sicherer gefühlt hätte. Doch kaum war ihre erste Verwirrung nach dem Aufwachen abgeschüttelt, stand ihr die Tatsache, dass sie eine Zwillingsschwester hatte, wie ein Schmerz vor Augen, der sich erst dann bemerkbar macht, wenn man seinen Körper nach langem Ruhen wieder bewegt und das Blut in die verletzte Stelle schießt. Groß und rot pulsierte er vor ihren Augen, und sie vergrub das Gesicht in ihrem Kissen. Sie flehte und bettelte, dass das alles nur ein Traum gewesen war und dass, wenn sie das Kissen wieder fortnahm, die reale Welt wieder Einzug hielt. Sie musste noch nicht mal schön oder banal sein. Sie sollte einfach nichts mit ihr selbst zu tun haben. Sie wollte eine Unbeteiligte sein. Eine einfache Polizistin, die sich um die Probleme anderer Menschen kümmerte.

Es klopfte an die Tür, und Sandra zuckte zusammen. Doch dann lief sie in freudiger Erwartung in den Flur. Nils war zurückgekommen und hatte seinen Schlüssel vergessen, glaubte sie. Sie zog die Tür auf und stand einer Frau gegenüber, die bei ihrem Anblick erschrocken einen Schritt zurück machte. Sandra trug nur T-Shirt und einen Slip. Peinlich berührt, versteckte sie ihre nackten Beine hinter der Tür. Sie hatte die Frau gleich erkannt. Es war Elke. Nils hatte sie ihr einmal vorgestellt. Sandra sah deutlich, was sich jetzt in Elkes Kopf abspielte.

»Nein, nein«, rief sie.»Bleiben Sie.« Doch Elke zog sich weiter zurück. »Das ist ein Missverständnis.«

Elke wollte nicht zuhören. Sie meinte, alles gesehen zu haben, was es zu sehen gab, und verließ das Grundstück laufend.

Sandra schlug die Tür zu und versuchte sofort, Nils per Handy zu erreichen. Er meldete sich bereits nach dem zweiten Klingeln.

»Nils, es ist was passiert. Deine Frau war gerade hier, und ich stand in Unterwäsche an der Tür. Ich dachte, *du* kommst nach Hause. Jetzt fährt sie weg«, sagte Sandra besorgt und beobachtete durchs Fenster, wie Elke sich mit dem Wagen von der Kirche entfernte.

»Ist sie mit dem Auto da?«, fragte Nils.

»Ja.«

»Gut«, sagte er nur, legte auf und konzentrierte sich auf den Gegenverkehr.

Er war gerade von Norddorf unterwegs zu Sten, der in Süddorf lebte, und befand sich auf der Landstraße kurz vor Nebel. Kinsing und Jensen fuhren im Landheim mit der Befragung fort, während Nils mit Sten reden und sich darum kümmern sollte, dass Sandra mit ihm zusammen zu ihrer Mutter fuhr, um von ihr vielleicht die Bestätigung von Nadjas Geschichte zu erhalten.

Der Sturm schien endlich vorübergezogen zu sein. Über den dämmernden Himmel zogen lange, grau schimmernde Wolken-bahnen. Nils erkannte Stefans Wagen, der soeben aus der Ortschaft herausfuhr und nun beschleunigte. Elke kam direkt auf ihn zu.

Nils trat auf die Bremse, öffnete die Tür und stellte sich einfach mitten auf die Straße. Als Elke noch hundert Meter entfernt war und schnell näher kam, hob er die Hände. Ob zum Winken oder um auf sich aufmerksam zu machen, damit sie ihn nicht überfuhr, wusste er selbst nicht. Elke bremste scharf, und das Auto nickte nach vorn. Die Reifen gerieten auf der taufeuchten Straße ins Rutschen. Sie kam einen Meter vor ihm zum Stehen. Der Wagen ruckte zurück, und Nils ließ die Arme fallen. Hastig sprang Elke aus dem Auto und kam wütend auf ihn zu.

»Sag mal, tickst du noch ganz richtig?«, schrie sie, und ihre Stimme flog wie ein Vogelschwarm über die nassen Felder. »Willst du dich umbringen oder was?« Sie stoppte nicht, sondern prallte gegen ihn und schlug mit beiden Fäusten auf seine Brust. »Soll ich dich umbringen?«

Nils taumelte zurück.

Mit einem Mal registrierte sie, dass Nils sich hier draußen und nicht im Haus bei Sandra aufhielt.

»Was tust du hier? Warum bist du nicht bei *ihr*?«

»Elke, es hat sich viel ereignet in dem Fall.«

»Oh ja, das hab ich gesehen. Zwischen *euch* hat sich was ereignet. Verdammt, Nils.« Sie trat wütend mit dem Fuß auf, aber auch mit ebenso viel Verzweiflung.

»Wir hatten Sandra verhaftet. Alle Beweise deuteten auf sie hin«, erklärte Nils.

Das machte Elke für einen Moment sprachlos. »Auf deine Polizistin?«

»Ja, aber es hat sich alles anders entwickelt. Gestern habe ich eine weitere Verdächtige festgenommen. Es ist Sandras Zwillingsschwester. *Sie* hat die Morde begangen, und Sandra hat nichts von ihr gewusst.« Nils atmete in weißen Wolken aus. Es war kalt, klar, aber kalt. Elke stand ratlos vor ihm. Ihre Atemwolken berührten sich. In der Ferne schrien Möwen. »Ich hab sie bei mir untergebracht. Sie stand unter Schock. Ich komme gerade vom Verhör ihrer Schwester.«

»Aus Norddorf?«, fragte Elke misstrauisch.

»Wir haben die Schwester im Schullandheim versteckt. Das soll aber geheim bleiben.«

»Versteckt?«

»Ja, sie hat uns eine wirklich schreckliche Geschichte erzählt, und wir glauben, dass jemand sie verfolgt und umbringen will.«

»Jemand will die Mörderin umbringen?«

»Ja.«

»Ich kapier gar nichts.«

»Musst du auch nicht. Nur das eine: Ich habe nichts mit Sandra.«

Elkes Schultern fielen kraftlos herunter. Ein leises Schluchzen drang aus ihrem Mund, und sie versteckte ihr Gesicht vor Nils. Er ging auf sie zu und nahm sie in den Arm. Elke zog ihre hängenden Arme hervor und schlang sie um Nils' Körper. Sie drückte ihn ganz fest. Mehr war nicht nötig. Hier draußen, in diesem stillen dämmernden Morgen nach dem Sturm, gab es für einen Augenblick nur noch sie beide.

»Und?«, fragte Sandra, als Nils etwas später aus Süddorf zurückkam und die Haustür aufschloss. Sten hatte ihm hoch und heilig versprochen, sein Wissen über die unsachgemäße Nutzung des Schullandheims an niemanden weiterzugeben. Sie war geduscht und fertig angezogen. In der Küche blubberte die Kaffeemaschine.

»Danke«, sagte Nils und lächelte.

Sandra befürchtete, dass er dieses Danke aus purem Zynismus ausgesprochen hatte. Das konnte sie jetzt nicht auch noch ertragen. Sie wollte nicht schuld sein, nicht in noch eine Sache verwickelt werden.

»Gut, dass du hier warst«, fügte Nils hinzu, und seine Augen leuchteten glücklich dabei. Spielte er das nur? Holte er jetzt zum großen Schlag gegen sie aus?

»Beschimpf mich lieber, als hier so süßlich rumzusäuseln.«

»Nein, ich meine das ganz ernst. Wenn du nicht gewesen wärst, hätten Elke und ich noch ewig gebraucht, bis wir uns aussprechen. Es ist alles gut.«

Sandra sah ihn verwundert an.

»Sie war nicht sauer?«

»Und wie sie das war. Aber ich konnte es ihr erklären. Mitten auf der Landstraße.«

Erleichtert ließ sie die Luft aus den Lungen und ging voraus in die Küche. Nils hatte seine Jacke anbehalten und blieb in der Tür stehen.

»Was ist?«, fragte sie unsicher und drehte sich halb zu ihm um.

»Wir haben die ganze Nacht mit deiner Schwester gesprochen.«

Bei dem Wort »Schwester« fühlte Sandra einen Stich im Herzen.

»Sie hat uns von einem unglaublichen Martyrium berichtet.«

Sandra tastete nach einem Stuhl und setzte sich langsam. Nils nahm ebenfalls Platz.

»Kannst du dich wirklich an nichts erinnern? Nadja sagte uns etwas von einer Entführung. Jemand soll sie selbst, ihre Mutter und ihre Zwillingsschwester, also dich, entführt und gefangen gehalten haben.«

Sandra sah ihn mit offenem Mund an. Ihre Halsschlagader pulsierte unter ihrer weißen Haut.

»Nein«, hauchte sie.

»Sie meinte, ihr seid getrennt worden, als ihr vier Jahre wart.«

»Nein!« Ohne jegliche Erinnerung wuchs Sandras Hilflosigkeit immer mehr. Sie zweifelte von Minute zu Minute mehr an sich und ihrem Verstand.

»Sandra, wir dachten, dass es eine gute Idee wäre, mit deiner ... eurer Mutter darüber zu sprechen. Sie könnte uns helfen, alles aufzuklären.«

Das entlockte Sandra nur ein verbittertes Lachen.

»Meine Mutter? Die hat keinen Verstand mehr. Sie kann sich nicht mal mehr an *mich* erinnern, wie soll sie da ...« Ihr versagte die Stimme.

»Jensen will sie in jedem Fall befragen, aber wir möchten, dass du dein Einverständnis dazu gibst. Du bist ihr Vormund und hast doch ein Recht darauf, zu erfahren, was passiert ist.«

»Bin ich denn hier die einzige Ahnungslose? Was ist das für eine beschissene Verschwörung?« Sie krallte sich am Tisch fest und kämpfte mit den Tränen.

»Sandra, komm schon. Wir beide fahren jetzt los. Ich helfe dir. Wir klären das alles. Der Zeitpunkt ist da, es gibt keine Umkehr mehr.«

Sie blickte in seine Augen. Ein kleines verängstigtes Mädchen.

»Komm«, sagte Nils und streckte seine Hand aus.

32

Er blickte überrascht aus seinem Fenster auf das Blau des Himmels. Es war ungewöhnlich still. Drei Möwen kreisten über dem kleinen Platz im Zentrum von Norddorf und setzten sich auf die Strandkörbe des Hotels Petersen. Gegenüber lag das Kinogebäude. Seine rot gestrichene Fassade glänzte feucht. Er öffnete das Fenster und inhalierte die frische, kühle Luft. Irgendwie spürte er, dass dies ein guter Tag werden würde. Der Sturm hatte ihm bisher einen Strich durch die Rechnung gemacht. Er hatte hier festgesessen und wohl oder übel tatenlos in der Wohnung rumsitzen müssen, die er sich hier direkt am Platz neben der Boutique genommen hatte. Doch die Medienberichte sagten ihm, dass die Spur nach wie vor heiß war.

Es war sehr früh am Morgen. Er sah die ersten Urlauber, die zur Bäckerei Schult gingen, um sich frische Brötchen zu kaufen. Schräg links lag der einzige Einkaufsmarkt, der aber noch nicht geöffnet hatte. Von hier oben hatte er den perfekten Überblick.

Er wusste, dass sie hier war. Sie hatte es tatsächlich geschafft, ihm zu entkommen, und auch noch gewagt, was er niemals für möglich gehalten hatte. Sie hatte einen Rachefeldzug begonnen, Dammer getötet und dann die Kaltenbachs. Er hatte es in den Nachrichten gesehen und sich daraufhin hier einquartiert. Er hoffte, dass sie, genau wie er, die Insel seither nicht hatte verlassen können. Möglicherweise würde sie es jetzt, wo der Sturm sich gelegt hatte, versuchen. Obwohl sie eigentlich nicht so dumm sein konnte, das Risiko einzugehen, auch noch bei Grütersch weiterzumachen. Sie musste davon ausgehen, dass er die beiden warnte oder gar dort auf sie wartete. Grütersch war ihm egal. Der alte Fettwanst war mit den Zahlungen ohnehin immer im Rückstand und hatte nur billige Ausflüchte. Er war nicht auf ihn angewiesen. Wenn Grütersch und sein kleines Frauchen ebenfalls dran glauben mussten, egal. Hauptsache, er fand ihre Spur. Und wenn sie nach Sylt führte, wunderbar. Er war nicht mehr weit entfernt von ihr, das wusste er. Früher oder später würde sie ihm über den Weg laufen. Und dann gab es nichts und niemanden, der ihr noch helfen konnte.

Er würde sich Zeit für sie nehmen. Sehr viel Zeit. Nur sie beide. Sie würde auf unendlich viele Arten zu spüren bekommen, was es bedeutete, ihn so zu hintergehen und zu betrügen. Es würde eine Lektion werden, wie er sie ihr noch nie erteilt hatte. Er leckte sich über die Lippen und meinte, den leicht metallischen Geschmack von Blut zu schmecken. Mit dem Handrücken fuhr er sich über den Mund. Rot. Er musste sich auf die Lippe gebissen haben. Das war alles nur ihre Schuld. Was war mit ihr geschehen? Warum jetzt? Was war der Anlass gewesen? Es musste einen geben. Immer wieder, wenn er an den Tag zurückdachte, an dem er sein Haus leer und verlassen vorgefunden hatte, stellte er sich die Frage, was sein Fehler gewesen war. War es die Tatsache, dass sie nicht mehr im Keller eingeschlossen oder angekettet gewesen war? Hatte er ihr zu viele Freiheiten gelassen? Aber es hatte doch lange Zeit wunderbar funktioniert. Und wie es das hatte. Er hatte noch nie solche Ausformungen von Angst gesehen wie bei Nadja. Angst war das sicherste Schloss der Welt, das mit dem härtesten Stahl. Angst hatte mehr Volt als ein elektrisch geladener Zaun, mehr Spitzen als Stacheldraht, war höher und stärker als jede Gefängnismauer. Angst war ein Gift, das die Menschen lähmte. Nadja war vollständig paralysiert gewesen. Bis zu diesem Tag, ihrem Geburtstag. Jetzt war sie auf der Flucht und wieder sehr beweglich, das hatten ihre Taten bewiesen. Doch auf eine Insel zu fliehen, war keine gute Idee gewesen. Nicht für sie.

Er schloss das Fenster und verließ die Wohnung. Nachdem er zwei Tage nur in der Wohnung verbracht hatte, musste er raus. Am Hafen wollte er sich erkundigen, ob und wann die Fähren ihren Betrieb wieder aufnahmen.

Die Windschutzscheiben waren vollständig blind vom Tau. Bläulich milchiges Licht fiel ins Wageninnere. Als er den Motor startete, quietschten die Scheibenwischer über das beschlagene Glas und gaben nach vorn den Blick frei. Er drehte die Heizung auf und stellte die Lüftung auf Stufe drei. Dann ging es los. Links um die Ecke, an der Feuerwehr vorbei und aus dem Ort heraus auf die Landstraße Richtung Süden.

Dicke Tropfen fielen von den Bäumen des kleinen Wäldchens und zerplatzten auf seiner Windschutzscheibe. Die letzten Ausläufer des Waldstücks zogen sich nach rechts hinter ein Heidefeld zurück und öffneten den Blick über die sanften Hügel zwischen Norddorf und Nebel. Er erkannte die weiße Kirche, die sich wie angespitzt aus der Senke hervorstreckte, und ließ seinen Blick prüfend über die See schweifen, ob nicht bereits eine Fähre in Sicht war. Aber das inzwischen wieder vollkommen glatte Wasser war verwaist. Nur die Halligen standen, in einen seichten Dunst gehüllt, am Horizont.

Auf der linken Fahrspur fiel ihm eine meterlange Bremsspur auf. Sie musste frisch sein. Bei seiner letzten Fahrt über die Insel, kurz nach seiner Ankunft, war sie ihm nicht aufgefallen. Wahrscheinlich war hier jemand gerade eben so einem Wildunfall entgangen. Blut oder einen Kadaver gab es aber nicht.

Nach dem gelben Ortsschild drosselte er seine Geschwindigkeit auf sechzig Stundenkilometer und ärgerte sich über einen Wagen, der von links direkt vor ihm auf die Hauptstraße bog.

»Verfluchter Misthund«, zischte er und versuchte, ein Gesicht im schmalen Rückspiegel des Vordermanns zu erkennen. Es war kein Tourist, sondern ein Einheimischer, wie er an dem Nummernschild erkannte. Natürlich hatte er denselben Weg. Als sie in das noch verschlafene Wittdün hineinfuhren, folgte er dem Wagen bis hinunter in den Hafen. Er parkte in einiger Entfernung zu dem anderen Fahrzeug und wartete einen Moment. Es sollten nicht zu viele Leute sein Gesicht zu sehen bekommen. Aus dem Passat stiegen zwei Personen aus. Ein Mann und eine Frau. Als er die Bewegungen der Frau sah und dann das im leichten Wind wehende blonde Haar, versetzte es ihm einen Schlag, dass er in seinem Autositz zurückfuhr. Seine Hände umklammerten das Lenkrad.

Da war sie. Direkt vor ihm. Sie hatte die ganze Zeit in dem Auto gesessen. Seine Augen begannen zu leuchten, und er entblößte seine Zähne zu einem diabolischen Lächeln.

Er hatte sie gefunden.

Doch dann kamen die ersten Zweifel. Ihre Haltung war anders als sonst. Und wie sie sich mit dem fremden Mann dort unterhielt, war auf beunruhigende Weise intim. Wer war der verdammte Mistkerl?

Die Eingebung schoss heiß wie ein Blitz durch seinen Kopf. In einer Bewegung öffnete er die Autotür und sprang hinaus. Der Mann wandte kurz den Kopf in seine Richtung, weil er wohl das Geräusch wahrgenommen hatte. Er ließ die Autotür offen stehen, während er, um etwa dreißig Meter seitlich versetzt, neben den beiden über die Straße lief und einen Blick auf ihr Gesicht zu erhaschen versuchte. Er durfte nicht zu auffällig wirken.

Kurz bevor die beiden die zum Hafengebäude hinaufführende Treppe erreichten, warf die Frau einen Blick zur Seite. Sie sah ihn für den Bruchteil einer Sekunde an – keine Reaktion. Unbeeindruckt stieg sie neben dem Mann die Stufen empor und verschwand im Gebäude.

Fasziniert und überwältigt stand er vor dem Verladetor und konnte sich nicht mehr rühren. Es arbeitete in seinem Kopf, ein Rädchen griff ins andere, und ihm wurde immer deutlicher, was soeben geschehen war. Sein Lächeln wurde noch breiter, seine Augen bewegten sich lebhaft. Dann flüsterte er ein einziges Wort in die kalte salzige Luft.

»Sofia.«

★★★

Sie hatten die erste Fähre genommen, die ihren Betrieb nach der Sturmflut wieder aufgenommen hatte. Die »Uthlande« schob sich durch die friedliche lichtblaue See, und bis auf einige seicht an der Oberfläche treibende Schaumkissen und Meerespflanzenreste wies nichts darauf hin, dass bis gestern ein heftiger Sturm getobt hatte. Es war eine fast scheinheilige Idylle.

Sandra verspürte eine schreckliche Nervosität, die ihr Herz in einer beschleunigten Frequenz schlagen ließ. Ihr war kalt, und sie schwitzte gleichzeitig. Sie fühlte sich immer mehr wie ein kleines betrogenes Kind, das in einem Meer aus Schein und Sein, Lug und Trug, Verschwörungen und Geheimnissen zu ertrinken drohte. Sie wurde immer kleiner, und die gewaltige Woge aus Lügen schwappte wie eine Monsterwelle über sie hinweg. Wenn Nils nicht da gewesen wäre, so glaubte sie, wäre sie einfach geschrumpft und geschrumpft und irgendwann verschwunden. Aufgelöst, ein unscheinbares Nichts. Ohne etwas von sich zu hinterlassen.

»Darf ich bitte kassieren?«, fragte der Kellner und riss Sandra aus ihren Gedanken. Nils hatte sein Portemonnaie bereits gezückt und bezahlte seinen Kaffee und Sandras Tee, den sie kaum angerührt hatte.

Während der Autofahrt schlief sie ein und erwachte erst, als sie nur noch wenige Kilometer von dem Heim entfernt auf der Landstraße fuhren.

»Gleich sind wir da«, sagte Nils, und es klang irgendwie tröstlich. Sandra bezweifelte dennoch, dass diese Begegnung in irgendeiner Weise tröstend sein würde.

Die Sonne schien durch die Fenster des Gebäudes und hinterließ schräge Schatten auf dem Boden. Sie gingen Seite an Seite über den Flur. Manchmal berührten sich ihre Schultern. Sandra klopfte ans Zimmer ihrer Mutter und trat kurz darauf ein. Vera Keller stand vor ihrem Bett und schien etwas zu suchen.

»Mama.«

Sie fuhr herum und sah Sandra erschrocken an.

»Wer sind Sie? Sandra?«, fragte sie verunsichert. Nils stand noch in der Tür und grüßte höflich.

»Ja. Ich bin's.«

»Wer ist der Mann? Ist das Herr Schuster?«

»Nein, Mama, das ist Nils.«

Während Sandra arglos antwortete, versetzte die Frage der Mutter Nils einen heftigen Stoß. Herr Schuster? Hatte Nadja nicht berichtet, dass der Entführer sich manchmal so nannte? Aber Schuster war ein geläufiger Name. Wahrscheinlich war es nur ein Zufall.

»Er ist ein Freund von mir und ein Kollege«, erklärte Sandra weiter, und Vera kam tapsend auf ihn zu. Lächelnd streckte sie ihm ihre Hand entgegen.

»Ach, wie schön. Hallo, herzlich willkommen. Kann ich Ihnen etwas anbieten?«

»Nein, vielen Dank, Frau Keller«, sagte Nils.

»Mama, setz dich bitte. Ich muss mit dir reden.«

»Wo warst du denn so lange? Ich hab dich seit einer Ewigkeit nicht mehr gesehen. Was macht die Schule?«

»Ich bin nicht mehr …« Sandra besann sich eines Besseren. »Danke, alles wunderbar.«

Sie setzten sich ans Fenster. Nils blieb in einer Ecke stehen und lehnte sich an die Wand.

»Mama.« Sandra hatte nicht den Schimmer einer Ahnung, wie sie das über die Lippen bringen sollte. Das Vertrackte daran war, dass sie wusste: Wenn sie es aussprach, würde es Realität werden. Mit geschlossenen Augen sammelte sie Mut, wo eigentlich keiner mehr war.

»Ist dir nicht gut?«, fragte ihre Mutter besorgt.

Als Sandra ihre Augen wieder öffnete, schien Vera etwas zu sehen, was ihre Augen sofort klarer werden ließ. Es schien, als kehrte ihr Verstand zurück und gleichzeitig eine grausige Erkenntnis.

»Mama, habe ich eine Schwester?«

Ihre Mutter zuckte zurück, als hätte sie etwas an der Schläfe getroffen.

»Oh!«, jammerte sie.

»Mama?«, fasste Sandra nach. Sie ahnte, was die Reaktion ihrer Mutter bedeutete.

»Nein, nein, nein«, jammerte Vera und wand sich in ihrem Sessel.

»Stimmt das, Mama? Habe ich eine Schwester?«, rief Sandra.

Ihre Mutter klagte immer lauter und versuchte aufzustehen.

»Setz dich wieder«, befahl Sandra und drückte sie in den Sessel zurück. »Dann stimmt es also? Sag mir die Wahrheit. Ist sie meine Schwester? Mein Zwilling?« Sandra brach in Tränen aus.

Nils sprang zur Seite, als ohne jede Vorwarnung die Tür aufsprang und eine Frau in einem Arztkittel ins Zimmer stürzte. Es war Frau Dr. Alberts.

»Was ist hier los?«, fragte sie und blickte zuerst Sandra und dann Nils vorwurfsvoll an.

»Ich will mit meiner Mutter reden«, sagte Sandra energisch.

»Das sehe ich, aber Sie regen sie auf.«

»Natürlich«, rief Sandra, »ich hab ja auch allen Grund dazu.«

Dr. Alberts legte ihre Hände auf Veras Schultern, als diese sich wieder aus dem Sessel erheben wollte.

»Ganz ruhig, Frau Keller. Wir klären das. Alles wird gut.«

»Nichts wird gut«, zischte Sandra.

Dr. Alberts stellte sich neben ihre Patientin und sah Sandra tadelnd an. »So, jetzt möchte ich von Ihnen wissen, was Ihr Auftritt hier soll. Darf ich fragen, wer Sie sind?«, fragte sie Nils.

»Ich bin ein Freund. Frau Keller hat ein wichtiges Anliegen. Ein sehr emotionales Anliegen«, versuchte Nils zu erklären.

»Das sehe ich. Aber so geht das nicht«, sagte Dr. Alberts, die natürlich erkannte, wie mitgenommen Sandra war. Sie hockte sich neben sie und streichelte ihr mit einer Hand über den Arm. »Was ist denn los? Wollen Sie mit mir reden?«, fragte sie in ruhigem Tonfall.

»Sie können mir nicht helfen.«

»Das vielleicht nicht, aber möglicherweise kann ich ein wenig vermitteln«, meinte die Ärztin.

Sandra ließ den Kopf hängen. Ihre Mutter schnappte kurzatmig nach Luft und drückte ihre Arme fest gegen ihre Brust.

»Darf ich denn erfahren, um was es geht?« Dr. Alberts sah Sandra mitfühlend an und blickte dann zu Nils.

»Frau Keller hat gestern erfahren, dass sie eine Schwester hat. Eine Zwillingsschwester, von der sie nichts wusste.«

Das brachte sogar die erfahrene Ärztin ein wenig aus dem Konzept. Sie musste sich erst wieder fassen, bevor sie weitersprach.

»Das tut mir sehr leid für Sie, Frau Keller«, sagte sie sanft. »Eine Zwillingsschwester? Das muss ein Schock für Sie gewesen sein. Ich verstehe vollkommen, dass Sie jetzt sehr aufgewühlt sind.«

Wie ein Mädchen, dessen Mutter sich um eine Schürfwunde an ihrem Knie kümmert und ihr dabei ein paar tröstende Worte sagt, schaute Sandra die Ärztin an. Nils registrierte fasziniert, wie schnell Sandras Fassade gebröckelt und ihr wahres Gesicht zutage getreten war. Die Ärztin streichelte weiter über ihren Arm und wandte sich an die Mutter.

»Frau Keller? Ist das wahr, was Ihre Tochter sagt? Sie wissen doch sicher noch, ob Sie zwei Töchter bekommen haben. Sie sind die Mutter. Haben Sie Zwillinge?«

Die alte Frau Keller wirkte in der nahezu panischen Angst, die aus ihren tränenverschwommenen Augen sprach, um Jahre verjüngt. Ihr gerötetes Gesicht schien auf ganz unwirkliche Art frisch und jung zu sein. Die Falten, die dementen Gesichtszüge und der abwesende Ausdruck in ihren farblosen Augen waren einer vollkommen neuen Präsenz gewichen. Alles war lebendig geworden an ihr, wenn auch auf sehr schmerzvolle Weise.

»Frau Keller, ich finde, Ihre Tochter hat ein Recht, die Wahrheit von Ihnen zu erfahren. Haben Sie ihr das all die Jahre verschwiegen?«

Sandra wartete ängstlich auf die Antwort. Sie hatte Dr. Alberts in kürzester Zeit vollständig als ihr Sprachrohr akzeptiert.

Vera starrte von einem zum anderen. Bedrängt, getrieben. Ein Wimmern entfuhr ihrer Kehle, und sie legte die Hände schützend vor den Mund. Dr. Alberts legte ihre freie linke Hand auf Frau Kellers Bein. Mutter und Tochter waren nun durch sie miteinander verbunden.

»Bitte, Frau Keller. Sehen Sie Ihre Tochter an. Sie braucht Ihre Hilfe. Haben Sie Zwillinge geboren?«

Vera schloss ihre Augenlider ganz fest, Tränen purzelten über ihre heißen Wangen.

Sie nickte.

Sandra beugte sich nach vorn und verdeckte ihren Kopf mit beiden Armen. Dumpf weinte sie in dieser Position vor sich hin, bis sie sich plötzlich wie eine Ertrinkende aufbäumte und schluchzend nach Luft rang.

»Warum?«, rief sie. »Warum hast du mir nichts gesagt, Mama? Warum?«

Dr. Alberts drehte ihren Kopf und bedeutet Nils, dass er zu ihr kommen solle.

»Nehmen Sie den Tisch weg, bitte«, flüsterte sie ihm zu, als er sich zu ihr hinunterbeugte. Die beiden Frauen bemerkten es nicht einmal.

Nils hob den runden Tisch aus ihrer Mitte und stellte ihn beiseite. Jetzt gab es keine Barriere mehr zwischen Sandra und ihrer Mutter. Zumindest keine gegenständliche. Dr. Alberts griff mit der rechten Hand unter Sandras Arm und zog ihn näher zu sich. Ihre linke Hand fand auch Frau Kellers Arm und zog an ihm, sodass die beiden sich aufeinander zubewegten. Frau Keller rutschte von ihrem Sessel auf ihre Knie und kippte kraftlos zur Seite. Frau Dr. Alberts' Griff hielt sie jedoch fest, und dann kam ihr auch Sandra zu Hilfe und stützte sie. Beide lehnten sich an die Heizung unter dem Fenster.

»Warum, Mama? Ich habe eine Schwester«, flüsterte Sandra weinend, und ihre Mutter streckte eine Hand aus und strich ihr übers Haar. Die Ärztin zog sich langsam zurück und erhob sich. Rückwärts ging sie auf Nils zu und stellte sich zu ihm.

»Ich konnte nicht.« Frau Kellers Stimme war tränenerstickt, aber man hörte einen deutlichen Unterschied zu vorher. Ihr Verstand war anwesend. »Ich musste dich doch schützen, Liebes.«

»Aber wovor denn?«, fragte Sandra.

Ihre Mutter streichelte ihre Wange und wischte den nicht enden wollenden Tränenstrom fort.

»Vor ihm«, sagte sie dunkel, und Nils wusste augenblicklich, dass sie von Tanas sprach.

»Wen meinst du?«, fragte Sandra. »Papa?«

»Nein. Dein Papa lebte da schon nicht mehr.« Sie blickte zurück in eine Vergangenheit, die sie tief in sich begraben hatte und die zu grausam war, als dass sie sie jemals wieder ans Licht hätte holen wollen.

Sandra wartete jetzt geduldig. Sie sah, dass ihre Mutter mit ihren Dämonen kämpfte.

»Er hat uns aufgelauert. Ihr wart so hübsch, du und deine Schwester. Und ich war verzweifelt und allein. Ich dachte, er wollte mir helfen. Doch dann nahm er uns in seinem Auto mit zu seinem Haus. Und er sperrte uns ein. Er hat uns einfach in einen Kerker eingeschlossen. Ich konnte nichts dagegen tun.«

»Wer war er?«, wollte Sandra wissen.

»Einfach ein Mann, der mich ansprach. Beim Einkaufen. Nur ein Mann. Kannst du dich denn an gar nichts mehr davon erinnern?«, fragte sie, als sei es doch eigentlich unmöglich, das vergessen zu haben.

»Nein«, hauchte Sandra.

»Aber wir waren vier Monate dort unten. Du weißt das nicht mehr?«

»Nein. Mama, was erzählst du da? Ich weiß es nicht. Wieso glaubst du, ich könnte mich daran erinnern? Wir haben doch nie darüber gesprochen.«

»Nein. Nie wieder«, bestätigte sie. »Aber ich dachte immer, du *wolltest* nicht darüber reden.«

»Aber wenn ich mich erinnert hätte, dann hätte ich doch auch von meiner Schwester gewusst und nach ihr gefragt. Warum ist sie nicht« mehr bei uns gewesen? Wo war sie?«

Nils und Dr. Alberts standen in der Ecke hinter der Tür und hörten still und gebannt dieser unglaublichen Geschichte zu.

»Ich kann nicht darüber reden«, sagte Vera, und ihre Lippen bebten unkontrolliert.

»Doch, Mama. Du musst. Ich will es jetzt wissen. Sie ist wieder da. Nils hat sie gesehen. Sie ist auf Amrum. Verstehst du? Sie ist zurück.«

Ihre Mutter schüttelte abwehrend den Kopf. »Oh, bitte nicht. Sie wird mich hassen«, flüsterte sie.

»Wofür?«

»Ich habe sie zurückgelassen. Bei ihm.« Ihr Mund verzog sich, und sie weinte tonlos.

»Wieso?«, fragte Sandra unnachgiebig. »Wieso, Mama?«

★★★

»Er hatte einen Luftschacht gegraben«, sagte Nadja.

Sie saßen mit ihr im Freizeitraum des Schullandheims und hatten die Befragung wieder aufgenommen. Dass draußen inzwischen die Sonne von einem blauen Himmel schien, konnte man hier drin nicht erahnen, doch das Geräusch des an die Spanplatte klatschenden Sandes und das Heulen des Sturms waren verschwunden. Jensen und Kinsing saßen gemeinsam am Tisch. Jeder hatte ein Glas Wasser vor sich stehen, und in der Mitte lief unverändert das kleine Diktiergerät und protokollierte das Verhör.

»Nicht so professionell wie im Haus danach. Es war ja auch nur ein Erdloch, in dem wir hausten, kein ausgebauter Raum wie in den Folgejahren. Vom Garten her hatte er einfach ein Plastikrohr durch einen Schacht bis hinunter in unseren Kerker geschoben. Es guckte auf unserer Seite ein paar Zentimeter heraus, und unsere Mutter begann, daran zu ziehen und zu zerren. Er war gerade weggefahren, das hatten wir gehört. Das Ding bewegte sich auch irgendwann, und sie konnte es vor- und zurückschieben. Dabei fiel immer wieder Erde aus dem Loch, und der Schacht wurde größer. Mama konnte das Rohr schließlich ganz rausziehen und stieß es immer wieder in den Schacht, um ihn weiter auszuhöhlen. Das funktionierte ganz gut. Irgendwann konnten Sofia und ich hineinklettern und mit den Händen weitergraben. Mama nahm das Kehrblech, mit dem sie sauber machen musste, wenn wir mal mussten, und benutzte es als Schaufel, um die Öffnung zu verbreitern. Sie grub weiter, bis sie endlich ganz nach oben und auf den Rasen kriechen konnte. Da hörten wir seinen Wagen. Er konnte unsere Mutter nicht sehen. Der Luftschacht war hinter dem Haus, aber wir hörten, wie er ausstieg und hineinging. Mama rief in den Schacht, dass wir uns beeilen sollen, und Sofia ging zuerst. Einfach weil sie gleich dort stand. Mama steckte ihren Arm in den Schacht und zog sie hinaus. Dann wollte ich hochklettern, doch da hörte ich auch schon seine Schritte auf der hölzernen Treppe, die er gebaut hatte. Ich versuchte, so schnell wie möglich hochzugelangen, und strampelte und bekam auch Mamas Hand zu fassen, doch dann stürzte der Schacht ein. Ich bekam so viel Erde ins Gesicht, dass ich nicht mehr atmen konnte, und es wurde immer schwerer, mich zu halten. Ich hatte keine Kraft mehr, Mama hatte keine Kraft mehr. Unsere Hände rutschten ab. Keiner wollte loslassen. Schließlich fiel ich mit einer ganzen Lawine Erde zurück in den Kerker. Ich hatte Erde in den Augen und Tränen, das weiß ich noch. Dann sah ich, wie sich die Tür öffnete und er hereinkam. Er erblickte mich, verstand, was passiert war, und schrie vor Wut. Er rannte wieder nach oben. Ich hätte weglaufen können, er hatte die Tür offen gelassen. Aber ich war plötzlich ganz allein. Und ich war doch erst vier.«

Ihre Gedanken verweilten an dem Punkt ihrer Lebensgeschichte, an dem sich für sie entschieden hatte, dass sie keine Schwester mehr sein würde, kein Zwilling und keine Tochter. Sondern nur eine auf Gedeih und Verderb ausgelieferte Gefangene. »Was draußen passierte, weiß ich nicht. Aber er kam ohne sie zurück.«

So, wie sie es schilderte, konnte man jegliche Gefühlsregung nur in ihren Augen erkennen. Ihre Mimik war wie erstarrt und blieb unbeteiligt. Jensen fiel dafür nur das Wort abgestumpft ein. Unter all den Verletzungen, die sie hatte erleiden müssen, war dies nur eine von vielen. Aber eine entscheidende.

»Kaum dass er wieder zurück war, ging es auch schon los. Er holte mich und fesselte mich noch im Keller. Er verband mir die Augen, stopfte mir einen Ball in den Mund und verklebte meine Lippen. Er konnte mich einfach so unter einem Arm tragen, das weiß ich noch. Das fand ich beeindruckend. Beängstigend und beeindruckend. Draußen warf er mich in den Kofferraum, und ich hörte, dass er den Reservekanister neben mir mitnahm. Danach hörte ich eine ganze Weile gar nichts mehr. Der Kofferraum wurde wieder geöffnet, und er warf das Ding zu mir herein. Es war jetzt leer und hat so gestunken, und der Ball hat so gedrückt in meinem Mund, dass ich mich fast übergeben hätte. Aber obwohl ich erst vier war, wusste ich, dass ich dann ersticken würde. Ich sagte mir immer wieder: Reg dich nicht auf, es riecht nicht so schlimm, beruhig dich und atme ganz normal weiter. Dann war da dieses Geräusch. Wie ein tiefes Fauchen, und im nächsten Moment fuhren wir auch schon los. Sehr schnell. Ich glaube, es gab so was wie eine Explosion, und es knisterte und knackte so laut, dass ich es trotz des Motorengeräuschs hören konnte. Wir fuhren und fuhren. Irgendwann schlief ich ein oder wurde ohnmächtig. Wie lange wir gefahren sind, kann ich nicht mehr sagen. Aber ich spürte, dass ich weit von Sofia entfernt war. Sehr weit. Und das war damals eigentlich alles, was für mich zählte.« Sie stoppte und blickte stumm auf das vor ihr stehende Wasserglas, bevor sie einen Schluck davon nahm.

»Frau Keller«, begann Jensen zögerlich.

»Ich heiße nicht Keller«, entgegnete sie.

»Aber Ihre Schwester heißt so, und Sie sagten doch, dass Sie sich nur an Ihren Vornamen erinnern können.«

»Ich weiß. Aber Keller ist ganz bestimmt nicht unser Name.«

Jensen und Kinsing tauschten einen unschlüssigen Blick.

»Es war was mit G. Ich hab jahrelang versucht, mir diesen Namen wieder ins Gedächtnis zu rufen, aber es gelang mir irgendwie nicht. Ich kann nur sagen, dass es nicht Keller war.«

»In Ordnung, wir überprüfen das«, sagte Jensen.

»Sagen Sie einfach Nadja, wie bisher.«

»Gut. Nadja, Herr Kinsing hätte jetzt auch noch ein paar Fragen an Sie.«

Ihr Blick wanderte zu dem Psychologen. Kinsing lächelte freundlich.

»Ich bin als Polizeipsychologe für die Erstellung von Täterprofilen zuständig. Ich versuche, anhand von Spuren und dem Bild, das sich mir am Tatort darstellt –«

»Ja, ja, ich weiß schon«, unterbrach sie ihn. »Ich hatte ja Fernsehen. Ich weiß, was Sie tun.«

»Gut.« Kinsing lächelte amüsiert. »Dann würde ich Ihnen jetzt gern ein paar Fragen stellen, die mir bei der Betrachtung der Spuren und Tatorte in den Sinn gekommen sind.«

»Ich hab doch schon gesagt, dass ich es war. Was wollen Sie noch?«

»Wir müssen auch in solchen Fällen eine Beweiskette vorlegen. Außerdem hilft es uns und auch dem Gericht später sehr viel, wenn wir etwas über Ihre Motive erfahren«, sagte Kinsing.

»Habe ich Ihnen nicht schon genug Motive genannt?«, fragte sie und lächelte erschöpft.

»Ja, sie erklären aber nur zum Teil die Wahl Ihrer Vorgehensweise.«

»Meine Vorgehensweise«, wiederholte sie.

»Ja, wie planhaft war Ihre Tat? Was bezweckten Sie damit, und was taten Sie vor Ort, um Ihr Vorhaben durchzusetzen? Das muss bis ins Detail geklärt werden.«

Sie schnaubte abschätzig.

»Na gut. Dann fragen Sie.«

Kinsing richtete sich in seinem Stuhl auf und beugte sich vor. Seine Hände legte er auf die Tischplatte und faltete sie. Es sah aus wie ein Ritual, das ihn schon sein Leben lang begleitete.

»Sie konnten bei der ersten Tat, dem Überfall auf Dammer, nicht so vorgehen wie zunächst beabsichtigt. Sie hatten nicht mit seiner Gegenwehr gerechnet?«, begann Kinsing seine Fragerunde.

»Nein. Er war ein unheimlicher Mann, böse, ist aber selten körperlich geworden. Das heißt, er hat selten körperliche Kraft einsetzen müssen. Er liebte es, mich zu strangulieren und zu würgen. Dazu benutzte er Seile, Drähte oder einfach nur einen Schal. Ich bin oft ohnmächtig geworden bei seinen Spielchen und habe gedacht, dass ich sterben würde. Aber dass er sich mit diesem Haken derart wehren würde, hätte ich nicht gedacht. Ich hatte das Gefühl, dass er wusste, dass ich komme.«

»Haben Sie ihn erstickt, weil er Sie immer stranguliert hat, oder war das ein Zufall?«, fragte Kinsing.

»Kein Zufall. Er sollte zu spüren bekommen, was ich ertragen musste.«

»Also hätten Sie ihn bei dem Überfall in seinem Haus ebenfalls stranguliert?«

»Ja, aber nicht mit bloßen Händen. Ich hatte Seile. Die, mit denen ich auch Grütersch gefesselt habe.«

»Und bei den anderen? Wie wollten Sie da verfahren?«

»Jeder sollte an seinen eigenen Phantasien sterben. Ich hab ihnen zeigen wollen, wie pervers sie sind.«

»Welcher Art war das Vergehen der Kaltenbachs? Hatte es mit Messern zu tun?«

»Mit Messern und mit Beißen. Vor allem die beiden Männer hatten eine Vorliebe für das Beißen. Die Frau mochte Messer. Klaffende Wunden hatten es ihr angetan. Tolle Familie, was? Sie waren krank. Einer schlimmer als der andere. Haben Sie Thomas' Zähne gesehen?««, fragte sie.

Kinsing schüttelte den Kopf.

»Er hat sich beim Zahnarzt die Eckzähne spitz feilen lassen wie bei einem Raubtier.«

»Zu welchem Zweck?«, fragte Jensen.

»Na, wozu wohl? Zum Beißen. Er wollte wie ein Tier beißen können.«

Jensen und Kinsing senkten fast gleichzeitig die Köpfe. Nadja beobachtete sie ungerührt und wartete geduldig auf Kinsings nächste Frage.

»Und das Ehepaar auf Sylt? Was war ihr Vergehen?«

»Das sagte ich doch schon. Grütersch liebte es, mit Strom zu hantieren. Er war fasziniert davon, was Strom alles mit dem menschlichen Körper anstellen konnte. Seine Frau sah immer nur zu und lachte. Herrgott, sie war nur am Kichern. Dass sie nun gerade in der Badewanne lag, war ein Zufall, aber als ich das sah, wollte ich die beiden dadrinnen rösten.«

»Bereuen Sie Ihre Taten?«

»Ich bereue, dass ich sie nicht beendet habe. Dass sie immer noch in ihrem Millionen-Häuschen rumsitzen und Lügen verbreiten können, das bereue ich.«

»Sie haben Menschenleben beendet und Familien zerstört.«

»Ich? Ich habe der Menschheit einen Gefallen getan.«

»Sie sehen sich als Retterin an?«

»Sie hätten jedem anderen Menschen das Gleiche antun können, was sie mir angetan haben. Mehr Opfer sollte es nicht geben.«

»Hatten Sie denn keinerlei Zweifel während Ihrer Taten? Haben Sie sich nie gefragt, ob das falsch ist, was Sie tun?« Kinsing trennte seine Hände und führte sie wieder zusammen.

»Ich habe jahrelang davon geträumt, das zu tun. Verstehen Sie? Nur der Tod konnte diese Menschen davon abhalten, das mit mir zu tun. Nichts anderes. Ich habe gebettelt und gefleht, glauben Sie mir. Ich habe alles getan, damit sie mich in Ruhe lassen. Aber es half nichts. Ihre Besuche hörten nicht auf, und sie verspürten keine Reue. Nie. Stattdessen lachten sie über mich.« Sie blickte kurz zu Jensen, beugte sich vor, sodass sie Kinsing ganz nah kam, und sah ihm tief in die Augen. »Ich weiß, dass Sie beide als Polizisten diese Menschen verhaften wollen. Sie wollen, dass sie vor Gericht kommen und so. Aber ich sage Ihnen was. Nichts auf der Welt, kein Gefängnis, kein Psychologe, kein irgendwas könnte sie ändern. Gut, die Alten wären vielleicht im Gefängnis gestorben. Aber Thomas Kaltenbach hätte seine Strafe abgesessen und wäre mit … sagen wir fünfunddreißig Jahren entlassen worden. Meinen Sie, der würde sich eine nette Frau nehmen, Blümchentapeten aussuchen und ein hübsches Baby kriegen, mit dem er dann nach der Arbeit spielen und ihm Gutenachtgeschichten vorlesen kann? Glauben Sie das wirklich?

Seien Sie nicht so verdammt naiv«, sagte sie mit harter Stimme und lehnte sich wieder zurück.

»Ich verstehe Ihren Standpunkt«, sagte Kinsing beherrscht.

»Das können Sie überhaupt nicht«, entgegnete sie.

»Sagen wir, ich kann ihn nachvollziehen. Aber wir sind abgeschweift. Sie hatten also schon lange davon geträumt, sich Ihrer Peiniger zu entledigen. Aber wann beschlossen Sie, sich tatsächlich an diesen Menschen zu rächen?«

»Hab ich doch schon gesagt. Als ich wusste, wo ich war und dass ich mich ganz in der Nähe von ihnen befand.«

»Etwas präziser bitte«, bat Kinsing.

»In dem verdammten Lkw. Der Kerl sagte mir, er würde nach Husum fahren und dass es noch fünfzig Kilometer seien. Da verstand ich, dass sich eine Chance für mich auftat.«

»Eine Chance?«, fragte Jensen dazwischen, der sich mit der Wortwahl nicht anfreunden konnte.

Nadja sah ihn mit stählernem Blick ungerührt an.

»Und das Messer, hatten Sie das bereits bei sich?«, fragte Kinsing weiter.

»Das habe ich aus dem Haus mitgehen lassen. Aber nur, um mich zu verteidigen oder um da draußen Holz schneiden zu können. Feuerholz oder um mir was zum Schlafen zu bauen.«

»Sie schliefen im Freien?«

»Ich wollte kein Risiko eingehen und ein Hotelzimmer nehmen. Zumal ich auch nicht viel Geld hatte. Ich musste ja schließlich noch die Fährüberfahrten bezahlen.«

»Es war kalt«, sagte Kinsing, weil er kaum glauben konnte, wie man bei dem Wetter draußen übernachten konnte.

»Ich bin Kälte gewohnt.« Nadja grinste, aber nur für eine Sekunde.

»Eines würde mich auch persönlich noch interessieren«, sagte Kinsing. »Hatten Sie eigentlich auch vor, Ihren Entführer zu töten? Sollte er auf Ihrem Rachefeldzug das letzte Opfer sein?«

Nadja senkte den Blick. Erst nach einigen Augenblicken sprach sie weiter, aber leiser als zuvor.

»Nein. Ich will ihn nie wieder sehen.«

»Aber Sie wären ständig auf der Flucht gewesen.«

»Und?«, fragte sie.

»Warum ihn nicht?«

»Raten Sie mal.«

»Ich will nicht raten, ich möchte, dass Sie es mir erklären.«

Sie schüttelte entnervt den Kopf. Es widerstrebte ihr zu antworten.

»Weil ich ... Ich hab Angst vor ihm, was denken Sie denn? Ich will so weit wie möglich von ihm entfernt sein.«

»Aber jetzt können Sie nicht mehr fliehen. Sie sind hier. Und Sie glauben, dass er Sie töten will.«

»Ja.«

»Weil Sie Dinge über ihn wissen, die ihn ins Gefängnis bringen könnten, richtig?«

Sie nickte.

»Dann fangen Sie doch bitte an. Was können Sie uns über ihn sagen? Beginnen wir doch einfach mit der Beschreibung. Wie sieht er aus?«

Nadja blinzelte, als wäre ihr etwas ins Auge geraten. Dann rieb sie sich die Hände, und man sah, wie viel Kraft sie dabei aufwendete. Ihre Finger wurden ganz weiß.

»Er ist ungefähr eins achtzig groß. Er hat schmale Schultern, aber kräftige Oberarme und kräftige Beine. Seine Haut ist weiß, ganz dünn und weiß wie Papier, und er hat keine Körperhaare. Er hat ein kantiges Gesicht mit einer schmalen, sehr hohen Nase und großen Nasenlöchern. Eine kurze Stirn und schwarzes dünnes, aber volles Haar. Es ist nach vorn gekämmt und fällt in sein Gesicht. Seine Zähne sind lang und stehen schief. Sie haben Risse und werden zum Zahnfleisch hin gelblich. Seine Lippen sind fast violett und trocken und spröde. Der Mund ist breit, und er hat zwei tiefe Mundfalten. Seine Augen«, sie stockte kurz, »seine Augen sind irgendwie tot, könnte man sagen. Sie sind schwarz, vollkommen schwarz, und haben einen merkwürdigen Ausdruck. Sie erkennen ihn sofort, wenn Sie seine Augen sehen. Man sieht das Böse darin. Seine Augenbrauen stehen dicht zusammen, sie sind breit und fast ganz gerade. Seine Ohren sind klein und schmal und irgendwie fleckig. Kein Bart. Er rasiert sich täglich, hat aber kaum Bartwuchs.«

Das war eine so exakte und fast schon intime Beschreibung, dass es den beiden Männern unangenehm war.

»Seine Stimme?«, fragte Kinsing.

Nadja dachte nach.

»Vielleicht nicht sehr tief, aber männlich, mit einem knörigen Nachdruck. Ich kann's nicht besser beschreiben. Er knört irgendwie.« Sie ahmte das Geräusch nach. »Könnte an seiner Nase liegen. Ja, ein wenig nasal vielleicht, aber nicht so, als hätte er Schnupfen. Er spricht leise und sehr gedehnt, mit einem sehr langen S. Er lässt es so zischen. Ich glaube, das ist kein Fehler, das macht er mit Absicht.«

»Sehr gut«, meinte Kinsing. »Sonst noch irgendwelche auffälligen Merkmale?«

»Er hat riesige Narben an beiden Schienbeinen. Aber die können Sie natürlich nicht sehen«, sagte Nadja.

»Was sind das für Narben?«, hakte Jensen nach.

»Ich weiß es nicht. Auf jeden Fall sind es OP-Narben. Sie verlaufen senkrecht, und man kann auch die Stiche sehen.«

»In Ordnung. Wie alt ist er? Wissen Sie das?«, fragte Kinsing.

»Ich kann nur schätzen. Mitte oder Ende fünfzig. Aber ich denke, er sieht jünger aus, als er ist.«

»Und übt er einen Beruf aus?«

»Nein«, sagte sie. »Seinen Lebensunterhalt verdient er mit mir.«

»Hat er etwas gelernt oder studiert?«

»Er ist intelligent und gebildet. Immerhin hat er auch den Raum im Keller allein gebaut. Er muss Ahnung von so was haben. Zwei linke Hände hat er jedenfalls nicht.«

»Stimmt. Sie haben noch gar nicht seine Hände beschrieben«, fiel Kinsing auf, und Nadja reagierte, als spürte sie einen stechenden Schmerz in der Magengegend.

»Das kann ich nicht.«

»Warum, Sie haben alles andere sehr genau beschreiben können. Sie werden seine Hände doch wohl gesehen haben?«

»Sie sind hässlich, reicht Ihnen das?«, sagte sie ungehalten. Kinsing merkte, dass er einen wunden Punkt getroffen hatte, und beließ es dabei.

Für einen Moment entstand eine gespannte Stille. Jensen nippte an seinem Wasserglas. »Was fährt er für einen Wagen?«, fragte er dann, und Nadja schien erleichtert zu sein, dass sie nicht mehr über ihren Entführer, sondern nur über ein Ding sprechen musste, das ihm gehörte.

»Einen weißen Mercedes. So ein Riesenschiff. Noch aus den Achtzigern, glaube ich.«

33

Der weiße Mercedes S 300 parkte nicht auf dem grün umwachsenen Parkplatz des Wohnheims, sondern in einer kleinen Wegeinfahrt an der Landstraße, vor Blicken geschützt hinter einem wild wuchernden Brombeerbusch. Das Radio lief, während er seine fünfte Zigarette rauchte. Er war den beiden auf die Fähre und bis hierher gefolgt. Sie würden ihn an sein Ziel führen, das wusste er, und mehr als das. Er würde sie alle wiederbekommen. Kristin, Sofia und Nadja. Sie wären wieder vereint. Wie damals.

Was für ein unglaubliches Glück hatte ihn doch ereilt. Er war kein gewöhnlicher Mensch, oh nein. Er war *der* Mensch. Etwas Perfekteres als ihn gab es nicht. Er war unverwundbar. Und all diese nichtsnutzigen Wesen um ihn herum wussten nicht, mit wem sie es zu tun hatten. Er würde sich holen, was ihm gehörte. Diese drei Frauen waren *sein* Besitz. Von Anfang an hatte er gewusst, dass sie für ihn bestimmt waren. Zwei vollkommen gleiche Mädchen und eine alleinstehende Mutter. Allein und ohne Ziel. Sie waren für ihn geschaffen und ihm direkt vor die Füße geworfen worden. Lange hatte er auf diesen Moment warten müssen. Auf dieses Wiedersehen. Jetzt stand es kurz bevor, und die Vorfreude rumorte in seinen Eingeweiden.

Endlich tauchte der Wagen wieder auf. Er fuhr aus der Einfahrt zurück auf die Landstraße. Diesmal saßen drei Personen im Wagen. Er grinste und startete den Motor seines Mercedes. Er musste sich nicht beeilen. Konnte ihnen viel Vorsprung lassen, denn sie würden denselben Weg zurück nehmen. Nach dem dritten Wagen, der ihn passierte, trat er aufs Gaspedal und nahm die Verfolgung auf. Er würde warten, bis sie wieder auf der Insel waren, sie in seinen Besitz nehmen und sich des unnötigen Ballasts entledigen. Dieser Mann, der das Auto fuhr, wer immer es auch war. Er würde nicht mehr lange am Leben sein.

★★★

»Nadja, wie wär's, wenn Sie sich jetzt ein bisschen ausruhen?«, schlug Jensen vor, der das Verhör unterbrochen und das Diktiergerät ausgeschaltet hatte. »Legen Sie sich hin und versuchen Sie, ein wenig zu schlafen. Wir fahren ins Polizeibüro und besprechen unser weiteres Vorgehen.«

Sie sah ihn ohne jegliche Regung an.

»Bin ich allein hier?«, wollte sie wissen.

»Nein, zwei Beamte stehen direkt vor Ihrer Tür. Ein Beamter bewacht die Eingangstür, und ein weiterer bewegt sich im Gebäude. Sie sind also völlig sicher«, sagte Jensen.

»Das glauben Sie«, meinte sie so leise, als spreche sie mit sich selbst.

»Nadja, niemand weiß, dass Sie hier sind«, entgegnete Jensen.

»Würde es Sie beruhigen, wenn ich hierbleibe?«, bot Kinsing an.

Sie schämte sich fast für ihre Antwort, darum nickte sie nur, ohne die beiden Männer dabei anzusehen.

»Okay, fahren Sie ins Büro. Sie können mich ja informieren, wenn Sie Neuigkeiten haben«, sagte Kinsing zu Jensen.

Der zog ihn ein gutes Stück zur Seite und sprach ganz dicht an seinem Ohr.

»Lassen Sie sich nicht von ihr täuschen. Sie ist eine Mörderin. Sie haben zu viel Sympathie für sie.« Er blickte Kinsing warnend an.

»Ich bin ebenso Profi, wie Sie es sind. Und habe noch dazu ein paar Jahre mehr auf dem Buckel als Sie«, raunte Kinsing zurück.

Jensen lächelte. »Sie haben recht«, stellte er fest.

»Rufen Sie mich bitte an, wenn Herr Petersen und Frau Keller zurück sind. Ich möchte dabei sein, wenn die Mutter befragt wird«, flüsterte Kinsing.

»Selbstverständlich.«

Die beiden Männer gaben sich die Hand, und Jensen klopfte an die Tür, um hinausgelassen zu werden.

Er fuhr unter einem strahlend blauen Himmel nach Nebel in Nils Petersens Büro. Jussi und Minthal saßen wie gestern an ihren provisorischen Arbeitsplätzen, und sie sahen aus, als hätten sie keine Minute geschlafen.

»Hallo, Männer.«

»Hallo, Chef. Wir haben was rausgefunden«, sagte Minthal. Seine Stimme klang matt und rau.

»Ich bin gespannt.« Jensen nahm sich einen Stuhl und setzte sich. »Schon was von Petersen gehört?«

»Nein. Die nächste Fähre kommt in einer Stunde.«

»Okay, dann legen Sie mal los.«

Minthal zog einige Ausdrucke zu sich herüber und hakte Punkt für Punkt mit einem Kugelschreiber ab.

»Erstens: Entführungsfälle in Marburg. Hat etwas gedauert, bis die Kollegen sich gemeldet haben, aber vor zwei Stunden kamen folgende Informationen per Mail: 1985 sind in Marburg keine Entführungsfälle gemeldet worden. Auch nicht in den drei Jahren davor und danach.

»Scheiße«, fluchte Jensen und fuhr sich durch die Haare.

»Aber ich bin ja ein schlaues Kerlchen, und zumeist gehen Entführungsfällen Vermisstenanzeigen voraus. Also hab ich nachgehakt und mir auch die geben lassen«, meinte Minthal.

Jensen schöpfte neue Hoffnung.

»Ja?«

»Vier Fälle 1985. Ein Junge, sechzehn Jahre alt. Von seinen Eltern nach einer Schulfeier als vermisst gemeldet. Der Fall ist bis heute nicht abgeschlossen. Ein Mann, neunundachtzig Jahre alt, vermisst gemeldet vom Leiter des Altersheims, aus dem der Mann verschwunden ist. Man fand ihn ertrunken in der Lahn. Ein Mädchen, vierzehn Jahre alt, das nach dem Reitunterricht nicht nach Hause kam, aber am selben Abend bei der Großmutter gefunden wurde.« Minthal pausierte, und Jensen bedeutete ihm mit einer schwingenden Handbewegung, er solle fortfahren.

»Viertens ein Mädchen, vier Jahre, vermisst gemeldet von ihrer Mutter, die behauptete, von einem Mann entführt und mehrere Monate lang gefangen gehalten worden zu sein.«

»Das ist sie.« Jensen war mit einem Schlag hellwach.

»Die Frau sagte aus, sie und ihre beiden Zwillinge seien entführt worden, und ihr und einer Tochter sei die Flucht gelungen. Sie konnte den Beamten das Haus beschreiben, doch als die Einsatzkräfte dort ankamen, stand das Haus in Flammen. Es konnten keine Spuren mehr sichergestellt werden. Der Fall ist bis heute ungelöst. Das Mädchen wurde nie gefunden.«

Jensen ließ sich rücklings gegen die Stuhllehne fallen. »Verdammt. Die Geschichte ist wahr. Ich fass es nicht.«

»Ich bin noch nicht fertig«, sagte Minthal. »Da man davon ausging, dass Mutter und Tochter gefährdet waren, wurden die beiden in ein Opferschutzprogramm aufgenommen. Sie erhielten eine neue Identität und einen neuen Wohnsitz.«

Jensen schluckte. Sein Herz pochte wild in seiner Brust. Er setzte sich kerzengerade auf seinen Stuhl und starrte Minthal erwartungsvoll an.

»Wie lauten ihre Namen?«, fragte er kaum hörbar.

»Die Mutter bekam den Namen Vera Keller. Die verbliebene Tochter den Namen Sandra. Neuer Wohnort: Flensburg.«

Jussi und Minthal sahen Jensen betreten an. Der war tief getroffen. Obwohl er Nadjas Version der Geschichte bereits kannte, war es doch eine andere Stufe der Erkenntnis, wenn man es schwarz auf weiß bekam. Er stützte sich auf seine Knie und vergrub das Gesicht in den Händen. »Wie hießen sie ursprünglich?«, fragte er dumpf.

Minthal suchte auf dem Ausdruck nach den Namen.

»Der Familienname lautete Gabriel. Der Name der Mutter war Kristin, und die Töchter hießen Nadja und Sofia«, sagte Minthal.

»Verdammt, verdammt, verdammt.«

»Chef, sind Sie okay?«, fragte Jussi besorgt.

»Ja, ja. Manchmal ist die Wahrheit einfach schwer zu verkraften.«

Jensens Handy klingelte. Nils meldete sich.

»Hallo, Herr Jensen?«

»Ja, was gibt's?«

»Wir sind auf dem Rückweg. Sandras Mutter ist bei uns.«

»Gut. Das ist sehr gut. Herr Petersen?«

»Ja?«

Jensen rang mit sich, doch am Telefon wollte er ihm die neuen Fakten nicht mitteilen.

»Ach, nichts. Wir reden später.«

»Es sind noch knapp fünfzig Kilometer bis Dagebüll. Ich denke, dass wir etwa um siebzehn Uhr ankommen.«

»Gut, bis nachher.«

Jensen legte auf. Sein Blick fiel auf die Karte von Schleswig-Holstein, die an der Wand hing und von der Sonne ganz ausgebleicht war. Er suchte die Stelle, an der Nils sich jetzt ungefähr befinden musste, und dabei fiel ihm eine grün eingezeichnete Fläche auf. Nadja hatte ausgesagt, dass sie in einen Wald geflohen war, und sie hatte auch einen See erwähnt. Viele Möglichkeiten für eine solche Konstellation gab es in Schleswig-Holstein nicht. Und der Lkw-Fahrer, der sie mitgenommen hatte, war auf dem Weg nach Husum gewesen. Er ging näher heran und legte einen Finger auf das Tannenbaum-Symbol.

»Zeigen Sie mal den Erlenbruch auf einer größeren Karte. Das ist ein Waldstück kurz hinter Niebüll«, bat er seine beiden Mitarbeiter.

Minthal klickte auf Google Maps und fand das Waldstück, das im Dreieck zwischen Leck, Sande und Stadum lag. Jensen sah sich die Straßenverbindungen an. Die Chancen, dass Nadja von hier geflohen war, standen ihren Angaben zufolge gar nicht schlecht.

»Überprüfen Sie bitte, ob es dort vor etwa zwei Wochen einen Brand gegeben hat. Ein Einfamilienhaus, frei stehend«, sagte Jensen.

»Ich kümmer mich drum«, meinte Jussi und begab sich ans Telefon.

»Nein, nein, lassen Sie das mal Minthal machen. Ich brauche Sie für was anderes.«

Jussi kam zu Jensen zurück, während Minthal bereits versuchte, sich bei der zuständigen Polizeibehörde Informationen zu beschaffen.

»Hören Sie, ich möchte wissen, ob und welche Presseleute noch auf der Insel sind. Sie sehen aus wie jemand von hier. Mischen Sie sich unauffällig unters Volk und versuchen Sie, das in Erfahrung zu bringen. Vielleicht können uns die Medien gefährlich werden, vielleicht können sie uns aber auch einen Gefallen tun.«

»Wird gemacht, Chef«, sagte Jussi.

Jensen wählte seine eigene Polizeistation an und ließ sich mit dem Kollegen Kraus verbinden, der für die Erstellung von Phantombildern zuständig war.

»Kraus? Hier ist Jensen. Ich habe hier eine Personenbeschreibung auf Band. Können Sie was damit anfangen, wenn ich sie Ihnen am Telefon vorspiele?«

»Kommt drauf an. Wenn es nur wieder heißt ›ein normaler Mann von normaler Größe und normalem Aussehen in normaler Kleidung‹, hätte ich schon ein paar Bilder hier.«

»Nein, es ist ziemlich präzise.«

»In Ordnung. Dann spielen Sie's mal ab.«

★★★

Sie saßen nebeneinander auf dem Sonnendeck, in warme Jacken gehüllt. Mutter und Tochter. Welten lagen zwischen ihnen. Dunkle, unerforschte Welten, die aus ihrem einstigen Leben gestrichen worden waren. Getilgt aus dem Gedächtnis. Beide hatten ihren Preis dafür bezahlt. Nur die dritte Person, die dazugehörte, hatte nicht vergessen. Wie konnte sie auch? Sie war sechsundzwanzig Jahre in diesem Leben gefangen gewesen.

Nils saß ihnen gegenüber und hielt einen heißen Kaffee in den Händen. Die Sonne, die bereits sehr tief am Horizont stand und die Halligen schwarz gegen den glutroten Himmel abhob, hatte keine wärmende Kraft mehr. Kalte Luft senkte sich auf das Meer, und Nils wusste, dass es schon bald Frost geben würde.

Sie saßen allein an Deck. Die Fähre, die sonst nur banale Fracht vom Festland zur Insel und wieder zurück transportierte, war heute ein Schicksalsschiff. Sie brachte Menschen zusammen, die zusammengehörten und auf brutale Weise getrennt worden waren. Er war glücklich, Sandra dabei helfen zu können oder zumindest einfach für sie da zu sein während ihrer schwersten Zeit. Aber er fühlte auch den Drang, sie und diese kleine auseinandergerissene Familie zu beschützen. Sandra und ihre Mutter hatten noch keine Ahnung von dem, was Nadja durchgemacht hatte und was sie nun, nachdem sie in die Hände der Polizei geraten war, befürchtete. Ihr Peiniger war ihr auf den Fersen, und Nils spürte ein unangenehmes Kribbeln im Nacken, das ihn ständig begleitete. Wie wenn man meint, jemand würde im Dunkeln hinter einem stehen. Er war misstrauisch jedem Mann gegenüber, der sich auch nur halbwegs verdächtig benahm. Die Waffe an seinem Gürtel gab ihm jedoch ein gewisses Gefühl der Sicherheit, ebenso wie die Tatsache, dass sie jetzt auf seine Insel zurückkehrten. Das ungewohnte Terrain auf dem Festland mochte er nicht. Die Insel war sein Revier, seine Welt, in der er sich perfekt auskannte.

»Ich glaub, wir gehen rein. Es ist zu kalt«, sagte Sandra und erhob sich zusammen mit ihrer Mutter.

»Ja, stimmt«, meinte Nils und schloss sich ihnen an.

Im Restaurant waren vielleicht ein Dutzend Tische besetzt. Es roch nach Suppe und Bier. Die meisten Urlauber, die mit dieser späten Fähre unterwegs waren, nahmen hier nach einer langen Auto- oder Zugfahrt ein Abendessen ein. Besteck klimperte auf Geschirr, ein verhaltenes Stimmengewirr herrschte im Hintergrund, und die warme Heizungsluft brachte ihre kalten Gesichter sofort zum Glühen. Sie suchten sich einen freien Tisch backbord am Fenster aus und konnten so den Blick auf Föhr genießen. Die Lichter der Promenade stachen durch die Schatten der Dämmerung, während sie sich langsam dem Hafen näherten.

»Möchten Sie etwas essen, Frau Keller? Eine Suppe vielleicht? Zum Aufwärmen?«, fragte Nils.

Sandras Mutter schüttelte dankend den Kopf, behielt ihre Jacke aber noch an.

»Nimm doch was, Mama. Du hast seit dem Mittag nichts gegessen.«

Unschlüssig griff sie zur Karte und ließ ihren traurigen Blick über das Angebot gleiten. Sandra lächelte Nils dankbar an. Sie war so froh, dass er sie begleitete.

Die beiden bestellten Krabbensuppe und Bier. Während sie aßen, hielt die Fähre auf Föhr, und es kamen noch einige weitere Personen an Bord. Als die Tür hinter Nils aufschwang, weiteten sich Sandras Augen. Nils fuhr herum, weil er diesen Tanas hinter sich vermutete, und legte gleichzeitig eine Hand an seine Waffe. Doch als er den Mann erkannte, der das Restaurant betreten hatte, atmete er erleichtert aus und musste lachen. Es war Tamme, der mit ungewohnt ernster Miene auf sie zukam.

»Moin. Was is'n bei euch los? Ich versuch seit gestern fast ununterbrochen, dich zu erreichen«, sagte er vorwurfsvoll zu Sandra.

»Hallo, Tamme, tut mir leid, mein Telefon war aus, und … das ist eine lange Geschichte. Setz dich doch erst mal«, sagte Sandra, und Tamme nahm neben Nils Platz. »Das ist meine Mutter, Vera Keller. Mama, das ist Tamme. Er ist auch Polizist, auf Föhr.«

»Moin, Frau Keller«, sagte Tamme und reichte ihr kurz die Hand. »Was ist passiert? Dieser verdammte Sturm hat ja alles lahmgelegt.«

Sandra war es sichtlich unangenehm, hier und jetzt mit ihm darüber zu sprechen. »Ich muss dir dringend was sagen«, fuhr Tamme daher fort, »können wir kurz …« Er deutete ihr mit einer Kopfbewegung an, aufzustehen und unter vier Augen zu sprechen.

Sandra war dankbar, wusste allerdings nicht, was Tamme ihr so Wichtiges mitzuteilen hatte, das nicht mal Nils hören sollte.

Er zog sie am Arm bis zur Treppe. Sie stiegen hinunter und blieben auf dem verwaisten Flur zu den Autodecks stehen.

»Du ermittelst doch in dem Fall, wieso bist du dann nicht zu erreichen? Im Büro haben sie mich immer wieder abgewimmelt. Was geht denn da vor sich?«, wollte er wissen.

»Es gab viele neue Entwicklungen. Das alles zu erklären ist jetzt aber zu kompliziert«, meinte sie. »Warum willst du mich denn so dringend sprechen?«

»Ich hab was entdeckt«, sagte er geheimnisvoll. »Etwas, das dir nicht gefallen wird.«

Sandra zog die Augenbrauen zusammen.

»Wir durchforsten seit gestern die ganzen Dateien von Dammer, deine Kollegen und ich. Und ich bin zufällig auf einen Ordner gestoßen, in dem ich Bilder fand. Von dir.«

»Von mir?«, raunte sie überrascht.

»Tu nicht so ahnungslos. Was sind das für Fotos? Was hat der Kerl mit dir angestellt?«

Jetzt erst sah sie, wie besorgt Tamme war. Sie konnte es kaum glauben, aber sie meinte, Tränen in seinen Augen zu erkennen.

»Was hast du mit ihm zu tun gehabt, verdammt? Hast *du* ihn etwa umgebracht?« Er war ganz außer sich.

Jetzt begriff Sandra. Er hatte Fotos gefunden, aber nicht von ihr, sondern von ihrer Schwester. Nadja musste auf diesen Fotos zu sehen sein.

»Das bin ich nicht, Tamme.«

Er lachte verzweifelt.

»Nicht du, he? Ich hab den Ordner zurückgehalten. Niemand außer mir hat ihn bis jetzt gesehen. Aber ich will, dass du mir die Wahrheit sagst.« Er blickte sie fordernd und durchdringend an.

»Tamme, es ist etwas komplizierter als das. Man hat mich gestern festgenommen, als Tatverdächtige in den Mordfällen auf Föhr und Amrum. Dann fand Nils aber auf Sylt eine Frau, die quasi auf frischer Tat ertappt wurde, als sie ein Ehepaar überfiel. Ganz ähnliche Vorgehensweise. Und diese Frau ist meine Zwillingsschwester.«

Tamme reagierte gar nicht. Wie eine Wachspuppe stand er da, leicht nach vorn gebeugt und in völliger Anspannung.

»Das is'n Witz oder?«, flüsterte er schließlich schwach.

»Nein, Tamme. Ich habe bis heute Morgen selbst nichts von ihr gewusst. Nils ist mit mir zu meiner Mutter gefahren, die das alles irgendwie aufklären soll. Deshalb sitzt sie jetzt da oben bei uns. Sie soll auf Amrum eine Aussage machen.«

»Das glaub ich nicht«, sagte er.

Sandra blickte hinaus auf die tintenblaue See, die ruhig und stetig an ihnen vorüberglitt. Sie spürte das Vibrieren des Motors der Fähre unter den Füßen.

Da nahm Tamme sie einfach in den Arm und hielt sie ganz fest. Sie ließ es geschehen und hätte gern geweint an seiner Schulter. Doch es wollte einfach keine Träne fließen.

Ein paar Minuten blieben sie so stehen, ein paar Minuten, die ihnen beiden deutlich machten, was sie füreinander empfanden. Sie nahmen das wortlos hin. Mehr mussten sie nicht voneinander wissen.

»Die Suppe ist jetzt kalt«, sagte Nils, als sie wieder an den Tisch zurückkamen.

»Ich brauch 'n Schnaps«, sagte Tamme, und Sandra musste lächeln.

Nils registrierte mit Verwunderung und Wohlwollen, was da vor sich ging, und vielleicht tat es auch Sandras Mutter, die noch an ihrer Suppe löffelte.

Als Nils' Handy klingelte und er Jensens Stimme am anderen Ende vernahm, schob er sich an Tamme vorbei aus der Bank und ging hinaus, um in Ruhe telefonieren zu können.

»Herr Petersen? Wann kommen Sie an?«

»Jetzt gleich, noch 'ne knappe Dreiviertelstunde.«

»Gut. Passen Sie auf. Wir haben hier einiges über diesen Tanas herausfinden können. Ich habe sogar ein Phantombild, das schicke ich Ihnen gleich aufs Handy. Er fährt einen weißen Mercedes, Baujahr Mitte der Achtziger. Wenn Sie ihn sehen, seien Sie vorsichtig. Der Kerl ist sehr gefährlich.«

»Was haben Sie vor?«, fragte Nils, der etwas verwundert war, wie weit Jensen mit der Recherche über diesen Mann gekommen war.

»Ich denke, Sie haben recht. Wir stellen ihm hier eine Falle. Ich hab da auch schon eine Idee. Aber das besprechen wir, wenn Sie hier sind. Also bis gleich.«

»Ja, bis dann.«

Nils legte auf, wartete einen Moment, und dann kam die Bilddatei, die Jensen ihm angekündigt hatte. Es war ein am Computer erstelltes Phantombild. Und schon hier auf dem kleinen Display seines Handys fuhr ihm ein kalter Schauer über den Rücken, als er die Augen des Mannes sah. Er würde keine Schwierigkeiten haben, sich dieses Bild einzuprägen.

Als er gerade wieder hineingehen wollte, fiel ihm der Mercedes ein. Hatte er nicht heute einen solchen Wagen schon mal gesehen? Er versuchte, sich zu erinnern, kam aber nicht dahinter. Er war einige Kilometer auf der Landstraße gefahren, da wäre es nicht weiter verwunderlich gewesen, wenn er einem alten Mercedes begegnet wäre. Aber zur Sicherheit wollte er unten auf dem Autodeck nachschauen. Man konnte ja nie wissen.

Er betrat das Deck an der Bugseite. Die Autos standen vollständig im Schatten. Lediglich im Lack auf den Dächern spiegelte sich das Rot des schwächer werdenden Sonnenuntergangs. Er konnte keine einzige Farbe unterscheiden und begann, sich langsam durch die Reihen zu schlängeln. Dabei hielt er die Augen nach dem typischen Mercedesstern offen. Außer ihm war niemand hier unten. Das Personal war noch unter Deck, alle anderen saßen oben im warmen Restaurant. Es fuhr ein leichter Fahrtwind über das Autodeck, der jetzt schon kälter war als zu dem Zeitpunkt, da sie vom Sonnendeck hineingegangen waren.

Nils passierte einen Bus, der so dicht neben dem benachbarten Auto geparkt war, dass er sich seitlich zwischen den beiden Außenspiegeln durchschieben musste. Es waren nur noch vier Autoreihen, bis er das Heck erreicht hatte, und da entdeckte er ihn. Er stand ganz links in der nächsten Reihe, der vorletzte Wagen. Ein weißer Mercedes S 300. Mit verdunkelten Scheiben, die derart spiegelten, dass Nils nichts vom Inneren des Wagens erkennen konnte. Er schob sich vorsichtig weiter. Seine Nackenhaare stellten sich auf und registrierten jeden noch so kleinen Luftzug. Unwillkürlich wanderte seine rechte Hand zu seiner Dienstwaffe. Jetzt fiel ihm wieder ein, wo er den Wagen schon mal gesehen hatte. Es war heute Vormittag gewesen. Natürlich, auf dem Weg zum Hafen. Der Schlitten war die ganze Zeit hinter ihm hergefahren.

Er war nun bis auf Armlänge an das Fahrzeug herangekommen und erkannte schmale weiße Ränder an der Unterseite der Scheiben. Kondensstreifen. Jemand musste im Auto sein. Vorsichtig streckte er seinen Arm aus und klopfte an die Scheibe. Hinter der Spiegelung, die ihn selbst und die Steuerbordseite des Schiffes abbildete, bewegte sich ein Schatten. Nils entsicherte verstohlen seine Pistole. Die Scheibe wurde heruntergekurbelt. Ein schwarzes Haarbüschel tauchte auf, dann ein blasses Gesicht. Nils wusste sofort, wen er vor sich hatte. Diese Augen hypnotisierten. Sie waren stumpf und schwarz und erinnerten ihn an ein Tier. Es waren die Augen einer Anakonda. Kalt und ausdruckslos und scheinbar mechanisch. Die Phantomzeichnung war bestechend genau.

»Ja bitte?«, hörte er die Stimme des Mannes fragen, während sich auch schon etwas in sein Gesichtsfeld schob und der Schmerz begann. Nils' Augen explodierten förmlich. Er musste ihm Pfefferspray hineingesprüht haben. Die Autotür krachte mit voller Wucht gegen Nils' Beine, und er knickte ein. Wieder traf ihn die Tür, diesmal am Kopf. Er fiel rückwärts und versuchte, noch im Fallen seine Pistole hochzureißen. Doch da bekam er einen Tritt direkt auf seinen Brustkorb, der ihn auf den Boden schmetterte und ihm den Atem nahm. Er konnte zu allem Überfluss seine Augen nicht mehr öffnen, selbst wenn er es gewollt hätte. Sie blieben krampfhaft geschlossen.

Nils trat mit allen Kräften nach seinem Gegner und tastete panisch nach seiner Pistole, die ihm entglitten war. Doch er bekam sie nicht zu fassen, und seine Füße stießen ins Leere. Es wurde still. Tanas schien sich zurückgezogen zu haben. Blind lauschte Nils. Ganz leise, unter dem tiefen Brummen des Dieselmotors der Fähre, hörte er ein heiseres Lachen.

»Tja, deine hübsche Pistole habe ich«, sagte Tanas, »du kleines Käferchen. Was bist du für ein Bulle? Aus Niebüll?«

»Sie können mich nicht erschießen, nicht hier«, brachte Nils gepresst hervor.

»So ein schlaues Kerlchen.« Wieder dieses Lachen. »Nein, da werde ich mir etwas anderes einfallen lassen müssen.«

Gerade als Nils um Hilfe schreien wollte, schlug er zu. Der Schmerz sprengte fast seinen Kopf. Er hatte ein krachendes Geräusch gehört. Etwas musste gebrochen sein, seine Nase wahrscheinlich. Es schmerzte wie metallene Spitzen, die in seine Knochen getrieben wurden. Das Atmen fiel ihm plötzlich schwer, und er fühlte, wie sich warme Flüssigkeit in seinem Mund ansammelte. Sie schmeckte nach Eisen. Sehen konnte er immer noch nicht, jetzt wahrscheinlich noch weniger als zuvor. Nils verschluckte sich und musste husten. Er spürte, wie er an beiden Armen gepackt und gefesselt wurde. Er wollte schreien. Er musste schreien, schon wegen der Schmerzen, doch da war immer mehr Blut, das seinen Mund füllte, und heraus kam nur ein Gurgeln und Röcheln.

Dann wurde er unter den Armen gepackt, hochgerissen und wie ein Unfallverletzter rückwärts weggezogen. Seine Füße schleiften kraftlos über den Boden des Decks. Tanas' Hände packten ihn an Kragen und Hosenbund, und im nächsten Moment spürte er, wie er hochgehoben wurde und fiel. Die Kälte durchzuckte seinen Körper wie ein Blitz aus Eis und nahm ihn sogleich in einen Klammergriff, der das Leben aus ihm herauspressen wollte. Er war ins Wasser geworfen worden.

34

Jensen hatte Possebiehl aufgetragen, bei allen Vermietern, die zurzeit Gäste hatten, anzufragen, ob einer der Urlauber den besagten Mercedes fuhr. Das Phantombild, das einer Schwarz-Weiß-Fotografie glich, hing jetzt als Ausdruck im Büro, und alle Kollegen waren mit einem Exemplar ausgestattet worden.

Gleich nach seinem Telefonat mit Nils hatte Jensen bei Jussi angerufen, der in der Bar des Hotel Petersen saß und sich zum Informationsaustausch mit ihm an der Bushaltestelle treffen wollte.

Es war gerade dunkel geworden, als Jensen dort ankam. Er hatte vor dem Wohnheim des Hotelpersonals geparkt und war auf die andere Straßenseite gegangen, von wo er einen Blick in die beleuchteten Fenster der umliegenden Häuser werfen konnte.

Dort saßen Familien, Paare und Freunde bei Kerzenschein und Tee beisammen und genossen ihren Urlaub auf der im Herbst recht stillen Insel. Eine einladende Wärme ging von den Lichtern aus, und man konnte sich nicht vorstellen, dass auf dieser Insel, inmitten dieser heimeligen Stimmung, derart grausame Dinge vor sich gegangen waren. *Und wenn er nun dort hinter den Fenstern lauert?*, dachte Jensen, und eine unangenehme Angst überkam ihn und ließ ihn erschaudern.

Eine Atemwolke bildete sich vor seinem Mund und löste sich träge in der kalten Luft auf.

»Chef?«

Jensen fuhr zusammen und unterdrückte einen Aufschrei. Jussi stand direkt hinter ihm.

»Oh, 'tschuldigung. Ich wollte Sie nicht —«

»Haben Sie aber, Herrgott noch mal. Was schleichen Sie sich denn so an?«, zischte Jensen.

»Sorry«, wiederholte Jussi und blickte prüfend nach links und rechts.

»Haben Sie was rausfinden können?«

»Ich war vorhin unter anderem in den ›Öner Bänken‹, das ist 'ne kleine Bar in der Fußgängerzone. Da waren vier Männer und eine

Frau von der Presse. Von denen würde ich Ihnen aber abraten. Die haben sich ganz offen unterhalten und glauben, wir haben einen Tatverdächtigen, der wahrscheinlich ein Einheimischer ist. Ein Serienkiller.«

Jensen verdrehte die Augen. »Oh, bitte nicht.«

»Für welche Zeitungen sie schreiben, weiß ich nicht. Danach war ich hier in der Hotelbar und habe vom Barkeeper erfahren, dass ein Reporter von der Bildzeitung und eine Reporterin vom Stern dort wohnen. Der Typ von der Bildzeitung kam zufällig rein, als ich noch da war, und setzte sich an einen Tisch. Ich hab versucht, 'n Gespräch anzufangen, aber der Kerl hat mich eiskalt abblitzen lassen. In der Pizzeria sollen auch manchmal welche sein.« Jussi deutete auf ein kleines Restaurant schräg gegenüber. »Da geh ich gleich essen.«

»Gute Arbeit. Machen Sie weiter. Finden Sie jemanden, den Sie für vertrauenswürdig halten.«

»Von der Presse?«, fragte Jussi laut und lachte sarkastisch.

»Schschsch!«, zischte Jensen. »Suchen Sie einen, mit dem Sie gut können. Und verhalten Sie sich unauffällig. Können Sie das?«, fragte Jensen.

»Und ob. Ich bin der geborene Undercoveragent.«

»Schön, dann machen Sie mal. Und Jussi?«

»Was ist?«

»Haben Sie das Phantombild bekommen?«

»Ja, gesehen und abgespeichert.«

»Nehmen Sie sich vor dem Kerl in Acht, wenn er Ihnen über den Weg laufen sollte. Und rufen Sie mich sofort an. Keine Alleingänge, verstanden?«

»Nein, keine Angst.« Jussi winkte und trabte rüber zur Pizzeria »Rialto«.

Jensen blickte auf die Uhr. Die Fähre musste inzwischen eingetroffen sein. Er rief Minthal an, der allerdings noch nichts von Nils und Sandra gehört oder gesehen hatte.

»Aber ich hab einen Brand. In Enge. Das liegt südlich vom Erlenbruch. Ein Einfamilienhaus, wie Sie sagten. Einsam und abseits der Straße. Ist laut Polizei zwei Tage vor Dammers Ermordung bis auf die Grundmauern abgebrannt. Nachbarn hatten eine Explosion gemeldet. Das Haus ist auf einen Jürgen Schuster im Grundbuch eingetragen. Ich habe mit ihm telefoniert.«

Was?«, rief Jensen.

»Ja, er wusste gar nicht, dass er ein Haus in Enge besitzt. Er ist Musikschullehrer in Eckernförde.«

»Fährt er einen weißen Mercedes?«, fragte Jensen.

»Nein. Einen Toyota Corolla. Hab ich nachgeprüft, ist korrekt.«

»Gute Arbeit, Minthal. Haben die Kollegen in Enge irgendwas Auffälliges gefunden? Brandbeschleuniger oder andere Hinweise?«

»Einen Raum.«

»Einen Raum?«

»Ja, einen Kellerraum. Das Besondere an diesem Raum war, dass er noch unter dem eigentlichen Keller lag. Aber auch dort ist alles von den Flammen zerstört worden.«

»Verstehe. Haben die Nachbarn etwas über den Hausbewohner ausgesagt?«

»Nur dass sie ihn ein- bis zweimal gesehen haben. Im Jahr.«

»In Ordnung. Ich bin gleich wieder im Büro.«

Jensen legte auf. Eilig stieg er in sein Auto. Er fror.

Wenn dieser Tanas alle Zelte abgebrochen und das Haus angesteckt hatte, verhielt es sich wohl tatsächlich so, wie Nadja es vorausgesagt hatte. Der Kerl hatte nichts mehr zu verlieren und musste sie so schnell wie möglich zum Schweigen bringen.

Das Gefühl, dass sich Nadjas Leben in einem Countdown befand, beschlich ihn. Dieser Wahnsinnige zählte die Minuten herunter, und wenn er bei null angekommen war, würde es losgehen.

Jensen gab Gas. Er wollte gewappnet sein für diesen Moment.

★★★

»Wo bleibt der Kerl?«, fragte Tamme und schaute hinaus. Der Hafen von Wittdün leuchtete ihnen in der Dunkelheit entgegen. »Kommt, wir gehen schon mal runter«, sagte er, und Sandra und Vera erhoben sich.

Die beiden Frauen gingen direkt nach unten, während Tamme noch kurz auf dem Außendeck nachsehen wollte, ob Nils dort war, um dann über die Treppe auf der anderen Seite nach unten zu gelangen.

Sandra machte sich Sorgen. Und der innere Druck, den sie verspürte, seit sie erfahren hatte, dass ihre Schwester existierte und sich auf der Insel befand, stieg immer mehr. Sie hatte furchtbare Angst, sie zu sehen. Doch so, wie sie sich jetzt fühlte – als könnte sie jeden Moment einen Herzinfarkt erleiden –, würde sie nicht mehr lange durchhalten. Irgendwann musste sie ihrer Schwester gegenübertreten, das wusste sie. Und wenn sie ehrlich mit sich war, gab es einen Teil in ihr, der sich sogar danach sehnte.

Sie führte ihre Mutter durch die schwere Stahltür und über die hohe Stufe hinaus auf das grün gestrichene Deck. Nils war nirgends zu sehen. Die Landungsbrücke tauchte vor ihnen auf, und schon hob sich langsam und mit hydraulischem Geräusch das riesige Maul der Fähre.

Tamme tauchte auf der anderen Seite des Decks auf und winkte ihnen zu. Offenbar hatte er bei seiner Suche nach Nils keinen Erfolg gehabt. Er verschwand wieder aus ihrem Sichtfeld.

»Komm, Mama, wir gehen mal hier durch«, sagte Sandra und begann, hinter der letzten Autoreihe in jedem Zwischenraum zu suchen. In der äußersten Reihe stand ein großer, alter Mercedes, dessen hintere Tür offen stand. Sandra nahm ihre Mutter bei der Hand.

»Entschuldigen Sie bitte?«, fragte eine Männerstimme hinter ihnen. Als sie sich umdrehten, standen sie einem Mann gegenüber, dessen Gesicht von dem Schatten seiner Schirmmütze verdunkelt wurde. »Suchen Sie einen Mann, einen Polizisten?«

»Ja«, antwortete Sandra und ahnte nichts Gutes.

»Es ging ihm nicht gut. Er sitzt dort vorn in meinem Wagen.«

Sandra drehte sich zu dem Mercedes um und ging auf die offene Tür zu. Sie spürte einen Widerstand, weil ihre Mutter ihr nicht folgen wollte.

»Sandra, das … das ist …«, stammelte Vera.

Sandra hörte ein Klatschen, und ihre Mutter ließ ihre Hand los. Erschrocken fuhr sie herum.

Vera war zu Boden gesunken. Der Mann stand über ihr, machte einen Schritt über sie hinweg auf Sandra zu und holte zum Schlag aus. Es wurde schwarz um sie.

Tamme suchte nun verzweifelt nicht mehr nur nach Nils, sondern auch nach Sandra und ihrer Mutter, die auf einmal ebenfalls beide wie vom Erdboden verschluckt waren. Die meisten Autofahrer waren bereits in ihre Fahrzeuge eingestiegen, und einige hatten sogar schon die Motoren gestartet. Scheinwerferlicht flammte auf und blendete ihn.

»Sandra!«, rief er und schirmte seine Augen mit einer Hand ab. »Verdammt noch mal.«

Er ging zur Seite und lief bis nach hinten durch, wo sein Auto stand. Es war das letzte, sodass er sich keine Sorgen machen musste, das Deck zu früh verlassen zu müssen.

»Sandra?«, rief er erneut. Aber nichts rührte sich. Nur die Menschen in den Autos sahen ihn durch die Scheiben hindurch unverwandt an. »Das gibt's doch nicht.«

Er zückte sein Handy und wählte Sandras Nummer. Es war noch immer ausgeschaltet. Er wählte Nils' Nummer, doch der ging nicht ran. Die ersten Autos fuhren jetzt von der Fähre, und dann vernahm er ein lautes Hupen. In der Mittelreihe war ein Auto stehen geblieben. Der Fahrer war nicht im Wagen.

Tamme lief von hinten auf das Auto zu, während sich von vorn ein Schiffsarbeiter näherte. Sie blickten beide in das Innere des Wagens. Er war leer.

»Ich kenne den Fahrer«, sagte Tamme. »Er ist verschwunden, ich kann ihn nirgends finden.«

Der Einweiser sah ihn besorgt an und reagierte schnell, indem er zunächst die Schlange an dem Auto vorbeileitete.

»Wo haben Sie Ihren Freund das letzte Mal gesehen?«, fragte er dann. Er war ein hagerer Mann mit kurzen Haaren und eingefallenen Wangen.

»Oben im Restaurant. Er wollte draußen telefonieren und kam nicht mehr zurück.«

»Wie lange ist das her?«

»Zwanzig Minuten?«, antwortete Tamme.

Der Mann zog sein Funkgerät aus der Brusttasche seines Overalls.

»Klüver an Brücke, Klüver an Brücke, bitte kommen.«

»Was ist los da unten?«, hörte man die Stimme des Kapitäns blechern fragen.

»Wir haben vielleicht eine 77«, sagte Klüver.

Tamme wusste, was diese Codierung bedeutete. Sie stand für »Mann über Bord«.

***

Er konnte nicht sagen, was schlimmer war. Die Kälte oder der Schmerz. Das Wasser hatte ihn fest in seinem eisigen Griff, und der Schmerz pulsierte glühend in seinem Gesicht und seinem Kopf. Hinzu kamen ein Gefühl von Taubheit und die schreckliche Gewissheit, dass die Kälte seine Muskeln nach und nach lähmte. Nils strampelte und versuchte verzweifelt, seinen Mund über Wasser zu halten. Der Strick, der seine Hände zusammenhielt, war zu fest gebunden. Er würde ihn nicht lösen können. Er musste so schwimmen, mit gefesselten Armen. Doch seine Kleidung hatte sich so mit Wasser vollgesogen, dass sie bleischwer an seinem Körper hing. Sie drohte ihn unter Wasser zu ziehen.

Er fühlte sich zurückgeworfen in die Zeit. Wieder schwamm er im eiskalten Wasser um sein Überleben. Es war dunkel, wie damals. Nur gab es dieses Mal keinen Sturm, keine schwere See. Nur diesen Strick um seine Handgelenke. Hier draußen würde es auch keinen Karl geben, der ihm einen Rettungsring zuwarf. Der mächtige Leib der Fähre, die von hier unten riesig und ausgesprochen bedrohlich wirkte, hatte sich inzwischen entfernt. Er war ganz allein hier draußen. Niemand hatte sein Verschwinden bemerkt.

Der Schaumteppich, den das Schiff hinter sich herzog, löste sich leise zischend auf. Im Licht der Fähre erkannte Nils die Fahrrinne und dünn wie Zahnstocher die Pricken, die sie markierten. Wenn er es schaffte, bis zu einer der Pricken zu schwimmen, könnte er sich daran festhalten. Sie waren dünn genug, dass er sie mit den Händen umfassen konnte.

Er schwamm mit schaufelartigen Bewegungen seiner Beine und seines ganzen Körpers auf den Birkenstamm zu. Sein Atem kam stoßweise in immer kürzer werdenden Abständen, und über ihm bildete sich eine silbern schimmernde Atemwolke. Wenn er den Mund zu weit öffnete, vernahm er ein Knirschen in seiner Nase, und der Schmerz zog tiefer und heißer in seinen Schädel. Während er schwamm, wurden seine Oberschenkelmuskeln steif und steifer und seine Bewegungen immer minimaler. Er machte eine Pause, um zu sehen, ob er noch in die richtige Richtung schwamm, und musste feststellen, dass er etwas nach links abgetrieben war. Er korrigierte sich und steuerte weiter auf die Pricke zu, die jetzt noch etwa zehn Meter entfernt war. Sein Herz hämmerte so schnell wie das eines kleinen Tieres, und er stöhnte und ächzte mit jedem Atemzug. Der Schmerz wuchs mit jedem Beinschlag, ebenso wie die Taubheit in seinen Gliedern. Als er vielleicht einen Meter von dem rettenden Baumstamm entfernt war, zuckte sein Körper nur noch, und das schwarze Wasser zog an ihm, als wolle es ihn verschlucken und nie mehr preisgeben. Kaum mehr bei Bewusstsein, stieß er zuerst mit der Schulter gegen die Pricke. Er ließ die Beine sinken und tastete mit den Händen nach dem Stamm. Auch seine Finger waren kaum noch beweglich, und er spürte die Berührung mit dem nassen Holz so schwach wie ein dünnes Stofftuch.

Er schloss, so gut es ging, die Hände um den schmalen Stamm, verkantete unter Wasser auch seine Füße an der Pricke und rang nach Atem. Das Wasser stand ihm bis unters Kinn. Er versuchte, einen klaren Gedanken zu fassen, um sich von der Kälte abzulenken, die ihn in einen eisernen Panzer schloss. Leise fiel ein Tropfen von seiner Nasenspitze ins Wasser. Dass er rot war, konnte er nicht sehen.

Es ging kein Wind. Stille lag auf dem schwarzen Meer. *Plipp, plipp, plipp*, hörte er die Tropfen fallen. Es war das Letzte, was er wahrnahm, bevor er seine Augen schloss und das Bewusstsein ihn verließ wie der Sand in einer Uhr, der von einer Kammer in die andere floss.

★★★

Jensen wartete ungeduldig. Er hatte einige Male versucht, Nils zu erreichen, doch vergebens. Jetzt klingelte das Telefon auf dessen Schreibtisch, und Jensen nahm ab.

»Hallo, Herr Jensen? Hier ist Tamme, von der Polizei Föhr. Ich war mit Nils Petersen und Sandra Keller auf einer Fähre, und jetzt sind sie einfach verschwunden. Wir befürchten, dass Nils vielleicht über Bord gegangen ist, sein Wagen blieb allein an Deck zurück. Die beiden Frauen habe ich kurz vor dem Anlegen noch gesehen, doch sie sind ebenfalls nicht mehr auffindbar.«

»Über Bord? Das kann ich nicht glauben. Hören Sie zu. Ich habe im Hafen einen Beamten, der die ankommenden Wagen kontrolliert. Sprechen Sie ihn an und durchsuchen Sie das gesamte Schiff. Ich schicke Verstärkung«, sagte Jensen energisch in den Hörer.

»Ich bin bereits auf dem Weg zum Seenotkreuzer. Aber ich sehe den Beamten und informiere ihn«, rief Tamme, und man hörte ein Rauschen im Hintergrund.

»In Ordnung, ich komme auch zum Hafen.« Jensen legte auf und nahm seine Jacke vom Stuhl.

»Was ist?«, fragte Minthal.

»Die drei sind während der Überfahrt verschwunden. Ich fahre hin. Organisieren Sie ein paar Männer und schicken Sie sie zum Hafen.« Damit stürmte er aus dem Büro.

Das Schiff lag hell erleuchtet an der Anlegestelle. Bis auf Nils' blauen Passat, der einsam auf der Ladefläche stand, war das Fahrzeugdeck leer. Rufe und die kratzenden Geräusche von Funkgeräten hallten herüber. Alle verfügbaren Männer waren auf der Suche. Schaulustige hatten sich, warm eingepackt, auf dem Parkplatz versammelt und blickten dem nervösen Treiben zu. Jensen hupte sich seinen Weg durch die Menschentraube und fuhr bis direkt an die Landungsbrücke, wo er ausstieg und an Bord eilte. Der Kapitän kam gerade von der Brücke, und Jensen hielt ihm seinen Dienstausweis entgegen.

»Jensen, Kripo Niebüll. Haben Sie schon was?«

Kapitän Friedrich Reimers, dem die Besorgnis und der Schreck ins sein stoppelbärtiges Gesicht geschrieben standen, schüttelte den Kopf.

»Tut mir leid, wir sind mit der ganzen Mannschaft am Suchen. Ich hab mir gerade die Videoaufzeichnungen angesehen, aber darauf ist nichts Auffälliges zu sehen.«

»Der Föhrer Polizist sagte mir, dass die Frauen beim Anlegen noch an Bord waren. Dann können sie nicht weit sein. Es sei denn ...«

»Was?«, fragte der Kapitän.

Jensen war während der Fahrt hierher auf den Gedanken gekommen, dass der Entführer zum zweiten Mal zugeschlagen haben könnte. *Er hat Frau Keller und ihre Tochter ein weiteres Mal in seine Gewalt gebracht. Das würde auch Petersens Verschwinden erklären. Er muss ihn vorher aus dem Weg geräumt haben. Auf welche Weise auch immer.*

»Nichts«, sagte Jensen. »Ist die Küstenwache schon unterwegs, um das Hafenbecken abzusuchen?«

»Da kommen sie«, sagte Reimers und deutete auf den Kreuzer und ein kleineres Rettungsboot, die aus dem Tonnenhafen herüberglitten.

»Gut. Wo ist mein Kollege?«

»Achtern, steuerbord«, sagte Reimers und zeigte zum Ende des Schiffes.

Jensen erkannte den Beamten, der sich über etwas gebückt hatte, und näherte sich ihm im Laufschritt. Kaiser hieß der junge Mann, der erst vor einem halben Jahr zu seiner Truppe gestoßen war.

»Kaiser«, rief Jensen noch im Laufen, »haben Sie den Mercedes gesehen?«

Kaiser richtete sich auf.

»Nein, ich wurde von diesem Föhrer Polizisten angesprochen und habe mich gleich auf die Suche gemacht.«

Jensen schlug sich ärgerlich auf die Oberschenkel. »Wenn er auf der Fähre war, könnten sie in seinem Wagen sein«, rief er.

»Tut mir leid. Es war alles so hektisch. Er sagte mir, Sie hätten autorisiert, dass ich mich an der Suche beteilige«, meinte Kaiser.

»Ja, natürlich.« Jensen sah sich aufgeregt um. Er musste nachdenken, schnell. Was genau konnte hier passiert sein?

Der Kreuzer der Küstenwache schob sich langsam an der Fähre vorbei, die Suchstrahler kreisten über die Wasseroberfläche.

»Chef, ich habe hier was entdeckt«, sagte Kaiser und berührte Jensen am Arm. »Sehen Sie mal.«

Sie bückten sich. Eine dunkle Pfütze lag auf dem Boden und war in dem hellen Kunstlicht nur schlecht zu erkennen. Kaiser tauchte einen Finger hinein.

»Das ist Blut.« Er verrieb die rote Flüssigkeit zwischen Daumen und Zeigefinger.

»Scheiße«, fluchte Jensen. Er zog sein Handy aus der Tasche und wählte eine Nummer.

»Minthal? Haben Sie die Männer?«

»Ja, alle verfügbaren Kräfte hier. Acht Mann.«

»Sie sollen *nicht* zum Hafen kommen. Hier sind genug Leute. Ich will, dass zwei Beamte durch den Ort fahren und nach dem Mercedes Ausschau halten, verstanden?«

»Ist gut«, antwortete Minthal.

»Den Rest schicken Sie als Verstärkung ins Schullandheim. Ich denke, er ist schon auf der Insel.« Jensen fügte nach einer Pause hinzu: »Und Frau Keller und ihre Mutter sind in seiner Hand.«

Darauf antwortete Minthal nichts.

»Haben Sie verstanden?«

»Ja, Chef.«

»Die sollen sich in Acht nehmen vor dem Kerl. Jeder, der es noch nicht hat, bekommt dieses Phantombild in die Hand gedrückt, klar?«

»Wird gemacht. Was sollen Jussi und ich tun?«

»Lassen Sie Jussi, wo er ist. Sie bleiben im Büro und koordinieren alles. Er soll sich alle halbe Stunde bei Ihnen melden. Und informieren Sie Kinsing. Bis später.« Jensen legte auf und packte Kaiser am Arm. »Kommen Sie.«

Sie liefen durch den Bauch der Fähre und stoppten an Nils' Wagen. Jensen legte seine Hände an die Scheiben und lugte hinein.

»Er ist abgeschlossen«, sagte Kaiser.

»Okay, weiter.«

In schnellem Schritt verließen sie die Fähre und stellten sich auf die Plattform, vor der das kleinere Schiff der Küstenwache patrouillierte. Das Licht aus den Suchscheinwerfern drang gebrochen bis unter die Wasseroberfläche vor.

»Es ist auffahrendes Wasser. Die Flut kommt«, sagte Kaiser, während sie mit höchster Aufmerksamkeit den Wasserspiegel absuchten.

»Er ist vor über einer halben Stunde von Bord verschwunden. Wenn er tatsächlich im Wasser ist, wie lange kann er es da aushalten?«, fragte Jensen bedrückt. Kaiser antwortete nicht.

Jensen spähte in die Ferne, Richtung Südost. Er konnte den Seenotkreuzer erkennen, der die Fahrrinne absuchte, und die Lichtkegel, die dort draußen scheinbar verloren über die See glitten. Er versuchte, Tamme telefonisch zu erreichen.

»Ja?«, meldete sich Tamme, untermalt von einem dumpfen Brummen.

»Wie sieht's aus bei Ihnen?«

»Noch nichts. Und bei Ihnen?«

»Nein. Geben Sie nicht auf, hören Sie?«

Im Hintergrund hörte Jensen ein Rufen. Eine tiefe Männerstimme. Es raschelte laut in der Leitung.

»Was ist?«, rief er in den Hörer.

»Moment mal«, antwortete Tamme. Er rief dem anderen etwas zu, und seine Stimme entfernte sich dabei.

Jensen sah, wie sich die Strahler auf See auf einen Punkt im Wasser richteten und ihn fixierten. Durchs Telefon hörte er Stimmengewirr. Ein Schlagen und Rumpeln. Dann wieder einen Ruf.

Tamme kam an den Hörer zurück. Er war ganz außer Atem.

»Wir haben ihn«, rief er. Dann wurde die Leitung unterbrochen.

»Volltreffer«, sagte Jensen hastig zu Kaiser und alarmierte den Notarzt.

»Lebt er noch?«, wollte Kaiser wissen.

»Ich weiß es nicht«, antwortete Jensen und blickte hinaus auf das dunkle Wasser.

35

Seine beiden Frauen lagen geknebelt und gefesselt auf dem Rücksitz. Sofia war noch immer ohnmächtig und blutete aus einer Platzwunde in der Augenbraue. Kristin lag wie paralysiert da. Er konnte sie im Rückspiegel sehen. Eine herrliche Panik stand in ihren Augen.

»Dass wir uns nach so langer Zeit wiedersehen. Wundervoll, was? Du glaubst nicht, wie viele Nächte ich wach gelegen und an dich gedacht habe. Ich hatte wohl deine Mutterinstinkte unterschätzt. Wie ist es dir ergangen all die Jahre? Hast du auch an mich denken müssen?« Er musterte sie amüsiert im Rückspiegel. »Ich denke, ja. Du hast. So lange und intensiv, dass du es bis in die Klapsmühle geschafft hast.« Er lachte heiser und hustete. »Und jetzt ist unsere kleine Familie wieder vereint. Ich kann mein Glück kaum fassen. Das ist ein Zeichen. Wir gehören zusammen. Ihr gehört zu mir, und jetzt fehlt nur noch eine …« Er bog auf den Parkplatz vor seiner Ferienwohnung und stellte den Motor aus.

»Was machen wir als Nächstes?«, fragte er und drehte sich zu Kristin um. Sanft strich er ihr eine Haarsträhne aus dem Gesicht und hielt ihr dann seine Hand unter die Nase wie bei einem Hund.

»Na, kennst du meinen Geruch noch? Erinnerst du dich? Bald wird alles so sein wie früher. Glaub mir. Wir werden ein großes Wiedersehensfest feiern. Leider ist Nadja ziemlich böse gewesen, und der Polizist wird euch nicht nur zum Spaß hierhergeholt haben, richtig? Sie haben deine Tochter erwischt. *Unsere* Tochter.« Er grinste hämisch. »Obwohl sie deinen Platz in den letzten Jahren ganz gut ausgefüllt hat. Tja, wo kann die Gute nur stecken? Wo haben die Bullen sie wohl versteckt? Hast du eine Ahnung?« Er strich ihr über die Nase und den Mund. »Du würdest es nicht sagen, nicht wahr? Selbst wenn du es wüsstest. Ein zweites Mal würdest du sie nicht im Stich lassen, was?«

Er starrte ihr mit seinen toten Augen ins Gesicht, wandte sich ab und stieg aus.

»Ihr bleibt erst mal hier, bis ich Nadja gefunden habe. Sie wird sich sehr freuen, euch zu sehen. Ja, das wette ich.« Er schlug die Tür zu.

Vera richtete sich auf und sah, wie er den Kofferraum öffnete. Es krachte, als er den Kofferraumdeckel wieder zuschlug. Irgendetwas hielt er in den Händen, sie konnte es nicht erkennen in der Dunkelheit, und dann warf er plötzlich eine Plane über das Auto. Erst verdunkelte sich die Heckscheibe und schließlich auch die Windschutzscheibe. Nun konnten sie nicht mehr hinaussehen. Und sie konnten auch nicht gesehen werden.

Vera robbte zu ihrer Tochter hinüber. Tanas hatte sie beide an Händen und Füßen gefesselt, aber Sandra hatte er zusätzlich mit einem Strick die Füße nach hinten gezogen und das andere Ende um ihren Hals gebunden. Wenn sie ihre Beine streckte, würde sie sich selbst strangulieren. Vera wollte Sandra gerade anstoßen, als sie draußen Stimmen vernahm. Anscheinend unterhielt sich Tanas mit jemandem. Noch während sie lauschte, begannen sich Sandras Augen unter den Lidern zu bewegen, und sie kam langsam wieder zu Bewusstsein.

Es brauchte einige Sekunden, bis Sandra registriert hatte, in welcher Situation sie sich befand. Aber sie erkannte einiges wieder. Den Geruch der Ledersitze in seinem Auto. Sie bewegte sich, und schon zog sich die Schlinge um ihren Hals zu, und sie musste würgen.

»Mmmh«, hörte sie die erstickte Stimme ihrer Mutter brummen. Sie atmete hektisch durch die Nase.

»Mmhmh«, antwortete sie ihr, so gut es mit dem Ball im Mund und dem Klebeband über den Lippen eben ging. Auch das kannte sie. Dieses Gefühl, diesen gummiartigen Geruch von Klebeband unter ihrer Nase. Ja, sie kannte das. Es war ihr vertraut. Unheimlich vertraut. Und mit einem Mal kamen die Bilder zurück, Bilder aus längst vergangenen Zeiten, aus vergessenen, tief vergrabenen Welten. Wie ein Diafilm flackerten sie vor ihren Augen. Sie mit ihrer Mutter und Nadja beim Einkaufen. Ihre Mutter schob den Wagen, und sie beide saßen drinnen, in ihren roten Kleidchen, die sie so liebten, und horteten die Sachen, die ihre Mutter aus den Regalen nahm, auf ihren Beinen. Sie sah das Gesicht ihrer vierjährigen Schwester und fühlte die tief verwurzelte innere Verbindung zu ihr. Wenn sie lächelte, hatte sie die Gewissheit, dass sie das absolut gleiche Lächeln besaß. Sie beide waren eins. So selbstverständlich wie ein Spiegelbild.

Der Besitzer des kleinen Supermarktes lächelte ihnen zu, wie er es immer tat, und schenkte ihnen je ein Bonbon. Campinos. Sandra konnte sie schmecken und die Form auf ihrer Zunge spüren. Die Mulde in der Mitte und die runde Erhebung darin. Ihre Mutter bezahlte, steckte ihr Portemonnaie zurück in die alte Ledertasche mit den beiden Messingschnallen, die aussahen wie Augen, und fuhr mit ihren beiden Töchtern hinaus.

Die Sonne schien. Es war ein wunderbarer Sommertag. Sie verstauten zu dritt die Lebensmittel in den Tüten. Und da stand er, am geöffneten Kofferraum seines riesigen Wagens. Der weiße Lack glänzte in der Sonne, und er lächelte übers ganze Gesicht. Sandra erinnerte sich, dass er ihre Mutter etwas gefragt und Vera dann von dem Bus erzählt hatte, mit dem sie immer fuhren.

Er bot an, sie zu fahren, nahm die vollen Tüten und stellte sie in den Kofferraum. Sie und Nadja waren hinten eingestiegen, ihre Mutter saß vorn. Das war in *diesem* Auto gewesen. Der Geruch war unverkennbar. Selbst nach all den Jahren. Dann war er losgefahren und hatte sie nicht nach Hause, sondern zu seinem Haus gebracht. Er hatte sie eingeladen, sich in dem zweistöckigen Gebäude umzusehen. Es lag wunderschön. Ein riesiges, verwunschenes Haus am Wald. Sie und Nadja waren begeistert gewesen. Und als sie mit ihrer Mutter über die Schwelle ins Haus gegangen waren, hatte sich die Tür hinter ihnen geschlossen. Scheinbar für immer.

Sandra war überwältigt von der Flut an Bildern, die sich wie ein Wasserfall in ihren Kopf ergoss. Das alles hatte sie vergessen. Es war in ihr gewesen, die ganze Zeit, aber nicht mehr an die Oberfläche ihres Bewusstseins gedrungen. Bis heute. Hier und jetzt wiederholte sich alles. Sie waren wieder am Anfang.

Sandra weinte wie ein kleines Kind. Die Tränen kullerten ihr über die Wangen und über das Gewebeband auf ihren Lippen. Sie weinte und weinte, bis sie einen lauten Knall hörte. Er war laut und trotzdem gedämpft. Dieses Geräusch machte ihr Angst, denn sie glaubte, dass es vielleicht ein Schuss gewesen war.

★★★

»Toller Wagen«, hatte jemand hinter ihm gesagt, als er gerade die Plane über den mächtigen Kühlergrill gezogen hatte, und er war erschrocken herumgefahren. Ihm gegenüber stand ein Mann auf der Straße. Im Licht der Leuchtreklame der kleinen Pizzeria, aus der er wohl gerade herausgetreten war, konnte er seine langen Haare und grüne Hose sowie eine orangefarbene Jacke erkennen.

»Ja, danke«, erwiderte er und richtete sich zu seiner vollen Größe auf.

»Hab ich Sie erschreckt? Tut mir leid. Was ist das für ein Baujahr?«, fragte der Mann und kam näher.

Er sah den Fremden misstrauisch an, reichte ihm dann aber die Hand. Hatte er ihn schon mal gesehen?

»'85. Interessieren Sie sich für Oldtimer?«, fragte er zurück.

»Ja, ich träume seit Jahren von einem T1 mit Surfbord-Halterung. Kennen Sie den?«

Er nickte und sah sich den Mann eingehender an.

»Ja. Sie surfen? Vielleicht sollten Sie es besser in Kalifornien versuchen, da soll es noch einige T1 geben. Sogar mit Blümchenmuster.«

Jussi lachte.

»Sind Sie hier im Urlaub?«, fragte er scheinbar gelassen.

»Nein, ich bin wegen des Mordfalls hier«, sagte Tanas. »Ich bin von der Presse.«

»Ach ja? Welche Zeitung?«

Er überlegte schnell. Es musste etwas Unbekanntes sein, alles andere war zu verfänglich.

»Der Flensburger Abendkurier.«

»Kenne ich nicht«, entgegnete Jussi.

»Ist auch nur ein kleines Regionalblatt. Und Sie?«

»Ich mache Urlaub. Kitesurfen. Für Kalifornien hat's nicht gereicht.« Wieder lachte er.

Tanas fiel mit ein und wischte sich die Nase. *Kitesurfen, was? Dass ich nicht lache.*

»Wollen Sie ihn sich mal ansehen?«

»Darf ich?«, fragte Jussi mit großen Augen.

»Klar. Zu verkaufen ist er aber nicht«, scherzte er und löste die Plane an der vorderen Stoßstange wieder. In dem Moment vernahm er ein Klicken. Es war ihm wohlbekannt, und er hatte darauf gewartet. Langsam hob er die Hände und drehte sich um. »Die Karre ist zu auffällig, was?«, fragte er.

»Pech, dass ich gerade vorbeigekommen bin«, entgegnete Jussi. Er stand breitbeinig da und hielt seine Pistole auf ihn gerichtet.

»Was wollen Sie jetzt tun?«, fragte Tanas unbeeindruckt.

»Ich werde Sie verhaften.« Jussi zückte ein Paar Handschellen.

»Bravo, Herr Polizist. Sie sind noch sehr jung. Eine solche Verhaftung wird Ihnen viel Ruhm einbringen.«

»Drehen Sie sich um. Hände auf den Rücken, und lehnen Sie sich gegen das Auto«, sagte Jussi scharf.

»Wollen Sie denn gar nicht wissen, wo die beiden Frauen sind? Und dieser dämliche Bulle?«

Jussi überlegte, während Tanas, statt sich umzudrehen, die Hände vor seinem Bauch überkreuzte und sie ihm hinhielt.

»Wo haben Sie sie versteckt?«, wollte er wissen.

Er sah den Jungen eindringlich an.

»Im Wagen.«

Jussis Blick wanderte zu dem abgedeckten Mercedes. Jetzt hörte man ein dumpfes Murmeln aus dem Wagen dringen.

Tanas nutzte diesen Augenblick der Irritation. Er schlug in einer Scherenbewegung Jussis Waffe zur Seite und mit der Handkante der anderen Hand gegen Jussis Kehlkopf. Der gab ein heiseres Röcheln von sich und griff sich an den Hals. Er taumelte zurück, den Mund weit aufgerissen. Seine Augen quollen aus den Höhlen. Er ließ die Waffe fallen und fummelte wie wild an seinem Kragen und seinem Kehlkopf herum.

»Tja, das ist unangenehm, was? So ganz ohne Luft geht's dann doch nicht«, sagte Tanas kalt und schlenderte ganz ruhig auf ihn zu. Jussis Mund zog sich in die Breite, und das Röcheln kam immer gepresster aus seiner Kehle.

Tanas hob die Pistole auf, was Jussi schon gar nicht mehr bemerkte. Er war nur damit beschäftigt, nicht zu ersticken. Seine

Beine gaben nach, und er fiel auf die Knie, während Tanas begann, seine Jacke auszuziehen. Jussi kippte zur Seite und strampelte panisch mit den Beinen. Tanas legte die Jacke über die Waffe in seiner Hand, sodass sie für etwaige Spaziergänger nicht sichtbar war. Ein Telefon brummte in der nächtlichen Stille, und er erkannte ein leuchtendes Display in der Gesäßtasche von Jussis Hose. Er bückte sich, zog das Handy heraus und nahm das Gespräch entgegen.

»Ja?«, fragte er kurz.

»Jussi, hör zu«, begann Minthal. »Die Seewacht hat Nils gefunden. Die beiden Frauen sind aber immer noch vermisst, und Jensen glaubt, dass der Kerl sie hat. Halte also nach diesem Mercedes Ausschau. Ruf mich sofort an, wenn du ihn siehst, damit ich die Kollegen im Schullandheim warnen kann. Und keine Alleingänge, hörst du? Verstanden?«

Tanas grinste.

»Ja«, sagte er und legte auf.

Er beugte sich über Jussi, der langsam wieder Luft bekam.

»Du sollst nach meinem Mercedes Ausschau halten«, sagte er genüsslich und leckte sich über die Zähne. »Bevor ich das Schullandheim erreiche. Und keine Alleingänge, meinte dein Kollege.«

Er wickelte die Jacke zweimal um seine Hand, ging in die Knie und drückte die Pistole auf Jussis Brustkorb. »Pech für *dich*, dass du gerade jetzt vorbeigekommen bist.«

★★★

Tamme war nach backbord an die Reling gelaufen, wo der Scheinwerfer auf einer Pricke verharrte, an der unten ein rundes Etwas zu sehen war. Tamme meinte, einen Kopf erkennen zu können.

»Nils! Nils!«, rief er.

Es kam keine Antwort.

Plötzlich glitt der Kopf, oder was immer es auch war, ins Wasser. Tamme dachte nicht nach und sprang.

Von einer Sekunde auf die andere hörte er die Schreie der anderen nicht mehr. Er kämpfte gegen den Kälteschock und wusste, dass er schnell sein musste. Unter Wasser öffnete er die Augen.

Er konnte den weißen Lichtstrahl erkennen und in ihm einen dunklen schwebenden Körper. Tamme schwamm, so schnell er konnte, und war bei ihm, bevor er noch tiefer sinken konnte. Er griff in Nils' Jacke und zog seinen Freund an die Wasseroberfläche. Ein Taucher war inzwischen ebenfalls ins Wasser gesprungen und half Tamme. Das Schiff war jetzt direkt neben ihnen, und die anderen Männer an Bord schoben eine Leiter zu ihnen hinunter. Gemeinsam hievten sie Nils auf die Leiter, wo die anderen Männer ihn ihnen abnehmen konnten.

Erschrocken sah Tamme in Nils' Gesicht. Die Nase hatte eine schiefe Kerbe auf dem Rücken. Halb geronnenes Blut hing in Fäden aus seiner Nase. Seine Haut war weiß und wächsern, sein Blick völlig abwesend. Der Taucher zog ein Messer und durchschnitt den Strick, mit dem seine Hände gefesselt waren.

Während Tamme sich, so schnell es ihm mit seinen klammen Fingern möglich war, seiner nassen Kleidung entledigte, kam der Arzt und half dabei, Nils in den Behandlungsraum zu bringen, wo man ihn ebenfalls sofort aus den nassen Klamotten schnitt und in Wärmedecken packte.

»Nils, wach bleiben. Hörst du? Schön wach bleiben.«

Nils' Augen rollten immer wieder unkontrolliert nach oben. Er gurgelte durch seine geschwollene Nase und zitterte dermaßen stark, dass die ganze Liege in Bewegung geriet und in den Gelenken quietschte.

»Nils, was ist passiert?«, rief Tamme, der mit übergeworfener Decke hinzugekommen war. »Los, versuch's mir zu erzählen.«

Nils' Augen drehten sich nach vorn und blickten milchig zu Tamme. Er öffnete den Mund, und ein gutturaler Laut drang aus seiner Kehle.

»Sandra und ihre Mutter sind verschwunden. *Er* hat sie, oder?«, fragte Tamme.

Nils hob den Kopf, und Tamme sah ihn entsetzt an. Sein Gesicht war zu einer Grimasse verzerrt.

»Verdammt, geben Sie ihm Schmerzmittel«, flüsterte er dem Arzt zu.

»Bei der niedrigen Körpertemperatur finde ich keine Vene mehr«, sagte der und befingerte Nils' Armbeuge. Er versuchte es auf gut Glück und stocherte in der Haut herum. »Ich hab sie«, sagte er, als sich ein wenig Blut in die Kanüle ergoss.

»Nils, halt durch«, rief Tamme. »Gleich geht's besser.«

Der Arzt spritzte verschiedene Medikamente, nachdem er den Zugang gelegt hatte, und begann dann, Nils zu untersuchen. Bis auf die Nase konnte er keine weiteren Verletzungen feststellen.

»Ich werd sie richten müssen«, sagte er.

»Das Ding? Jetzt? Verdammt, Doc, der sieht aus wie 'n Hackbraten, was woll'n Sie daran richten?«

Der Arzt fingerte vorsichtig am Nasenrücken herum.

»Man darf nicht zu lange warten. Ich mache das, aber dann geht's sofort in die Klinik nach Föhr.«

Nils' Arm glitt unter der Decke hervor und berührte den Arzt am Arm.

»Nils, was ist?«, fragte der und beugte sich zu ihm hinunter. Dr. Steinmann und Nils kannten sich seit vielen Jahren. Er war es auch gewesen, der Nils behandelt hatte, nachdem dieser Hauke aus dem Wasser gefischt hatte.

Nils öffnete seine blauen Lippen und versuchte, ein Wort zu formen.

»Amrum«, sagte er kaum verständlich.

»Was?«

»Er will nach Amrum«, übersetzte Tamme.

»Das geht nicht«, meinte der Arzt. »Er muss ins Krankenhaus.«

»Amrum«, sagte Nils lauter.

36

Kinsing war bei Nadja geblieben und, mit dem Kopf an die Wand gelehnt, auf dem Stuhl eingeschlafen. Das Geräusch eines sich nähernden Autos weckte ihn auf. Erschrocken blickte er zu Nadja, die ebenfalls wieder erwacht oder gar nicht eingeschlafen war. *Wie unvorsichtig, in Gegenwart einer vierfachen Mörderin einzunicken,* dachte er. Sie horchten nach draußen. Kinsing zuckte zusammen, als sein Handy klingelte. Er nahm ab, während draußen der Motor abgestellt wurde.

»Kinsing?« Er ging zur Tür und klopfte, um rausgelassen zu werden.

»Minthal hier. Hören Sie, es hat sich Folgendes ergeben: Der Mann scheint tatsächlich auf der Insel zu sein, und Frau Keller und ihre Mutter sind aller Wahrscheinlichkeit nach in seiner Gewalt.«

»Was? Und Herr Petersen?«, fragte Kinsing besorgt. Ein Beamter öffnete ihm, und er ging hinaus, nachdem er Nadja noch einen Blick zugeworfen hatte.

»Der wurde wohl von der Fähre gestoßen. Aber ich habe gerade erfahren, dass sie ihn gerettet haben.«

»Hier kommt gerade ein Wagen an«, meinte Kinsing und winkte dem Beamten, der die Haustür bewachte. Der spähte durch die Gardine des danebenliegenden Fensters nach draußen.

»Ich habe Ihnen noch ein paar Männer geschickt. Das werden sie sein«, meinte Minthal.

»Es sind Kollegen«, bestätigte der Beamte an der Tür und öffnete. Die sechs Männer traten ein.

»Sie sind da«, informierte Kinsing Minthal, »was sollen wir jetzt tun?«

»Sie harren so lange aus, bis ich von Jensen weitere Instruktionen erhalte. Er ist noch am Hafen. Das Auto des Entführers wird bereits überall auf der Insel gesucht. Vielleicht erwischen wir ihn, bevor er noch mehr anrichten kann«, sagte Minthal. »Haben Sie eine Waffe?«, fragte er.

»Ich bin nur Psychologe, nein«, antwortete Kinsing.

»Ich will Sie ja nicht beunruhigen, aber vielleicht lassen Sie sich eine geben«, schlug Minthal vor.

»Wir werden sehen«, sagte Kinsing.

»Ich melde mich wieder bei Ihnen«, schloss Minthal das Gespräch und legte auf.

Kinsing begrüßte die Männer, die sich an verschiedenen Standpunkten im Gebäude postierten. Dann ließ er sich wieder in den Sportraum einschließen. Nadja saß erwartungsvoll, aber mit einer kalten Nüchternheit in ihren Augen auf dem Bett.

»Sie hatten recht. Er ist hier. Und er hat Ihre Mutter und Ihre Schwester in seiner Gewalt.«

Ein leichtes Flackern huschte über ihre Augen.

»Er kommt hierher. Mit Sicherheit. Stellen Sie sich darauf ein«, sagte sie.

»Verstärkung ist schon eingetroffen«, sagte Kinsing, um sie zu beruhigen, doch dann merkte er, dass sie das vielleicht nicht aus Angst gesagt, sondern als Warnung für ihn persönlich gemeint hatte. Ihr nächster Satz bestätigte das.

»Seien Sie auf alles gefasst. Er ist gnadenlos.«

Kinsing nickte und setzte sich wieder.

»Haben Sie eine Waffe?«, fragte sie ihn, und Kinsing musste lachen.

»Das hat mich gerade eben schon jemand gefragt.«

Nadja verzog keine Miene.

»Haben Sie eine oder nicht?«

Kinsing schüttelte den Kopf.

»Das ist nicht sehr schlau. Ich würde ja um eine bitten, doch so viel Verständnis werden mir Ihre Kollegen wohl nicht entgegenbringen, was? Nicht mal aus Mitleid.«

»Tut mir leid. Sie sind eine Mordverdächtige. Das hier ist zwar gewissermaßen eine Ausnahmesituation, aber wir würden uns schuldig machen«, erklärte Kinsing.

»Sie sind bald tot, wenn Sie nicht aufpassen. Oder mir eine Waffe geben«, entgegnete sie. Und auch wenn Kinsing in ihrer Miene danach forschte, sie hatte das nicht im Geringsten als Scherz gemeint.

»Das geht nicht. Sie müssen das verstehen.« Kinsing rückte

näher an den Tisch heran. »Erzählen Sie mir von ihm. Was wissen Sie über ihn?«

»Das bringt doch nichts«, entgegnete sie müde.

»Doch, ich kann mir so ein besseres Bild von ihm machen und ihn besser einschätzen.«

Nadja lächelte.

»Niemand kann ihn besser einschätzen als ich. Und ich sage Ihnen, Sie werden eine Waffe brauchen.«

★★★

Jussi lag versteckt hinter einer Hecke des Grundstücks. Sein Handy ruhte auf seinem Bauch und brummte, als Tanas den Mercedes vom Parkplatz auf die Straße lenkte. Auf Google Maps hatte er sich einen Überblick über den Gebäudekomplex des Schullandheims verschafft. Es lag vollkommen isoliert am Ende eines schmalen Weges direkt hinter den Dünen an der Nordspitze Amrums. Er hatte entschieden, dass es zu groß war und zu viele einzelne Gebäudeteile besaß, als dass er allein dort eindringen könnte, um sie zu suchen. Bei dem Aufstand, der gerade im Hafen gemacht wurde, und so, wie er Nadja einschätzte, rechnete man mit seiner Ankunft. Vielleicht nicht so früh, aber sie wussten, dass er kommen würde.

Er hatte neben dem Haupteingang noch zwei weitere Zugänge zu dem Landheim entdeckt. Einer führte über den Strand, ein anderer über einen kleinen Weg hinter dem Deich am Ende des Marschlandes. Ob sein Schiff von Mercedes es dort entlang schaffte, wusste er nicht, aber er war entschlossen, es zu versuchen.

Der Deich warf einen schützenden Schatten in dieser Vollmondnacht, und er schaltete das Licht aus, als er den Abhang kurz hinter Stefans Haus hinunterfuhr.

Das Auto fuhr im dritten Gang an den silbern schimmernden Feldern und den wie schwarze Felsen daliegenden Rindern und Pferden vorbei. Die linken Reifen rollten bereits über den schmalen Grünstreifen oberhalb des Entwässerungsgrabens, der den Weg von den Weiden trennte. Auf den letzten hundert Metern nahm Tanas den Gang raus und ließ das Auto ohne Motor weiterrollen.

Unterhalb der Kreuzung mit dem Oddwai stoppte er und legte seine Hände in den Schoß.

»Da sind wir.«

Sandra und Vera lagen noch immer auf dem Rücksitz. Ihre Augen leuchteten weiß in der Dunkelheit. Der Mond stand als große messingfarbene Scheibe am Himmel.

»Jetzt dauert es nicht mehr lange, und ihr seht sie wieder«, sagte Tanas zuversichtlich und starrte hinaus auf die Hecken, hinter denen sich sein Ziel verbarg.

Er nahm Jussis Waffe, die auf dem Beifahrersitz gelegen hatte, und steckte sie in seine linke Jackentasche. In der rechten befand sich Nils' Dienstpistole.

»Ich gehe dann jetzt«, sagte er und drehte sich zu ihnen um. »Bis später.«

Zwei ängstliche Augenpaare sahen ihn an, ohne auch nur einmal zu blinzeln.

Er öffnete die Wagentür und stieg aus. Draußen sah er sich um. Niemand war zu sehen. Vom Strand her hörte er einige Möwen schreien. Ansonsten war es vollkommen still. Zufrieden atmete er aus und ging ums Auto herum zum Kofferraum. Er würde zunächst über die Dünen gehen und sich einen ersten Eindruck verschaffen. Dort oben wäre er inmitten der Sandhügel und dem Dünengras so gut wie unsichtbar. Er ließ die Kofferraumklappe aufspringen und blickte hinein. Mit einem Gefühl der Vorfreude im Bauch ging er die Möglichkeiten durch, die ihm die Dinge boten, die er im Kofferraum deponiert hatte, spielte verschiedene Szenarien durch und entschied sich dann.

Jetzt konnte der Spaß beginnen.

★★★

Es gab nichts, was sie nicht getan hätte, um frei zu bleiben. Frei bedeutete in ihrem Fall alles, außer in seinen Händen zu sein. Nie wieder würde sie dorthin zurückkehren oder an einen anderen Ort, der ihm gehörte.

Wenn es keinen anderen Ausweg mehr gab, wäre auch Selbstmord eine Lösung, vor der sie nicht zurückschrecken würde.

Nein, warum auch? Sie wusste nicht, was einen erwartete, wenn man starb. Doch selbst wenn es nur ein endloses schwarzes Nichts war, es wäre allemal eine bessere Alternative.

Sie spürte, dass Kinsing Sympathien für sie hatte, aber sie gingen eben doch nicht so weit, als dass er ihr eine Waffe anvertraut hätte. Trotzdem war es gut gewesen, ihn zu fragen.

Sie sah sich in dem großen Raum um und musterte jeden Gegenstand, überlegte, ob und wie man ihn als Waffe einsetzen könnte. Die Verstrebungen der Tischtennisplatten waren die einzigen metallenen Gegenstände. Wenn sie sie von der Platte lösen und ein Rohr abbrechen könnte, hätte sie wenigstens einen Schlagstock in der Hand.

Kinsing saß ihr gegenüber. Er war kein Mann, den sie auf den ersten Blick für einen Psychologen oder Polizisten gehalten hätte. Mit seinen längeren weißen Haaren und dem zeitweise verschmitzten Ausdruck in seinem faltigen Gesicht erinnerte er sie eher an einen einsam lebenden Schriftsteller oder das Überbleibsel einer alten Rockband aus den Siebzigern. Jetzt sah sie ihm an, dass seine innere Ruhe und Gelassenheit, die er sonst ausstrahlte, erschüttert worden waren.

»Er hat Ihre Schwester und Ihre Mutter. Meinen Sie wirklich, er ist so verrückt, dass er Sie auch noch holen will?«

Nadja dachte unwillkürlich an den Tag vor sechsundzwanzig Jahren zurück. Sie und ihre Schwester in dem Einkaufswagen. Der strahlend weiße Mercedes. Das glückliche Gesicht ihrer Mutter. Und der Schatten, der sich auf ihr Gesicht gelegt hatte, als die Haustür hinter ihnen ins Schloss gefallen war.

»Ich bin die Hauptperson. Die beiden sind so etwas wie ein Beifang. Verstehen Sie? Er wird kommen.«

Kinsing nickte ernst und zog eine automatische Waffe aus seinem Hosenbund.

»Die hab ich mir geben lassen«, sagte er wenig überzeugt.

»Oh, also haben Sie mich vorhin belogen«, sagte sie fast amüsiert. »Können Sie damit umgehen?«

»Ist schon 'ne Weile her.«

»Und wie ist der Plan? Warten wir hier einfach auf ihn?«, fragte Nadja.

»Jensen wird bald hier sein, dann besprechen wir uns. Aber ich fürchte, wir haben keine andere Wahl. Wir können ihn hier schnappen, ein für alle Mal.«

»Ja? Können Sie das?« Eine Quantum Sarkasmus schwang in ihrer Stimme mit.

»Wenn Sie uns dabei helfen …«

»Wie soll ich das machen? Ich bin hier gefangen, und Ihre Waffe wollen Sie mir auch nicht überlassen.«

»Nein, aber Sie könnten mir Informationen geben. Besitzt er zum Beispiel eine Schusswaffe?«, fragte Kinsing.

»Nein, soviel ich weiß, nicht. Er mag Pistolen nicht.«

Kinsing stutzte.

»Warum?«

»Weil man damit jemanden aus größerer Entfernung verletzt oder tötet. Er ist aber gern so nah wie möglich an seinen Opfern dran. Zumindest war das bei mir so«, meinte Nadja und senkte den Blick.

»Sie sind ein Phänomen, Nadja«, sagte Kinsing ernüchtert. »Wie konnten Sie das nur aushalten, all die Zeit?«

»Ich weiß nicht. Ich hatte trotzdem Hoffnung, denke ich.«

»Dass man Sie findet?«, fragte Kinsing.

»Nein, die Hoffnung hatte ich nach den ersten Jahren aufgegeben. Ich fing an zu glauben, dass ich ihm vielleicht entwischen könnte. Aber nach vielen Fehlversuchen, von denen er gar nicht weiß, habe ich das auch aufgegeben. Dann hoffte ich, dass er einfach einen Unfall haben würde, einen Autounfall vielleicht. Oder dass er sich irgendwie selbst verriet und die Polizei auf ihn aufmerksam würde. Ich hoffte, dass er einen Herzinfarkt bekäme, von einem herabfallenden Dachziegel erschlagen würde oder Krebs bekäme oder irgendeine andere tödliche Krankheit. Es hätte ihm einfach etwas zustoßen können, so wie Tag für Tag anderen Menschen, *guten* Menschen, etwas zustieß. Aber es passierte einfach nicht. Dann hoffte ich, dass es einen unter seinen Gästen geben würde, den vielleicht doch das schlechte Gewissen quälte. Er hätte ihn anzeigen können, anonym. Aber keiner tat es. Das waren alles nur Hirngespinste. Aber was ich immer wollte, war, meine Schwester wiederzusehen«, sagte sie, und ihr Blick ging in eine weite Ferne.

»Sie hatten die Chance dazu. Sie ist hier. Doch Sie lehnten ihren Besuch ab«, sagte Kinsing.

»Tja, es ist was anderes, es sich zu wünschen, als wenn es Wirklichkeit wird. Ich weiß nicht, ob ich es ihr inzwischen verziehen habe.«

»Was meinen Sie?«

»Dass sie mich alleingelassen hat.«

Kinsing rückte näher an Nadja heran.

»Ihre Schwester war genau wie Sie erst vier Jahre alt. Sie hat Sie nicht *allein*gelassen, sie musste Sie *zurück*lassen. Und es ist ihr so schwergefallen, dass sie es vollkommen verdrängt hat. Sechsundzwanzig Jahre lang hatte sie keine Ahnung, dass Sie existieren. Und es ist fraglich, ob ihre Erinnerungen an damals je wieder zurückkommen. Ihre Schwester ist nicht schuld an dem, was Ihnen geschehen ist. Ebenso wenig wie Ihre Mutter. Auch sie ist daran zerbrochen. Es gibt nur einen Schuldigen. Und das ist er.«

Kinsing hatte den Satz kaum beendet, da zerriss ein heftiger, dumpfer Knall die Stille. Das Gebäude wurde von einer Druckwelle erfasst, und sie hörten Scheiben klirren. Es folgte ein dunkles Grollen, das sich um sie herum zu bewegen schien.

»Er ist da«, sagte sie leise. Kinsing sah sie geschockt an und lief dann zur Tür. Sie war noch abgeschlossen. Also hämmerte er dagegen.

»Hey!«, rief er, doch niemand öffnete.

Jetzt hörten sie Rufe im Innenhof und vernahmen ein lautes Knistern, das sich bald in ein Knacken auswuchs. Es brannte, und das Feuer musste von enormer Größe sein. Wieder schlug Kinsing gegen die Tür. Erfolglos.

Nadja stand auf. »Sehen Sie«, sagte sie ruhig und deutete auf den oberen Türspalt. Graue Rauchschwaden zogen ins Zimmer und sammelten sich unter der Decke. »Wir müssen hier raus.«

Sie blickte sich um. Die Tür ging nach innen auf, sich gegen sie zu werfen hatte keinen Zweck. Also blieb nur das Fenster. Entschlossen hob sie einen Stuhl an den Beinen hoch und schwang ihn mit aller Kraft gegen die großflächige Fensterscheibe. Es gab einen Knall und ein Splittern. Scherben rieselten zu Boden. Kinsing blickte zweifelnd auf ihr Werk.

»Na los, versuchen wir's«, meinte er schließlich und kam zu ihr herüber. »Der Pächter sagte, die Spanplatte sei von außen vernagelt. Vielleicht schaffen wir es.«

»Was haben Sie vor? Sie eintreten?«

»Ja, oder haben Sie was Besseres vorzuschlagen?«

»Nein. Auf drei«, sagte Nadja und begann zu zählen. Bei drei traten die beiden zu und wurden vom Rückschlag fast umgeworfen. Die Elastizität der Holzplatte ließ sie wie ein Trampolin federn.

»So geht's nicht«, stellte sie fest. »Wir müssen weiter an den Rand, dorthin, wo die Nägel sitzen.«

Sie schob ihn beiseite. Die ersten Rauchschwaden waren nun auch auf dieser Seite des Raumes angekommen. Kinsing musste husten. Nadja holte aus und trat mit voller Wucht gegen das Holz. Es gab ein Quietschen, und diesmal blieb sie fest auf der Stelle stehen.

Sie schauten sich an, was der Tritt angestellt hatte. An zwei Stellen konnte man zwischen der Platte und dem Fensterrahmen wenige Millimeter Nagel erkennen.

Nadja holte sofort erneut aus und trat zu. Einmal, zweimal, dreimal. Dann waren die unteren dreißig Zentimeter des Pressholzes gelöst. Kalte Luft zog herein.

»Gleich haben wir's«, rief Nadja und setzte erneut an. Beim ersten Tritt löste sich ein weiterer Nagel, und die Platte brach. Der Riss bildete mit der Fensterecke ein unregelmäßiges Dreieck. Mit dem nächsten Tritt knickte das Holz vollständig ab, und sie konnten durch das Loch hinausschauen. Das Prasseln und Knacken des Feuers war jetzt so laut, dass es klang wie ein Güterwaggon, der sie jeden Moment erfassen würde.

»Ihr müsst da raus!«, rief jemand von draußen und bog die Holzplatte so weit nach hinten, dass sie hinausspringen konnten. Kinsing schwang ein Bein über das Fenstersims und drückte mit dem Rücken zusätzlich dagegen.

»Kommen Sie«, rief er und hielt ihr helfend seine Hände entgegen. Sie machte einen Schritt auf ihn zu, und ihr Blick fiel auf die Finger, die von außen an der Spanplatte zogen. Sie erkannte sie sofort. Es waren seine.

»Nein, nicht!«, warnte sie Kinsing entsetzt, als plötzlich die Tür aufgeschlossen wurde und ein Beamter hereinstürzte. Er hielt ein Handtuch vor sein Gesicht, das konnte Nadja noch erkennen, bevor das Feuer, von dem Sauerstoff aus dem offenen Fenster genährt, wie ein riesiger Arm ins Zimmer geschossen kam, den Beamten von hinten erfasste und nach vorn schleuderte. Nadja duckte sich, fiel zu Boden und presste beide Arme auf ihren Kopf. Sie spürte eine unglaubliche Hitze über sich hinwegrollen.

Als die Stichflamme sich wieder zurückgezogen hatte, hob sie den Kopf. Der Beamte lag direkt vor ihr und stöhnte.

»Sind Sie okay?«, fragte sie und sah, dass seine Uniform rauchte.

»Ja«, raunte er heiser. Seine Augen waren weit aufgerissen und seine Pupillen klein wie Stecknadelköpfe. Er hatte einen Schock. Nadja drehte sich zum Fenster um. Kinsing war verschwunden.

Sie erhob sich und half dem Beamten auf die wackeligen Beine. Gemeinsam eilten sie aus dem Zimmer. Vor der Tür brannte die gesamte gegenüberliegende Fensterfront. Es zischte und gurgelte. Plastik und Linoleum schmolzen und verdampften in giftigen Schwaden. Die Hitze schien unerträglich. Die Fenster waren allesamt geborsten, und die Haustür stand offen. Die Wand, in die die Tür eingelassen war, brannte ebenfalls, das Feuer fraß sich einfach hindurch. Nadja drückte den Mann nach unten auf die Knie, damit sie den giftigen Rauch nicht einatmeten, und auf allen vieren krabbelten sie bis in die Cafeteria. Nadja glaubte, die Hitze nicht mehr aushalten zu können. Ihre Haut fühlte sich an, als würde sie in der heißen Luft verbrennen, und dann kam jemand hereingelaufen, packte sie und den Beamten am Kragen und zerrte sie nach draußen. Sie mussten durch eine Feuerbarriere hindurch. Nadja wurde quasi hinausgeworfen, schloss ihre Augen, so fest sie konnte, und atmete nicht mehr, bis sie auf dem Boden landete und kühle Luft auf ihrer Haut spürte. Jetzt erst bemerkte sie den Schmerz an den Händen und in ihrem Gesicht. Sie hörte eine Stimme und erkannte mehrere Personen, die um sie herum standen.

»Sind Sie verletzt?«, fragte jemand. »Haben Sie Schmerzen?«

Nadja winkte ab. »Kinsing«, krächzte sie und zeigte auf das Gebäude.

»Ist er noch drin? Haben Sie ihn nicht rausgeholt?«, wollte der Mann von ihrem Retter wissen.

»Da waren nur die beiden«, antwortete der und hustete fürchterlich.

»Er ist durchs Fenster. Aber *er* war da. Er war draußen und hat auf uns gelauert. Jetzt hat er Kinsing«, rief Nadja.

Der Mann half ihr auf die Beine. Sie standen im Innenhof des Komplexes, während um sie herum das Gebäude lichterloh brannte. »Wir müssen hier weg«, rief er seinen Kollegen zu, und sie setzten sich in Bewegung und liefen zur Straße.

In gut zwanzig Metern Entfernung blieben sie auf dem Platz, wo einmal das Hospiz gestanden hatte, stehen und sahen sich um. Das Feuer loderte an die zehn Meter hoch. Funken stoben und verteilten sich wie goldene Sterne über den Nachthimmel. Das flackernde Licht erhellte die Ebene vor den Dünen und die Dünen selbst. Das Gebäude ächzte und knarrte in seinem Todeskampf.

»Guten Abend, die Herren«, sagte eine Stimme hinter ihnen, und alle fuhren herum.

Tanas stand dort in der Dunkelheit und hielt Sandra wie ein Schutzschild vor sich. Sie war immer noch geknebelt, und die Hände waren auf den Rücken gefesselt. Nur ihre Füße waren frei. Im Schein des Feuers sah man deutlich das Metall einer Waffe aufblitzen, die Tanas ihr an die Schläfe drückte.

Die Beamten waren nicht nur über das plötzliche Auftauchen ihres Widersachers erschrocken, sondern im zweiten Moment auch über den Anblick der beiden Frauen. Sie alle starrten von Sandra zu Nadja, die zwischen ihnen stand, und wieder zurück.

»Ja, das ist unglaublich, nicht wahr?«, rief Tanas fröhlich, »absolut identisch. Perfekt. Ein Wunder. Eines, das man nicht zerstören darf. Diese beiden gehören zusammen. Da müssen Sie mir doch zustimmen, meine Herren?«

Nadjas und Sandras Blicke trafen sich zum ersten Mal seit sechsundzwanzig Jahren. Sie sahen einander an, und es schien nur noch sie beide auf der Welt zu geben. Nichts hätte in diesem Moment zwischen sie kommen können. Beiden standen die Tränen in den Augen. Zum ersten Mal zeigte und spürte Nadja wieder eine andere Emotion als Hass und Angst.

»Nun möchte ich Sie bitten, mir Nadja herüberzuschicken. Die Schwestern wären dann endlich wieder vereint«, sagte Tanas und unterstrich seine Bitte mit dem Entsichern der Pistole.

»Ich gehe«, sagte Nadja zu dem älteren Polizisten, der sich schützend vor sie gestellt hatte.

Er hielt sie am Arm fest.

»Nicht. Er würde Sie töten. Ohne zu zögern«, erklärte Nadja, und er löste seinen Griff. Die Beamten bewegten sich auseinander, und Nadja ging langsam auf Tanas und ihre Schwester zu.

Sandra streckte fast flehend ihre Hand nach ihr aus.

Nadja stockte. Doch dann hob auch sie ihren Arm, und ihre Hände erreichten einander in der ersten Berührung.

»Wunderbar«, sagte Tanas. »Wir werden jetzt zu meinem Wagen gehen. Ich möchte, dass die Fähre im Hafen auf mich wartet und wir bei unserer Ankunft sofort ablegen können. Niemand darf uns verfolgen. Ich werde jeden Angriff Ihrerseits mit der Tötung einer Geisel beantworten. Haben Sie das verstanden?«

Der ältere Beamte nickte.

»Los, rufen Sie an. Sie kennen meine Forderungen.«

Der Polizist zückte sein Handy und wählte.

»Herr Jensen? Hier spricht Dreier. Der Tatverdächtige hat Frau Keller und ihre Schwester als Geiseln genommen.«

»Ihre Mutter befindet sich noch im Wagen«, rief Tanas im Gehen.

»Und ihre Mutter ebenfalls. Er verlangt freie Fahrt und dass die Fähre im Hafen auf ihn wartet. Er hat eine Waffe und droht, die Geiseln zu erschießen.«

Dreier lauschte Jensens Antwort.

37

»Ist gut. Es wird alles so gemacht, wie er will«, sagte Jensen in den Hörer. Er beendete das Gespräch, drehte sich zu Tamme und Nils um und klärte sie über die Situation auf.

Nils hatte darauf bestanden, nach Amrum zurückzukehren, und keinen Zweifel daran gelassen, dass er mit Jensen und Tamme zum Schullandheim fahren würde. Seine Sinne waren durch die Kälte und die Schmerzmittel zwar stark getrübt, und er zitterte immer noch. Aber er hatte sich eine Wärmedecke, Jacke und Pullover geben lassen und war unter dem Protest des Arztes in Jensens Auto gestiegen. Seine Nase sah schlimm aus. Seine Augen und Tränensäcke waren eingeblutet, und sein Gesicht hatte immer noch die Blässe eines Toten. Aber sein Wille war stark, und Jensen hatte ihn verstehen können.

Sie standen am Fuße einer Düne, nachdem sie auf Nils' Anweisung hin über den Strand hierhergefahren waren, um sich unbemerkt dem Schullandheim nähern zu können.

Das Geräusch des Feuers drang bis zu ihnen herüber. Funken sprühten über die Kuppen der Dünen hinweg.

»Da hoch«, sagte Nils und taumelte den Anstieg zur Düne empor. Die drei Männer liefen durch den tiefen Sand nach oben. Vom höchsten Punkt aus konnten sie auf die Szene blicken. Hinter den Flammen erkannten sie ganz schwach eine zweite Gruppe auf dem Feld des ehemaligen Hospizes.

»Hier lang«, sagte Nils. Er röchelte furchtbar und atmete schwer und tief.

Sie gingen nach links durch schmale Dünenpfade hindurch bis zu einem weiteren Abgang nördlich des Landheims. Nils musste Atem holen und blieb stehen.

In der Ferne liefen Tanas, Sandra und Nadja zum Auto und stiegen ein.

»Wir lassen ihn nicht hier weg«, sagte Nils. »Auf keinen Fall. Wir gehen hier runter.«

Noch bevor Jensen etwas erwidern konnte, marschierte Nils

los. Er wusste, dass sie sich beeilen mussten, um ihn zu kriegen. Nicht um alles in der Welt konnte er zulassen, dass diese Frauen wieder in seine Gewalt gerieten. Eigentlich war es nicht *sein* Kampf hier draußen. Sein eigenes Schicksal hatte schon längst eine Wendung erfahren. Er dachte an Elke und Anna und an Karl, Hauke und seine Mutter. Sie alle warteten auf ihn. Sie waren sein Schicksal, seine Familie, seine Aufgabe. Das hier war die Sache von Sandra. Aber er sah ein, dass Sandras Schicksal und seines einander bedingten. Sie hatten sich gefunden, um sich selbst zu finden. Und Sandra brauchte jetzt seine Hilfe, um nicht wieder verloren zu gehen. Auch wenn das bedeutete, dass er für sie sein Leben riskieren musste, würde er diese Aufgabe doch annehmen. Vieles war noch offen in seinem Leben, und er hoffte inständig, dass er zurückkehren und alles bewältigen konnte. Er wollte zurück zu seiner Frau und seiner Tochter. Aber erst, wenn das hier beendet war.

Er lief los und wäre fast über etwas gestolpert, das zu seinen Füßen lag.

»Petersen!«, rief Jensen erschrocken und sprang ihm bei.

Jetzt erkannte Nils, was es war. Wer es war. Und auch Jensen und Tamme begriffen, wer dort im Dünengras lag. Fast gleichzeitig warfen sich die Männer auf die Knie und drehten den Körper herum. Nils versuchte, einen Puls zu fühlen, und presste zwei Finger an Kinsings Hals. Aber dort war kein Blutfluss mehr zu spüren. Nur unnatürlich kalte Haut.

»Er ist tot«, sagte Nils.

★★★

Tanas öffnete die hintere Tür seines Wagens und deutete mit dem Lauf der Waffe ins Innere, wo Vera saß. Sandra wollte zuerst einsteigen, doch Tanas hielt sie zurück.

»Stopp, stopp, wir wollen doch die Wiedersehensfreude nicht mindern. Nadja, du setzt dich neben deine Mutter.«

Sie gehorchte, und Vera blickte ihrer Tochter, deren Hand sie vor einer Ewigkeit gehalten und losgelassen hatte, mit Angst und Scham entgegen.

»Weiter, wir haben keine Zeit«, forderte Tanas und stieß Sandra hinterher. Er stieg vorn ein und blickte sich noch einmal um. Da saßen sie. Eine Mutter und ihre beiden Töchter. Sie waren wieder vereint.

»Ist das nicht großartig? Freut ihr euch?«, sagte er mit leuchtenden Augen, und man konnte eine bösartige, sadistische Störung seines Verstandes darin aufblitzen sehen.

Nadja und Vera sahen sich an, als stünde eine unüberwindbare Barriere zwischen ihnen. Vera weinte und zitterte dabei am ganzen Leib. Vorsichtig abschätzend beugte sie sich vor und drückte ihre Wange gegen Nadjas Stirn wie eine Löwenmutter, die ihr Junges liebkost.

»Rührend«, sagte Tanas, drehte sich um und wollte den Motor starten. Seine Finger griffen jedoch ins Leere. Der Schlüssel mit dem Totenkopfanhänger steckte nicht mehr im Zündschloss.

Er sah sich suchend um, blickte in den Fußraum, tastete seine Taschen ab und überlegte.

»Verflucht«, sagte er und saß mit offenem Mund da. Allmählich dämmerte ihm, wo der Schlüssel sein konnte. Wieder wandte er sich um. »Wo ist der Schlüssel?«, fragte er und fixierte dabei nur Vera.

Ängstlich blickten beide Schwestern zu ihrer Mutter.

»Antworte mir, sofort«, sagte er, und seine Stimme klang so wie früher. Jede der Frauen wusste, dass man ihm besser die Wahrheit sagte.

»Die Mama möchte ihre Babys beschützen, ist es das, ja? Willst du jetzt nachholen, was du damals versäumt hast? Eine gute Mutter sein? Dich für deine Kinder opfern?« Hinter seiner ruhigen Stimme lauerten eine unmenschliche Wut und eine unmenschliche Freude am Quälen. Er nahm die Pistole und drückte sie Nadja direkt auf die Stirn. »Und wenn ich dafür deine Tochter opfere, wie sieht es dann aus? Hast du so weit gedacht mit deinem geschrumpften Verstand? Ich nehme sie dir wieder weg, wenn du mir nicht sagst, wo du die Schlüssel versteckt hast, altes Weib.«

Er wartete ungeduldig. Die Zeit lief gegen ihn. Vera nickte ängstlich. Er zog ihr das Klebeband vom Mund, und sie spuckte den Ball aus.

»Sie sind im Tank«, sagte Vera mit kratziger Stimme.

Ungläubig blinzelte er sie an. Konnte das ernst gemeint sein? Versuchte sie hier tatsächlich, die Heldin zu spielen?

»Das nehme ich dir nicht ab.« Er griff nach hinten und suchte ihre Taschen ab, befühlte den Sitz hinter ihr. Ihre Hände waren noch immer gefesselt, ebenso ihre Füße. Wie konnte sie das bewerkstelligt haben?

Tanas schrie auf vor Wut und schlug ihr mit der Waffe ins Gesicht. Dann stieg er aus und lief um den Wagen herum. Die Benzinklappe stand offen, der Verschluss fehlte. Wieder brüllte er wie ein Tier und schlug auf das Dach des Wagens.

»Du verdammte Schlampe!« Spuckefetzen spritzten an die Scheibe. Da hörte er ein lauter werdendes Geräusch. Er wirbelte herum. Ein Einsatzwagen der Feuerwehr näherte sich auf dem Oddwai. Was konnte er tun? Wo konnte er jetzt noch hin, ohne Auto? Konnte sein ganzes Schicksal wirklich nur an diesem einzelnen verfluchten Schlüssel hängen? Das war doch nicht möglich, dass sie ihn so billig verraten konnte. Das konnte er ihr nicht durchgehen lassen!

»Steig aus«, schrie er wie wild und riss die Tür auf. »Steig aus«, schrie er erneut, und seine Stimme überschlug sich.

»Nein, das wird sie nicht tun«, hörte er plötzlich jemanden hinter sich.

Er fuhr herum und sah sich im Licht des Vollmonds Nils' geisterhafter Erscheinung gegenüber. Tanas erschrak über die Tatsache, ihn hier zu sehen, ihn, den er tot geglaubt hatte, und er erschrak über Nils' Aussehen, das er ihm selbst zugefügt hatte.

»Geben Sie auf«, sagte eine zweite Stimme, und nun erkannte er auch Jensen und Tamme, die sich ihm vom Heck des Mercedes her näherten. Er umfasste den Griff der Waffe fester und blickte wild von einem zum anderen. Dann hob er sie und zielte auf Nils' Kopf. Er meinte, keine Waffe bei ihm gesehen zu haben.

»Tun Sie das nicht«, sagte Jensen. »Sie können nicht mehr entkommen. Alles, was Sie jetzt noch tun, ist völlig zwecklos. Sehen Sie das nicht? Sie sind hier am Ende Ihres Weges. Vor Ihnen gibt es nur noch Wasser. Und hinter Ihnen steht die Polizei. Alles ist abgesperrt. Jede Straße. Nirgends eine Möglichkeit zur Flucht. Es ist aus.«

Tanas hielt die Pistole unbeirrt auf Nils' Stirn gerichtet. Es waren noch fünf Kugeln im Magazin. An ihn brauchte er keine zu verschwenden, er würde ihm, so wie er aussah, körperlich nicht gefährlich werden können. Die beiden anderen waren da schon eher eine Gefahr und noch dazu bewaffnet.

»Legen Sie die Waffe auf den Boden und ergeben Sie sich«, sagte Jensen beherrscht. Nils rührte sich nicht.

Blitzschnell schwenkte Tanas herum und schoss in kurzer Folge auf Tamme und Jensen. Dann lief er los. Er wusste nicht, wen er getroffen hatte, ob er überhaupt getroffen hatte, aber er musste Zeit gewinnen, einen Vorsprung herausschlagen. Sein Verstand sagte ihm, dass sein Vorhaben vollkommen sinnlos und zum Scheitern verurteilt war. Doch er konnte sich seinem Verstand nicht beugen. Aufgeben lag nicht in seiner Natur. Er würde fliehen, solange er konnte, und er würde kämpfen bis zum letzten Blutstropfen. So einfach, wie sie dachten, würden sie ihn nicht bekommen. Oh nein. Und wenn er am Ende ohne die drei Frauen aus der Sache herauskam, war es auch in Ordnung für ihn. Sie waren ein herber Verlust. Aber besser, als sich selbst auszuliefern.

Als Nadja die Schüsse hörte, versuchte sie, über ihre Mutter hinweg aus dem Wagen zu klettern.

»Nicht«, rief Vera und hielt sie am Arm fest.

»Schon gut, Mama«, sagte Nadja, und Vera ließ sie gehen. Ob aus dem Glauben daran, dass sie etwas würde ausrichten können, oder weil sie sie wieder »Mama« genannt hatte, konnte sie nicht sagen.

Jensen war über Tamme gebeugt, der am Boden lag. Nils lief hinter Tanas her. Man hörte seinen Atem. Jensen blickte auf, als Nadja sich ihm näherte.

»Er ist verletzt, rufen Sie einen Krankenwagen«, sagte er und erhob sich. Er wollte ebenfalls hinter Tanas her. Doch noch während er in Nadjas Gesicht blickte und auf eine Antwort wartete, holte sie aus und schlug ihm ins Gesicht. Sie traf die Kinnspitze. Jensens Kopf knickte zur Seite, und er verlor das Bewusstsein.

Seine Beine gaben augenblicklich nach, und er sackte in sich zusammen. Nadja bückte sich und nahm ihm die Pistole aus der Hand.

»Tut mir leid«, meinte sie, »das muss *ich* zu Ende bringen.« Sie lief los und heftete sich an die Fersen ihres Peinigers. Der Weg führte auf eine Anhöhe. Hier endete der Deich, und der asphaltierte Oddwai ging in einen Schotterweg über. Er führte geradewegs auf die Nordspitze Amrums zu, die Odde, die jetzt still und friedlich im Mondschein dalag. Nadja erkannte die Schatten der beiden Männer vor sich. Tanas hatte den Parkplatz vor dem Bohlenweg fast erreicht. Nils stolperte kraftlos hinterher. Es dauerte nicht lange, da hatte sie ihn eingeholt. Er röchelte und stöhnte vor Anstrengung, aber er gab nicht auf. Nadja überlegte kurz, ob sie etwas sagen sollte, doch dann passierte sie ihn einfach ohne ein weiteres Wort.

Tanas stoppte auf dem kreisrunden Platz und schien unschlüssig, was er tun, welchen Weg er einschlagen sollte. Im Grunde gab es nur zwei Möglichkeiten. Der eine Weg führte linker Hand hinauf in die Dünen, der andere geradeaus, hinaus aufs Watt. Im Mondlicht konnte man Föhr klar und deutlich als schwarzes Relief fast greifbar nah erkennen.

Nadja lief. Ihre Füße flogen über den Schotter. Er sah sie jetzt kommen und feuerte in ihre Richtung. Die Kugel verfehlte sie, und sie lief unbeirrt weiter.

Tanas floh über den Holzweg in Richtung Odde. Dumpf hörte sie seine Schritte über die Bohlen hämmern. Kaum vier Sekunden später hatte sie den Weg ebenfalls erreicht. Sie holte immer mehr auf. Sein sonst so starker Körper schien zu versagen. Sie war die Schnellere. Der Weg endete in ein paar Metern, und sie hatte ihn fast eingeholt. Da wirbelte er herum, stellte sich frontal zu ihr auf und zielte auf sie. Mündungsfeuer blitzte auf. Einmal, zweimal. Dann ein Klicken. Das Magazin war leer.

Er hatte sie nicht getroffen. Noch im Laufen hob sie Jensens Waffe und schoss. Aber auch er blieb stehen. Kurz bevor sie ihren letzten Schuss abgeben konnte, machte er ein paar schnelle Schritte auf sie zu und rammte seine Schulter in ihren Körper. Sie klappte zusammen, und die Luft wurde aus ihren Lungen gepresst.

Tanas warf sie in den Sand, und Nadja japste nach Luft, die ihr aber verwehrt blieb. Sie bemerkte, dass sie im Fallen die Waffe verloren hatte. Aber bevor sie sie finden und nach ihr greifen konnte, war Tanas da und warf sich auf sie.

»Du willst mich umbringen, du? Was fällt dir ein?«, schrie er ihr direkt ins Gesicht. Sie spürte seinen heißen Atem auf ihrer Haut. Er richtete sich auf und schlug ihr mit der Faust ins Gesicht. An ihrem linken Jochbein explodierte der Schmerz, und sie sah Blitze zucken. Ein weiterer Schlag traf sie. Sie versuchte gar nicht erst, die Arme vor das Gesicht zu bringen, sondern tastete im Sand nach der Waffe. Wieder warf ein Schlag ihren Kopf zur anderen Seite, da bekam sie den kühlen Stahl zu fassen. Sie hob die Pistole, presste sie gegen seine Schulter und drückte ab.

Der Knall war enorm laut. Ihre Ohren pfiffen dermaßen, dass sie sein Gebrüll nur wie durch Watte hindurch vernehmen konnte. Er kippte von ihr herunter, und sie sah den sternenklaren Himmel über sich. So etwas Schönes hatte sie noch nie gesehen. Abermillionen von Sternen funkelten dort oben. Und dann tauchte Nils' Gesicht über ihr auf.

»Bist du verletzt?«, rief er.

Nadja schüttelte benommen den Kopf. Sie drehte sich auf den Bauch und blickte nach Norden. Tanas lief über die weite Ebene des Watts, ein Schatten vor nachtblauem Hintergrund. Er steuerte direkt auf Föhr zu.

38

Er konnte das Ausmaß des Verrats an ihm nicht mehr begreifen. Wie hatten diese Frauen ihn dermaßen hintergehen können? Woher hatten sie den Mut und die Dreistigkeit genommen, sich ihm entgegenzustellen? Das war ein nicht hinzunehmender Bruch mit allen Regeln und Gesetzen, die er ihnen eingetrichtert hatte. Und doch war es so weit gekommen, und er musste damit umgehen.

Er würde zurückkommen und sie bestrafen für all das, was sie ihm angetan hatten. Aber zuerst musste er entkommen. Musste weg von hier, fort von diesem Ort, der ihn verraten und verkauft hatte.

Vor ihm lag Föhr. Er schätzte die Entfernung auf drei bis vier Kilometer. Das Watt sah aus wie eine Mondlandschaft. Es war noch genug Platz da, um die Insel zu Fuß erreichen zu können. Er hatte einen deutlichen Vorsprung, mit Fahrzeugen würden sie ihm nicht mehr folgen können. Und Boote würden es noch nicht schaffen. Er musste laufen, laufen. Vor ihm lag wie eine große schwarze Ader ein Priel, der in der Breite vielleicht zehn Meter maß. Mit voller Geschwindigkeit lief er ins eiskalte Wasser. Es wurde tiefer und tiefer, und er spürte die Kraft der Wassermassen, die auf ihn einwirkten und ihn mitzureißen drohten. Muscheln knackten unter seinen Sohlen, und er hatte noch nicht ganz die Hälfte des Priels erreicht, da reichte ihm das Wasser schon bis an den Mund und zerrte an ihm. Schließlich konnte er sich nicht mehr halten. Er wurde fortgespült und begann zu schwimmen. Wild ruderte er mit den Armen, schluckte Wasser und hustete, aber er hörte nicht auf. Und wurde immer weiter abgetrieben, rasend schnell. Er ließ die Mitte des Priels hinter sich und bekam tatsächlich wieder festen Boden unter die Füße. Mit aller Kraft kämpfte er sich vorwärts und schaffte es, ins flachere Wasser zu gelangen. Sein Körper wurde schwerer und schwerer, und seine Füße fanden immer mehr Halt. Noch zwei Meter, dann hatte er es geschafft.

Er war durch den Priel gekommen. Eine Wasserbarriere, die sich bald hinter ihm schließen würde. Er blickte zurück und wähnte sich jetzt, mit dem reißenden Wasser zwischen sich und Amrum, auf sicherem Grund. Er sah das Feuer und hob die Arme und seine Stimme zu einem lauten Jubelgeschrei. Den Schmerz in seiner Schulter spürte er nicht mehr. Er schrie seinen Triumph in die Nacht hinaus und all seinen Verfolgern entgegen. Ein sich überschlagendes Lachen drang aus seiner Kehle. Es klang hoch und hysterisch.

»Ich hab's geschafft!«, schrie er und lachte erneut. »Seht ihr?« Er drehte sich zu seinem Ziel um. Föhr. Es lag nun viel näher und greifbarer vor ihm. Er erkannte einen weiteren Priel kurz vor der Insel, doch den würde er auch überwinden. Er rannte los. So schnell seine Füße ihn trugen. Rannte über die Fläche zwischen den drei Inseln Amrum, Sylt und Föhr.

Er war ganz allein hier draußen, in der Weite des vom Mond beschienenen Watts. Es war vollkommen still. Keine einzige Möwe schrie. Warum, wusste er nicht. Und es interessierte ihn auch nicht. Er strebte seinem Ziel entgegen, bis er plötzlich neben seinem Atem noch ein weiteres Geräusch vernahm. Er blieb stehen und lauschte. Verfolgten sie ihn nun doch mit Booten? War das ein Motorengeräusch? Nein, entschied er, es klang wie ein tiefes Murmeln und ein … Plätschern.

Er richtete den Blick nach Westen, auf den schmalen Pfad zwischen Amrum und Sylt. Ein dunkler Schatten schob sich von da auf ihn zu. Ein unförmiges, sich wandelndes Etwas. Er fokussierte es, so gut es ging. Es schien zu leben. Es zappelte und flimmerte.

Seine Füße wurden kalt, und er blickte hinunter. Er stand bereits bis zu den Knöcheln im Wasser. Das Geräusch wuchs stetig an, und wieder blickte er dem entgegen, was ihn bald erreicht hatte. Da begriff er, was es war. Die Flut kam. Aber nicht so, wie er gedacht hatte. Das Wasser kam nicht von unten und stieg Zentimeter um Zentimeter. Nein. Er sah riesige Wellen auf sich zustürzen, Fontänen, die sich nach vorn wälzten. Das Rauschen nahm zu. Er sah Gischt durchflutet von Mondlicht, Wasserwände wie fließendes Glas, und dann erfasste es ihn und ließ ihm noch einen Gedanken, bevor er in den wirbelnden Fluten fortgerissen wurde: *Das hier ist mein Grab.*

Eine nüchterne und emotionslose Feststellung. Ein Grab zwischen drei Inseln. Der Rest war nichts als Wasser.

Epilog

Nils warf den Brief in den Kasten an der Post und ging zu Fuß zurück in Richtung Strand. Rechter Hand lag der Leuchtturm hinter einer Wiese und dem dunklen Saum des Waldes. Er sah das Haus, in dem er einmal gelebt hatte. Mit Elke und Anna. Das war jetzt Vergangenheit.

Der Brief war an Sandra adressiert, die inzwischen in Lübeck lebte und sich auch dorthin hatte versetzen lassen. Es waren Ostergrüße. Er hatte nicht vergessen zu erwähnen, dass sie Nadja doch bitte Grüße von ihm ausrichten solle. Ihrer Schwester, die in der Strafvollzugsanstalt Lübeck einsaß, dem einzigen Frauengefängnis in Schleswig-Holstein, und der Sandra jetzt ganz nah sein wollte, um sie so oft wie möglich zu besuchen.

Vera wohnte immer noch in dem Heim, machte aber nach Aussage von Frau Dr. Alberts große Fortschritte in einer neu begonnenen Therapie.

Die drei Frauen hatten wieder zueinandergefunden. Es war ein schwerer Weg gewesen, aber er hatte sich für sie alle gelohnt.

Nils hielt sich links und bog in den Waldweg Richtung Süddorf ein. Die Sonne schien über den Baumkronen. Nach gut zweihundert Metern hatte er das Grundstück kurz vor der Kinderklinik Satteldüne erreicht. Das zurückversetzte Haus stand, mit Sonnenflecken besprenkelt, in einem verwunschen wirkenden Garten. Er öffnete das Holztor, ging den schmalen Weg bis zur Haustür hinauf und klingelte. Er vernahm schwere Schritte auf der Treppe, und dann öffnete Hauke.

»Hey, Nils«, sagte er.

»Moin, Papa.«

»Komm doch rein.« Hauke öffnete die Tür weiter. »Mama ist hinten und topft Blumen ein.«

»Nee, ist schon gut. Ich wollte euch nur für Ostern einladen. Ostersonntag. Ich dachte, zum Kaffeetrinken, 'n bisschen Kuchen und so im Garten. Wenn das Wetter mitspielt.«

»Klingt gut. Wir kommen gern. Sollen wir was mitbringen?«

»Nein, es ist für alles gesorgt.«

»Gut, dann sehen wir uns Ostersonntag. Willst du wirklich nicht reinkommen?«, fragte Hauke.

»Nein, danke, ich muss noch eine Gartenbank reparieren, sonst können wir nicht draußen sitzen«, antwortete Nils.

»Na dann, mach's gut.«

»Du auch.«

Nils hob seine Hand zum Abschied und verließ das Grundstück. Er schlenderte zurück in den Ort, am Fahrradverleih vorbei, wo sich die ersten Osterferientouristen ihre Räder besorgten, bog gleich darauf links ein, hinter dem Gemeindehaus wieder rechts und ging den schmalen Weg auf die Kirche zu. In der Ferne sah er das Wasser hellblau zwischen Amrum und Föhr leuchten.

Irgendwo da draußen hatte Tanas seinen Tod gefunden.

Das alles schien jetzt schon eine Ewigkeit her zu sein. Die Leiche war bis heute nicht entdeckt worden. Kaum zu glauben, wie grausam das Wasser sein konnte, wenn man es so friedlich daliegen sah wie an einem Tag wie heute. Unwillkürlich strich Nils über seinen Nasenrücken. Die Operation war gut verlaufen und seine Wunden fast unsichtbar verheilt. Aber ganz so wie früher sah sie nun nicht mehr aus, seine Nase. Er öffnete das Gartentor und ging zur Haustür. Die Vögel zwitscherten im Apfelbaum. Die Luft war warm und roch salzig. Er lächelte, als er aufschloss und das Haus betrat.

»Ich bin zurück!«, rief er.

There is a heaven somewhere
Where each word is its own little prayer
Where our souls can soar and be free
Away from this world
Away from this world
Away from this world
John Mellencamp, »Away from this world«

Bent Ohle
INSELBLUT
Broschur, 272 Seiten
ISBN 978-3-95451-098-6

»*Ein Inselkrimi, den man gar nicht beiseitelegen will. Ein toller Spannungsbogen mit überraschendem – kaum zu ahnendem – Ende. Echt lesenswert.*« Leuchttuerme.de

»*Ohle ist es erneut gelungen, einen sehr geschickt aufgebauten Roman zu schreiben.*« ekz Bibliotheksservice

Bent Ohle
DER HUF DES TEUFELS
Broschur, 336 Seiten
ISBN 978-3-95451-177-8

TV-Star Shelly Kutscher, die in einer US-Serie eine texanische Polizistin spielt, will dem Showbusiness entfliehen. Deshalb übernimmt sie den Hof ihres deutschen Urgroßvaters und lässt sich dort nieder. Doch in dem idyllischen Ort Fischbach treiben zwei junge Männer ihr Unwesen. Die beiden schrecken vor Erpressung, Tierquälerei und selbst vor Mord nicht zurück. Shelly kommt ihnen auf die Schliche und heftet sich an ihre Fersen. Damit wird sie selbst zur Zielscheibe der beiden Teufel …

www.emons-verlag.de